Liz Fenton und Lisa Steinke
Wer Schweigen sät

AF177808

TINTE
&
FEDER

Das Buch

Die Ehe der Grundschullehrerin Jacqueline war nicht perfekt, aber verlässlich. Zumindest dachte sie das, bis zwei Polizisten mit einer niederschmetternden Nachricht vor ihrer Tür stehen. Der Mann, mit dem sie seit acht Jahren verheiratet ist und der eigentlich auf einer Geschäftsreise in Kansas sein sollte, ist bei einem Autounfall auf Hawaii ums Leben gekommen. Und er war nicht allein in dem Wagen.

Die junge Witwe erträgt es kaum, ihren Mann zu Grabe zu tragen. Schlimmer noch ist der Gedanke, dass er die letzten Tage mit seiner Geliebten verbracht hat, die selbst einen trauernden und verwirrten Verlobten zurücklässt. Nick ist von der Affäre ebenso überrascht wie Jacqueline, doch er will Antworten. Also schlägt er vor, gemeinsam nach Hawaii zu reisen. Als Jaqueline der schicksalhaften Straße des Unfallorts folgt, lernt sie, dass nichts ist, wie es scheint. Nicht ihre Ehe, nicht ihr Ehemann und ganz bestimmt nicht sein Tod ...

Die Autorinnen

Die Autorinnen Liz Fenton und Lisa Steinke sind seit über fünfundzwanzig Jahren beste Freundinnen und überstanden gemeinsam die Highschool und das College. Sie haben bisher vier Romane zusammen veröffentlicht. Besuchen Sie die Autorinnen auf www.lizandlisa.com.

LIZ FENTON
LISA STEINKE

WER SCHWEIGEN SÄT

ROMAN

Aus dem Amerikanischen
von Tanja Lampa

TINTE
& FEDER

Die amerikanische Ausgabe erschien 2017 unter dem Titel
»The Good Widow« bei Lake Union Publishing, Seattle.

Deutsche Erstveröffentlichung bei
Tinte & Feder, Amazon Media EU S.à r.l.
5 Rue Plaetis, L-2338 Luxembourg
November 2017
Copyright © der Originalausgabe 2017
By Liz Fenton and Lisa Steinke
All rights reserved.
Copyright © der deutschsprachigen Ausgabe 2017
By Dr. Tanja Lampa

Die Übersetzung dieses Buches wurde durch AmazonCrossing ermöglicht.

Umschlaggestaltung: zero-media.net, München
Umschlagmotiv: Antony Nagelmann / Getty; Jon Gibbs / Getty;
Ghislain & Marie David de Lossy / Getty
Lektorat: Rotkel Textwerkstatt
Printed in Germany
By Amazon Distribution GmbH
Amazonstraße 1
04347 Leipzig, Germany

ISBN: 978-1-542-04990-0

www.tinte-feder.de

Für unseren Vater, der uns lehrte, stark zu werden.

Sie kann mit einem Lächeln töten.
Sie kann mit ihrem Blick verletzen.
Sie kann mit ihren beiläufigen Lügen dein
    Vertrauen zerstören.
Und sie zeigt dir nur das, was du sehen sollst.
Sie versteckt sich wie ein Kind.
Doch für mich bleibt sie immer eine Frau.
— *Billy Joel*

KAPITEL 1

WAS ZUVOR GESCHAH

Wie eine Schlange glitten seine Finger auf der Suche nach ihren umher. Sie öffnete ihre Hand und nahm sie auf. Die fordernde Art, in der er nach ihr griff, empfand sie wie eine öffentliche Erklärung: *Du bist mein.*

Dabei sah die Wirklichkeit weniger eindeutig aus. Einerseits gehörte sie zu ihm, andererseits auch wieder nicht. Von dieser Widersprüchlichkeit lebte ihre Beziehung. Auf tiefe, ruhige Atemzüge folgten immer wieder flache Atemstöße. Ihre Höhen empfand sie wie die Gipfel der höchsten Berge, atemberaubend und friedlich, ihre Tiefen wie die Asphaltgruben von La Brea, die sie als Kind besucht hatte – erdrückend, verängstigend und verunsichernd.

Mit der freien Hand fuhr sie sich durch das vom Fahrtwind zerzauste Haar. Sie hatten einen Jeep gemietet und bald beschlossen, das Verdeck abzunehmen, um die Sonne, die Luft und vielleicht auch die Gischt des Meeres spüren zu können. Unterwegs sprachen beide kaum ein Wort. Die Reise hatte sich als lang und kurvenreich erwiesen, was sowohl für die Straße als auch für ihre Beziehung galt. Also lehnte sie sich zurück und suchte in der Stille zwischen ihnen nach dem Mut, den sie für ihr Geständnis brauchte. Solange der Wind um sie herumwirbelte und sie über die kurvenreiche Küstenstraße nach Hana fuhren, konnte sie das Geheimnis, das sie seit vierundzwanzig Stunden mit sich herumtrug, für sich behalten. Sie drückte seine Hand als eine Art Rückversicherung, und ihr Herz schlug schneller, als er ihr Zeichen erwiderte und kurz zu ihr herüberschaute, bevor er sich wieder auf die tückische Straße konzentrierte.

Es gibt etwas, das ich dir sagen muss. Mehrfach hatte sie versucht, diese Worte herauszubringen, seitdem sie es wusste. Sie hatten eng umschlungen im Bett gelegen – ihr Gesicht so nah an seinem, dass sich ihre Lippen fast berührten –, und er hatte ihr seine Geheimnisse anvertraut. Doch als sie an der Reihe gewesen war, war sie stumm geblieben. Sie war noch nicht bereit gewesen, es ihm zu sagen und sich den Dingen zu stellen, die dann vielleicht geschehen würden.

Der üppige Regenwald öffnete sich und legte ihnen den Ozean zu Füßen. Der Anblick war so überwältigend, dass ihr kurz der Atem stockte. Er drückte ihre Hand und zeigte zu den Felsen hinunter, auf die sie zufuhren. Die kleinen Fältchen um seine Augen wurden tiefer, als er lächelte, und er ließ ihre Hand nur kurz los, als er auf der Spitze des steilen Anstiegs schalten musste. Sie fragte sich oft, warum er sich ausgerechnet für sie entschieden hatte. Warum er so viel für eine unscheinbare Frau riskierte, deren Nase etwas zu klein und deren Lippen etwas zu schmal geraten waren, die viel arbeitete, aber keine Karriere gemacht hatte.

Doch in Momenten wie diesem beflügelte sie die Liebe, Lust oder vielleicht auch *Zuneigung* dieses Mannes. Sie wusste nicht, was genau er für sie empfand. Doch wenn er sie wie jetzt ansah, war sie bereit, alles für ihn zu tun. Vielleicht wäre sie sogar von der Brücke gesprungen, wenn er auf dem Weg nach unten ihre Hand gehalten hätte. Zugegeben, solche Gedanken bedingungsloser Hingabe waren äußerst flüchtig, und sie stellte ihn ebenso sehr infrage, wie sie ihn bewunderte. Doch genau in diesem Augenblick, in dem der Jeep sich dicht an der Bergwand vorbeischlängelte und ihr wegen der zahllosen Schlaglöcher in der unbefestigten Straße übel wurde, spürte sie, dass sie gemeinsam alle Hindernisse überwinden könnten. Dass die Welt ihnen gehören könnte.

Vielleicht löste sie deshalb ihren Gurt. Vielleicht entschloss sie sich deshalb, sich zu ihm hinüberzulehnen und ihm ihr Geheimnis ins Ohr zu flüstern. Sie hätte es auch über den Wind hinwegrufen können, aber sie musste ihm die Neuigkeiten behutsam beibringen. Der Rest ihrer beider Leben hing davon ab.

KAPITEL 2

JACKS – NACHDEM ES GESCHEHEN WAR

Ich spreche gerade zum zweiten Mal heute mit Beth via FaceTime, als die Polizei auftaucht. Ich öffne die Haustür, während ich gleichzeitig mit halbem Ohr meiner Schwester zuhöre. Sie erzählt etwas langatmig, aber höchst amüsant von irgendwelchen Müttern an ihrer Grundschule, die bei der Schulbehörde einen Antrag stellen möchten, um die Schulprojekte ihrer Kinder »managen« zu dürfen. »Sie werden viel besser sein, wenn wir dabei sind«, meinte eine von ihnen – ohne dass ein Hauch von Ironie in ihrer Stimme mitgeschwungen hätte.

»Sind Sie Mrs Morales? Die Ehefrau von James Morales?«

Ich nicke, und mein Handy rutscht zur Seite. Meine Schwester redet weiter, obwohl sie nicht mehr meine hellbraunen Haare und Augen sieht, sondern das Dunkelblau meiner Jeans. Ich registriere das Störgeräusch aus dem Walkie-Talkie der Polizistin, das an ihrer schmalen Hüfte baumelt, den Griff einer Pistole, der aus dem Halfter ihres stämmigen, bärtigen Partners ragt, den Streifenwagen am Straßenrand.

Sie rattert ihre Namen herunter, die ich gleich wieder vergesse, und zeigt dann auf die olivgrüne Haustür. Sie ist das Einzige, was unser Haus von den anderen in dieser Reihensiedlung unterscheidet. »Können wir ins Haus gehen und mit Ihnen sprechen?«

»Warum? Stimmt etwas nicht? Ist etwas mit James?« Während ich frage, beobachte ich die Falte zwischen den tief liegenden Augen der Polizistin und setze im Kopf die einzelnen Puzzleteile zusammen.

»Mrs Morales, können wir vielleicht ins Haus gehen?«, bittet sie erneut, und während ich auf das dichte schwarze Haar ihres Partners starre, frage ich mich in einem Anflug von Verärgerung, ob sie das geplant haben. Dass *sie* mit mir spricht? Dass sie mir die schlechte Nachricht überbringt, die ich bereits erahne – von Frau zu Frau? Sie macht einen Schritt auf mich zu, und ich weiche zurück. Der Absatz meines Schuhs verheddert sich in der Türmatte. Ich verliere das Gleichgewicht und greife instinktiv nach ihrem Arm, um mich wieder zu fangen. Sie lächelt mich traurig an, doch ich bitte sie noch immer nicht herein. Ich will noch für einige wenige Sekunden nichts wissen.

»Jacks?« Beth nennt mich bei meinem Spitznamen, und ich drehe wortlos das Handy herum, damit sie die Polizisten sehen kann.

»Mrs Morales?« Die Polizistin schaut nach unten, und ich bemerke, dass ich mich noch immer in dem schweren Stoff ihrer Uniform festkralle. Meine Knöchel setzen sich weiß gegen den blauen Stoff ab. Sie legt ihre Hand auf meine, ihre Haut ist kalt und weich. Sie führt mich durch die Tür. Ihr Partner schließt sie leise hinter uns. Dann setzen wir uns zu dritt auf das rote Plüschsofa. Welche Ironie. Ich habe es während einer meiner Kaufexzesse erstanden, durch die ich versuche, das zu füllen, was meine Therapeutin als Leere bezeichnet, die durch James'

Abwesenheit während seiner ständigen Geschäftsreisen entstanden ist. Ich habe einen Schrank voller Schuhe, ein Bad voller Kosmetik und eine Küche, in der sich allerlei Gerätschaften stapeln, die alle mit der gleichen Einstellung gekauft wurden. Beth kommt dann immer herüber, um meine neuesten Errungenschaften zu begutachten und mich mit einem ihrer Blicke zu bedenken.

Ich starre meine Schwester auf dem Display meines Handys an, das ich noch immer in der Hand halte. Gemeinsam erfahren wir, was passiert ist. Was sich noch wochenlang völlig unwirklich anhören wird, wie ein Albtraum, aus dem ich verzweifelt versuche zu erwachen. 21. Mai. Maui. Ein Autounfall auf der Straße nach Hana. Klippen. Lavagestein. Ein Feuer. Man fand seine Brieftasche mit seinem Personalausweis mehrere Hundert Meter vom Fahrzeug entfernt. Sie benötigen zwar noch die Unterlagen seines Zahnarztes, um sich absolut sicher zu sein. Doch sie sind sich sicher, dass er es ist – so sicher, dass sie hier auftauchen und meine Welt aus ihren Angeln heben.

Ich versuche, die Worte in einzelne Gedanken zu zerlegen, doch alles verschwimmt zu einem langen, weitschweifigen Satz. Beth beginnt zu weinen. Um diese Tränenausbrüche habe ich sie schon immer beneidet. Meine Tränen lassen sich immer viel schwerer heraufbeschwören. Ich weiß, dass sie irgendwann kommen werden, aber ich weiß nicht, wann. Doch irgendwann wird mein Körper aufgeben.

Der Bildschirm meines Handys erlischt. Ich weiß, dass Beth aufgelegt hat und in wenigen Minuten vor meiner Tür stehen wird. Sie wohnt nur wenige Kilometer entfernt. Sie wird mit tränenüberströmtem Gesicht hier auftauchen und mich ungläubig anstarren, weil meines es nicht ist. Es ist schwer zu erklären, aber von dem Moment an, in dem ich von James' Tod erfahre, sehne ich mich danach, den Verlust meines Ehemannes zu spüren, und fürchte mich gleichzeitig vor diesem Gefühl.

Ich starre die beiden Polizisten an, die neben mir auf dem Sofa sitzen, das nie so bequem war, wie ich es mir gewünscht habe. Dann fällt mein Blick auf den Wäschekorb, in dem sich die Handtücher stapeln, die nicht zusammenpassen und die ich heute Morgen zusammengefaltet habe. Ich wünschte, es wäre noch fünf Minuten früher. Denn vor fünf Minuten war ich nur die Lehrerin einer vierten Grundschulklasse, die sich um die schmutzige Wäsche kümmerte, die sich im Laufe der Woche angesammelt hatte, während ich mein Klassenzimmer ausgeräumt und mich auf die Sommerferien vorbereitet hatte. Vor fünf Minuten habe ich noch mit meiner Schwester gelacht und mich mit ihr zum Lunch verabredet. Vor fünf Minuten war ich noch keine Witwe.

Ich frage mich, was die Polizisten nach ihrem Besuch bei mir tun werden. Werden sie noch einmal an mich denken? Oder werden sie mich vergessen haben, sobald sie auf dem Weg zurück zur Wache bei Starbucks auf einen gekühlten Caramel macchiato halten?

Zum ersten Mal seit ihrer Ankunft ergreift der Polizist das Wort, und seine Baritonstimme klingt irgendwie fehl am Platz. »Können wir irgendetwas für Sie tun? Jemanden anrufen? Ich meine, jemand anderes als …« Er lässt den Satz unbeendet und zeigt stattdessen auf mein Handy.

»Meine Schwester. Sie wird gleich hier sein.«

»Okay, gut«, meint er und rutscht auf dem Sofa nach vorne. »Haben Sie noch Fragen?«

Ich schaue ihm direkt in die Augen. Sie sind freundlich – hellblau mit vereinzelten braunen Farbtupfen, die um die Pupille herumtanzen. Die Wahrheit ist, dass unglaublich viele Dinge zu tun sind. Und unglaublich viele Anrufe zu erledigen.

Ich stelle mir vor, wie ich all den Menschen, die James liebten, die Nachricht überbringe. Ich wähle ihre Nummer, dann lehne ich meinen Kopf gegen den kalten Granit in der Küche, während sie auf die gleiche verzweifelte, ungläubige Art weinen, wie ich es nicht tat, aber irgendwann tun werde. Und wie ich das tun werde.

Und natürlich habe ich viele Fragen. Doch ich habe nur die Kraft, dem Polizisten mit den freundlichen Augen die wichtigste Frage zu stellen.

»Warum um alles in der Welt war mein Mann auf Maui?«

KAPITEL 3

JACKS – NACHDEM ES GESCHEHEN WAR

Es ist kaum zu glauben, wie unser Leben sich ungefragt komplett verändern kann. Du glaubst, es zu kontrollieren. Du glaubst, du wärst gut im Umgang mit so herben Enttäuschungen wie dem Bußgeld für unerlaubtes Wenden, der letzten Gebühr für deine Kreditkarte, dank der dein effektiver Jahreszins durch die Decke schießt, oder dem Totalversagen der chemischen Reinigung. Okay, vielleicht bist du mit dem letzten Problem nicht ganz so locker umgegangen und würdest die Bewertung auf Yelp gern zurücknehmen. Aber sie wollten einfach nicht zugeben, dass sie deine schwarze Lieblingshose, in der deine Beine so unglaublich lang und schlank aussahen, zerrissen haben. Und du wirst nie wieder eine Hose finden, in der du so dünn aussiehst. Es war eine Tragödie.

Aber dann stirbt dein Ehemann, und du bettelst um den Weltuntergang wegen einer kaputten Hose. Denn jetzt ist dein ganzes Leben, das dir so sicher erscheint, zerrissen.

Ich konnte nicht schlafen und habe eine Folge *Shark Tank* nach der anderen angesehen. Und sie haben mich alle an James erinnert. Denn er war immer bereit gewesen, in neue, interessante Dinge zu investieren. Als der eingebildete College-Frischling Mr Wonderfuls Fünfzigtausend-Dollar-Angebot für seinen sinnlosen faltbaren Kleiderbügel ablehnte, hätte ich diesem Kind nur zu gern erklärt, wie kurz das Leben ist, und ihm gesagt, er solle diesen verdammten Deal annehmen. Dass er niemals diese fünf Prozent Eigenkapital, an denen er wie an einem Rettungsanker hing, vermissen würde. James hätte Ja gesagt, Mr Wonderful ungestüm umarmt und die Kleiderbügel vor Freude in die Luft geworfen, während die Haie amüsiert gelacht hätten. Andere für sich einzunehmen fiel James so leicht wie das Atmen. Er tat es ganz einfach, ohne großartig darüber nachzudenken.

Zwei Wochen sind seit James' Beerdigung – eine verschwommene Erinnerung an dunkle Anzüge und verweinte Gesichter – vergangen, und die Tage beginnen alle gleich. Ich kämpfe mich morgens um kurz nach halb elf Uhr aus dem Bett. Der Schleier der Schlaftablette, die ich am Abend zuvor genommen habe, liegt noch auf mir. Ich koche eine Tasse schwarzen Kaffee, gebe drei Stücke Zucker hinein, schalte das Notebook ein und warte darauf, dass die Ziffern der Uhr auf elf umspringen – acht Uhr auf Maui. Ich stelle mir vor, wie Officer Keoloha auf sein klingelndes Telefon starrt. Dank den Bildern auf Google weiß ich, dass er ein rundes Gesicht, dichtes braunes Haar mit grauen Strähnen und ein breites, einladendes Lächeln hat. Ich kann mir gut vorstellen, wie sein freundlicher Gesichtsausdruck verschwindet, sobald die Vorwahl 949 auf dem Display seines Telefons erscheint, und er mit sich hadert, ob er den Anrufbeantworter einschalten soll. Ich muss ihm zugutehalten, dass er das niemals tut.

Ich habe das erste Mal mit ihm telefoniert, nachdem ich tags zuvor erfahren hatte, dass James tot war. Nachdem die Polizistin mir ihre Karte in meine zitternde Hand gedrückt hatte, auf deren Rückseite Officer Keolohas Name und Telefonnummer standen. Nachdem sie und ihr Partner mit mir auf Beth gewartet hatten. Nachdem Beth mich in den Arm genommen und mir über das Haar gestrichen hatte, als wäre ich ein kleines Mädchen. Nachdem sie mich in der Nacht jedes Mal festgehalten hatte, sobald ich in unserem Gästebett aus dem Schlaf hochfuhr und mich die harte Realität der Nachricht erneut mit voller Wucht traf.

Officer Keoloha hörte mir zu, als ich ihm meine Geschichte erzählte. Wie geschockt ich war, als ich erfuhr, dass James auf Maui war, denn ich hatte geglaubt, er sei nach Kansas gefahren. Ich langweilte ihn damit, dass wir seit acht Jahren verheiratet waren und er mich noch nie angelogen hatte – zumindest nicht soweit ich wusste. Ich wusste, dass ich mich wie eine verzweifelte Witwe anhörte, die nicht akzeptieren wollte, dass ihr Mann Geheimnisse hatte. Doch ich konnte nicht aufhören zu reden. Es half auch nichts, dass er nicht versuchte, die Pausen zu füllen. Ich glaube, er wusste, dass ich jemanden brauchte, der verstand, dass mein Leben so nicht geplant war.

Ich wollte wissen, wie er sich sicher sein konnte, dass der Mann in dem Auto mein Ehemann gewesen war. Er ging schonend Schritt für Schritt die Dinge mit mir durch, die ich bereits von den beiden Polizisten erfahren hatte: Man hatte James' braune Lederbrieftasche mit seinem Führerschein und seinen Kreditkarten nicht weit vom Autowrack entfernt gefunden. Man hatte mit Heidi von der Autovermietung gesprochen, die bestätigte, dass James den Jeep gemietet hatte. Man hatte die Unterschrift unter dem Vertrag mit der auf seinem Ausweis verglichen. Außerdem hatte man herausgefunden, dass James' Name auf der Passagierliste eines United-Airlines-Flugs von Los Angeles nach Maui stand und dass er mit der

Citibank-Visa-Karte (von deren Existenz ich nichts wusste), die sie in seiner Brieftasche gefunden hatten, einen Hotelaufenthalt von vier Nächten und verschiedene Ausflüge im *Westin Resort and Spa* in Ka'anapali bezahlt hatte.

Seine Stimme wurde sehr mitfühlend, als er den nächsten Punkt ansprach. Aufgrund des Feuers war für die hundertprozentige Gewissheit, dass es sich bei dem Toten um James handelte, ein Abgleich mit den Unterlagen unseres Zahnarztes erforderlich. Ich wollte mir nicht ausmalen, was das bedeutete. Stattdessen klammerte ich mich an diesen Funken Hoffnung, daran, dass alles vielleicht nur ein großes Missverständnis und James in Kansas war, um den Software-Deal abzuschließen, der, wie er mir gesagt hatte, so wichtig war.

Doch dann bestätigte unser Zahnarzt, Dr. Matias, die schlechte Nachricht.

Nun war es offiziell. Mein Ehemann war tot. Doch warum war er auf Maui gestorben?

Jedes Mal, wenn ich daran denke, wie James an diesem Morgen das Haus verließ, zerreißt es mir das Herz. Er trug ein gestärktes weißes Hemd und eine graue Hose, die im Sitzen etwas zu weit nach oben rutschte. Sein hellbraunes Haar war etwas länger als sonst und stieß an den Hemdkragen. Die Bartstoppeln waren nicht zu übersehen und überzogen seinen olivfarbenen Teint. Paradoxerweise dachte ich noch, dass er mehr wie ein Surfer auf dem Weg zum Strand als ein Geschäftsmann auf dem Weg zu einem Meeting aussah. Er zog wutschnaubend und auf Spanisch fluchend an mir vorbei, das Handgepäck fest umgriffen. Die abgewetzte schwarze Notebooktasche aus Leder rutschte von seiner Schulter, als er seinen kräftigen Körper in Richtung Auto schob, das am Straßenrand auf ihn wartete. Der Fahrer, ein Mann mit einem kurzen weißen Bart, schaute zu uns herüber, und ich konnte nur ahnen, was er dachte. Wie viele solche Szenen mochte er in seiner Laufbahn als Amateurtaxifahrer schon erlebt haben? Doch am schlimmsten war, dass wir kurz zuvor wieder gestritten hatten. Und ich wusste, dass wir es wieder tun würden. Zumindest glaubte ich das damals.

War er deshalb nach Hawaii geflogen? Weil ich ihm nicht geben konnte, was er wollte, ihn aber glauben ließ, dass ich es konnte?

Dieser Frage nachzugehen war ich nicht bereit.

* * *

Seit seinem Tod laufe ich durch unser – oder mein? – Haus und suche nach einer Antwort auf die Frage, von der ich weiß, dass ich sie nicht finden werde: Warum?

Ich habe versucht herauszufinden, warum James nicht, wie er gesagt hat, nach Kansas geflogen ist. Doch ich fand keine Antwort. Also habe ich beschlossen, mich auf etwas zu konzentrieren, das ich kontrollieren kann, das beherrschbar und alltäglich ist.

Ich versuche, den Wasserhahn in der Küche abzudichten.

Das Wasser hat fast eine therapeutische Wirkung. Sein rhythmisches Echo, mit dem es in die Spüle tropft, erinnert mich an diese Trommler in der New Yorker U-Bahn, die Musik machen, indem sie auf die Deckel von Farbeimern schlagen.

Ich drehe den Griff des Hahns nach rechts und denke an die Anweisungen meines Vaters. Als ich klein war, zeigte er mir, wie man einen Schlauch an der Wasserrutsche abdreht: losdrehen – links, reindrehen – rechts.

Es ist schon komisch, welche Dinge sich einprägen und welche nicht. Seit James' Tod stelle ich fest, wie seltsam der menschliche Verstand funktioniert. Ich kann mich an James' Geruch erinnern, ohne auch nur an einem seiner Kleidungsstücke zu riechen. Dazu kann ich mich nicht überwinden. Ich kann noch nicht einmal auf den Ärmel seines zerknitterten hellblauen Hemds schauen, das aus dem Wäschekorb lugt. Doch der Duft ist da. Er ist so stark, als vergrübe ich meinen Kopf in seiner Schulter und atmete ihn ein wie bei unserem ersten Date, nachdem der Sake mich mutig gemacht hatte. Sein Moschusduft hängt noch in unserer Bettwäsche. Er strömt aus dem Handtuch, das er zuletzt benutzt hat. Er haftet an meiner Nase wie das Parfüm meiner Großmutter, das sie so großzügig wie andere Lufterfrischer benutzte. Ihn noch immer riechen zu können ist tröstend und belastend zugleich. Es gab Momente, in denen ich mich nach einer Hyposmie gesehnt habe – dem zunehmenden Verlust des Geruchssinns. Den Begriff kenne ich nur, weil ich ihn nachts um drei Uhr gegoogelt habe. Mit den Beinen umklammere ich James' Kissen wie einen Anker, und es riecht so stark nach ihm, dass ich fast glauben könnte, er hätte eben noch neben mir gelegen und sei nur kurz ins Bad gegangen.

Sein Duft stürmt auf mich ein, während ich versuche, mich an irgendetwas zu erinnern, was nur James und niemand sonst hatte. Wie fühlten sich zum Beispiel seine Hände an? Ich weiß es nicht. Waren sie glatt? Oder schwielig? Habe ich mir je die Zeit genommen, sie zu erspüren? Ich griff nach Beths Handgelenken, als sie an diesem Morgen herüberkam, und versuchte, mir jeden ihrer Finger einzuprägen. Sie fühlten sich weich an. Ich berührte die kleine Narbe in ihrer Innenfläche – sie hatte sich einmal beim Tomatenschälen geschnitten – und versprach mir selbst, das nie wieder zu vergessen.

Ich weiß auch nicht mehr, wie sein Lachen klang. Wenn ich versuche, mich daran zu erinnern, ist es wie mit dem Namen eines Schauspielers, der einem auf der Zunge liegt. Es fällt mir nicht ein, egal, wie fest ich die Augen zusammenkneife, als würde die Konzentration meiner Erinnerung auf die Sprünge helfen. Vor einigen Nächten habe ich eine halbe Flasche Portwein getrunken – anderen Alkohol hatte ich nicht im Haus – und mich auf der Suche nach unserem Hochzeitsvideo durch unsere privaten Aufnahmen geheult. Ich suchte nach Toms Trauzeugenrede, bei der James so herzhaft gelacht hatte, dass es durch den gesamten Innenhof des Hotels schallte. Sein Lachen war so ansteckend gewesen, und nun kann ich mich nicht mehr daran erinnern. Und dieses Video habe ich nie gefunden.

James und ich waren acht Jahre zusammen, aber in vielerlei Hinsicht waren wir gleich am Anfang gescheitert – wie ein Rennpferd, das beim Knall des Startschusses kopfscheu wird. So viele Dinge haben uns aufgehalten. Der Verlust seines Jobs, als wir noch kein Jahr verheiratet waren, was ihn zu dieser Stelle geführt hat, für die er ständig unterwegs war. Meine Überheblichkeit, noch ein paar Jahre warten zu können, bevor wir eine Familie gründeten.

Das bringt mich wieder zu den Warums zurück. Warum war es zu Ende, bevor es richtig begonnen hat? Warum haben wir uns mit unseren letzten Worten gegenseitig so verletzt? Warum kann ich nicht vergessen, wie er wutschnaubend an mir vorbei aus dem Haus gegangen und zu dem Uber-Fahrer in den verrosteten Toyota Camry gestiegen ist, ohne noch einmal zurückzuschauen? Warum kann ich noch immer das Zittern der Wände spüren, als er die Haustür zuschlug?

Er hätte nicht sterben sollen. Er hat immer brav seine Steuern gezahlt und das Baseballteam von Beths Sohn trainiert. Er war so fürsorglich, dass er einmal sogar ins Restaurant zurückgefahren ist, nachdem er erst vor der Haustür bemerkte, dass er der Kellnerin kein Trinkgeld gegeben hatte. Warum haben die beiden Polizisten bloß an meine Haustür geklopft?

Warum nicht an die Tür dieser furchtbaren Frau von gegenüber, die einmal eine Gruppe zahnlückiger Teenager aus der Nachbarschaft angebrüllt hat, nur weil sie den Limonadenstand zu nah an ihrer Auffahrt aufgebaut hatten? Warum haben sie nicht an ihre Tür geklopft?

* * *

Nach drei Gläsern Sauvignon Blanc auf James' Beerdigung, die Beth geplant hatte, ohne dass ich sie darum hatte bitten müssen, fand ich den Mut, seinen Chef, Frank, zu fragen, ob er von der Reise nach Maui gewusst hatte. Mein Magen zog sich zusammen, während ich seine buschigen Augenbrauen und blutunterlaufenen Augen beobachtete und gleichzeitig wissen und doch nicht wissen wollte, ob Frank ihn deckte – ob ich die Einzige war, die keine Ahnung hatte. Es gab unglaublich viele Fragen, auf die ich eine Antwort haben und doch nicht haben wollte. Es fühlte sich an wie damals, als ich Autofahren lernte und der Fahrlehrer auf die Beifahrerbremse trat, während ich Gas geben wollte. Doch Frank schüttelte energisch den Kopf. James hatte ihn um ein paar freie Tage gebeten, mehr wusste er nicht. Und, oh ja, es tat ihm alles so furchtbar leid.

Später an diesem Abend, nachdem Beth und ich James' Eltern, Isabella und Carlos, meine Eltern und die letzten Gäste verabschiedet hatten, suchte Beth im Haus nach Hinweisen. (Sie nannte es tatsächlich so. Als spiele sie in einer schlechten Folge von *Law & Order* mit.) Wir begannen mit seinen persönlichen Dingen, die man mir einen Tag zuvor zurückgeschickt hatte. Ich öffnete seinen Koffer und ging seine Kleidung durch. Dabei zog ich ein Durcheinander aus schmutzigen und sauberen Teilen heraus. Meine Hand blieb auf seiner Lieblingsbadehose liegen, einer roten Boardshorts mit ausgefranstem Bund, die er schon auf unserer Hochzeitsreise getragen hatte. Ich fasste in die Tasche, fand aber nur die Quittung einer Bar. Sein Handy und sein Notebook halfen uns auch nicht weiter, weil jeder Passwortversuch fehlschlug. Mir blieb der Zugang zu dem Mann, der mein Ehemann gewesen war, verwehrt. Ich war schlichtweg so naiv – oder vielleicht auch so dumm, noch weiß ich nicht, was zutrifft – zu glauben, dass ich diese Art von Zugang nicht brauchte.

KAPITEL 4

JACKS – NACHDEM ES GESCHEHEN WAR

Wenn wir über James' Geschäftsreisen sprachen, klang es immer ähnlich:

Er: Ich muss morgen nach Des Moines (oder in eine andere Stadt).

Ich: Oh, hm. Wann kommst du zurück?

Er: In ein paar Tagen. Ich schicke dir eine SMS, wenn ich gelandet bin.

Ich: Okay. Kannst du noch den Mülleimer hinunterbringen, bevor du gehst?

* * *

Wir aßen gerade unsere Fettuccini al Alfredo, als er die Reise nach Kansas erwähnte. Ich schaute von meinem Teller hoch und sah zu, wie die Nudeln in seinem Mund verschwanden, als er meinte, er würde am nächsten Morgen abreisen und bis Samstag fortbleiben. Am Freitagabend müsse er an einem Essen teilnehmen, das er leider nicht absagen könne. Er sprach darüber, wie unmöglich die Kunden zwar seien, dass ein Abschluss seinen

Bonus im nächsten Quartal jedoch verdoppeln könnte. Ich runzelte die Stirn und stornierte in Gedanken die Reservierung, die ich bereits bei dem neuen Italiener unten in der Straße gemacht hatte. Ich versuchte, mir einzureden, dass die Reise nicht ungelegen kam. Ich hatte noch sehr viel für den Tag der offenen Tür in der vierten Klasse, die ich unterrichte, vorzubereiten. Er fand schon in einer Woche zum Schuljahresende statt, und bisher wusste ich weder, wie ich die Aufsätze der Kinder über ihre Heldenfiguren zeigen noch ihre Stammbaumprojekte möglichst kreativ präsentieren könnte.

Als James mein enttäuschtes Gesicht sah, kam er um den Tisch herum, küsste mich sanft – und wie so oft löste sich mein Ärger in Luft auf. Wir stritten uns zwar leicht, versöhnten uns aber auch wieder, wie der Druckknopf an einem Hemd, der nicht richtig hält. Man denkt, man hätte ihn richtig geschlossen, und dann, *peng*, zehn Minuten später springt er plötzlich wieder auf.

* * *

Hätte ich ihn nach dieser Kansasreise fragen sollen? Natürlich. Doch das tat ich nie. Ich hatte vor langer Zeit damit aufgehört. Zu Beginn unserer Ehe habe ich ihn mit Fragen nach seinem Job gelöchert. Er hat immer nur knapp geantwortet und irgendwann zugegeben, dass für ihn sein Job als Softwareverkäufer nur Mittel zum Zweck war – ein Gehaltsscheck. Eines Tages würde er kündigen und eine eigene Firma gründen. Er hatte viele Ideen, für die er keinen Mangel an Beinfreiheit in Sitz 17 C und keine Mitarbeiter am Flugsteig in Kauf nehmen musste, die nur zu gern loswetterten, wenn das Handgepäck größer war als sechsundfünfzig mal einundvierzig mal fünfundzwanzig Zentimeter. Er mochte seinen Job und war sehr gut darin. Doch er hasste die Reisen, die damit verbunden waren. Also hatte ich gelernt, nicht nach ihnen zu fragen – und ganz bestimmt nicht nach seinen Kündigungsplänen.

Ich hätte nie gedacht, dass er bei seinen Flügen nach Sioux Falls oder Wichita gelogen hat. Ich habe wirklich geglaubt, er hätte jede einzelne Nacht lieber mit mir zu Hause verbracht. Unsere Ehe war alles andere als perfekt. Doch habe ich jemals gedacht, er würde mich betrügen? Niemals. Nicht einmal im Nachhinein. Vielleicht war ich deshalb naiv oder dumm oder vielleicht von beidem etwas. Doch ich war froh, nicht zu diesen Ehefrauen zu gehören, die ihren Partnern misstrauen. Ich wusste von meinen Freundinnen, deren Männer ebenfalls viel verreisten, dass sie von ihnen *verlangten*, sich mehrmals am Tag zu melden, ihnen die komplette Reiseroute vorzulegen und ihnen bei ihrer Rückkehr sämtliche Details zu erzählen. So wollte ich niemals sein. Ihn behandeln, als wäre er mein Angestellter.

Ich freute mich über die Nachrichten, die er freiwillig – und oft – schickte: dumme Sprüche über das Meer von Nebraska-Cornhuskers-Footballshirts, die er in Omaha gesehen hatte, oder die unzähligen BMWs, die er in Dallas entdeckt hatte. Er schickte Selfies, während er auf der Rollbahn festsaß. Ich konnte ihn erreichen, wann immer es nötig war. Bekam ich also seine Reisepläne wie diese kontrollierenden Ehefrauen, die ich kannte? Nein. Obwohl ich darauf hätte bestehen sollen. Denn diese Frauen verstehen offensichtlich besser als ich, wie die Welt funktioniert. Ihre Ehemänner ärgern sich vielleicht über sie, aber dafür sind sie jetzt sicher zu Hause, während mein Mann in einer Urnenhalle im Good Shepherd Cemetery liegt.

Hätte ich mehr über das Leben meines Mannes gewusst, hätte mich das, was Officer Keoloha mir am Tag nach der Beerdigung am Telefon sagte, vielleicht nicht so schockiert.

Es hatte sich nämlich herausgestellt, dass James nicht allein gewesen war, als er starb. Er war auf dem Hana Highway in einem gemieteten Jeep Wrangler zusammen mit einer vierundzwanzigjährigen Frau namens Dylan Matthews unterwegs gewesen.

Und was war mein erster Gedanke? Ich hatte ihn einmal auf dem Weg nach Monterey gebeten, uns einen kirschroten Jeep zu mieten … und er hatte sich über den Preis aufgeregt. Ich glaube, ich musste daran denken, weil ich mit der Wahrheit, mit der ich konfrontiert wurde, nicht umgehen konnte. Dass er mit einer anderen Frau und nicht mit mir auf Hawaii war.

Laut Officer Keoloha wurde Dylans Leiche erst zwei Wochen nach dem Unfall an den Strand gespült. Zunächst war man nicht davon ausgegangen, dass sie mit James in den Unfall verwickelt war. Doch im Laufe der Ermittlungen hatte man herausgefunden, dass ihr Name auf der gleichen Passagierliste stand wie seiner, dass sie ebenfalls im Westin Ka'anapali abgestiegen war und sie die gleiche Zimmernummer hatte. Außerdem hatte sie eine Maniküre und eine Pediküre über dieses Zimmer abrechnen lassen und mehrere Quittungen über Speisen und Getränke, die sie im Hotel bestellt hatten, unterschrieben. Und dann hatten einige Surfer auch noch gesehen, wie James Dylan am Morgen des Unfalls an sich herangezogen und leidenschaftlich geküsst hatte. Tatsächlich hatten sie gemeint, die beiden hätten »neben dem Jeep aufeinandergehangen«. Dieses Detail tat weh. Aber nicht so sehr wie die Vorstellung, dass sich diese Frau ihre Nägel auf Kosten meines Mannes hatte machen lassen. Das wirkte irgendwie noch vertrauter.

Doch es gab noch mehr Hinweise. An dem Tag, als sie nach Hana gefahren waren, hatten sie am Kuau Store gleich hinter der Stadt Paia am Hana Highway gehalten. Laut der Kassiererin, die damals Dienst hatte, machten James und Dylan ein paar Fotos an dem berühmten Surfbrettzaun und mussten darüber lachen, wie Dylan beim Posieren für ein Selfie nach hinten in die Bretter fiel. Und James' Kreditkartenabbuchung bestätigte, dass er dort gewesen war. Er hatte Ziegenkäse, Salami, eine Flasche Wein,

Kokosnusswasser, Bananenbrot und einen Audioführer *Road to Hana* gekauft. Als ich hörte, wie der Officer die Informationen herunterrasselte, wusste ich nicht, welches Detail über ihre Reise mich am meisten quälte: der Jeep, den James für mich nicht mieten wollte, das romantische Picknick, bei dem ich mir die beiden an einem Wasserfall vorstellte, oder die CD. James und ich hatten uns immer über die Leute lustig gemacht, die sich ganz dem Touristenwahn hingaben und solche Dinge kauften. Hatte ich meinen Ehemann überhaupt gekannt?

Doch ich suchte nach Antworten, die Officer Keoloha nicht in den Kreditkartenabbuchungen oder den Erinnerungen der Verkäufer finden konnte. Warum waren sie zusammen auf Maui gewesen? Wie lange trafen sie sich schon? Hatte er sie geliebt?

Hatte er sie mehr geliebt als mich?

Officer Keoloha wollte vermutlich nur verständnisvoll sein, sagte aber so unglaublich nutzlose Dinge wie »Es tut mir leid« und »Wenn ich irgendetwas für Sie tun kann«, als ich an meinem Schluchzen zu ersticken drohte und die Tränen endlich kamen – wie die Wasserfälle, zu denen James in meiner Vorstellung mit der Frau wanderte, die mein Leben ruinierte.

KAPITEL 5

JACKS – NACHDEM ES GESCHEHEN WAR

Hier sind die Dinge, die ich inzwischen nach meiner zwanghaften Google-Suche über die Straße nach Hana weiß:

Der Highway hat eine Länge von vierundachtzig Kilometern.

Er verläuft über neunundfünfzig Brücken.

Er hat mehr als sechshundert Kurven.

Er gräbt sich in die Felsen eines der schönsten Regenwälder der Welt.

Er gilt aufgrund der zahlreichen Serpentinen, nicht einsehbaren Kurven, ablenkenden Aussichten, einspurigen Straßen und steilen Felsen als gefährlich. (Oder wie es auf einer Webseite heißt: *Er kann Sie auf vielen Wegen zu Gott bringen.*)

Ungelogen.

Offensichtlich kommt es jedes Jahr zu vielen tödlichen Unfällen, bei denen Menschen von den neunzig bis dreihundert Meter hohen Felsen (manche im Auto, manche zu Fuß) hinunter auf das Lavagestein stürzen.

Mein Ehemann und Dylan Matthews stehen nun auch auf dieser Liste.

* * *

Hier kommt, was ich nicht über Google finden konnte:

Irgendwelche nützlichen Informationen über Dylan Matthews.

Ich habe nur erfahren, dass sie einen Highschool-Abschluss in einer kleinen Stadt nahe Phoenix gemacht hat. Sie hat weder ein Facebook-Profil noch einen Twitter-Account. Sie war auch nicht auf Instagram. Wenn man Beth fragt, war sie ein ganz armer Vertreter der Generation Y.

* * *

Die Klingel reißt mich aus meinen Gedanken. Ich presse meine Augen fest zusammen und schicke, wer auch immer vor der Tür steht, im Geiste fort. Ich kann keinen weiteren wohlmeinenden Nachbarn mit einer Auflaufform in den Händen mehr ertragen. Ich fange gerade an, die bereits glänzende Herdplatte zu polieren, als das Klopfen beginnt. Je länger ich es ignoriere, desto beharrlicher wird es. Am Ende starre ich durch den Türspion und sehe den Hinterkopf eines Mannes, dessen welliges Haar mich an niemanden, den ich kenne, erinnert. In dem Moment dreht er sich um und hebt den Arm, um erneut zu klopfen. Jetzt kann ich seine dunklen Augen und sein rechteckiges Kinn sehen, erkenne ihn aber trotzdem nicht. Ist es einer von James' Freunden? Ich habe mehrere E-Mails, Anrufe und Briefe von alten Freunden erhalten, die nicht zur Beerdigung kommen konnten. Vielleicht gehört dieser Typ zu ihnen. Dann kann ich ihn schlecht vor der Tür stehen lassen. Ich öffne sie einen Spalt, nehme die Kette aber nicht ab.

»Hi«, sagt er. »Sind Sie Jacqueline Morales?«

Ich zögere kurz, bevor ich nicke. »Ja. Aber die meisten Leute nennen mich Jacks.«

Mein Blick fällt auf ein Motorrad, das am Bordstein geparkt wurde.

»Ich bin Nick Ford.«

Ich schaue ihn an, als wollte ich fragen: *Und?*

Er macht einen Schritt auf mich zu. »Sie kennen mich nicht, aber ich muss mit Ihnen reden.« Er macht eine Pause, als eine Frau mit ihrem Golden Retriever am Haus vorbeigeht. »Es geht um Ihren Mann.«

Ich schaue nach unten auf die Türmatte, seine abgewetzten Cowboystiefel streifen ihren Rand. »Und?«, frage ich, während ich wieder in seine dunkelgrauen Augen schaue, die mir irgendwie vertraut sind.

»Kann ich hereinkommen?«

Ich fühle mich nicht wohl bei dem Gedanken, einen Fremden ins Haus zu lassen, aber irgendetwas an seinem Verhalten ist entwaffnend. Ich nehme die Kette ab, trete nach draußen und schließe die Tür hinter mir. »Ich würde lieber hier draußen mit Ihnen sprechen.« Ich lächele leicht, damit er weiß, dass ich nicht unhöflich sein möchte.

»Ich weiß nicht, wie ich es sagen soll. Ich hatte alles genau geplant, aber jetzt, wo ich Sie sehe, kommt es mir plötzlich falsch vor. Vielleicht hätte ich doch nicht kommen sollen.«

Ich schaue an meiner Boyfriend-Jeans hinunter, deren Beine ich hochgekrempelt habe. Der rosafarbene Nagellack blättert bereits von meinen Fußnägeln ab. Ich fahre mir durch mein ungekämmtes Haar und frage mich, was er damit meint. Nun, wo er mich sieht, kommt es ihm falsch vor? »Kannten Sie James?«

»Nein.« Er vergräbt die Hände in den Taschen seiner Jeans und holt tief Luft. »Aber meine Verlobte, Dylan Matthews, kannte ihn. Und ich bin hier, weil ich herausfinden will, warum sie mit Ihrem Ehemann auf Maui war.«

33

KAPITEL 6

JACKS – NACHDEM ES GESCHEHEN WAR

Mein Atem geht kurz und schwer, meine Lungen brennen. Warum tun Menschen das? Laufen als Sport? Ich sehe Autos, die an mir vorbeifahren, Menschen, die mit ihren Hunden Gassi gehen, schmale Gesichter, die sich an die Scheiben des vorbeifahrenden Schulbusses pressen. Aber ich höre nichts. Als habe die Welt um mich herum auf die Stumm-Taste gedrückt. Meine Waden brennen, mein Gesicht ist schweißgebadet, und ich habe fürchterliches Seitenstechen. Trotzdem treibe ich mich immer weiter voran. Wann habe ich mir meine Turnschuhe geschnappt und angezogen? Das Haus verlassen? Alles ist so verschwommen, seit ich diesem Nick gesagt habe, er solle sich zum Teufel scheren.

Ich sehe den schmalen schwarzen iPod vor mir, den James mir vor fünf (oder waren es sechs?) Weihnachtsfesten geschenkt hat. Er hat gegrinst wie ein alberner, verknallter Schuljunge, als ich das Geschenk öffnete. Dann hat er mir ausführlich erklärt, dass er ja wüsste, wie langweilig ich Sport fände, dass ich nie die Sportart gefunden hätte, die mir wirklich Spaß gemacht hatte, und dass ich es mal mit Joggen probieren sollte. Das wäre ein fantastischer Endorphinauslöser. Aber ich brauchte Musik. Das wäre der ganze Trick bei der Sache. Er hatte sogar eine Playlist für mich erstellt – *Jacks's Workout-Mix* – und eine kurze Joggingrunde vorgeschlagen. Ich schielte auf die Flasche Wein, die wir nach den Geschenken öffnen wollten, beschloss dann aber, ihm diesen Gefallen zu tun.

Doch schon nach wenigen Blocks konnte ich bei James' Tempo nicht mehr mithalten. Ich versuchte, mich von Beyoncés Song über Frauen, die die Welt beherrschen, motivieren zu lassen, aber ich atmete völlig falsch und bekam einen Krampf. Schließlich musste ich kurz stehen bleiben, bevor ich langsam weitergehen konnte. Also sagte ich James, er solle allein weiterlaufen. Er lehnte ab. Stattdessen ging er neben mir schniefendem und schnaufendem Etwas her. Einmal musste ich sogar ausspucken, um den widerlichen Speichel in meinem Mund loszuwerden.

Er legte den Arm um meine verschwitzte Schulter, mein T-Shirt klebte an meiner Haut, und wir gingen schweigend weiter, bis ich schließlich meinte, er solle sich von mir nicht aufhalten lassen. Da blieb er abrupt stehen, mitten auf einer viel befahrenen Kreuzung. Die Fußgängerampel leuchtete rot auf, doch James rührte sich nicht, sondern warf den Kopf zur Seite und runzelte die Stirn. »Was?«, fragte ich, als ein SUV langsam auf den Zebrastreifen zurollte, um rechts abzubiegen, wobei wir ihm jedoch im Weg standen.

»Du hältst mich niemals auf, Jacks. Wir sitzen in einem Boot. Wir sind ein Team. Hast du das denn noch immer nicht kapiert?«

»Doch, ich weiß das«, gab ich verlegen zurück, während ich das rote Ampelmännchen hinter ihm beobachtete.

Die Verkehrsampel sprang auf Grün, und der Fahrer des SUV drückte auf die Hupe. Der schrille Ton ließ mich zusammenfahren. James griff nach meiner Hand, zog mich auf den Gehweg und küsste mich auf die Stirn.

»Wir walken nach Hause«, meinte er grinsend.

Ich schüttelte den Kopf und beschloss plötzlich, mich selbst aus meiner Komfortzone zu werfen. Ich wechselte langsam von schnellem Gehen zum Joggen, während James ungläubig neben mir herlief. »Bist du dir sicher?«, wollte er wissen. »Du musst nicht für mich laufen.«

»Tue ich auch nicht. Wir sind ein Team, schon vergessen?«

Und damals waren wir das auch. Doch ich hatte die nahende Veränderung nicht erkannt. Hätte ich das getan, hätte ich diesen Moment, *diese* Version von James vielleicht mehr zu schätzen gewusst. Doch stattdessen nahm ich es einfach als gegeben hin, dass er immer stehen blieb und auf mich wartete.

Ich täuschte mich.

Ich glaube, dieser iPod landete am Ende des Monats in irgendeiner Kramschublade unter angespitzten Bleistiften und unvollständigen Kartenspielen. Vielleicht kann er aber heute meine Gedanken übertönen, während ich zu Beths Haus renne. Denn wie groß meine Schritte auch sind oder wie stark ich auch mit den Armen pumpe, ich kann ihnen nicht davonlaufen.

Dylan Matthews' Verlobter, Nick, ist wie ein Zeuge Jehovas vor meiner Haustür erschienen, um mich zu bekehren. Und ich ließ ihn predigen. Ich ließ ihn über die Beziehung meines Ehemannes zu seiner Verlobten spekulieren. Ließ ihn über die Dinge reden, die er wissen musste, um weiterleben zu können. Hörte ihm zu, als er vor meinem Haus hin und her lief, den Kopf schüttelte und meinte, er könne es einfach nicht glauben. Wie hatten sie ihm das nur antun können? Uns antun können? Ich hatte die gleichen Fragen, doch sie gehörten zu dem Teil von mir, der Angst vor den Antworten hatte. Es war viel einfacher, weiterzuleben und die Augen vor der Wahrheit zu verschließen, mir selbst einzureden, James hätte in einer Midlife-Crisis gesteckt und diese Frau, Dylan, hätte ihm nichts bedeutet. Ich dachte an meine Kindheit zurück, als ich ungefähr acht Jahre alt gewesen war. Ich war damals die Treppe hinuntergeschlichen, hatte vorsichtig das Klebeband von meinem Geburtstagsgeschenk abgezogen und den Teddybär Ruxpin enthüllt, um den ich so gebettelt hatte. Doch anschließend hatte ich mich nur noch schuldig gefühlt. Meine Gier hatte über die Vernunft gesiegt. Nicks Worte erinnerten mich an diese Nacht – an den Hunger nach Informationen, der mich das Offensichtliche ignorieren ließ: Die Antwort würde Höllenschmerzen bereiten.

Doch genau das ist das Problem, wenn die Neugier über den Verstand siegt. Man kann seine Meinung anschließend nicht mehr ändern. Nick erzählte mir von den E-Mails, die die beiden sich geschrieben hatten und die er gefunden hatte. Wollte ich sie lesen? Er meinte, er müsse wissen, wie ernst es den beiden gewesen wäre. Ob sie sich geliebt hätten. Ob sie uns verlassen wollten. Wie bitte? Die letzte Frage war mir bisher nie in den Sinn gekommen. Doch nun kann ich an nichts anderes mehr denken.

Ich biege in die Church Street ein und bleibe abrupt vor Beths zweistöckigem hellbraunem Haus stehen. Ich presse meine Hände gegen die brennenden Oberschenkel und versuche, meinen Atem zu beruhigen. Gleichzeitig hasse ich es, dass meine Fahrtauglichkeit ein weiteres Opfer seit James' Sturz über die Felsen war. Denn mit dem Auto wäre ich viel einfacher hierhergekommen.

Die Haustür geht auf. »Mein Gott, wie siehst du denn aus?« Beth eilt die Stufen hinunter und beugt sich über mich. Ihre hellbraunen Haare haben die gleiche Farbe wie meine und umrahmen ihren zarten Teint, der mit hellen Sommersprossen übersät ist.

»Ich weiß.« Ich halte ihr die Hand hin, damit sie mich hochzieht. »Kann ich ein Glas Wasser haben?«

Sie taxiert mich kurz von oben bis unten, und ihre perfekt gezupften Augenbrauen wölben sich über ihre hellbraunen Augen. »Bist du etwa hierhergelaufen?«

Ich nicke. »Ich konnte nicht …« Ich kann den Satz nicht beenden, aber wir wissen beide, was ich sagen wollte.

… *ins Auto steigen.*

Ich habe einige Tage nach James' Tod versucht zu fahren. Ich wollte Wein besorgen. Viel Wein, um mich in einen traumlosen Schlaf zu trinken und die Albträume zum Schweigen zu bringen. Ich rutschte auf den Sitz meines Mini Coopers und ließ wie immer den Motor an. Doch als er aufheulte, blitzte für einen Moment James' Gesicht auf. Es war zu einer Grimasse verzogen, während er versuchte, den Jeep von dem Felsen wegzulenken. Mein Herz raste, ich schnappte nach Luft, meine Hände zitterten so stark, dass ich kaum die Fahrertür öffnen konnte. Dann presste ich meine Wange auf den kalten, ölbefleckten Garagenboden und lag schluchzend auf dem Beton, bis ich mich endlich in eine aufrechte Position bringen und Beth anrufen konnte, die mal *wieder* sofort herübergerast kam. Als sie mich gegen einen Sack Dünger gelehnt fand, schaute ich sie nur an und schüttelte den Kopf.

* * *

Als ich ihr ins Haus folge, fällt mein Blick auf ihre Nylonshorts, die über ihre schmalen Hüften rutschen. Sie zieht sie nach oben. Ich bin überrascht, dass sie ihre Highschool-Figur auch noch nach drei Kindern halten kann. Als irgendwann ihre rot-weiß-schwarze Cheerleader-Uniform in einer Kiste aufgetaucht und sie hineingeschlüpft ist, als wäre sie noch immer sechzehn, begann sie zu jubeln – und wirklich *Go! Fight! Win!* zu singen. Sie tut aber auch viel dafür. Ohne sie fragen zu müssen, weiß ich, dass sie heute Morgen schon ihre Kinder ins Sommercamp gebracht, einen Fitnesskurs besucht und ihren Paleo-Shake getrunken hat. Ich persönlich liebe jedes industriell zubereitete Essen mit Käse, das man unbedingt vom Speiseplan verbannen will, weshalb mir die Ernährung eines Höhlenmenschen so unerreichbar erscheint wie die Aufnahme in die Olympiamannschaft.

»Schuhe«, ruft Beth mir über die Schulter zu, dreht sich dann aber um und lächelt mich kurz an. »Ich meine, wenn es dir nichts ausmacht.« Es ist schon lustig, wie andere ihre Zunge im Zaum halten, wenn man etwas Furchtbares erlebt hat. Letzte Nacht habe ich meine Nachbarin erwischt, wie sie die Mülltonne unsere Einfahrt hochgezogen hat und sich dabei ziemlich abmühen musste, als eines der Räder in einem tiefen Riss, der vom letzten Erdbeben rührt, hängen blieb. Sonst zieht sie immer missbilligend ihre ergrauten Augenbrauen zusammen, wenn meine Tonnen noch am Straßenrand stehen, obwohl der Müll längst abgefahren wurde. Und Beth? Sie zeigt sich seit James' Tod von ihrer besten Seite. Statt ihre Meinung unverblümt zu äußern, gibt sie mir nur höfliche und freundliche Antworten, die irgendwie fremd klingen. Sie versteht nicht, dass ich mir wünsche, sie wäre wieder sie selbst. Denn genau diese Beth brauche ich. Ich brauche ihre unverfälschten Kommentare über mein Leben, ihre ewige Besserwisserei, ihr Bedürfnis, recht zu haben.

Doch nicht nur Beth benimmt sich wie beim ersten Date. Meine Mom lebt in Solana Beach, ein verschlafenes Städtchen am Meer, das ungefähr eine Stunde südlich von uns liegt. Vor James' Tod hat sie nur selten die »weite«, strapaziöse Fahrt nach Aliso Viejo auf sich genommen. Der Verkehr in Richtung

Norden sei »am Wochenende einfach nur schrecklich«. Doch jetzt sind ihre Pendlerprobleme wie durch ein Wunder gelöst, und sie macht sich äußerst gewissenhaft einmal pro Woche auf die »Reise«, um nach mir zu sehen. Sie hatte noch nie viel für angenehmes Schweigen übrig. Während sie also meine fleckenlose Arbeitsplatte schrubbt, einen Auflauf aufwärmt, von dem wir beide wissen, dass ich ihn niemals essen werde, Kissen aufschüttelt und Fenster öffnet, wirft sie nur so mit Worten um sich. Sie erzählt mir Geschichten über ihren Buchklub oder die Weigerung meines Dads, auf rotes Fleisch zu verzichten, während sie um mich herumtrippelt, als wäre ich eine Landmine, die sie vielleicht auslösen könnte.

Meine Mom versteht einfach nicht, dass sie nicht herkommen und ständig meine Bildbände neu sortieren muss. Nur weil James nicht mehr da ist, muss sie sich nicht ändern. Sie muss mir nichts beweisen. Mich hat es nie gestört, dass sie uns nicht besucht hat. James und ich haben meine Eltern gern besucht. Die Küstenregion kam uns in dem Moment unserer Ankunft wie Urlaub daheim vor. Moms Unlust, Beth und mich zu besuchen, und Dads stumme Zustimmung haben Beth wahnsinnig gemacht. »Kann sie es nicht für ihre *drei* Enkelkinder tun? Kapiert sie denn nicht, dass wir zum Fußball und zum Turnen müssen und beschäftigt sind? Ich schwöre dir, es liegt an Poochie Poo. Sie kann diesen Hund noch nicht einmal fünf Minuten allein lassen.« Ich habe ihr erklärt, dass das Unsinn ist und es natürlich nicht um den Hund geht. Sie hat nur zurückgekeift, ich wäre zu verständnisvoll und würde die Dinge immer zu schnell akzeptieren. Und sie hat recht: Meistens tue ich das. Ein Teil von mir fragt sich, warum ich jetzt hier stehe und mehr Fragen als Antworten habe. Ich zwinge mich, meine Turnschuhe auszuziehen, ohne sie vorher aufzuknoten.

Beth reicht mir ein Glas Wasser und stellt meine Schuhe ordentlich neben die Haustür zu den drei Paar Fußballschuhen in verschiedenen Größen, während sie darauf wartet, dass ich ihr den Grund für meinen Besuch erzähle. Sie hütet sich, mich zu fragen, ob ich okay bin oder wie es mir geht oder ob ich letzte Nacht geschlafen habe. All diese Fragen habe ich verbannt.

Ich trinke einen großen Schluck und schaue sie an. Meine Augen tränen. »Es ist einfach alles ziemlich viel.«

»Komm her.« Beth nimmt mich in den Arm, und ich stehe so steif da wie ein Kind, das von einer Großtante, die es kaum kennt, gedrückt wird. Ich habe Angst, in Tränen auszubrechen, wenn ich ihre Umarmung erwidere. Dann könnte ich nicht mehr aufhören.

Ich löse mich aus ihrem Arm. »Ich hatte Besuch.«

Beth runzelt die Stirn und wartet, dass ich weitererzähle.

»Ein Mann, vermutlich ist es Dylans Verlobter. Oder war ...«

»Warte, was?«

Ich erzähle ihr von Nick. Wie vertraut er mir war, obwohl ich ihm bestimmt noch nie begegnet bin. Wie er mir Dylans Führerschein gezeigt hat, den die Polizei ihm zugeschickt hatte, um seine Beziehung zu ihr zu beweisen. Wie ich in die leuchtend blauen Augen von James' Geliebter gestarrt habe, auf ihre weißblonden Haare, die einfach und stumpf geschnitten waren, den Pony zur Seite gekämmt.

Ich las ihre Beschreibung, während Nick mich beobachtete: ein Meter neunundfünfzig, siebenundvierzig Kilo, Kontaktlinsen, Organspender, wohnhaft in Irvine, Geburtstag: 7. Juli 1992. Ich spürte, wie sich mir der Magen umdrehte, als mein Hirn die Unterschiede zwischen uns berechnete.

Neun Jahre jünger.

Zehn Kilo leichter.

Zehn Zentimeter kleiner.

Blonder.

Wir sitzen da, und ich erkläre Beth, was Nick bei seinem Besuch erzählte. Dass er nicht mehr schlafen konnte, seit er erfahren hatte, dass seine Verlobte tot ist, weil er Antworten brauchte. Er musste mehr wissen. Über Dylan. Über James. Über das Band, das scheinbar direkt vor unseren Augen zwischen den beiden gewachsen war. Er wollte nach Hawaii fahren und ihre Schritte nachgehen. Es hörte sich vielleicht verrückt an, aber vielleicht wolle ich ihn ja begleiten?

»Er hat dich was gefragt?«, unterbrach Beth mich.

»Ob ich mit ihm nach Maui fahre.«

»Mit einem völlig Fremden?«

»Ja.« Ich verschweige ihr, dass wir durch dieses Ereignis auf eine Art miteinander verbunden sind, die uns nicht länger zu zwei Menschen macht, die sich nicht kennen. Schon allein deshalb gingen wir schnell zum vertraulichen Du über. »Er sagte, ich sei die einzige Person, die versteht, was in ihm vorgeht. Dass der Polizeibericht allein, der das Ganze als Unfall behandelt, ihm nicht die Dinge sagt, die er wissen muss. Warum seine Verlobte ihn mit einem anderen Mann betrogen hat und warum sie mit ihm auf Maui war. Er glaubt, dort hinzufahren hilft ihm, diese Lücken zu schließen.«

»Süße«, Beth legt die Hand auf mein Knie, »ich hoffe, das klingt jetzt nicht zu hart, denn ich liebe dich, und es tut mir so leid, dass du das durchmachen musst. Aber was kann Gutes dabei herauskommen, *ihren* Urlaub nachzustellen?«

Wieder fällt mir auf, dass die Beth vor dem Unfall niemals einen Satz mit *Ich hoffe, es klingt nicht zu hart* begonnen hätte. Sie hätte es einfach gesagt, die Augen verdreht und ziemlich ungeduldig geklungen. Das beweist mir, dass sie sich auch dann noch auf die Zunge beißen und mich nicht zurechtweisen würde, wenn ich ihr alles erzählte – dass er vorgeschlagen hat, ihre Schritte *ganz genau* nachzugehen: Haben Sie Kokosnussshrimps gegessen? Piña Colada bei Sonnenuntergang getrunken? Die Schuhe ausgezogen, um barfuß am Strand entlangzulaufen? Doch ich erzähle ihr nichts davon. Sie würde nicht verstehen, warum ein Teil von mir Nicks makabre Neugier teilt. Warum ich ernsthaft darüber nachdenke, mit meiner Hand über das Bett zu fahren, in dem sie geschlafen haben. Mich über das Geländer ihrer Veranda zu lehnen, um den gleichen Ausblick wie sie zu haben. In den Spiegel in ihrem Badezimmer zu sehen, um zu verstehen, was James in ihr gesehen hat. Vielleicht hat Nick recht. Vielleicht würde ich durch die Reise nach Maui verstehen, warum er das bequeme Leben, das wir uns aufgebaut haben, aufs Spiel gesetzt hat. Denn ihn kann ich nicht mehr fragen.

Beths Zweifel sind offensichtlich, und ich verstehe sie, weil ich das Gleiche denke: Welche Antworten ich auch finden mag, sie könnten alles noch schlimmer machen. »Mach dir keine Sorgen, ich habe ihn vom Hof gejagt«, sage ich schließlich und sehe, wie sich ihr Gesicht entspannt. Sie glaubt, das bedeutet, dass ich nicht fahren werde. Doch ich sehe ihn immer wieder vor mir, wie er mit hängenden Schultern zu seinem Motorrad geht, langsam aufsteigt, den Helm aufsetzt und das Motorrad anlässt, wie das Motorengeräusch mich hochfahren lässt und wie ich ihm hinterherschaue, bis er am Ende der Straße verschwindet.

»Aber?«, fragt Beth, die meine Gedanken ahnt. Uns trennen nur elf Monate und uns verbindet seit jeher ein Band, eine Intuition, die so stark ist, als hätten wir uns eine Gebärmutter geteilt.

»Aber …« Ich zögere und denke an die Tränen in seinen Augen, als ich ihm sagte, er solle weggehen, und an den Klang meiner Stimme, der mir selbst fremd war. Wie soll ich ihr erklären, dass ich gleichzeitig mehr und doch nichts wissen möchte? Ich bin neugierig wegen der Shrimps und der Spaziergänge im Sonnenuntergang, fürchte mich aber davor, die wahren Gefühle zu entdecken, die sie füreinander gehabt haben müssen. »Aber was ist, wenn er recht hat? Was ist, wenn es helfen würde? Ich weiß, es klingt für dich verrückt, aber ein Teil von mir versteht ganz genau, warum er nach Maui gehen muss.« Ich ziehe meine langen Haare aus dem Pferdeschwanz, und der Gummi reißt an manchen Strähnen.

»Okay.« Beth macht eine kurze Pause, und ich sehe, wie sie versucht, sich zu beruhigen. Sie wäre so gern wieder die alte Beth, die mir sagt, was für ein Idiot ich bin. Stattdessen räuspert sie sich und meint: »Also, ein Teil von dir will das wissen. Aber was ist mit den anderen Teilen?«

»Glaubst du *wirklich*, ich sollte einfach akzeptieren, dass er eine Affäre hatte, und es dabei belassen?«

»Das ist keine Antwort auf meine Frage.«

»Und das nicht auf meine.« Ich verschränke die Arme vor der Brust.

»Fein«, sagt sie. »Ja, das glaube ich wirklich. Denn ich fürchte, dass alles andere nur noch mehr Fragen aufwirft. Und dann wirst du wieder nach Antworten suchen.«

»Ich verstehe dich ja. Aber ein gutes Argument hatte Nick. Er meinte, er wolle nicht mehr länger die Augen vor der Wahrheit verschließen. Er wolle sich ihr stellen – der ganzen Wahrheit. Und das kann er nur auf Maui.«

»Wäre das nicht eine Qual? Warum sollte er sich das antun? Und dir?«

»Damit wir weiterleben können.« Ich bemerke, dass ich *wir* anstatt *er* gesagt habe. Ich greife in die Tasche des Sweatshirts, das ich trage – James' altes Sweatshirt aus seiner Zeit in der Studentenverbindung. »Er hat mir den hier gegeben.« Ich zeige ihr Dylans Führerschein. »Er wohnt einen Stock über ihr im gleichen Wohnkomplex. Dort würde ich ihn finden, sollte ich meine Meinung ändern.«

Ihr Blick streift kurz den Ausweis. Sie runzelt die Stirn, bevor sie ihn umdreht, sodass wir beide auf den Magnetstreifen auf der Rückseite starren.

»Okay. Vielleicht kann ich ja verstehen, warum er gehen möchte. Aber warum muss er dich mitnehmen? Und wie kannst du ihm trauen? Was, wenn er nicht der ist, der er vorgibt zu sein?«

»Wer sollte er denn sonst sein?«

»Er könnte James' Todesanzeige gelesen haben und irgendein Stalker oder Spinner sein, der Jagd auf dich macht, weil du trauerst.«

»Du siehst zu viel *CSI*.«

»So ein Quatsch! Du weißt, ich bin ein *True-Detective*-Fan durch und durch.«

»Egal. Was ich sagen will …«

»Du glaubst, ich reagiere über.«

Ich schaue sie schief an.

»Merkst du denn nicht, dass es meine Aufgabe ist, auf dich aufzupassen? Besonders jetzt.« Ihre Unterlippe zittert, und ich lege meine Hand auf ihre.

»Vielleicht beruhigt es dich ja zu wissen, dass er bei der Feuerwehr ist. Er hat mir eine Visitenkarte seiner Wache und mehrere Fotos auf seinem Handy gezeigt. Eines zeigte die beiden auf einem Feuerwehrball vor einigen Monaten.« Ich denke an den seidenen Stoff von Dylans bodenlangem kobaltblauem Kleid, an ihr Haar, das sie aus dem Gesicht frisiert trug, an ihre Hand, die auf seiner gestärkten Uniform lag, an den Ring, der an ihrem Finger funkelte.

»Jacks, es tut mir leid, aber das beweist doch nicht, dass sie wirklich seine Verlobte war. Er könnte sie auch nachträglich mit Photoshop in das Foto hineinkopiert haben.«

»Er kam mir nicht wie ein Computerfreak vor, der auf seine Tastatur hämmert, eher wie ein Muskelprotz, der auf einen Sandsack eindrischt«, witzele ich, doch Beth geht nicht darauf ein. »Hör zu, ich versteh dich ja. Aber ich halte ihn für aufrichtig.« Ich muss an seine Hand denken. Sie zitterte, als er mir ihren Führerschein gab. Ich widerstand dem Impuls, ihm mein Beileid auszusprechen. Was gab es schon zu sagen? Wie konnte ich ihn davon überzeugen, dass die Zeit kommen würde, in der er sich nicht mehr so ausgehöhlt fühlen würde wie ein Halloween-Kürbis, wenn ich selbst nicht daran glaubte? Ich fragte mich, wie er den Anblick eines Fotos von ihr, von ihnen beiden, ertragen konnte. Ich selbst hatte Beth gebeten, alle Bilder von James vorerst aus unserem Haus zu entfernen. Denn jedes Mal, wenn ich in seine tief liegenden Augen schaute – sie liebte ich am meisten an ihm –, traf mich der Anblick wie ein Messerstich mitten ins Herz. Anstatt mich an die guten Zeiten zu erinnern, die wir gehabt hatten, sah ich nur die Jahre, die wir *nicht* mehr gemeinsam erleben würden, die Träume, die wir *nicht* mehr haben würden, die Familie, die wir *nicht* mehr gründen würden.

»Du hast meine Frage zu den anderen Teilen noch nicht beantwortet, zu den Teilen in dir, die nichts von den Details wissen wollen.«

»Es gibt einen Teil in mir, der sich nur auf dem Sofa zusammenrollen will. Der Teil, der so tun will, als wäre all das nie geschehen.«

Beth zeigt auf ihr Sofa. »Tu dir keinen Zwang an. Ich besorge den Wein.«

Ich schüttele den Kopf. »Beth, ich habe Angst, dass ich nicht mehr aufstehen werde, wenn ich mich erst einmal hinlege … dass ich mich niemals davon erholen werde. Wenn ich aber nach Maui fahre und mich dem stelle, was sie dort getan haben und *warum* sie es getan haben, wie schrecklich es auch sein wird, kann ich vielleicht wieder nach vorne schauen und irgendwann wieder ein normales Leben führen.«

»Okay, aber glaubst du wirklich, dass du diesem Typ vertrauen kannst?«

»Ja. Ich habe seinen Schmerz gesehen. Er war echt.« Und das war es, was letztlich für mich zählte. Als ich Nicks Blick suchte, erkannte ich in seinem Kummer meinen eigenen.

Beth schaut mich an und holt tief Luft, bevor sie sagt: »Selbst wenn er der ist, der er behauptet zu sein, halte ich es für keine gute Idee, Jacks. Manche Sachen lässt man besser auf sich beruhen.«

KAPITEL 7

DYLAN – BEVOR ES GESCHAH

Dylan schnappte sich die Kreditkartenabrechnung, die auf dem Tisch lag, und schrammte mit den Fingern knapp an der Ketchup-Pfütze vorbei, die ein kleiner Junge kurz zuvor hinterlassen hatte. Sie hatte hinter der Servicetheke gestanden und zähneknirschend zugesehen, wie er vor Begeisterung kreischte, als die rote Flüssigkeit aus der Plastikflasche sprudelte. Sie schaute zu Ted, ihrem Lieblingsbarkeeper, hinüber und verdrehte die Augen, während er zwei Mimosas für ein wunderbar kinderloses Ehepaar an dem Tisch neben dem Ketchup-Terroristen mixte. Es war ihre dritte Runde innerhalb einer Stunde, und Dylan hoffte, ihre nahende Trunkenheit würde sie zu einem hohen Trinkgeld verleiten.

Die Schicht beim Sonntagsbrunch im Splashes Restaurant in Laguna Beach war zwar oft chaotisch, bot aber auch ungeahnte Möglichkeiten. Am Ende war das Lieblings-T-Shirt, das so weich war, dass man es immer erst einmal an sich drückte, bevor man es anzog, vielleicht voller Soßenflecken. Vielleicht traf man aber auch die Liebe seines Lebens, obwohl man dachte, man hätte sie bereits gefunden. Dylan zuckte zusammen, als sie das Trinkgeld der Eltern des Ketchup-Terroristen ausrechnete. Zehn Prozent! *Was soll's?* Dylan hatte gelächelt und all die richtigen Dinge gesagt. Sie war ruhig geblieben, als das Kind stotternd seine Blaubeerpfannkuchen bestellt hatte, während die Mutter mit ihren teuren blonden Haarextensions gespielt und der Vater auf seinem iPhone herumgetippt hatte. Sie hatten scheinbar überhaupt nicht bemerkt, dass sie noch andere Tische bedienen musste oder die bewusst zottelige Surferfrisur ihres Sohnes vielleicht nicht so toll fand wie sie selbst. Doch sie wusste, dass der überteuerte Brunch an Bedingungen geknüpft war. Die Gäste taten so, als wäre es okay, einundzwanzig Dollar für drei Waffeln und ein Stück Obst zu zahlen, und Dylan tat so, als würde sie ihnen ihr Benehmen nicht übel nehmen.

»Bewundernswert, Ihre Geduld mit diesem kleinen Teufel!«, hörte sie plötzlich eine Stimme hinter sich. Sie drehte sich um und sah, dass sie zu dem männlichen Teil des Mimosa-Pärchens gehörte. Er saß allein an seinem Tisch – Mrs Mimosa war vermutlich auf der Toilette. Der Champagner hatte sie wohl letztlich umgehauen. Wie erwartet hatte sie das dritte Glas in einem Zug geleert. Dylan hatte sich angewöhnt, ihre Gäste zu beobachten – das war quasi eine Berufskrankheit. Und so wusste sie bereits, dass Mrs Mimosa betrunken werden wollte, als sie sah, wie schnell sie ihren ersten Cocktail noch vor dem ersten Bissen ihres Krabbenpuffers à la Benedict geleert hatte. Wie sie erwartungsvoll in Richtung Dylan schaute, als diese die zweite Sektflöte brachte. Wie sie kaum Luft holte, bevor sie das dritte Glas bestellte. Wie sie die Lippen bei jedem Schluck ausfuhr. In ihren Augen lag etwas Trauriges, und Dylan spürte, dass der Alkohol ihr beim Vergessen half.

Dylan konnte auch die Spannung zwischen Mr und Mrs Mimosa spüren. Sie hatten kaum miteinander gesprochen, seit sie hereingekommen waren, und immer, wenn Dylan an den Tisch kam, hörte sie nur Mr Mimosas Stimme, der für sie

49

beide bestellte, nach mehr Salz fragte oder wie jetzt mit ihr über dieses ungezogene Kind sprach. Sie fragte sich, ob sie mitten in einem Streit steckten oder bereits an dem Punkt in ihrer Ehe angekommen waren, an dem sie sich nicht mehr über die Gegenwart des anderen freuten.

Dylan lächelte Mr Mimosa an. Als er ihr Lächeln erwiderte, bemerkte sie, dass sein rechtes Grübchen tiefer war als sein linkes. »Danke, aber so schlimm war es auch nicht«, wiegelte Dylan ab, wie sie es oft tat. »Gehört zum Job, oder?«

»Ich weiß nicht.« Er schüttelte den Kopf und schaute zu dem Tisch hinüber, an dem das Kind mit seinen Eltern gesessen hatte. »Ich kann ja verstehen, dass Kinder schon mal einen Wutanfall bekommen. Aber die Eltern haben ja überhaupt nicht darauf reagiert. Und ich bin mir nicht sicher, ob der Umgang mit einem solchen Kind in *irgendeiner* Stellenausschreibung inbegriffen sein sollte. Ich hoffe, sie haben Ihnen wenigstens ein gutes Trinkgeld gegeben.« Er lächelte wieder, und Dylan lachte nervös. Das gehörte nicht zum Spiel. Attraktive Männer mit olivfarbenem Teint und leuchtend grünen Augen lamentierten nicht mit ihr über die fehlende Disziplin der Jugend von heute. Natürlich lächelten sie ihr zweideutig zu, wenn sie dachten, ihre Ehefrauen würden es nicht merken (was sie in der Regel aber taten), oder berührten »zufällig« ihre Brust, wenn sie ihnen ihr Omelett servierte. (Das war ihr wirklich schon passiert.) Aber mit ihr reden, als wäre sie eine reale Person? Nein, so etwas taten sie niemals.

»Schöner Ring«, sagte er und nickte in Richtung des Zweikaräters, der sich immer noch fremd an ihrem Finger anfühlte. Seitdem sie ihn am Abend zuvor angenommen hatte, hatte sie so viel mit ihm gespielt, dass er bereits eine rote Kerbe im Finger hinterlassen hatte. Er saß etwas zu eng, doch sie versuchte, nicht daran zu denken.

»Vielen Dank«, erwiderte sie und hielt ihn hoch. »Ist erst gestern Abend passiert!«, fügte sie schnell hinzu, als Mrs Mimosa an den Tisch zurückkehrte und leicht ins Stolpern geriet, als sie auf die Bank rutschte. Dylan schaute auf den schlichten Goldring an Mrs Mimosas Finger. So etwas hätte viel besser zu ihr gepasst, und plötzlich kam sie sich mit der riesigen Christbaumkugel an ihrer Hand albern vor. Schnell steckte sie die Hand in die Tasche ihrer schwarzen Schürze.

»Herzlichen Glückwunsch«, meinte Mr Mimosa und ließ seinen Blick zu Mrs Mimosa wandern, als wollte er sie stumm beschwören, auch etwas zu sagen.

»Wann ist denn der große Tag?«, fragte Mrs Mimosa leicht lallend.

»Oh, das wissen wir noch nicht.« Dylan fuhr mit der Hand durch die Luft. »Wartet man damit normalerweise nicht mindestens ein Jahr?«

»Manchmal. Haben wir aber nicht getan«, sagte sie und zeigte zu ihrem Mann hinüber. Dabei verzog sie ihr Gesicht so leicht zu einer Grimasse, dass Dylan es fast nicht bemerkt hätte. Sie fragte sich, was das zusammengekniffene Gesicht der Frau wohl bedeutete. Dachte sie, sie hätten länger warten oder besser gar nicht heiraten sollen?

»Jeder Mensch ist anders, oder?«, gab Dylan zurück.

»Natürlich. Viel Glück Ihnen beiden«, antwortete Mrs Mimosa und schaute Dylan etwas länger an, als ihr angenehm war.

»Danke«, meinte Dylan irritiert, denn es klang fast wie eine Warnung. Sie begann, die Nachbartische sauber zu machen, griff nach einer Serviette und schob den Ketchup auf einen fast unberührten Teller mit Pfannkuchen. Die rote Soße tropfte aus dem Tuch und setzte sich in den Brillanten ihres Ringes fest, sodass sie nicht mehr ganz so hell funkelten.

Später, als sie sich am Computer von ihrer Schicht abmeldete, fiel ihr Blick auf den kleinen Spiegel an der Wand. Sie seufzte. Ihr Gesicht glänzte heute in einer Mischung aus Schweiß und Fett.

Sie griff nach ihrer Handtasche, ein abgewetztes Kate-Spade-Modell, das älter war als das Ketchup-Kind. Ihre Mom hatte ihr damals voller Stolz erklärt, sie habe sie im Ausverkauf bei einem Werksverkauf erstanden. Ihr gefiel das eigenwillige schwarz-pinke Sonnenbrillenmotiv noch immer, und sie weigerte sich, sich von ihr zu trennen, auch wenn der Gurt inzwischen ziemlich abgewetzt war.

Auf dem Weg zum Mitarbeiterparkplatz kramte sie nach ihren Schlüsseln. Parkplätze waren am Wochenende in Laguna dünn gesät, und die besten Plätze wurden sonntags für bis zu fünfundzwanzig Dollar vermietet. Doch selbst nach der schlimmsten Schicht machte ihr der Fußweg zu ihrem Wagen nichts aus. Laguna Beach bot fantastische Ausblicke und eine Meeresbrise, die süchtig machte. Dylans Lebensgeister erwachten jedes Mal wieder zum Leben, sobald sie das Restaurant verließ und nach rechts abbog, wo sich die Wellen unter ihr brachen und sie die süße, salzige Luft einatmete.

»Entschuldigung«, hörte sie eine vertraute Stimme hinter sich. Noch bevor sie ihn entdeckte, wusste sie, dass es Mr Mimosa war. Sie drehte sich um und sah, wie er nach einem Zwanzigdollarschein griff.

Dylan erstarrte. Ihr war noch niemals ein Gast gefolgt. Sie hielt sich nicht für die Art Frau, für die man alles Erdenkliche tat. Nick war die Ausnahme. Er fand immer einen Weg, irgendetwas zu tun, was nicht nötig gewesen wäre. Zum Beispiel ihren Müll nach unten bringen, wenn der Müllschlucker kaputt war, oder ihr Auto in die Autowäsche bringen, nachdem sie ihm erzählt hatte, dass jemand *Wasch mich!* auf die verschmutzte Heckscheibe geschrieben hatte.

»Ja?«, antwortete Dylan und versuchte, ruhig zu klingen. Wirklich gut aussehende (vielleicht ältere?) Männer wie er hatten glänzende schwarze Range Rover und attraktive brünette Frauen wie die, mit der er zuvor hier gewesen war. Sie brauchten Dylan bestimmt nicht.

»Ich wollte Ihnen das hier geben.« Er wedelte mit dem Geldschein. »Sie haben mir schon ein Trinkgeld gegeben«, erinnerte sie ihn und dachte daran, dass ihr von Anfang an klar war, dass Mr Mimosa sehr großzügig sein würde. Sie hatte es an der Art gemerkt, wie er seine Bestellung so langsam aufgegeben hatte, dass Dylan genügend Zeit blieb, sie aufzuschreiben, wie er Bitte und Danke gesagt hatte, wenn er nach etwas fragte, oder wie er mit ihr über ihr Privatleben geplaudert hatte. Solche Gäste gaben immer gute Trinkgelder. Er gab ihr fast dreißig Prozent.

»Vielleicht habe ich mir ja gedacht, Sie hätten mehr verdient. Ist das falsch?« Er lächelte verlegen, und dann waren da wieder diese wunderschönen Augen.

»Kommt drauf an«, erwiderte Dylan und presste ihre Lippen fest zusammen, um nicht zu grinsen. Doch das war unmöglich, und sie spürte, wie ihre Mundwinkel nach oben wanderten. Er hatte das gewisse Etwas. Sie hatte bisher niemanden gekannt, der von innen heraus strahlte, und fand es faszinierend, ohne es zu wollen. Denn eigentlich wollte sie endlich nach Hause kommen und ihr T-Shirt ausziehen, bevor der Ketchup-Fleck endgültig eingetrocknet war.

»Worauf?« Er sagte das, als wüsste er ihre Antwort bereits. Auch das gefiel ihr.

»Darauf, wie viel mehr ich Ihrer Meinung nach verdient habe.« Sie lachte.

Er stimmte ein, und sein Lachen klang tief und laut. »Hier.« Er hielt ihr erneut das Geld hin.

»Ich kann nicht«, meinte Dylan und wedelte mit ihrem Diamantring herum.

»Weil Sie verlobt sind?«

Dylan saugte seine Worte auf und schaute auf seinen nackten Ringfinger. »Nein. Na ja, doch«, stotterte sie. Seine Direktheit machte sie verlegen. »Aber noch mehr, weil Sie verheiratet sind. Das sind Sie doch, oder? Das war Ihre Ehefrau?«

»Richtig«, meinte er nur.

Dylan wollte mehr über sie wissen. Warum ihr Gesicht erstarrte, wenn sie über ihren Ehemann sprach. Und warum sie so viel getrunken hatte, dass sie sich nicht mehr an den Zweihundertdollarbrunch mit ihrem attraktiven und offensichtlich sehr charmanten Ehemann erinnern würde. Doch stattdessen sagte sie nur: »Ich kenne noch nicht einmal Ihren Namen.«

»Ich bin James Morales. Und ich bin sehr erfreut, Sie kennenzulernen.« Er nahm ihre Hand und drückte eine Visitenkarte und die zwanzig Dollar hinein, bevor sie sie noch einmal ablehnen konnte.

KAPITEL 8

JACKS – NACHDEM ES GESCHEHEN WAR

Ich habe genug von all den Beileidskarten. Zum einen sind sie so hässlich und angestaubt wie Großmutters Vorhänge. Zum anderen sagen sie nie das Richtige. *Mein herzliches Beileid. In Gedanken bin ich bei dir. Dir gilt meine aufrichtige Anteilnahme.* Seit letzter Woche öffne ich sie nicht mehr, und nun stapeln sie sich auf der Küchentheke. Heute Morgen kamen drei neue dazu.

Ich warte noch immer auf die Karte, in der steht: *Es tut mir leid, dass dein Ehemann mit seiner Geliebten in einem Jeep über die Klippen gerast ist, den er für dich nicht mieten wollte. Ich weiß, man sollte über Tote so nicht schreiben, aber weißt du was: Scheiß auf ihn!*

Eine solche Karte würde mir gefallen.

Ich stecke jetzt eindeutig in der Wutphase und bin stocksauer. So sauer, dass man rotsieht und die Nasenflügel beben. Ausgetobt habe ich mich an jemandem, der heute Morgen anrief. Ich weiß noch nicht einmal, warum ich überhaupt ans Telefon gegangen bin. Vielleicht war ich auf Streit aus. Die bedauernswerte Frau, die noch sehr jung klang, rief vom

Ehemaligenbüro meiner Alma Mater, der San Diego State University, an und wollte meine persönlichen Angaben auf den neuesten Stand bringen. Anfangs riss ich mich noch zusammen. Doch dann fragte sie mich, ob ich noch immer verheiratet sei. Und da ließ ich die ganze Wut heraus, die sich in mir angestaut hatte. Ich beschimpfte sie und warf schließlich das schnurlose Telefon durch das Zimmer.

Ich weiß, dass ich meine Aggressionen am falschen Ort abgelassen habe. Natürlich bin ich auf James wütend, aber an ihm kann ich mich nicht mehr austoben. Ich werde ihn auch nie wieder anschreien und als Lügner und Betrüger beschimpfen können. Ich werde nie wieder sehen, wie seine schönen grünen Augen zur Seite schauen, wenn ich ihn damit konfrontiere und er sich entscheiden muss, ob er alles abstreiten oder reinen Tisch machen soll. Ich werde nie wieder sehen, wie er den Kopf hängen lässt, weil ich weine und nach dem *Warum* frage – und mich tief in meinem Innern schäme, weil ich die Antwort auf diese Frage vielleicht schon kenne.

Nur Beth weiß, warum ich so wütend bin. Sie ist die Einzige in meiner Familie, die dieses kleine Detail kennt: James war auf Maui, weil er eine Geliebte hatte, die so jung war, dass sie vermutlich noch nicht einmal Debbie Gibson kannte. Meine Mutter ahnt vermutlich, dass ich ihr nicht alles sage. Jedes Mal, wenn sie fragt, warum James bloß ohne mich auf Hawaii war, sucht sie meinen Blick. Und meine Antwort, dass er dort einen sehr wichtigen Kunden gewinnen wollte, stellt sie nicht wirklich zufrieden. Ich hasse Lügen. Sie haben meine Welt zusammenbrechen lassen. Doch meine Lippen bleiben versiegelt, um nicht noch mehr Chaos anzurichten.

Und James' Mutter? Ich kann ihr einfach nicht die Wahrheit sagen. Auch wenn sie mir schon vor Jahren gezeigt hat, dass sie mich nicht wirklich mag, hat sie es nicht verdient, so über ihren Sohn zu denken. Sie hat es nicht verdient festzustellen, dass sie jemanden liebt, ohne ihn wirklich zu kennen, und anfängt, alles und jeden infrage zu stellen: Was weiß man noch nicht? Wer verheimlicht einem sonst noch etwas?

Beth zum Beispiel. Wie sich herausstellte, hatte auch sie mir etwas zu beichten. Nachdem sie mir geraten hat, nicht mit Nick nach Maui zu fahren, begann ihr linkes Auge zu zucken. Das tut es, seit wir Kinder sind. Es ist ihr verräterisches Zeichen, ihr Hinweis, dass sie etwas getan hat, was mir nicht gefallen wird. Ich war sieben oder acht Jahre alt, als ich es zum ersten Mal bemerkte. Damals konnte ich das Malibu-Cabrio meiner Barbie nicht finden. Das zuckende Auge führte mich zu ihrem Kleiderschrank, in dem ich nicht nur das rosafarbene Plastikauto, sondern auch Barbie und Ken in einer kompromittierenden Stellung auf dem Rücksitz fand. Gestern begann in ihrem Wohnzimmer ihr linkes Lid unkontrollierbar zu zucken. Also drängte ich sie, zu sagen, was sie mir bisher verheimlicht hatte. Zunächst leugnete sie, dass es etwas gebe. Doch ich ließ nicht locker. Denn wenn man erst einmal erkennt, wie viele Lügen direkt unter der Oberfläche der Beziehungen liegen, will man sie alle hören. Jede einzelne. Ich hatte immer geglaubt, manche Sachen sollten besser ungesagt bleiben. Mom hatte mich zum Beispiel vor einigen Monaten einmal gefragt, ob sie zu alt sei, um diesen Filzhut am Pool zu tragen. Obwohl sie es war, sagte ich ihr, es wäre okay, denn ich wusste, wie gern sie ihn tragen wollte. Ich hatte geglaubt, ich würde ihr damit helfen, sich sicher zu fühlen. Doch nun wird mir klar, dass alle Lügen – auch die kleinen, gut gemeinten Lügen – sich immer weiter auftürmen, bis sie irgendwann ins Wanken geraten und zusammenbrechen.

Beth gab irgendwann zu, dass es *etwas* gab. Doch es würde nichts ändern, wenn ich es wüsste. Ich dagegen war mir sicher, dass ihr Lidkrampf wichtig war. Also bohrte ich weiter, bis sie mir gestand, dass sie James und Dylan vermutlich einmal zusammen gesehen hatte.

Ungefähr einen Monat vor ihrem Tod hatte sie die beiden in einem kleinen Sushi-Restaurant nicht weit von unserem Wohnort entdeckt. Beth hatte sie durch das Fenster gesehen, als sie gerade aus einer Boutique kam und in ihren Minivan steigen wollte. Sie hatte es mir nicht gesagt, weil sie es für ein Geschäftsessen gehalten hatte.

»Wäre das nicht umso mehr ein Grund gewesen, es zu erwähnen? Nach dem Motto: »Hey, ich habe heute James im Sushi Time gesehen?««, fragte ich sie. Ich stand auf und schaute von oben auf sie hinunter, die Hände in die Hüften gestemmt.

»Ich dachte, *er* würde es dir sagen.« Ihr Augenlid zuckte bis zum Anschlag, als sie das sagte.

»Was meinst du damit?«

»Er hat gesehen, dass ich ihn gesehen habe, und mir zugenickt, bevor er sich wieder zu ihr umdrehte. Er hat noch nicht einmal die Augenbrauen hochgezogen! Und ich hatte erst am Abend zuvor mit euch gegessen und keinen Grund gesehen, hineinzugehen und Hallo zu sagen.«

»Hat *sie* dich gesehen?«

»Nein, ich glaube nicht.«

»Und du hast dir wirklich nichts dabei gedacht? Gerade du, die jeden Sonntagmorgen die E-Mails und SMS ihres Ehemannes liest, während er nebenan schläft?«

Sie schüttelte den Kopf, schaute mich aber nicht an.

»Das ist Schwachsinn, Beth. Ich kenne dich. Das Salz ist schon in der Wunde, okay?«

»Na gut. Ich habe mir *etwas* dabei gedacht. Aber es war nicht genug, um es dir zu erzählen. Denn was wäre gewesen, wenn ich mich geirrt hätte?«

»Das hast du aber nicht, oder?«

Auf das, was ich als Nächstes tat, bin ich nicht stolz. Ich drehte durch. Ich habe sie irgendwie sogar beschuldigt, indirekt schuld an seinem Tod zu sein. Denn wenn sie dieses kleine Techtelmechtel beim Lunch erwähnt hätte, hätte ich ihn damit konfrontiert. Und vielleicht hätte er mir dann reinen Wein eingeschenkt, mit ihr Schluss gemacht und wäre niemals nach Maui geflogen. Richtig?

Es sind vierundzwanzig Stunden vergangen, seit ich aus dem Haus gestürmt bin, und wir haben seitdem kein Wort miteinander gesprochen. Ich kann mich nicht erinnern, jemals so lange nicht mit ihr gesprochen zu haben. Normalerweise telefonieren oder treffen wir uns drei- oder viermal am Tag. Angeblich bin ich sogar co-abhängig von ihr, wie mir der ein oder andere Freund bereits vorgeworfen hat.

Offensichtlich brauche ich momentan mehr als je zuvor Antworten. Ich brauche jeden Schnipsel an Information, ob er nun wehtut oder nicht. Ich fühle mich wie eine Alkoholikerin, die weiß, dass sie sich am nächsten Morgen furchtbar fühlen wird, und sich trotzdem noch einen Drink eingießt. Denn sie kann nicht *nicht* trinken.

Ich weiß jetzt, dass ich Nick finden muss – und wir nach Maui fahren müssen.

KAPITEL 9

JACKS – BEVOR ES GESCHAH

»Mir gefällt das hier. Was meinst du?« James' Mutter, Isabella, hielt ein flammend rotes Tischtuch hoch, das über und über mit metallic-goldenen Blättern überzogen war und dessen Quasten an den Ecken bedenklich dicht über dem polierten Linoleumboden von Crate and Barrel baumelten. Wir waren seit Stunden durch die Möbel-, Haushaltswaren- und Einrichtungshäuser der Stadt gezogen.

Ehrlich gesagt fand ich es grässlich. Selbst wenn es die letzte Tischdecke auf der Welt wäre, würde ich sie nicht kaufen.

Doch das Lächeln blieb mir ins Gesicht gemeißelt, während ich mir diesen knalligen Stoff, den meine Schwiegermutter in ihren schmalen Händen hielt, auf meinem Landhaustisch mit all seinen Kerben, an dem ich so hing, vorzustellen versuchte. Das klingt vielleicht sonderbar, doch für mich wurde der Tisch erst durch seine Fehler schön – die Schramme an dem Bein, die entstanden war, als James beim Einzug mit ihm gegen den Türrahmen stieß, die Farbspritzer, die ich auf ihm verteilt hatte, als ich die Küche von Elfenbein in Taupe umstrich, und die tiefen, langen Kerben auf der Platte, die Gott weiß woher stammten. Das weiche Pinienholz ist sehr empfindlich, und jedes Mal, wenn man einen Teller hin und her schiebt, hinterlässt er eine Spur. Ich hatte das Gefühl, meinen Tisch zu verraten, wenn ich seine Makel verdeckte. Als gäbe ich Isabella recht, dass man sie verstecken müsste. Ich fragte mich oft, ob sie irgendwie versuchte, auch meine Fehler zu kaschieren.

Während sie auf meine Zustimmung wartete und mich mit den gleichen durchdringenden grünen Augen wie James beobachtete, stellte ich mir vor, wie ich zu ihr sagte: *Der Tisch und ich haben Fehler, und das ist okay!* Natürlich tat ich das nicht. Manche Dinge lässt man besser auf sich beruhen.

Es war Dezember. Zweieinhalb Jahre bevor James mit seiner heimlichen Geliebten über die Klippen stürzen würde. Zum ersten Mal kam James' Familie zum Weihnachtsbrunch zu uns nach Hause, und Isabella half mir bei den Vorbereitungen. Als Erstes, meinte sie, müsse man meinen schlichten Esszimmertisch herausputzen. Doch in echter Isabella-Manier, die dem Begriff *passiv-aggressiv* eine völlig neue Bedeutung verlieh, sagte sie natürlich nicht *einfach*, sondern rustikal. Doch ich wusste auch so, was sie meinte.

Es grenzte schon an ein Wunder, dass ich überhaupt für diesen Brunch, der so etwas wie ein Ritual in der Familie Morales war, auserwählt wurde. Für gewöhnlich spielte Isabella für alle die Gastgeberin in dem großen Haus, das sie und James' Vater, Carlos, auf der begehrten Balboa Island besaßen. Carlos war die grau melierte Version seines Sohnes und konnte ebenso liebenswürdig sein wie er. Doch so nett und zuvorkommend er auch war, ich hatte immer das Gefühl, ihn nicht wirklich zu kennen. Als gäbe es eine unsichtbare Barriere zwischen dem, was er laut sagte, und dem, was er wirklich dachte.

Doch ab und zu durften andere Gastgeber spielen, seine Schwester zum Beispiel und einmal auch James' Cousine. Ich bat jahrelang darum, die Familie bewirten zu dürfen. Denn ich wollte ihnen beweisen, dass ich zu ihrem so eng verbundenen costa-ricanischen Clan passte. Endlich stimmte meine Schwiegermutter zu. Sie teilte mir per E-Mail mit, dass ich an der Reihe sei, stellte aber gleichzeitig klar, dass sie *involviert bleiben* wolle. Ich fragte James, ob er für ihre Entscheidung verantwortlich wäre, was er verneinte. Doch die Art, wie er die Lippe auf der rechten Seite etwas höher zog, als er meinte, er wisse nichts darüber, ließ mich an der Ehrlichkeit seiner Antwort zweifeln. Ich hatte diesen Anblick weder zum ersten noch zum letzten Mal gesehen und ignorierte ihn – wie immer. Nun wurden also James' Eltern und einige seiner Tanten, Onkel und Cousins und deren Kinder eingeladen, und sie hatten gnädigerweise zugestimmt, an meinem inakzeptablen Küchentisch Platz zu nehmen, während ich versuchen würde, *Gallo Pinto*, ein traditionelles costa-ricanisches Frühstück, zuzubereiten.

Als ich erwähnte, dass ich dieses beliebte Gericht kochen würde, verriet mir der Ton von Isabellas Stimme ihre Befürchtung, ich könnte es vermasseln. Doch ich hatte mir vorgenommen, so lange zu üben, bis ich es konnte. Ich war fest entschlossen, sie für mich zu gewinnen, indem ich das Lieblingsessen ihrer Familie kochte. Bald sollte ich erkennen, wie naiv ich damals gewesen war, wie gnadenlos naiv. Und noch immer voller Hoffnung.

Nun standen meine Schwiegermutter und ich also bei Crate and Barrel in einem Gang voller Tischdecken, Servietten und Platzdeckchen mit Weihnachtsmotiven. Ich wollte ihr durch meine Zustimmung gefallen und sie dieses Troddelding in ihrer Hand kaufen lassen. Gleichzeitig wünschte ich mir eine Beziehung zu ihr, in der ich einfach sagen konnte, dass so etwas nicht mein Stil war. Wenn es nach mir ginge, würde ich nur ein paar Kerzen auf den Tisch stellen und es damit genug sein lassen. Dann erkannte ich an ihrem selbstgefälligen Gesichtsausdruck, dass sie bereits wusste, dass ich lieber den Mund hielt und den

einfachen Weg ging. Also überraschte ich sie – und mich selbst –
und tat etwas für uns beide Unerwartetes. Ich widersprach ihr.

»Ich denke, wir sollten keine Tischdecke nehmen.«

Sie starrte mich an, als hätte sie einen unangenehmen
Geruch wahrgenommen, und umklammerte den roten Stoff
mit ihren Fingern, während sie meinen Einwand ignorierend
fortfuhr: »Sie wird ein wunderbarer Farbtupfer in eurer Küche
mit diesen beigefarbenen Wänden sein.« Das Wort *beigefarben*
betonte sie dabei so, als beleidige diese Farbe ihren Geschmack.

»Wie wäre es mit einem Kompromiss? Einem Tischläufer?«,
schlug ich mit wachsendem Selbstbewusstsein vor, während
ich auf einen weißen Läufer mit einem schlichten Goldbesatz
zeigte.

Den Blick, den sie mir zuwarf, vergaß ich so schnell
nicht mehr. Erst später wurde mir klar, dass er nichts mit der
Tischdecke, dem Läufer oder überhaupt der Dekoration zu tun
hatte. Dann stieß sie einen gekünstelten Laut aus, der wie eine
Mischung aus Spott und Gelächter klang. »Du schlägst also
einen Läufer vor? Und das war es dann?«

»Na ja …« Ich wollte gerade zu einer Erklärung ansetzen,
als sie mir ins Wort fiel und mein Selbstvertrauen sich in Luft
auflöste.

»Und sag mir jetzt nicht auch noch, dass du euer Haus
nicht schmücken willst. Ich weiß zufällig, dass das genau deine
Art ist, wenn du *keinen* Weihnachtsbrunch für die Morales
vorbereitest.«

Sie rollte das »r« besonders stark, als sie ihren Familiennamen
aussprach. Ihr Akzent wurde immer stärker, wenn sie wütend
war. So verriet sie sich. Ich wartete darauf, dass sie weitersprach.

»Ich könnte verstehen, wenn du den Brunch absagst, weil
dir die Vorbereitungen zu viel werden. Ich könnte das übernehmen. Und niemand wird je wieder ein Wort darüber verlieren.«

Das war Blödsinn. Wir wussten beide, dass sie sofort ihre Schwester anrufen würde, sobald ich außer Sichtweite wäre. Und sie würde reden. Viel. Hauptsächlich auf Spanisch. Und bestimmt nichts Freundliches.

»Ich bin gerne eure Gastgeberin«, widersprach ich ihr, klang aber wie jemand, der um seinen Job bettelte.

Isabella hatte recht, denn bei Festtagsdekorationen neige ich zum Weniger-ist-mehr-Trend. Einmal hatte sie uns einen Tag nach Thanksgiving besucht und zu ihrem Entsetzen festgestellt, dass unser Baum noch nicht stand. Für Isabella war der Festtagsdekor eine Art olympische Disziplin. Ihr Haus wurde jedem Feiertag entsprechend geschmückt – von Halloween über Thanksgiving bis hin zu Ostern. Selbst den 4. Juli vergaß sie nicht. Je nach Festlichkeit zierten Geister, Vogelscheuchen, Häschen oder amerikanische Fahnen ihr Haus. Neben der Spüle hingen passende Geschirrtücher, auf dem Tisch stand Porzellan mit Festtagsdekor, und ihre handgefertigte Dekoration kopierte sie von Pinterest.

Ich dagegen hatte James gebeten, unseren künstlichen Tannenbaum am Wochenende vor Weihnachten aufzustellen, während ich den zerbrochenen Baumschmuck inspizierte (Wieso war er bloß zerbrochen? Er hatte doch das ganze Jahr in einer Kiste gelegen?) und versuchte, genügend Füllmittel für die Löcher in unserer Kunstkiefer zu finden. Doch wie sehr ich mich auch bemühte, es gab mehr kahle Stellen, als mir lieb war.

In diesem Jahr hatte ich mir vorgenommen, etwas mehr zu dekorieren. Vielleicht nicht »mehr« im Sinne des Isabella-Morales-Stils, aber eben mehr. Doch ich wollte den kleinen Raum auch nicht mit unnötigen Dingen wie reifbedeckten Pinienzapfen und Kunstschnee vollstopfen.

»Ich denke, ich sollte deine Aufgabe übernehmen und dir den Ärger ersparen«, meinte Isabella, ohne auf meinen Einspruch einzugehen.

»Isabella ...«, begann ich, ohne wirklich zu wissen, was ich sagen sollte.

»Ja?«

»Ich weiß deine Hilfe zu schätzen. Wirklich.« Und während ich ihr Urteil beiseiteschob und im Geiste bereits den am buntesten geschmückten Weihnachtsmann, den ich auf Amazon finden konnte, bestellte, versuchte ich verzweifelt, diese Kluft, die es zwischen uns wohl schon immer gegeben hatte, zu schließen. Letztes Jahr hatte Beth mich mit einem »Mind the Gap«-T-Shirt überrascht, das sie mir von ihrer Englandreise mitgebracht hatte und das mich immer an Isabella erinnerte. Ich fragte mich, ob ich nicht zu viel Zeit mit dem Versuch verbrachte, in dieser Beziehung anerkannt zu werden. »Natürlich kennst du dich mit Dekorationen besser aus als ich.« Ich machte eine Pause, und sie lächelte mich zufrieden an. »Wenn du also denkst, wir sollten diese Tischdecke mitnehmen, vertraue ich dir. Schließlich weiß ich, wie wichtig dir die Feiertage sind«, sagte ich, trat einen Schritt auf sie zu und drückte leicht ihren Arm. Nur zu leicht fiel ich wieder in meine typische Schwiegertochterrolle zurück, in der ich Isabella zustimmte und ihr nachplapperte.

»Danke«, gab sie zurück, während sie die Tischdecke in den Einkaufswagen legte. »Du denkst wahrscheinlich, ich reagiere bei dieser Sache über ...«

Ich schüttelte den Kopf. *Abstreiten. Abstreiten. Abstreiten.*

»Und vielleicht tue ich das auch«, fuhr sie fort. »Weil ich wirklich schwer damit zu kämpfen habe, dass ich vielleicht niemals ein Enkelkind haben werde, mit dem ich diese Feiertage genießen kann.«

Ich ließ ihren Arm abrupt los. »Aber das wissen wir doch noch nicht genau, Isabella«, antwortete ich stockend. Ich fing den Blick der Frau hinter uns auf, die schnell auf ein Platzdeckchen mit einem Schneemannmotiv starrte und so tat, als hätte sie unseren Wortwechsel nicht gehört.

»Oh, natürlich weißt du es, oder etwa nicht?«, warf sie mir mit kaltem Blick vor.

Erst im Nachhinein wurde mir klar, dass sie den ganzen Tag nur auf den Moment gewartet hatte, um mir zu zeigen, dass sie Bescheid wusste. Hatte sie bei Pottery Barn ihre Zunge noch im Zaum gehalten? Sich bei Williams-Sonoma noch auf die Lippen gebissen? War sie so geduldig und berechnend gewesen, zu warten, bis wir die perfekte Tischdecke gefunden hatten, bevor sie mir den Schlag in die Magengrube versetzte?

Doch die eigentliche Frage war: Seit wann wusste sie es? Und warum hatte James es ihr erzählt?

KAPITEL 10

DYLAN – BEVOR ES GESCHAH

Dylan rieb sich mit den Händen über die nackten Arme, als sie aus dem Taxi stieg und plötzlich die Kälte spürte.

James sah, wie sie die Arme um ihre Brust schlang. »Lass uns hineingehen und tanzen. Dann wird dir wieder warm. Ich kann es kaum abwarten, dich in diesem Kleid tanzen zu sehen.« Er musterte sie von oben bis unten und hielt ihr dann so souverän die Hand hin, dass sie nicht zögerte, als er sie am Arm zur tanzenden Menge zog. Sie hatte nie gern getanzt, doch jetzt schwangen ihre Hüften ganz leicht und wie von selbst im Takt der Musik, als wären sie auf Autopilot gestellt.

James legte die Arme um ihre Taille und zog sie so nah an sich heran, dass sie sich an seiner Hüfte rieb. Er schloss die Augen und bewegte seinen Körper im Takt der Musik. Dylan konnte seine spürbare Veränderung seit ihrer Ankunft kaum glauben. Auf der Fahrt hierher war er sehr still gewesen. Als das Taxi auf dem Parkplatz gehalten hatte, war er auf der Rückbank langsam nach vorne gerutscht. Und in dem Moment, in dem er die Tür zur Bar für sie geöffnet und die Musik gehört hatte, schienen sich alle Muskeln in seinem Nacken und seinem Gesicht zu entspannen.

Er hatte sie in seine Lieblingsbar eingeladen, die ganz versteckt im lateinamerikanischen Viertel von Santa Ana lag. Sie hatte noch nie zuvor zur traditionellen mexikanischen Musik getanzt oder diese Begeisterung, nein, diese *Freude* gesehen, die die Menschen empfanden, wenn sie sie hörten. Sie hatte so etwas überhaupt nur einmal erlebt, als eine Mariachi-Band in einem schlechten Restaurant auf ihren Trompeten blies, während ihr Vater die letzten Reste seines Enchilada-Gerichts hinunterschlang. Ihre Mutter hatte ihn für die Bestellung zurechtgewiesen, weil sie viel zu teuer gewesen war. Dylans Eltern hatten einen Großteil ihrer Kindheit damit verbracht, die Preise von allem Möglichen zu diskutieren. *Was für ein Nepp! Bei Walmart kostet es zwei Dollar weniger! Hast du den Coupon eingelöst, den ich dir gegeben habe?* Diese Gespräche waren ihr immer sehr peinlich gewesen und hatten sie ziemlich fertiggemacht.

Doch das hier war kein mieses Restaurant in Phoenix mit muffigen Tortillachips, die in fader Salsa schwammen. Das war ein abgelegenes, kleines Lokal, in das noch nicht einmal ihre Mitbewohnerinnen, die keine hohen Ansprüche stellten, gehen würden. *Aber sie verpassen etwas*, dachte sie, als James sie herumwirbelte. Ihr wurde schwindelig, doch es kümmerte sie nicht. Obwohl sie kein Wort von dem verstand, was die Band sang, war es ihr neues Lieblingslied. Und das spanische Pärchen neben ihnen hatte sie zwar eben erst kennengelernt, doch sie wollte trotzdem, dass sie ihre neuen besten Freunde wurden. Vielleicht brachten sie Dylan etwas Kultur bei, etwas, das ihr vermutlich fehlte, weil sie in einem Haus aufgewachsen war, das buchstäblich geweißt war. Der Einrichtungsstil ihrer Mutter verlieh dem Begriff *neutral* eine ganz neue Bedeutung.

Dylan empfand sich immer als farblos – ihre blonden Locken schienen nahtlos in ihre Alabasterhaut überzugehen.

Ein gemeines Mädchen hatte in der Schule einmal gesagt, Dylan wäre so unscheinbar, dass sie vor der Wand verschwinden würde. Doch wenn sie mit James zusammen war, fühlte sie sich ganz anders. Er ließ sie strahlen. Und manchmal konnte sie fast so tun, als wäre das ihr gemeinsames Leben. Als gehörte er nicht zu einer anderen. Als wäre sie nicht zu einer Frau geworden, die mit dem Ehemann einer anderen in einer dunklen Bar tanzte, die so weit draußen lag, dass niemand sie finden würde.

Viele Lieder später wollte James eine Margarita trinken. Dylan wünschte, ihr würde der Alkohol schmecken. Doch nachdem sie einmal in der Highschool betrunken und der Kater am nächsten Morgen ziemlich furchtbar gewesen war, hatte sie sich geschworen, nie wieder zu trinken. Und daran hatte sie sich gehalten. Aber sie wusste, dass ein leichter Rausch ihre Schuldgefühle etwas mildern würde. Denn sie schämte sich furchtbar für diese Affäre – sie war kein Monster! Ihr Gewissen hielt sie öfter nachts wach, als sie jemals zugeben würde. Dann wälzte sie sich im Bett hin und her und weckte damit ihren Verlobten, Nick, auf. Er legte seine große Hand auf ihren nackten Oberschenkel, um sie zu beruhigen, bevor er wieder einschlief und ihr Bein fest umschlossen hielt. Sie zwang sich dann, nicht mehr über James nachzudenken und so still dazuliegen, als wäre sie fast nicht mehr da.

Sie starrte auf ihr Handy, als der Barkeeper James eine Margarita, das Glas mit Salz umrandet, hinstellte und die beiden sich auf Spanisch unterhielten. Dylan glaubte, die Wörter *herrlich* und *schön* aufgeschnappt zu haben, aber sie war sich nicht sicher. Es war lange her, dass sie sich durch den Spanischunterricht an der Schule gequält hatte.

Nick hatte gerade eine Zweiundsiebzig-Stunden-Schicht. Deshalb überraschte es sie, einen versäumten Anruf und eine SMS von ihm auf ihrem Handy zu haben. Er arbeitete bei der Feuerwehr in Long Beach, bei der es immer sehr hektisch zuging.

Oft wurde er mitten in der Nacht gerufen und kam dann total erschöpft nach Hause. Manchmal erzählte er ihr Dinge, die ihr richtig wehtaten, zum Beispiel von einem Kind, das schwere Verbrennungen erlitten hatte, von einer Mutter, die an einem Herzinfarkt gestorben war, oder von einem Obdachlosen, den sie nicht mehr rechtzeitig von den Gleisen holen konnten. Er beschrieb diese Situationen jedoch immer sehr distanziert, als habe er davon in der Zeitung gelesen.

Gleichzeitig hatte er kein Problem, Anschluss bei seinen Arbeitskollegen zu finden. Sie bewunderten ihn und bestanden darauf, dass er sein sportliches Können als Werfer in ihrem Slowpitch-Softball-Team einsetzte und mit seinen Kochkünsten, die er seiner Mutter verdankte, den jährlichen Chili-Kochwettbewerb für ihre Feuerwehr gewann. Auf Nick war immer Verlass. Doch Dylan fragte sich, wohin er all die Wut und Traurigkeit, diese *Hilflosigkeit* packte, mit der er tagtäglich konfrontiert wurde. Denn sie wusste, dass jeder Mensch nur ein gewisses Maß an solchen Dingen ertragen konnte. Und ein kleiner Teil in ihr befürchtete, er stünde kurz vor dem Zerspringen. Vielleicht war er wie ein Erdbeben, von dem man erst weiß, wann es kommt, wenn es schließlich ausbricht.

James küsste sie auf ihre schmalen Lippen und grinste sie an. »Du hast dich wirklich tapfer geschlagen … für ein weißes Mädchen.«

Vielleicht foppte James sie gern mit ihrem Mangel an Kultur, weil er spürte, dass es sie ärgerte. Er stammte aus Costa Rica, hatte einen olivfarbenen Teint und grüne Augen, die sie an Meerglas erinnerten. Auch wenn er in Irvine, Kalifornien, aufgewachsen war und Mittelamerika nur einmal als Zwölfjähriger besucht hatte, trug er sein Erbe wie eine Ehrenmedaille mit sich herum und sprach ständig über seine Herkunft und über seine Mutter. Sie konnte nicht wirklich nachempfinden, was sie James bedeutete, denn sie selbst konnte sich auf keine echten

Wurzeln besinnen. Doch jetzt sah sie seinen Stolz in der Art, wie er tanzte, in seiner Körpersprache, als er mit dem Barkeeper sprach, in dem Lächeln, das er seit ihrer Ankunft auf den Lippen trug.

Sie grinste. »So bin ich halt.« Sie lehnte sich vor und küsste ihn. Zum Glück mussten sie hier nicht ständig über ihre Schultern schauen. Das Pärchen, mit dem sie getanzt hatten, schien wie sie zu sein – auch sie genossen ihren freien Abend. »Lass uns gehen. Wir suchen uns ein Hotel, okay?«

James' Augen zuckten kurz, und Dylan wurde schwer ums Herz. Sie kannte diesen Blick. »Ich dachte, wir würden die Nacht zusammen verbringen.« Sie versuchte, nicht enttäuscht zu klingen. Er war schon das letzte Mal nicht über Nacht geblieben. Und sie sahen sich ohnehin schon nicht oft. Vielleicht ein- oder zweimal im Monat. Dabei gingen sie immer gleich vor. James erzählte seiner Frau, er verreise eine Nacht länger, als er es tatsächlich tat. Dann holte sie ihn am Flughafen ab, und sie verbrachten die Nacht in einem Hotel, das James buchte. Außerdem achteten sie immer darauf, dass ihre Treffen mit Nicks Zweiundsiebzig-Stunden-Schicht bei der Feuerwehr zusammenfielen. Am nächsten Morgen fuhr James dann nach Hause, als wäre er gerade erst gelandet. Dylan trug sich ihre Verabredungen immer in ihrem geistigen Kalender ein und zählte die Tage hinunter wie ein Kind vor Weihnachten. Und jetzt fuhr er *wieder* nach Hause. Zu seinem *realen* Leben. Zu dem sie nie gehören würde.

»Baby, ich kann nicht. Es tut mir leid.«

Dylan stand auf. Es gab vieles, was sie nicht wusste. Doch wann ein Mann begann, sich zu langweilen, wusste sie mit Sicherheit. Also spielte sie die einzige Karte aus, die sie hatte, ihr Ass im Ärmel. »Gute Nacht, James«, sagte sie mit einem knappen Lächeln und begann, sich ihren Weg durch die Menge in Richtung Tür zu bahnen.

»Dylan! Warte!« Sie ignorierte seine Rufe und setzte ihren Weg in Richtung Ausgang fort. Sie schaffte es bis nach draußen und suchte auf ihrem Handy nach der Taxi-App, als er sie am Arm packte. »Jetzt sei nicht kindisch. Du kannst nicht einfach so gehen.«

»Wollen wir wetten?«, giftete sie zurück. Normalerweise war sie die Ruhe in Person, doch James brachte sie immer aus der Fassung.

»Was willst du von mir? Es tut mir leid, aber ich muss nach Hause. Ich wünschte, die Dinge wären anders, aber sie sind es nun mal nicht. Ich dachte, wir wären bei alldem der gleichen Meinung.«

Bei alldem?

»Vielleicht habe ich meine Meinung ja geändert«, schnappte Dylan zurück. Sie hasste es, die Nummer zwei zu sein. Ihre Beziehung musste doch etwas bedeuten. Denn was würde das sonst über sie aussagen? Sie wollte, nein, sie *musste* ihm wichtig genug sein, dass es das Risiko, das sie beide eingingen, auch wert war. *All das* war die Grundlage ihrer beider Leben, und wenn ihnen das genommen wurde, blieb ihnen vielleicht nichts mehr.

»Ich bin mir nicht mehr sicher, wie lange ich das noch mitmachen kann.« Sie biss sich auf die Lippen. James zu verlieren würde sie vernichten. Sie war nicht bereit, ihn gehen zu lassen. Und sie riskierte viel, wenn sie genau das herausforderte. Doch sie wusste, dass es etwas gab, womit James nicht umgehen konnte: nach den Bedingungen eines anderen zu verlieren.

Sein Blick wurde finster. »Komm schon. Sag so etwas nicht.« Er schaute auf sein Handy und schüttelte den Kopf. »Ich kann wirklich nicht bleiben, Schätzchen.«

Dylan musste grinsen. »Schäm dich, als fünfunddreißigjähriger Mann so ein Wort zu benutzen.«

»Okay, dann werde ich mir einen ganz besonderen Namen für dich überlegen«, sagte er und strich eine Haarsträhne aus ihrem Gesicht. »Ich verspreche dir, *Belleza*, wenn ich könnte, ich würde bleiben. Wie wäre es, wenn wir irgendwohin fahren? Nur wir beide? Wir müssten ein paar Monate warten, aber dann könnte ich vier oder fünf Tage herausschlagen.« James küsste ihr sanft aufs Haar. Und sie spürte, wie ihr Ärger schwand. Sie liebte es, wenn er sie auf Spanisch als *Schönheit* bezeichnete. Es war das einzige Mal, dass sie sich wirklich wie die einzige Frau in seinem Leben fühlte. Und nun bot er ihr an, mehrere Tage nur mit ihr zu verbringen.

Dylan nickte und schmiegte ihren Kopf an seine Brust. Sie hatten noch nie mehr als achtzehn Stunden am Stück miteinander verbracht. Und sie wollte unbedingt wissen, was in Stunde neunzehn passieren würde. Eine kleine Träne kullerte aus ihrem Auge über sein schwarzes Hemd, das von der Hitze in der Bar warm und verschwitzt war. Sie wollte *mehr wissen.* Über ihn. Über sich selbst. Über *all das*, was sie zusammen taten.

Ihr Herz schlug immer schneller, während sie darauf wartete, dass er weitersprach.

»Ich werde mit dir nach Maui fahren.«

KAPITEL 11

DYLAN – BEVOR ES GESCHAH

Dylan schloss die Wohnungstür auf und schaltete das Licht ein, während sie eintrat.

»Wo bist du gewesen?«

Der Klang von Nicks Stimme ließ Dylan zusammenfahren. »Du hast mich zu Tode erschreckt! Was tust du hier?« Sie legte ihre Handtasche auf die Küchentheke und goss sich ein Glas Wasser ein, um Zeit zu schinden und sich zu sammeln. Schon lange hatte sie sich vor dem Moment gefürchtet, in dem ihre Affäre auffliegen würde. Das musste der Grund sein, warum er hier war. Er wusste es.

»Ich habe dir geschrieben und dich angerufen. Ich habe mir Sorgen gemacht. Briana hat mich hereingelassen und gemeint, ich könnte hier auf dich warten.« Er zeigte auf die verschlossene Schlafzimmertür ihrer Mitbewohnerin.

Vielen Dank, Briana. Sie hatte sie noch nie leiden können.

Dylans Herz schlug so schnell, dass Nick es sicherlich bemerkte. Er sollte eigentlich auf der Wache sein. Sie hatte seine Nachrichten und Anrufe zwar gesehen, sie aber nicht beantwortet. Er hätte nur Fragen gestellt. Er stellte immer so viele Fragen: Wo bist du? Mit wem triffst du dich? Was hast du an?

»Es tut mir leid, aber mein Akku war leer.« Es war das Erstbeste, was ihr einfiel, und sie hoffte, er würde es nicht überprüfen.

»Du siehst gut aus.«

Sie entspannte sich etwas. Vielleicht schöpfte er doch keinen Verdacht. Vielleicht war er nur früher von seiner Schicht heimgekommen und wollte sie überraschen. Sie hatte vor Längerem eine Talkshow im Radio gehört, in der der Moderator behauptet hatte, dass man, wenn man seinen Partner betrog, oft Dinge in dessen Verhalten hineininterpretierte, weil man *selbst* sich schuldig fühlte. Vielleicht steckte wirklich nicht mehr dahinter.

»Danke.« Dylan ging zu ihm hinüber und setzte sich auf den Rand der Couch. Hoffentlich überdeckte das Parfüm, das sie im Taxi aufgesprüht hatte, den Zigarettengeruch der Bar. Sie hatte sich angewöhnt, immer einen kleinen Flakon Ralph Lauren Romance, Zahnbürste und Zahnpasta mitzunehmen, damit sie sich kurz frisch machen konnte, bevor sie in ihr reales Leben zurückkehrte. *Nur für alle Fälle.*

Nick streckte die Hand aus und griff nach ihrem Kleid, dessen Stoff so weich war, dass James eben noch seine Finger nicht davon hatte lassen können. Sie hatte es bei Macy's im Sonderangebot erstanden. Während sie sich im Umkleidespiegel begutachtet hatte, hatte sie an James gedacht, nicht an Nick. Sie wusste, dass seine Frau sich viel schönere Kleider leisten konnte. Und sie hatte gehofft, dass sie sexy und nicht billig aussah. Sie hatte sich hin und her gedreht, um zu sehen, wie der Stoff ihre Kurven betonte. Würde es James gefallen? Reichte dieses kleine Schwarze, um sein Interesse an ihr wachzuhalten?

»Warum machst du dich für mich nie so zurecht?«, bohrte Nick weiter.

Also war er doch nicht bereit, die Sache auf sich beruhen zu lassen.

»Das tue ich doch, mein Schatz«, gurrte Dylan. »Aber ich dachte, dir wäre es am liebsten, wenn ich überhaupt nichts anhätte.« Sie streichelte seinen Arm und lächelte ihn an. Vielleicht könnten sie das Gespräch in ihrem Schlafzimmer fortführen, und er würde das Ganze vergessen. Sie wollte ihn hochziehen, doch er rührte sich nicht.

Schweigend musterte er sie von oben bis unten. Er begann mit ihrem Gesicht und begutachtete ihr schlichtes Make-up, das nur aus Wimperntusche bestand, dann ihre Nägel (sie brauchte dringend eine Maniküre, konnte sich diese Woche aber keine leisten), dann ihre leicht abgetragenen Pumps, die er schon zigmal vorher gesehen hatte. Sie wusste, dass sie gut, aber nicht zu gut aussah. Sie achtete immer darauf, sich für James nicht zu sehr zu bemühen. Sie wollte nicht nach Verzweiflung riechen. Sie wartete darauf, dass Nick weitersprach, und schwieg.

»Wo warst du also?«

Mach es nicht zu kompliziert, Dylan. Halte dich an den Plan.

»Ich habe mich mit meiner alten Schulfreundin Katie getroffen.« Lüge Nummer zwei. Aber es war das Alibi, mit dem sie aufwarten konnte, sollte sie jemals in Erklärungsnot geraten. In den ersten Monaten war sie ziemlich sorglos gewesen. Doch dann hatte sie diese Talkshow gehört. Jemand hatte angerufen und behauptet, man käme den Betrügern nicht auf die Schliche, wenn sie clever genug wären. Intelligente Betrüger hätten zum Beispiel immer eine Tarngeschichte parat. Also hatte Dylan ihre Freundin aus Kindertagen, Katie, die vor Kurzem von Phoenix nach Orange County gezogen war, gefragt, ob sie sie decken würde, falls das irgendwann einmal nötig werden sollte. »Aber das wird bestimmt niemals der Fall sein«, hatte Dylan lachend gemeint. »Mach dir keinen Kopf.«

Und auch wenn Katie gemeint hatte, es wäre okay, hatte Dylan geglaubt, ein gewisses Zögern in ihrer Stimme gehört zu haben. Katie war verheiratet und hatte zwei Kinder, und Dylan fragte sich, ob ihre Freundin sie insgeheim verurteilte oder sie diese Gedanken projizierte, weil sie sich selbst ständig verurteilte. Sie hasste es, Katie in diese Situation zu bringen. Doch ihr blieb keine Wahl. Nick kannte die wenigen Freunde, die sie hatte und von denen die meisten in dem gleichen Restaurant wie sie arbeiteten, sowie ihre beiden anderen Mitbewohnerinnen, Grace und Natalie. Sie wusste, dass Nick sehr einfallsreich war und jeden von ihnen verfolgen konnte, sollte er Verdacht schöpfen. Katie hatte er aber nie kennengelernt. Also konnte er keinen Kontakt zu ihr aufnehmen. Nicht, dass er das würde. Sie hatte ihm keinen Grund gegeben, ihr nicht zu vertrauen. *Soweit er wusste.*

Ihre Gedanken überschlugen sich. Sie musste sich beruhigen. Er wusste nichts.

»Komm her«, sagte er und zog sie auf seinen Schoß. »Ich habe dich vermisst.«

»Ich dich auch«, erwiderte Dylan und wischte mit dem Handrücken mögliche Spuren von James' Lippen weg, bevor sie Nick küsste. Noch eine Lüge. Heute Abend hatte sie ihn nicht vermisst. Sie war zu berauscht von James gewesen. Und seit er von ihrem gemeinsamen Urlaub gesprochen hatte, konnte sie an nichts anderes mehr denken. Das war eine große Sache. Und es musste etwas bedeuten. Je mehr James riskierte, desto sicherer fühlte sie sich.

»Hey, Dyl?«, meinte Nick, während er ihren Nacken küsste.

»Ja?«, antwortete sie, und ihre Haut kribbelte bei seiner Berührung. Sie hatte James heute Abend so sehr gewollt, und sie hatten nirgends hingehen können. Einmal hatten sie sich auf der Rückbank seines Wagens geliebt. Doch danach hatte sie sich so billig gefühlt, dass sie sich geschworen hatte, es dort nie wieder zu tun. Aber jetzt, wo sie auf Nicks Schoß saß und seine Erregung spürte, war auch sie erregt. Wäre es schlimm, Sex mit Nick zu haben und dabei an James zu denken?

»Wir sollten Katie zum Dinner einladen. Ich würde sie wirklich gerne kennenlernen.«

KAPITEL 12

JACKS – NACHDEM ES GESCHEHEN WAR

Seit Neuestem genießen Menschen, die öffentliche Verkehrsmittel benutzen, meine größte Anerkennung.

Der Stadtbus torkelt durch die Straßen, und ich greife nach der Haltestange, wobei ich versuche, nicht an die Millionen Keime zu denken, die an dem Metall kleben. An die Menschen, von denen diese Keime stammen, und wo sie vielleicht hergekommen sind. Ich hole tief Luft und verscheuche meine verrückten Gedanken. Das passiert mir seit James' Tod häufig. Dass ich in meinen verrückten Gedanken gefangen bin. Der eine Teil von mir hasst das, der andere findet Trost darin, verängstigt zu sein. Als wäre meine Angst das Einzige, das überhaupt noch einen Sinn ergibt.

Der Bus hält erneut. Menschen steigen ein und aus. Der Geruch von Sandwich mit Ei erwischt mich mit voller Wucht, als ich mir den Weg in Richtung des hinteren Busteils bahne, damit die neu hinzugestiegenen Leute Platz finden, und mich neben einer Frau wiederfinde, die ihr Baby auf dem Schoß wiegt. Der Geruch kommt und geht in Wellen. Jedes Mal, wenn ich von einem kurzen, flachen Atem, der den fauligen

Geruch schwächer werden lässt, zu einem tieferen Atemzug wechsle, kommt er zurück, und ich frage mich, ob ich mir sein Verschwinden nur eingebildet habe.

Ich kann mich noch immer nicht überwinden, selbst zu fahren. Als ich heute Morgen überrascht feststellen musste, dass ich bis nach Irvine dreimal umsteigen sollte, habe ich es noch einmal versucht. Ich hielt die Autoschlüssel in der Hand, drehte den Anhänger hin und her und versuchte, meiner Angst Herr zu werden. Doch jetzt, als ich in meine Tasche greife, einen großen Klecks Desinfektionsmittel auf meine Hände gebe und es in alle Rillen meiner Finger einmassiere, wird mir klar, dass vorerst die Angst gesiegt hat.

Nachdem ich aus Bus Nummer drei ausgestiegen bin, muss ich mich kurz orientieren. Ich gebe Nicks Adresse in mein Handy ein und beobachte, wie die Straßenkarte auf meinem Bildschirm erscheint. Während ich der gestrichelten Linie folge, bewegt sich der Punkt auf dem Display vorwärts. Solange ich auf diese Punkte starre, bleibe ich in Bewegung. In Richtung Nick. Und Nick wird mir helfen, Antworten zu finden.

In der nächsten Sekunde erscheint Beths Gesicht anstelle der Karte auf dem Display, und ihr schiefes Grinsen starrt mich an. Seit wir uns gestern gestritten haben, ruft sie stündlich an. Sie will wissen, ob ich okay bin, und sichergehen, dass ich keine Dummheiten anstelle. Ich weiß nicht, was ich ihr antworten soll. Also drücke ich die »Anruf ablehnen«-Taste und schicke ihr eine SMS, dass ich etwas Zeit brauche. Wohin ich gehe, schreibe ich nicht. Oder was ich tun werde, wenn ich dort angekommen bin. Mein Puls geht schneller, als der blaue Punkt sich der karierten Fahne nähert.

Dass mein kurzer Anruf bei Nick, in dem ich mein Kommen ankündigte, gekünstelt klang, war meine Schuld, denn ich tat bewusst geheimnisvoll. Ich wollte ihm von Angesicht zu Angesicht sagen, dass ich bereit war, nach Maui zu fahren. Außerdem wollte ich ihm in die Augen sehen, um zu erkennen, was wirklich in ihm vorging. Ob auch sein Leben inzwischen von der Angst beherrscht wurde. Ob wir wirklich im selben Boot saßen.

Zwei Blocks weiter stehe ich vor einem dieser blanken Hochhäuser mit Eigentumswohnungen, die so typisch für Irvine sind. Ich gehe durch die Lobby, vorbei an einer Reinigung und einem Peet's-Coffeeshop in Richtung Fahrstuhl. Dabei versuche ich, nicht daran zu denken, dass *sie* auch hier gelebt hat. Dass vielleicht noch einige ihrer Kleider in der Reinigung hängen und darauf warten, abgeholt zu werden.

Nick öffnet die Tür so schnell, als hätte er auf meine Ankunft gewartet.

»Hey«, sage ich nur, denn ich weiß nicht, welche Emotion in diesem Moment angebracht ist.

Sein Lächeln nimmt mir meine Befangenheit. »Schön, dass du gekommen bist.«

Die Wohnung ist tadellos aufgeräumt. Hat er gerade erst geputzt, oder ist er immer so ordentlich? Sie ist in kühlen Grau- und Weißtönen gehalten. Nur ab und an finden sich ein paar Farbtupfer: ein rotes Dekokissen auf dem Sofa und gelbe Töpfe und Pfannen in der Küche. Ich schaue wieder zu Nick und erfasse gleichzeitig den großen Wohnraum. Diesen modernen, minimalistischen Geschmack hätte ich dem muskulösen Feuerwehrmann mit den schwieligen Händen nicht zugetraut. Ich frage mich unwillkürlich, ob Dylan für die Einrichtung verantwortlich gewesen ist.

»Verrate das nicht den Kumpels auf der Wache, aber ich habe eine Schwäche für Inneneinrichtungen«, witzelt er, als könne er meine Gedanken lesen. »Ist alles billiges Zeug, hauptsächlich von Ikea.« Er klopft auf ein weißes Bücherregal. »Jetzt sieht es gut aus, aber der Zusammenbau war eine Heidenarbeit. Ich bin mir nicht sicher, ob die Stunden schweißtreibender

Arbeit und der ganze Frust das Geld wert waren, das ich gespart habe.«

»Hat Dylan dir dabei geholfen?«, frage ich, wobei es seltsam klingt, ihren Namen auszusprechen.

»Nein«, antwortet er. »Einrichten war nicht so ihr Ding.«

»Was war denn ihr *Ding*?« *Anderen Frauen den Ehemann stehlen?*

Obwohl ich den zweiten Teil nur denke, ist klar, dass ich nicht nach ihren Hobbys frage. Dass sie mich nicht interessieren. So hatte ich mir den Beginn unseres Treffens nicht vorgestellt. Ich wollte eine zivilisierte Unterhaltung mit Nick führen, hatte aber nicht bedacht, was mit mir passiert, wenn ich erst einmal hier bin. Jetzt, wo ich vor der glänzenden schwarzen Couch und dem schlichten Beistelltisch stehe, sehe ich nur noch sie vor mir – hier, lebendig, wie sie auf den Kissen liegt und lacht. Ich spüre, wie ich wütend werde.

Nick sieht mich freundlich an. »Jacqueline.«

»Jacks. Ich heiße Jacks«, stammele ich. Die stahlharten Augen meiner Mutter tauchen vor meinem geistigen Auge auf. Ich denke an den scharfen Ton in ihrer Stimme, wenn sie mich als Kind immer nur dann bei meinem vollen Namen rief, wenn sie so wütend war wie ich gerade jetzt. Doch ich sollte meinen Ärger nicht an ihm auslassen, auch wenn ich niemanden sonst zu fassen bekommen werde, der Dylan nähergestanden hat als er.

»Okay. Sag es mir. Stricken? Pilates? Scrapbooking? Gibt es vielleicht irgendwo ein Album mit Bildern von ihr und James mit gepunkteten Rändern und süßen Stickern, auf denen Sachen stehen wie *Allen Widrigkeiten zum Trotz* oder *Mehr als nur ein Gefühl*?« Meine Stimme versagt.

»Jacks. Ich verstehe, dass du wütend bist, verwirrt und traurig. Mir geht es genauso.« Er geht in Richtung Sofa. Doch ich schüttele den Kopf und setze mich auf einen Hocker in der

Küche. Darauf ist Dylans kleiner Elfenhintern vielleicht nicht geklettert.

»Ich habe nicht darüber nachgedacht, wie es sich anfühlen wird, hier zu sein. Das war dumm, oder?«

»Nein, überhaupt nicht. Ich hätte das Peet's vorschlagen sollen.«

»Dort ist sie vermutlich auch gewesen. Sie war überall.«

Nick kaut auf seiner Unterlippe. Auch er hat zweifellos seine eigenen Erinnerungen. Und plötzlich schäme ich mich für meinen kindischen Auftritt. »Es tut mir leid, dass ich mich wie ein Idiot benehme«, sage ich und lächele ihn dabei aufrichtig an.

Er erwidert es. »Ist schon okay. Das Ganze ist wirklich hart.«

Nick schenkt mir ein Glas Wasser ein und stellt es vor mir auf den Tisch. »Vielleicht hilft es dir, daran zu denken, dass sie nicht hier gewohnt hat. Sie hatte ein Zimmer in einer Wohnung eine Etage tiefer, wo sie mit ihren Mitbewohnerinnen wohnte.«

Ich sehe die tiefen Ringe unter seinen Augen. »Du schläfst nicht viel, oder?«

»Kannst du etwa schlafen?« Er zieht die Augenbrauen hoch.

Ich schüttele den Kopf. »Nicht sehr gut. Trotz der Tabletten, die ich meistens nehme.«

»Jedes Mal, wenn ich mich hinlege, muss ich an den Unfall denken. Ich sehe jeden Tag auf der Arbeit schreckliche Autounfälle. Und wenn ich dann daran denke, dass Dylan …« Er verstummt.

»Ich weiß. Mir geht es genauso.« Das Schlimmste ist der Film, der sich in meinem Kopf abspielt, sobald ich daran denke, wie der Jeep explodiert sein muss. »Mal bin ich total sauer auf James, und dann tut es mir so unendlich leid, dass er leiden musste. Ich hasse das.«

»Ich habe viel darüber nachgedacht. Dass es uns helfen würde, nicht mehr so wütend zu sein, wenn wir nach

83

Maui fahren. Denn es gibt nichts Schlimmeres, als um einen Menschen zu trauern, wenn man gleichzeitig so wütend auf ihn ist. Ich habe ein Bild zerschmettert, das sie mir geschenkt hat. Habe es gegen die Wand geworfen und zugesehen, wie das Glas in tausend Scherben zersplittert ist. Es hat ewig gedauert, bis ich alles wieder aufgeräumt hatte. Selbst jetzt trete ich immer noch in die Splitter, die ich übersehen habe.« Er schaut hinüber zu der Wand im Wohnzimmer, wo es passiert sein muss.

»Ich habe mich furchtbar über die Beileidskarten aufgeregt«, gebe ich zu und schüttele den Kopf, während ich darüber nachdenke. »Ich habe das noch nicht einmal meiner Schwester Beth erzählt, aber ich habe tatsächlich einige Karten im Gasofen verbrannt und dadurch den Rauchmelder ausgelöst.«

Wir lachen beide leise.

Ich nehme einen Schluck Wasser und versuche, mich an einen Tag zu erinnern, an dem ich mich nicht über James geärgert habe. Darüber, dass er gestorben ist. Dass er mit einer anderen Frau zusammen gestorben ist. Dass er mit mir gestritten hat, bevor er gegangen ist. Dass er die Badehose von unserer Hochzeitsreise in ihren heimlichen Urlaub mitgenommen hat. Dass er auf dieser gefährlichen Straße nicht vorsichtiger gefahren ist. Dass er überhaupt auf dieser gefährlichen Straße gefahren ist. Dass er mich geheiratet hat. Dass er mich betrogen hat. Ich ärgere mich über so viele Dinge. Und vielleicht besteht wirklich die Chance, wenn ich mit Nick nach Maui fahre, dass ich mich an den Strand stelle, meine Augen schließe, meditiere und meine Wut loslasse. Doch es gibt etwas, das mir mehr Sorgen macht: dass ich niemals aufhören werde, wütend auf mich selbst zu sein.

»Ich lese viel über Trauer, wenn ich nachts wach liege«, meint Nick, und ich erzähle ihm, dass ich das Gleiche tue. Dass ich zu einer obsessiven Googlerin geworden bin, besonders zwischen ein und drei Uhr nachts.

»Ich habe einen Artikel über einen Mann gelesen, der seine Frau verloren hat, während sie mit ihrer Freundin verreist war. In ihrem Hotel brach ein Feuer aus ...« Er schüttelt den Kopf. »Und dieser Mann ist dorthin gefahren. Nach Spanien, glaube ich. An den Ort, an dem das Hotel niedergebrannt ist. Und ihm hat es geholfen, sich zu verabschieden.«

»Was willst du damit sagen? Dass du zu dem Unfallort fahren willst?«

Nick geht zu dem Fenster und dreht mir den Rücken zu. »Nein, ich bin mir nicht sicher, ob ich das könnte. Das wäre sehr hart.« Seine Stimme bricht. »Ich denke, ich werde nach Maui fahren und dann einfach meiner Intuition folgen. Sehen, wohin mein Herz mich führt. Wohin *sie* mich führt.«

Ich versuche, mir vorzustellen, wie ich an dem Unfallort stehe und über den Felsen schaue. Ich habe auf Google Bilder von der Straße nach Hana gefunden. Ich habe die kurvigen Straßen, die scharfen Felsen und das Lavagestein gesehen, das aus dem Meer ragt. Aber ich konnte einfach oben rechts auf das kleine x meines Computerbildschirms klicken, als ich genug gesehen hatte. Konnte ich dort wirklich selbst hingehen? Ich bin mir nicht sicher.

Nick redet weiter. »Ich denke, dass dieser Mann, der zu dem Hotel gefahren ist, eine Stärke besaß, die mir vielleicht fehlt. Ob ich zu dem Unfallort gehen kann, werde ich erst vor Ort entscheiden. Wenn es sich nicht richtig anfühlt, werde ich es nicht tun.«

»Kommt man überhaupt jemals über so etwas hinweg?«, will ich wissen.

»Ich bin mir nicht sicher. Aber glaubst du nicht, wir sollten es wenigstens versuchen?«

»Ich weiß es nicht.« Ganz abgesehen von dem Unfallort bin ich mir plötzlich nicht mehr sicher, ob ich überhaupt die Kraft habe, einen Fuß auf hawaiianischen Boden zu setzen.

Nick geht zum Tisch und nimmt einen Stapel Papiere aus einer Schublade. »Ich denke, das hier wird dir helfen.« Er reicht mir die Blätter, und ich erkenne oben auf der ersten Seite James' E-Mail-Adresse.

»Sind das die E-Mails, die die beiden sich geschrieben haben?«

Er nickt.

»Und du glaubst, die E-Mails zwischen meinem Mann und seiner Geliebten zu lesen würde mir helfen?«

»Nein. Ich glaube, du wirst dich zunächst noch schlechter fühlen, und alles wird über dir zusammenbrechen. Aber letztendlich werden sie dir helfen.«

Ich will ihn unterbrechen.

»Bitte, Jacks, lass mich ausreden.«

Ich sage nichts.

»Ich glaube, du wirst genauso reagieren wie ich im ersten Moment. Du wirst sie lesen und dich fühlen, als habe sich die Büchse der Pandora geöffnet. Denn diese E-Mails klingen wie Lockrufe. Sie stammen wohl aus der Anfangszeit von was auch immer. Dann hören sie plötzlich auf. Und du sitzt da und willst mehr lesen. Aber gleichzeitig spürst du auch diese Hoffnung.«

»Hoffnung?«

»Ich weiß, das klingt jetzt irgendwie erbärmlich. Aber nach den E-Mails hier könnte das Ganze auch nur ein Seitensprung gewesen sein. Sie sprechen nie von Liebe, gehen nie in die *Tiefe*. Vielleicht war es gar nichts Ernstes. Und vielleicht werde ich genau das herausfinden, wenn ich gehe. Wenn *wir* gehen.«

»Und wenn das Gegenteil passiert? Wenn du herausfindest, dass sie sich geliebt haben?«

»Für den Fall brauche ich dich, Jacks. Denn ich weiß nicht, ob ich das allein ertragen könnte.« Er hält inne und schaut mich an. »Ich habe gehofft, du wärst deswegen heute hierhergekommen. Weil du dich entschieden hast mitzukommen.«

Ich spiele an meiner Nagelhaut, denn genau deshalb bin ich eigentlich gekommen. Doch jetzt, wo ich auf seinem kühlen weißen Barhocker sitze, aus einem facettierten Glas trinke, an das sie vielleicht auch schon einmal ihre Lippen gepresst hat, bin ich mir nicht mehr sicher.

»Aber ich kann auch verstehen, wenn du gekommen bist, um mir abzusagen. Ich möchte nicht, dass du etwas tust, zu dem du nicht bereit bist. Wenn du es lieber nicht wissen willst, werde ich deine Entscheidung respektieren.«

Aber tatsächlich will ich trotz meiner Angst mehr wissen. Nick spricht all das aus, über das ich selbst schon nachgedacht habe, lange bevor er vor meiner Tür stand. Ich werde die E-Mails mitnehmen und sie lesen. Vielleicht werde ich die ganze Nacht aufbleiben und sie durchgehen. Doch es gibt eine Frage, die ich nicht beantworten kann, wenn ich nicht nach Hawaii fahre. War es der alte James – der James, in den ich mich verliebt habe –, der mit Dylan dort hingefahren ist?

Ich schaue aus dem Küchenfenster in den Himmel über Irvine und beobachte ein Flugzeug, das langsam und sicher auf dem John Wayne Airport landet. »Gib mir vierundzwanzig Stunden Zeit, um ein paar Sachen zu erledigen«, sage ich.

KAPITEL 13

DYLAN – BEVOR ES GESCHAH

Dylan, Dylly, Dyl, D,

was wird mein geheimer Spitzname für dich sein?
Ich denke, ich werde dich Belleza nennen. Das
bedeutet *schön* auf Spanisch. Denn alles an dir ist
schön, besonders deine Augen. Mein Gott, ich muss
ständig an diese wunderschönen blauen Edelsteine
denken. Sie gehören zu einem Gemälde oder zu
einer Puppe. Sie sind fast ätherisch. Ich weiß, wie
das klingt, aber irgendetwas an dir macht aus mir
einen Mann, der eine Frau genau so beschreibt.
Eine Frau, von der ich besessen bin, bei der ich
jede Vorsicht in den Wind schieße. Dank der ich mir
keine Sorgen mache, was als Nächstes geschieht,
solange sie an meiner Seite ist.

James,

du bist derjenige mit den besonderen Augen. So

grün. Ich bin kein Meister der Worte so wie du. Ich könnte niemals beschreiben, wie sie mir gleich aufgefallen sind, als ich dich zum ersten Mal gesehen habe. Sie sind wunderschön. So wie du.

Belleza,

ich vermisse dich. Es macht mich fertig, dass ich dir diese Woche absagen musste. Es tut mir leid. Ich versuche es bald wieder. Ich weiß, es ist schon lange her. Aber ich verspreche dir, ich mache es wieder gut.

Belleza,

hast du meine SMS heute bekommen? Es tut mir leid. Du hast es nicht verdient, dass man dich warten lässt. Aber es ist schwer, loszukommen, nachdem ich schon so weit gegangen bin. Verstehst du das?

James,

ich habe deine SMS bekommen, aber ich wollte nachdenken. Vielleicht ist es einfach zu viel. Zu schwer. Vielleicht sollten wir aufhören.

Belleza,

sag so etwas nicht. Geh morgen Abend mit mir aus. Ich kriege das hin. Ich verspreche dir, ich schaffe es. Wir treffen uns in dieser mexikanischen Bar, wo uns niemand kennt und wo es die besten Margaritas gibt, die du je getrunken hast. Bitte sag Ja.

James,

mein Gott, warum fällt es mir bei dir nur so schwer,
Nein zu sagen? Natürlich komme ich. Und ich werde
dieses Kleid tragen …

Belleza,

ich habe die ganze Nacht an dich gedacht. Ich
kann es kaum erwarten, mit dir nach Maui zu
reisen. Ich weiß gar nicht, warum ich nicht schon
früher daran gedacht habe – mit dir zusammen
in Urlaub zu fahren! Ich werde ihr sagen, dass ich
auf Geschäftsreise muss. Nach Kansas oder in
irgendeine andere langweilige Stadt. LOL. Nicht,
dass es sie interessiert, wohin ich fahre. Und mach
dir keinen Stress – ich kümmere mich um alles. Bring
einfach dein knappstes Kleidchen und diese Augen
als Bezahlung mit. XO

KAPITEL 14

JACKS – NACHDEM ES GESCHEHEN WAR

Beim Start schaue ich zu Nick hinüber. Er sieht aus dem Fenster, während der Pazifik und die Küste hinter den lockeren weißen Wolken verschwinden. Als er am Morgen mit einem Taxi vorfuhr, das uns zum Flughafen von Los Angeles bringen sollte, sah er anders aus – nicht mehr wie ein *Biker*, sondern wie ein *Biker auf dem Weg zum Bewerbungsgespräch*. Er hatte sich rasiert und dabei eine kleine Schnittwunde am Kinn davongetragen. Sein dunkles, welliges Haar, das noch etwas feucht war, trug er ordentlich gekämmt. Die Lederjacke hatte er gegen einen schokoladenbraunen Blazer ausgetauscht. Nur seine abgetragenen Cowboystiefel hatten bleiben dürfen. Ich rutsche verlegen in meinem hellgrünen, leichten Sommerkleid hin und her und wünschte, ich hätte mich bei meiner Kleiderwahl weniger für *Ich fahre in den Urlaub* und mehr für *Ich bin eine trauernde Witwe auf der Suche nach Antworten* entschieden.

»Bist du okay?« Er dreht sich zu mir um und klappt dabei den Flyer mit den Sicherheitshinweisen auf und zu, ohne einen Blick hineinzuwerfen.

Aufgrund seines Timings überlege ich kurz, ob ich meine Gedanken laut ausgesprochen habe. »Ja, und *du*?«, frage ich zurück und schaue dabei auf das Blatt in seinem Schoß, auf dem das Wort *Notfall* in großen roten Druckbuchstaben prangt, und darunter sieht man eine Frau mit einer gelben Sauerstoffmaske im Gesicht.

»Bin vermutlich nur nervös«, antwortet er und fährt sich mit der Hand durch sein dichtes Haar.

»Flugangst?«

Er schaut mich etwas verwirrt an und bemerkt dann meinen Blick auf die Sicherheitshinweise in seiner Hand. Er steckt sie zurück in die Sitztasche vor sich. »Nein. Angst wegen der Reise.«

»Gestern warst du doch noch so zuversichtlich«, gebe ich zurück, mache aber gleich wieder einen Rückzieher, als ich den Schmerz in seinen Augen sehe. »Tut mir leid. Ich weiß, das Ganze ist wie eine Achterbahnfahrt. Und jetzt wird das alles sehr real.«

Er lehnt sich zu mir herüber, und sein Gesicht ist meinem so nah, dass ich den Kaffee in seinem Atem riechen kann. »Ich habe einfach Angst.«

»Ich weiß. Ich auch.«

»Sie sollte meine Zukunft sein«, sagt er leise. »Ich weiß einfach nicht, wer ich ohne sie bin.« Er spricht nicht weiter, als die Stewardess mit dem Getränkewagen neben uns stehen bleibt. Als sie uns fragt, ob wir etwas trinken möchten, schütteln wir beide den Kopf. »Ich habe einmal diese T-Shirts für uns gekauft. Auf meinem stand *Ich gehöre zu ihr* mit einem Pfeil drauf. Wenn sie dann neben mir stand …« Er beendet seinen Satz nicht, aber ich weiß, welche T-Shirts er meint, und als er stockend weiterspricht: »Und auf ihrem stand …«

»*Ich gehöre zu ihm*«, bringe ich den Satz zu Ende.

»Ja.« Sein Lächeln ist herzzerreißend. Es ist dieses Lächeln, das einen Menschen so traurig aussehen lässt, dass man sich wünscht, es gäbe ein anderes Wort für diesen Gesichtsausdruck. »Und wir trugen sie beim Einkauf, im Baumarkt oder bei der Autowäsche. Bei solchen Sachen eben. Und wir mussten lachen, wenn die Leute die Augenbrauen hochzogen, als wollten sie fragen: *Was sind denn das für Typen?* Und ich habe gedacht, es könnte nicht mehr besser werden. Mit jemandem zusammen zu sein, der mich versteht. Der mit mir diese lächerlichen T-Shirts trägt.«

Ich lächele ihn an, damit er weiß, dass ich ihn verstehe. Ich empfand das Gleiche bei James. So verliebt zu sein, als gehörte die Welt uns allein und als lebten all die anderen nur zufällig auch auf diesem Planeten.

»Bei unserem ersten Date verbrachten wir das ganze Wochenende miteinander, ohne irgendetwas geplant zu haben«, erzähle ich. »Also beschlossen wir einfach, im Bett zu bleiben. Wir hatten kurz zuvor irgendeine romantische Komödie gesehen, in der ein Pärchen das getan hatte. Ich glaube, nach zwölf Stunden mussten wir aufstehen, weil überall im Bett Krümel lagen und wir bis zum Umfallen alle möglichen Serien im Fernsehen gesehen hatten.« Dass wir dreimal Sex gehabt hatten und für ein viertes Mal einfach zu müde waren, erwähne ich nicht. James hatte kopfschüttelnd gefragt, wie die Leute das in einem Porno schafften, und sich die Boxershorts angezogen.

»Der Anfang ist immer das Beste, oder?«, fragt Nick, und ich nicke zustimmend. »Und die Mitte. Ich hätte nur nicht gedacht, dass wir so schnell zum Ende kommen. Ich dachte, wir würden zusammen alt werden. So *silberblau-gefärbtes-Haar-und-künstliche-Hüften*-alt.«

Ich bemerke ein jung verheiratetes Paar vor mir, das sich aneinanderkuschelt. Ihr Diamant- und Ehering sind kaum zu übersehen, als sie ihre Hand um seinen Nacken schlingt und seine Küsse erwidert. Ich bin eifersüchtig. Sie feiern den Beginn ihres gemeinsamen Lebens. So wie wir es taten.

James und ich haben unsere Hochzeitsreise auch auf Maui verbracht.

Das habe ich Nick gegenüber nicht erwähnt. Hätte ich es laut ausgesprochen, hätte es unsere Flitterwochen abgewertet. Als wäre es nichts Besonderes mehr für James und mich gewesen, nachdem er auch mit seiner Geliebten hierhergefahren war. Was, wenn ich mir gegenüber ehrlich bin, der Wahrheit entspricht.

Ich beobachte das Paar, das sich mit seinen Bloody Marys zuprostet. Sie haben noch nicht wie bei einer Zwiebel die einzelnen Schichten ihrer Persönlichkeiten abgezogen. Sie sind noch nicht an dem Punkt angekommen, an dem sie sich auf die Zunge beißt, weil er wieder sein nasses Handtuch im Badezimmer liegen lässt, und er sich die gehässigen Bemerkungen verkneift, wenn sie sich erneut ein Paar Zweihundertdollarschuhe kauft, die sie sich nicht leisten können. Die Nettigkeiten und Grenzen des Verständnisses haben sich noch nicht langsam, aber unaufhaltsam in Verletzungen und erhobene Stimmen verwandelt. Sie genießen noch diese gesegnete Zeit, bevor die Samthandschuhe abgelegt werden, bevor sie sagen: *Was soll's*, die Ärmel hochrollen und in den Ring steigen.

»Ich fühle mich mies, weil ich dich gedrängt habe, in dieses Flugzeug zu steigen.«

»Das brauchst du nicht. Das war meine eigene Entscheidung ... Ich bin schon ein großes Mädchen, weißt du?« Ich ziehe meine Jeansjacke enger, denn die Klimaanlage bläst direkt über uns die kalte Luft heraus. Ich strecke mich nach oben, um die Klappe zu schließen, erreiche sie aber nicht.

»Warte, ich mach das.« Nick reckt seinen langen Arm hoch und schließt sie mühelos. »Ich bin froh, dass du dich entschlossen hast mitzukommen. Ich glaube nicht, dass ich es allein schaffen würde.« Seine Stimme bricht, und er schaut schnell zur Seite.

»Glaubst du an Karma?«, fragt er.

»Du meinst, ob ich glaube, dass sie gestorben sind, weil sie untreu waren?«

»Nein, ich meine, ob du glaubst, dass du irgendwann einmal etwas getan hast und das Universum jetzt sagt: ›Hier, das ist deine Strafe!‹«

Bevor ich antworten kann, fährt er fort. »Manchmal frage ich mich, was ich getan habe.« Er schaut nach unten. »Ich mache mir Vorwürfe für all die Male, die ich sie angeblafft habe, wenn ich nach einer harten Vierundzwanzig-Stunden-Schicht nach Hause kam, oder wenn ich die Beherrschung verloren habe, weil mich jemand auf dem Freeway ausgebremst hat. Ich war nicht annähernd perfekt. Nicht anderen gegenüber. Und ganz bestimmt nicht Dylan gegenüber.«

»Ich auch nicht«, gebe ich zu und denke an den letzten Streit mit James. Schranktüren wurden zugeschlagen, als er seine Tasche packte. Der Vorwurf, den er mir an den Kopf geworfen hat. Seine Worte, die härter trafen als ein Baseballschläger. Meine Tränen, nachdem das Auto fortgefahren war.

»Was sagte sie dir, wohin sie ginge, als ihr euch das letzte Mal gesehen habt?«, frage ich.

»Nach Arizona, ihre Eltern besuchen. Sie wollte nach ein paar Tagen wieder zurück sein.« Er schüttelt den Kopf. »Sie wollte nicht, dass ich sie zum Flughafen bringe. Etwas, das ich noch immer tat, obwohl wir bereits fast zwei Jahre zusammen waren. Jetzt weiß ich, warum.« Er wendet sich ab und schaut zum Fenster hinaus. Ich folge seinem Blick und blinzele in die Sonne.

Ich denke an das erste Mal zurück, als James mich zum Flughafen von Los Angeles gebracht hat. Wir trafen uns erst seit sechs Wochen, und Beth und ich machten damals eine Mädelstour nach Las Vegas.

»Du musst uns nicht fahren«, meinte ich, während ich meine Bordkarte ausdruckte und total begeistert war, dass ich mit Southwest in der Gruppe A reisen würde.

»Ich will es aber. Du wirst mir fehlen«, sagte er, während er die Arme um meine Taille legte und ich zusah, wie das Papier aus dem Drucker kam. »Drei Tage ohne dich!«

»Bist du wirklich so romantisch? Oder liegt es einfach daran, dass wir noch immer in der Anfangsphase stecken? Das lässt mit der Zeit nach, oder?« Ich lachte und legte den Kopf zur Seite, damit er meinen Nacken küssen konnte.

»Niemals«, behauptete er und drehte mich zu sich herum.

»Gut«, sagte ich, legte meine Hände auf seine stoppeligen Wangen und küsste ihn.

Und er hatte recht. Es ließ nicht nach.

Es *zerbrach*.

So plötzlich wie ein Porzellanteller, der auf den Küchenboden fällt. In dem einen Moment hält man den perfekten Teller noch in der Hand. Und dann zerfällt er in zwei gezackte Teile, sobald er den Boden berührt. Genauso würde ich James' inneren Wandel beschreiben, als er aufhörte, mich zu lieben. Mein romantischer, großherziger Ehemann veränderte seine Form und verwandelte sich in ein Bruchstück des Menschen, der er einmal gewesen war.

»Wie war dein letztes Treffen mit Dylan?« Ich verdränge den heftigen Knall, den es gegeben hat, als ich die Haustür mit voller Wucht hinter James zugeworfen habe. Sie war so laut ins Schloss gefallen, dass ich mir sicher war, das Fenster nebenan würde zerbrechen, wie es schon einmal passiert war.

»Ich glaube, das ist das Schlimmste für mich.« Er macht eine Pause.

»Es ist okay, wenn du nicht darüber reden willst. Das ist ziemlich privat.« Ich springe ihm zur Seite und fülle die Stille, weil ich selbst diese Frage auch nicht beantworten möchte. Denn plötzlich hat er mich dazu gebracht, über Karma und meine eigene Rolle nachzudenken. Und das möchte ich nicht.

»Ich glaube, das ›privat‹ haben wir inzwischen hinter uns gelassen.« Er lächelt, doch sein Lächeln erreicht seine Augen nicht. »Ich musste gerade an ihr Gesicht denken. Sie strahlte. Sie sah an diesem Tag so wunderschön aus. Die Haare hatte sie zu einem Pferdeschwanz zusammengebunden, und sie trug überhaupt kein Make-up. Nur einen rosafarbenen Lippenstift, glaube ich. Ja, genau, das war es. Denn als ich sie küssen wollte, meinte sie, sie wolle nicht, dass ich etwas von ihrem Lippenstift abbekomme und mich die Jungs später auf der Wache damit aufziehen. Ich war gerade auf dem Weg zur Arbeit.«

Er hält inne, und ich sehe die Szene im Geiste vor mir. Ich stelle mir vor, wie sie Jeans und T-Shirt trägt und ihn scherzhaft abblitzen lässt, während sie auf Zehenspitzen steht und ihn umarmt, damit sie seine Lippen nicht auf ihren spüren muss.

»Ich bin unser Gespräch immer wieder durchgegangen und habe nach Hinweisen gesucht. Aber sie wirkte total normal. Sie sprach mit mir über ihre letzte Schicht und wie sie ein Glas Rotwein über die weiße Leinenhose einer Frau gegossen hatte. Wir haben darüber gelacht, wie peinlich das gewesen war. Dylan hatte nach einer schwarzen Stoffserviette gegriffen, um den Wein abzuwischen, und damit das Ganze nur noch schlimmer gemacht, weil die Serviette abgefärbt hat.« Nick lächelt. »Ich habe sie dabei beobachtet, wie sie den australischen Akzent der Frau nachgemacht hat, und gedacht: Wow, sie ist so gut gelaunt und scheint richtig glücklich zu sein. *Ich* mache diese Frau glücklich.« Wieder hält er inne. »Aber das stimmte nicht. Nicht ich war es, der das geschafft hatte.« Er fährt sich mit den Händen über die Augen. »Tut mir leid.«

»Bitte entschuldige dich nicht, vor allem nicht vor mir. Meine Gefühle fahren auch ständig Achterbahn.« Ich muss daran denken, wie ich heute Morgen im Badezimmer stand, nach einer Tablettenschachtel griff und glaubte, es wären die Antidepressiva, die mir die Gynäkologin vor Jahren gegen meine Stimmungsschwankungen während der Menstruation verschrieben hatte. Ich hatte sie mit dem Etikett nach hinten in den Arzneischrank über unserem Waschbecken gestellt. James hatte es niemals laut ausgesprochen, doch ich wusste, dass sie ihn immer daran erinnerten, dass ich nicht schwanger war.

Heute Morgen hatte ich beschlossen, dass mir eine dieser Glückspillen – so hatte meine Ärztin sie genannt, nachdem ich ihr von der Wut erzählt hatte, die ich in den Tagen vor der Menstruation in mir spürte – helfen könnte, wenn ich in dieses Flugzeug steigen würde. Mein immer wiederkehrender Albtraum von James, der die Kontrolle über den Wagen verlor und die Felsen hinunterstürzte, hatte mich fast die ganze Nacht wach gehalten. Dreimal hatte ich Nick anrufen und die Reise nach Hawaii absagen wollen und mir selbst eingeredet, meine Zusage sei ein großer Fehler gewesen. Doch statt nach meinen Pillen griff ich versehentlich nach dem Mittel zur Muskelentspannung, das James gehört hatte. Als ich es bemerkte, ließ ich es fallen, als hätte ich mir die Finger daran verbrannt. Die kleinen weißen Pillen kullerten ins Waschbecken. Ich umklammerte den Beckenrand und sah zu, wie die Tabletten in den Abfluss rollten, teilweise stecken blieben und einen Stau verursachten, während ich daran dachte, warum er sie überhaupt erst hatte nehmen müssen.

Er hatte sich den Rücken verrenkt, als er den beiden Lieferanten geholfen hatte, diesen Esstisch ins Haus zu tragen, der meiner Schwiegermutter überhaupt nicht gefällt. Ich hatte ihn gekauft, während James auf Geschäftsreise gewesen war, und er hatte ihm bestimmt auch nie gefallen. Er war schwer und sperrig, und als sie ihn hineintragen wollten, blieben sie mit einem Tischbein am Türrahmen hängen. James suchte meinen Blick, als ich den Möbelpacker, der den vorderen Teil hielt, aus der Küchenzeile herausdirigierte. Er war wütend, weil ich wieder etwas gekauft hatte, ohne ihn vorher zu fragen. Und ich schaute genauso wütend zurück und zuckte mit den Achseln. Ich verdiente Geld wie er und hatte das Recht, es auszugeben. *Und wage bloß nicht anzudeuten, ich hätte diesen Tisch nicht kaufen dürfen, nur weil ich als Lehrerin nicht halb so viel verdiene wie du.* Es gibt aber noch einen Grund, warum mir dieses blöde Ding so viel bedeutet. Ihn zu besitzen hat mir immer ein Gefühl von Stärke gegeben, auch wenn er während eines Tiefpunkts in unserer Ehe in unser Haus gekommen ist.

In dem Monat, in dem ich ihn gekauft hatte, war James vierzehn Tage verreist gewesen, und ich hatte mich einsam gefühlt. Ich war es leid, mir ständig von ihm anzuhören, ich solle mir einen hypoallergenen Hund (er hatte eine Allergie) zulegen, damit ich Gesellschaft hätte. Ich war es leid, abends mit meiner Schwester, deren Ehemann, meinen Nichten und meinem Neffen zu essen und mich selbst zu bemitleiden, während sie um ihre Schüssel mit der perfekten Quinoa-Pasta mit Basilikum und frischen Tomaten und dem perfekt gedünsteten Brokkoli mit Knoblauch saßen und über ihren perfekten Tag sprachen. Letztendlich trank ich die Hälfte der Flasche Rotwein, die ich zum Essen beigesteuert hatte, vermisste meinen Ehemann und war traurig, weil wir keine eigene Familie hatten, mit der wir an dem riesigen Esstisch sitzen konnten, den ich gerade gekauft hatte.

Als James und die Lieferanten ihn schließlich auf dem glänzenden Travertinboden in der Küche abstellten, schrie James laut auf und ging zu Boden. Er war in seiner Ehre gekränkt, wegen seines Rückens vor zwei Männern Mitte zwanzig zusammenzubrechen, die mit ihren Gewichtsgurten und großen

Augen dastanden und den Tisch auch ohne seine Hilfe hätten tragen können. Und das verhieß nichts Gutes für den ohnehin schon fragilen Zustand unserer Ehe. Zwei Tage sprachen wir kein Wort miteinander. Jetzt denke ich über diese Streitereien nach, die immer wieder zu einem Kräftemessen führten, bei dem wir nicht mehr miteinander sprachen und den anderen dazu zwingen wollten, als Erster nachzugeben, und muss feststellen, dass wir uns nie wieder streiten werden.

Ich glaube, du hast gewonnen, James.

»Hast du die E-Mails gelesen?«, unterbricht Nick meine Gedanken.

Ich nicke und denke an die Stunden zurück, die ich damit verbracht habe, sie durchzulesen, in der Hoffnung, sie würden alles erklären. Die Worte meines Ehemannes klingen noch immer in mir nach. *Ich vermisse dich. Ich kann es kaum erwarten, dich zu sehen. Ich muss ständig an dich denken.*

Auf all den Seiten fand sich der alte James wieder. Sein neckisches Flirten. Sein aufreizendes Reden. Seine Überredungskunst. In den ersten Jahren hat er auch mit mir so geredet. Er schrieb unanständige Nachrichten und steckte sie in irgendwelche Kleidertaschen, wo ich sie irgendwann gefunden habe, manchmal erst nach Monaten. Und Nick hatte recht: Es gab nirgends einen Hinweis, dass sie sich geliebt haben. Und auch wenn ich wusste, dass es gefährlich war, sich an die Hoffnung zu klammern, gaben sie mir welche. Vielleicht war es nur eine flüchtige Affäre gewesen. Aber auch nur vielleicht.

»Und?«

»Du hattest recht. Es hat geholfen.«

Er schaut mich an und wartet darauf, dass ich weiterspreche.

»Sie haben nur geflirtet. Anfangsgeplänkel. Vielleicht hatte ihre Beziehung nichts zu bedeuten?«

»Vielleicht«, stimmt er zu. Doch ich weiß, dass wir das Gleiche denken. *Vermutlich aber doch.*

»Sie zu lesen hat trotzdem höllisch wehgetan«, gebe ich zu und denke daran, wie ich Beth angerufen und ihr einige Sätze vorgelesen habe, besonders die über die Augen. Wie sie mir zugehört hat, während ich ins Telefon heulte. Im Moment will ich nicht daran erinnert werden. Ich kann nicht. Ich fühle mich sowieso schon ausgebrannt und leer. Er hat nie so etwas über mein Aussehen gesagt. Er hat mich schön und sexy genannt, ja, aber niemals einen bestimmten Körperteil oder ein Merkmal hervorgehoben, von dem er besessen war, wie er es bei ihr getan hatte. Im Vergleich zu ihr fühle ich mich unattraktiv.

»Ich weiß«, stimmt Nick mir zu, und in den nächsten Minuten sitzen wir schweigend da – eine stillschweigende Übereinkunft, nicht mehr über die beiden zu reden.

Nick bricht als Erster das Schweigen. »Hier ist die Liste, von der ich dir erzählt habe.« Er zeigt mir sein Handy, auf dem er sich einige Notizen gemacht hat.

Westin Ka'anapali
Portier
Maui-Jeep-Autovermietungen
Restaurants
Sehenswürdigkeiten
Chopper-Tour
Schnorcheln
Walbeobachtung
Surfschule
Kneipentour
Reiten
Officer Keoloha
Lebensmittelgeschäft in Kuau
Küstenstraße nach Hana?

»James wäre nie geritten«, sage ich, nachdem ich die Liste durchgegangen bin, und muss an ein Gespräch bei unserer ersten Verabredung denken.

Es war eine dieser Nächte gewesen, in denen wir bis in die frühen Morgenstunden über alles Mögliche geredet hatten, von persönlichen Lieblingsärgernissen bis hin zum Lieblingsessen. Als wir zu den Dingen kamen, die wir niemals tun würden, sagte er, ohne zu zögern, *reiten*. Ich lachte, weil ich glaubte, er machte einen Witz, so sachlich wirkte er. Ich stellte mir vor, wie er auf dem Rücken eines Rassepferds saß und einen Weg entlangtrabte, und fragte ihn, was daran so schlimm sei. Da fiel ein Schatten über sein Gesicht, und er meinte, es sei sein Ernst. Er wäre kein Reiter. Es war offensichtlich, dass mehr dahintersteckte, aber ich wollte ihn nicht bedrängen. Ich wollte ihn niemals bedrängen. Wegen nichts. Viel später, als er einmal zu viel getrunken hatte, erzählte er mir, dass sein Bruder, der mit fünf Jahren gestorben war, Pferde geliebt hatte, und er selbst schon den Anblick eines Pferdes kaum ertragen konnte, ohne erneut mit diesem Verlust konfrontiert zu werden.

»Ich hoffe, du verstehst mich jetzt nicht falsch.« Nick macht eine kurze Pause, und ich weiß, dass er seine nächsten Worte besonders sorgfältig wählt. »Aber wäre es nicht möglich, dass du deinen Mann vielleicht nicht so gut gekannt hast, wie du glaubst?«

Ich muss an den Morgen denken, an dem ich James zum letzten Mal gesehen habe, kurz bevor wir zu streiten begonnen haben. Ich lag noch im Bett, während er unter der Dusche stand, und ich beobachtete ihn anschließend, wie er sich die Zähne putzte. Wie immer wunderte ich mich, dass er genau zwei Minuten dafür brauchte und auch diesmal nicht die Zahnseide vergaß. Er hatte eines unserer taupefarbenen Handtücher um seine Taille gebunden – das Handtuch, das bis gestern Nacht, als ich meinen Koffer für Maui gepackt habe, am Haken in unserem Badezimmer gehangen hat. Und ich dachte bei mir: *Er sieht gut aus. Er sieht verdammt gut aus. Ich sollte auch mehr Sport machen. Oder wenigstens joggen.* Und ich wollte gerade vorschlagen, uns nach seiner Rückkehr aus Kansas für den Fünftausendmeterlauf anzumelden, dessen Werbung ich bei Starbucks gesehen hatte, als er plötzlich schrie: »*Verdammt noch mal, Jacks!*« Sein Handtuch fiel zu Boden, als er ins Schlafzimmer gestürmt kam. Er baute sich vor dem Bett auf und starrte mich in all seiner Nacktheit an. Dann sah ich den Schwangerschaftstest in seiner Hand. Anstatt zu sagen, dass es mir leidtat, schlug ich zurück. Ich wünschte, ich hätte gewusst, dass all das nicht mehr von Belang sein würde. Doch ich wusste es nicht. Ich hatte keine Ahnung.

»Ja, das stimmt«, antworte ich Nick. »Ich habe meinen Mann offensichtlich nicht gekannt.«

KAPITEL 15

DYLAN – BEVOR ES GESCHAH

»Bist du wirklich okay?«, fragte Dylan und biss sich auf die Unterlippe, während sie James beobachtete. Er hatte kaum ein Wort gesprochen, seit sie sich an der Sicherheitsabsperrung am Flughafen von Los Angeles getroffen hatten. Seitdem er seinen Gürtel abgelegt und zu seiner Brieftasche und dem Kleingeld in den weißen Plastikbehälter gelegt hatte, konnte sie es in seinem Gesicht sehen – er hatte sich *mal wieder* mit Jacqueline gestritten. Dylan nannte James' Ehefrau selbst in Gedanken nicht bei ihrem Spitznamen. Es erschien ihr falsch und kam ihr wie ein weiterer Betrug vor. Sie wusste, wie lächerlich das klang. Sie schlief bereits mit dem Ehemann dieser Frau. Was machte es dann noch für einen Unterschied, wenn sie ihren Spitznamen benutzte? Doch für sie war es eine kleine Sache, die sie zumindest tun konnte. Wie gern hätte sie James gebeten, ihn auch nicht mehr zu verwenden. Denn immer wenn sie hörte, wie leicht – zu leicht – ihm der Name seiner Frau über die Lippen kam, erinnerte sich Dylan an die Frau, die sie an diesem Tag im Restaurant gesehen hatte – an ihre vollen Lippen, die dunklen Augen und das seidige Haar.

Dylan wusste, dass sie Lehrerin war. Manchmal stellte sie sich vor, wie sie in einem eleganten schwarzen Bleistiftrock vor der Klasse stand und langsam den Kringel des »Z« nachmalte, um ihren Viertklässlern die Schreibschrift beizubringen. War sie geduldig? Freundlich? Streng? Dylan wollte diese Gedanken verjagen, denn sie wollte nicht über Jacqueline als eine reale Person, die Gefühle hatte, nachdenken. Sie lebte lieber in diesem Kokon, den James und sie erschaffen hatten und in dem es keinen Platz für die Wirklichkeit gab.

»Ja, ich bin okay«, zischte James mit zusammengebissenen Zähnen und angespannten Nackenmuskeln.

»Du siehst aber nicht so aus.« Dylan wagte einen zweiten Vorstoß und schob die Armstütze zwischen ihnen hoch. Sie wollte, dass er, was immer es war, losließ und zu ihr in den Kokon kam.

»Dylan.« James' Mund war nicht mehr als eine schmale Linie, als er sie scharf ansah. Er wollte, dass sie damit aufhörte und wartete, bis er sich auf seine übliche Art abgeregt hatte. Bis er seinen Trennungsprozess durchlaufen hatte. Er nannte es wirklich so. Seinen Trennungsprozess. Die Zeit, die er brauchte, um von seiner Ehe zu der Beziehung mit seiner Freundin überzugehen. Als er ihr zum ersten Mal davon erzählt hatte, hätte sie ihm am liebsten ins Gesicht geschrien, dass sie das Gleiche durchmachte. Sie musste zwischen den Gefühlen hin und her wechseln, die jeweils die Umarmungen von Nick, der so groß war, dass sie sich auf die Zehenspitzen stellen musste, um seine Schultern zu erreichen, und James, der kaum größer war als sie, in ihr auslösten. Sie musste ihre Gedanken umstellen, damit sie sich wieder daran erinnerte, dass es Nick war, der nicht gern in einer Schlange anstand, während James ungeduldig wurde, wenn er sich wiederholen musste. Sie musste sich von Nicks ständigem Bedürfnis nach ihrer Aufmerksamkeit auf James'

Angewohnheit umstellen, sie auf eine Armlänge Abstand zu halten. Auch für sie war es nicht einfach.

Doch James sah das anders. Schließlich war er derjenige, der verheiratet war. Derjenige, der am Strand gestanden und dem der Wind durch die Haare geweht hatte, als er sein Eheversprechen gegeben hatte, der mit jemandem ein Bankkonto teilte und mit jemandem eine Hypothek aufgenommen hatte. Er hatte Dylan gegenüber nie diese Worte verwendet, aber sie wusste, dass er seiner Meinung nach einen höheren Einsatz zahlte.

Dylan beschloss, James seinen Raum zu gewähren, und sah ihm zu, wie er die Augen schloss und einschlief. Dann zog sie ein Magazin hervor und blätterte durch die Seiten. Sie wollte sowieso nichts von ihrem Streit hören, sondern nach Maui fliegen und den Rest der Welt vergessen. Am Strand liegen und davon träumen, wie es wäre, wenn James nicht verheiratet oder wenn sie die wichtigste Frau in seinem Leben wäre. Darüber dachte sie sehr oft nach, erwähnte es aber nur ungern ernsthaft gegenüber James. Natürlich sprachen sie über das *Was-wäre-Wenn*. Was würde Dylan wohl von seinem Chef halten, *wenn* sie James jemals an seinem Arbeitsplatz besuchen würde? Oder von den viel zu kurzen Röcken der Empfangsdame? Oder würde Dylans Vater James akzeptieren, *wenn* er ihn jemals kennenlernen würde? Oder würde er ihn ablehnen, so wie er Nick ablehnte?

(Sie hatte es Nick nie erzählt, doch ihr Dad hatte ihn als *geleckt* beschrieben, nachdem er ihn das erste und auch einzige Mal bei einem Dinner getroffen hatte. Dylan hatte es ignoriert, weil sie verstand, warum ihr Vater so empfand. Nick war an diesem Abend nicht er selbst gewesen. Normalerweise protzte er überhaupt nicht, sondern sparte sein Geld für Dinge, die ihm wichtig waren, zum Beispiel für ein neues Teil an seinem Motorrad. Doch an diesem Abend hatte er das Essen übernommen und die teuersten Speisen auf der Karte bestellt, inklusive einer überteuerten Flasche Wein. Und Dylan war innerlich zusammengezuckt, als die Kellnerin ihrem Vater die Rechnung hinlegen wollte, Nick jedoch danach griff, während ihr Vater vor Wut rot anlief.)

Das war genau der Punkt. Sie wusste, wie es war, mit Nick eine Beziehung zu führen. Sie wusste, er würde nachgeben, wenn sie die Beherrschung verlor, ihr aber nach einer harten Schicht eine Fußmassage anbieten und dabei die Spannung aus jedem einzelnen Zeh massieren. Aber es waren die *Was-wäre-Wenns*, die James so spannend machten. Es gab noch so viel zu erfahren, so viel zu entdecken.

Vier Stunden später wachte James auf und zwirbelte eine ihrer Haarsträhnen durch seine Finger. »Es tut mir leid«, sagte er. Sein Mund war ihrem so nah, dass sie seine Bartstoppeln, die bereits nachgewachsen waren, sehen konnte.

»Ist schon okay«, gab sie zurück und war glücklich, dass sie sich diesmal nicht umschauen musste, bevor sie ihn küsste. Sie wussten bereits, dass sie niemanden im Flugzeug kannten. Am Gate angekommen, hatten sie das gleiche Spiel wie immer gespielt, wenn sie in ein Restaurant oder ein Kino oder irgendwohin kamen – egal, wie entlegen der Ort war: Sie taten so, als würden sie sich nicht kennen, während sie die Menge absuchten und beide beteten, kein bekanntes Gesicht zu entdecken.

Sie hatten ganz cool getan, bis sie ins Flugzeug gestiegen waren und ihre Sitze in der ersten Klasse eingenommen hatten. James hatte ihr Ticket gekauft und für sein eigenes seine Bonusmeilen genutzt. Er meinte, er habe oft genug in der Touristenklasse gesessen, eingequetscht zwischen den Idioten mit ihren zurückgefahrenen Rückenlehnen. Nun könnten sie ruhig einmal große Sitze, viel Beinfreiheit und zusätzliche Cocktails genießen. Er hatte ihr Ticket separat gebucht und dann der Angestellten am Check-in Honig um den Bart geschmiert, damit sie nebeneinandersitzen konnten. Dylan hatte aus der Ferne beobachtet, wie die Frau zuerst noch reserviert und zurückhaltend blieb, dann aber auftaute, nachdem James immer näher gerückt war. Obwohl sie sein Gesicht nicht sehen konnte, wusste sie, mit welchem Lachen er sie umgarnte. Mit ebendiesem Lachen hatte er sie nach ihrer Schicht erwartet und die Tür für mehr geöffnet. Wie Dylan hatte ihm auch die Mitarbeiterin der Fluggesellschaft nicht widerstehen können.

»Ich freue mich so, vier ganze Tage mit dir zu verbringen«, sagte James, während er der Stewardess zunickte und einen Mimosa für sich und einen Orangensaft für Dylan bestellte.

»Auf Maui«, meinte er, nachdem die Stewardess ihnen die Drinks gereicht hatte.

»Auf Maui«, wiederholte Dylan genau in dem Moment, als der Pilot ihre Landung ankündigte.

KAPITEL 16

JACKS – NACHDEM ES GESCHEHEN WAR

Nick hält mit dem Jeep, den wir gemietet haben, vor dem Hotel. Ich steige aus und spüre die warme Luft auf meiner Haut. (Trotz der traumhaften Fahrt vom Flughafen hierher und der zweiten Beruhigungstablette unter meiner Zunge habe ich mich die ganze Zeit an dem Haltegriff festgehalten.)

»Aloha!« Ein Mann, der laut seinem Namensschild *Akoni* heißt und ein hellbraunes Hemd mit weißen Blumen und dem Logo des Westin Ka'anapali auf der Brust trägt, begrüßt uns freundlich. Er lächelt uns an und bedeutet uns, den Kopf vorzubeugen. Nick und ich zögern kurz und schauen uns etwas unbehaglich an. Schließlich beugen wir die Köpfe vor und nehmen sein Geschenk an – eine Kette aus schlichten weißen Muscheln.

Akoni zeigt in Richtung zweier Glaskrüge mit Orangen- und Zitronenwasser. Ich gehe hinüber, fülle meinen Plastikbecher und trinke einen Schluck. Dabei stelle ich mir vor, wie Dylan ihre Lippen ebenfalls an einen solchen Becher gepresst hat. Während Nick und ich in Richtung Rezeption geführt werden, male ich mir aus, wie James und Dylan diesen Weg entlanggegangen sind. Hat James ihre schmale Hand gehalten, sie ins

Hotel geführt? Haben sie dabei den Wasserfall bewundert, der an der Felswand hinunter in einen Koi-Teich fällt, in dem eine Schar lachsfarbener Flamingos watet? Haben sie versucht, Bob, den leuchtend blau-gelben Ara, der in seinem Bambuskäfig saß, dazu zu bringen, sie nachzumachen?

Auf den ersten Blick wirkt die Anlage atemberaubend: Palmen drehen die Köpfe, als wollten sie sich unterhalten, das Geräusch glucksender Wasserläufe und singender Vögel liegt in der Luft, Tische und Stühle sind um die Teiche herum gruppiert, damit man die vorbeischwimmenden Schwäne beobachten kann, und die Kois kämpfen um die Essensreste, die ihnen eine Gruppe Kinder wahllos hinwirft.

Ein Schauer eifersüchtiger Wut durchfährt mich, als ich daran denke, wie James sich die Zeit genommen hat, nach diesem Hotel zu suchen und es zu buchen – etwas, um das ich mich immer kümmern musste. Und wieder frage ich mich, ob er an *unsere* Reise nach Maui – an unsere Flitterwochen – denken musste, als er ihren gemeinsamen Urlaub geplant hat. Wie konnte er das tun – sein Leben mit mir von der Beziehung mit ihr trennen? Hat er mit ihr über mich gesprochen? Ihr meine größten Schwächen und Fehler anvertraut? Oder ist ihm nie mein Name über die Lippen gekommen – als habe er mich in eine Kiste in der hintersten Ecke seiner Gedanken verbannt wie die Kleider, die man irgendwann einmal toll gefunden hat, aus denen man aber herausgewachsen ist und die man schließlich vergessen hat? Ich weiß nicht, welche Möglichkeit schlimmer ist.

»Hey, ich habe uns beide eingecheckt. Wir wohnen im Ocean Tower, aber auf verschiedenen Etagen. Es kann uns zwar egal sein, aber sie haben uns auf Zimmer mit Meerblick hochgestuft!«, sagt Nick, während er mir Führerschein, Kreditkarte und Zimmerschlüssel reicht. Dann runzelt er die Stirn. »Bist du okay?«

»Es ist so seltsam … hier zu sein.« Ich schaue einem Flamingo zu, wie er seinen Schnabel in das Wasser taucht, und frage mich, wie lange er wohl auf einem Fuß stehen kann. Stunden? Tage?

»Surreal«, stimmt Nick mir zu, während wir einen kleinen Jungen beobachten, der auf einen riesigen Krebs zeigt, der sich auf einem Felsen sonnt.

Endlich stelle ich die Frage, die mir auf der Seele liegt, während ich meinen Blick schweifen lasse. »An einen solchen Ort fährt man nicht mit jemandem, mit dem man nur eine kurze Affäre hat, oder?«

»Das weiß ich nicht. Ich hatte noch nie eine Affäre.«

Ich schaue zu Boden und versuche, die Tränen zurückzuhalten. Nick soll mich nicht weinen sehen.

»Hey.« Er berührt mich leicht am Oberarm. »Wir wissen bis jetzt doch noch nichts. Wir sollten uns die Tränen aufsparen, für den Moment, wenn oder *falls* wir sie brauchen.«

»Du hast recht.«

»Nebenbei bemerkt, ich frage mich, warum James überhaupt fremdgegangen ist, ob nun gelegentlich oder ernsthaft. Es ist und bleibt Betrug.«

Ich blinzele ihn an. »Na ja, du kennst mich auch nicht sehr gut.«

»Vielleicht nicht, aber soweit ich es bis jetzt beurteilen kann, bist du eine unglaublich mutige Frau.« Er geht in Richtung Swimmingpool. »Hierherzukommen und das zu tun. Dazu braucht man Mumm.«

»Vielleicht bin ich auch einfach nur verrückt«, gebe ich zurück, während eine Träne doch noch ihren Weg findet. Schnell wische ich sie weg.

Nick schüttelt den Kopf. »Es wäre viel einfacher aufzugeben. Einfach das Mitleid anzunehmen und ihm in Gedanken einen Heiligenschein zu verpassen, dich insgeheim zwar zu fragen, wer er wirklich war, dich aber nicht zu bemühen, es herauszufinden. Und stattdessen dir die Schuld zu geben.«

Ich gebe mir die Schuld dafür. Doch das sage ich Nick nicht.

Als ich nicht antworte, redet Nick weiter: »Du kennst doch das Sprichwort: Die Wahrheit macht frei.«

»Oder die Dinge komplizierter!« Das waren Beths Worte, und ich hasse es, dass sie mir wieder eingefallen sind. Ich weiß, dass sie sich nur um mich sorgt, aber sie wird niemals verstehen, warum ich hierherkommen musste. Warum es egal ist, dass jede einzelne Faser meines Körpers mich davor warnt. Ich musste herkommen, weil er zwar mein Ehemann war, aber nicht der Mann, für den ich ihn gehalten habe. Ich kann erst dann weitermachen, wenn ich verstehe, warum er all das getan hat.

»Das mag sein, aber das werden wir erst am Ende wissen, nicht wahr?«

Ich nicke und denke über die letzten Monate nach. Über all die Dinge, die ich nicht wusste. Dass mein Mann nicht dort war, wo er behauptete zu sein. Dass er zu einer Affäre fähig war. Dass er mit einer anderen Frau schlafen und dann nach Hause kommen und mich lieben konnte. Dass ich so dumm gewesen war zu glauben, dass unsere Ehe von außen nicht zu zerstören war. »Hast du eine Ahnung, wie lange die beiden …« Ich verstumme. Ich denke darüber nach, wie meine Schwester James und Dylan einen Monat vor dem Unfall zusammen gesehen hat. Doch ich weiß, dass sie sich schon viel länger getroffen haben.

»Ein Paar waren?«

»Ja.« Ich drehe mich zur Seite, damit eine Frau mit einem Kinderwagen an uns vorbeifahren kann. Mein Blick fällt auf ein pausbäckiges Baby, das tief und fest schläft.

»Ich weiß es nicht. Die E-Mails hören nach ungefähr einem Monat auf. Aber zwischen der letzten E-Mail und ihrer Ankunft hier auf Maui liegen mehrere Monate. Es könnten also fünf oder sechs Monate gewesen sein.« Nick sieht mich an. »Jacks, wir wissen nicht, wie oft sie sich in dieser Zeit gesehen haben. Oder ob sie die Affäre beendet und dann wieder aufgenommen haben, kurz bevor sie hierherkamen.«

Doch ich höre nur, wie Nick von *sechs Monaten* spricht. Und bei dieser Zahl wird mir plötzlich kalt. Mein Herz scheint in sich zusammenzufallen, als wäre all seine Wärme aus ihm herausgesaugt worden. Wenn das Ganze schon so lange lief, wie konnte ich es dann nicht bemerken? Seitdem ich es herausgefunden habe, habe ich viel über Affären im Internet nachgelesen. Eine Webseite nannte Anzeichen, die darauf hinweisen, dass der Partner fremdgeht.

Er zieht sich besser an.

Definitiv nicht. Als ich ihn das letzte Mal gesehen habe, trug er diese grässliche graue Hose.

Er passt auf sein Handy auf.

Ist mir nicht aufgefallen. Aber wie gesagt, ich habe mich nie wie andere Ehefrauen um sein Handy oder um seinen Computer gekümmert. Ich wollte nie seine Passwörter wissen.

Er beantragt neue Kreditkarten auf seinen Namen.

Das hat er offensichtlich getan, und ich hatte keinen blassen Schimmer. Wie auch?

Er leidet unter Stimmungsschwankungen.

Dieser Punkt traf mich hart. Ich hätte niemals gedacht, dass seine Gefühlsausbrüche im Zusammenhang mit einer Affäre standen. Denn James' Stimmungen waren schon immer unvorhersehbar gewesen. Er hatte es seinen südländischen Wurzeln zugeschrieben, aber ich zuckte hin und wieder zusammen, wenn er bei dem kleinsten Anlass aus der Haut fuhr. Einmal schlug er ein Loch in die Wand unseres Wohnzimmers, als die Dodgers ein wichtiges Play-off verloren hatten.

James war aufbrausend.

Aber er konnte auch unglaublich aufmerksam sein. Das war er zumindest einmal gewesen, bevor wir zerbrachen, damals, als sich die Tage in meiner Schule wie Wochen dahinzogen. Als zum Beispiel meine Viertklässler sich weigerten zuzuhören, meine Stimme immer lauter wurde und die Zeit so langsam verstrich, dass ich zu explodieren drohte. Oder als eine Eltern-Lehrer-Konferenz außer Kontrolle geriet und im Streit endete. Damals stand James mit einer Lachs-Avocado-Rolle von Fusion Sushi vor der Tür, für die er extra einen Umweg von dreißig Minuten auf sich genommen hatte. Das waren die Momente gewesen, in denen ich wusste, warum ich mich so schnell und unwiderruflich in diesen Mann verliebt hatte – in den Mann, der uns einmal für ein Team gehalten hatte.

Doch dann gab es auch ganz andere Momente. Mann, was konnte James wütend werden. Unser letzter Streit? Das war noch gar nichts gewesen. Türenknallen, Geschrei? Wir hatten schon viel Schlimmeres erlebt. Ein Mal, aber wirklich nur ein Mal, hatte er mich am Arm gepackt, ihn auf den Rücken gedreht und mich gegen die Wand gepresst.

Er erwähnt den Namen der Person, mit der er seine Frau betrügt, in Gesprächen.

Das fand ich zwar merkwürdig, aber ich hatte ja auch noch nie eine Affäre gehabt. Doch es klingt logisch. Er will damit ablenken. Warum sollte er sonst über die Person sprechen, mit der er schläft? Aber das hat James nie getan.

Da bin ich mir ziemlich sicher. Sie war keine Kollegin, keine Freundin, niemand, den ich kannte, und wenn er den Namen *Dylan* ausgesprochen hätte, würde ich mich daran erinnern.

Er will keinen Sex.

Wir hatten zwar nur sporadisch Sex, aber dafür war er gut. Er reiste so viel, dass ich nicht sagen kann, wie oft wir miteinander schliefen. Aber wenn er zu Hause war, taten wir es auch. War das in den letzten sechs Monaten anders? Könnte ich nicht sagen.

Ich beiße mir auf die Lippen, damit sie aufhören zu zittern. Ich schaue zu Nick hinüber, der mich beobachtet.

»Weißt du, was ich mich gerade frage?«

»Was?«

»Helfen dir die Tabletten hierbei? Sind sie gegen die Angst?«

Ich werde rot. »Du hast es bemerkt?«

»Mir entgeht nicht viel«, erwidert er, verstummt dann aber, als wir beide erkennen, dass nichts weiter von der Wahrheit entfernt sein könnte. Dylan hat ein ganzes Leben vor ihm versteckt.

»Ich brauchte sie für die Autofahrt. Ich habe damit Probleme seit …«

»Du musst nicht mehr sagen.« Nick fährt sich durch das Haar. »Warum bringen wir nicht unser Gepäck auf die Zimmer und trinken dann etwas zusammen? Ich denke, wir könnten beide einen Mai Tai gebrauchen.«

»Einverstanden.« Ich folge ihm zum Aufzug und bin erleichtert, dass wir nicht länger über meine Selbstmedikation sprechen. Ich fühle mich auch so schon wie ein Opfer, weil ich Tabletten brauche, um mit dem, zu dem mein Leben geworden ist, klarzukommen.

Nick steigt im vierten Stock des Ocean Tower aus, und ich fahre hoch in die neunte Etage. Als ich die Karte in das Schloss von Tür 955 stecke, klingelt mein Handy, und Beths Gesicht erscheint auf dem Display. Ich könnte ihren Anruf abweisen, aber wir haben nicht mehr miteinander gesprochen, seit ich ihr Haus verlassen habe. Und ich weiß, dass sie so lange anrufen wird, bis ich mit ihr spreche. So war sie schon immer – unerbittlich. Deshalb ist sie auch in allen Dingen so unglaublich gut – bei den Zulassungstests für die Universität, beim Tennis, bei den Schwangerschaften. Sie gibt niemals auf. Das liebe und hasse ich so an ihr, je nachdem, worum es gerade geht. Im Moment hasse ich es.

»Hallo?« Ich ziehe die schweren Vorhänge auf und öffne die Schiebeglastür, die zu einem kleinen Patio führt. In der Ferne erkenne ich die Insel von Lanai und genieße den Panoramablick auf den Strand: Ein braun gebrannter Jogger mit nacktem Oberkörper läuft am Meer entlang, auf dem tiefblauen Wasser treiben Segelboote und ein Katamaran mit einem leuchtend gelben Segel, an dessen Seite in großen goldenen Buchstaben *Gracie* prangt. Wie hat Nick das nur zustande gebracht?

»Du bist dort, oder?« Beth kommt gleich zur Sache.

Ich lehne mich gegen das Geländer und schaue hinunter. Ich zähle drei Swimmingpools. Der größte liegt rechts unter mir, und die Schatten im Wasser erinnern mich an einen Schildkrötendeckel. »Ja«, antworte ich schließlich, während ich ein junges, Händchen haltendes Paar in passenden orangefarbenen Schwimmreifen beobachte. Ich kann ihre Gesichter nicht sehen, aber sie wirken sehr glücklich. Fast schon selig.

Beth seufzt laut. »Ich kann nicht glauben, dass du wirklich dort hingefahren bist. Nach Maui.«

»Bin ich aber. Ich bin hier. Also, leg schon los.«

»Womit?«

»Mit der Standpauke.«

»Komm schon, Jacks. Nun mach mal halblang, okay?«

»Also rufst du an, um mir deinen Segen zu geben?«

»Ich wünschte, du hättest es mir gesagt.«

»Und ich wünschte, du hättest mir manche Dinge ebenfalls gesagt, Beth. Also sind wir jetzt wohl quitt.« Noch während ich das sage, schäme ich mich für meinen schroffen Ton.

»Jacks, es tut mir leid.« Ihre Stimme stockt, und ich lenke sofort ein.

116

»Ich weiß.« Und während ich das sage, merke ich, dass ich ihr bereits vergeben habe. Sie konnte es nicht wissen. Selbst wenn ich die Schuld nur zu gern jemandem geben würde, der noch am Leben ist, damit ich meine Wut an ihm ablassen kann, weiß ich doch, dass Beths Schweigen nicht der Grund für die Ereignisse war.

»Ich … ich weiß nicht. Eine Ehe ist hart. Und ich wollte keine Mutmaßungen anstellen und noch mehr Probleme verursachen, wenn es ein völlig harmloses Geschäftsessen oder sie eine alte Freundin hätte sein können. Natürlich fühle ich mich jetzt total mies, weil es nicht so war.«

»Ich weiß«, sage ich noch mal. Sie hatte alles quasi mitgehört. Unsere Streitereien wegen seiner Reisepläne, wegen des Geldes, wegen der gemeinsamen Zeit. Wie kann ich ihr vorwerfen, dass sie nicht noch mehr Verwirrung stiften wollte, wenn es auch ein bedeutungsloses Treffen hätte sein können? Würde ich ihr erzählen, wenn ich Mark mit einer mir fremden Frau sehen würde? Nur zu gern würde ich Ja sagen, weil es die bequemste Antwort ist. Doch im Moment scheint alles so verzerrt, dass ich mir nicht mehr sicher bin.

»Ich werde nicht so tun, als sei ich begeistert, dass du nach Hawaii geflogen bist. Aber ich bin für dich da, wenn du mich brauchst. Soll ich zu dir kommen? Würde dir das helfen?«

»Nein, aber danke, dass du gefragt hast. Ich muss das hier ohne dich machen.«

* * *

Eine Stunde später sitze ich mit Nick in der Relish Burger Bar am Lanai-Pool und halte ein fast leeres Glas in meiner Hand, das zuvor mit Rum und Ananassaft gefüllt war. Ein neonpinkes Schirmchen in einem Stückchen Ananas thront noch auf dem Rand, und ich spüre, wie ich langsam ruhiger werde.

»Wollt ihr noch eine Runde?«, fragt der Barkeeper. Nick und ich schauen uns kurz an. »Es ist Happy Hour!«, ruft er und zeigt auf seine Uhr. Es ist vier Uhr.

Nick schaut erst auf mein Glas und dann fragend zu mir.

»Okay, aber ich sollte etwas essen, sonst kann ich nicht mehr …«

»… Hula tanzen?«, beendet Nick meinen Satz, und wir grinsen beide schief. Was er wohl von mir halten mag? Glaubt er, es ist falsch zu lachen? Während ich letzte Nacht den Koffer packte, lief nebenbei der Fernseher. Jimmy Kimmel ließ sich über dumme Kommentare auf Twitter aus, und als Nicole Kidman einen fiesen Tweet über sich selbst vorlas, musste ich unwillkürlich lachen – und schlug meine Hand vor dem Mund, um es zu unterdrücken.

»Vielleicht – oder mit dem Feuer tanzen«, antworte ich und bestelle eine zweite Runde. Wir nippen an unseren Cocktails, und ich höre dem Wind zu, der in den Palmen rauscht und das Gelächter vom Kinderpool nebenan herüberträgt. Plötzlich plagen mich Schuldgefühle, weil mir wieder einfällt, warum wir eigentlich hier sind. Vielleicht haben James und Dylan auch an dieser Bar gesessen.

»Wir sollten den Barkeeper nach ihnen fragen«, sage ich leise zu Nick. »Eventuell hat er sie ja bedient.«

»Okay, sieh mir einfach zu und mach mit«, antwortet er. »Können wir Sie kurz etwas fragen?«, ruft er dem Barkeeper zu, als dieser zu uns herüberschaut.

»Klar.« Er gibt etwas Eis in ein Glas und füllt es mit Rum und Cola für eine Frau, die an der Theke wartet.

»Ende Mai haben Freunde von uns in diesem Hotel Urlaub gemacht. Vielleicht haben Sie in der Zeitung von ihnen gelesen. Sie hatten einen Unfall auf der Küstenstraße auf …«

Der Barkeeper unterbricht ihn. »Auf der Straße nach Hana. Ein Mann und eine Frau, richtig? In einem Jeep?«

Nick und ich nicken.

»Mein herzliches Beileid«, sagt er aufrichtig.

»Danke«, erwidert Nick und nippt an seinem Drink. »Das ist jetzt reine Spekulation, aber vielleicht haben Sie ja mit ihnen gesprochen, als sie hier waren? Oder ihnen einen Drink serviert?«

Der Barkeeper schüttelt den Kopf. »Nein, habe ich nicht. Habe nur die Nachricht in der Zeitung gelesen, das war alles. Ich hasse es, wenn ich von solchen Unfällen lese. So was passiert leider häufiger, als es sollte.«

»Danke«, sage ich deprimiert, während er zu einem jungen Paar geht, um die Bestellung aufzunehmen. Das wird schwerer als erwartet. Maui ist eine große Insel. Was, wenn sich niemand mehr an sie erinnert?

Nick dreht sich zu mir um und beobachtet mich aufmerksam. »Nicht jeder wird sich an sie erinnern. Und das ist okay. Man kann nie wissen. Es kann diese eine Person sein, die uns alles erzählt, was wir wissen wollen. Wir müssen positiv denken.«

»Es war wohl naiv zu glauben, wir würden alle Antworten schon beim ersten Versuch bekommen.«

Ich nippe an meinem Cocktail, der nicht annähernd so stark schmeckt wie der erste Drink. »Wie war sie?«

»Bist du wirklich bereit für eine Antwort? Jetzt?«

»Nein, überhaupt nicht, aber vielleicht hilft es«, antworte ich, und während ich an die E-Mails denke, zieht sich meine Brust zusammen. Wie er Dylan vermisste. Dass er an sie dachte. Welche Eigenschaften hat sie besessen, die er so anziehend fand? Es gab so viele wunde Punkte in meiner Beziehung zu James. Und wenn ich herausfinde, dass Dylan einen oder vielleicht sogar mehrere dieser Punkte ausgefüllt hat, könnte ich damit umgehen? Dass sie vielleicht stark war, wo ich schwach war? Ich weiß es nicht.

Nick trinkt einen Schluck, bevor er mir antwortet. Während ich ihn beobachte, frage ich mich, ob er seine persönlichen Erinnerungen durchgeht und entscheidet, welche mir und welche ihm einen Stich versetzen könnten.

»Dylan war herzlich und unglaublich freundlich«, sagt er schließlich, während der Barkeeper einen Teller mit Kokosnuss-Calamari vor uns stellt.

»Mit Empfehlungen des Hauses. Falls Sie etwas Kraft brauchen für den Feuertanz.« Er zwinkert mir zu, bevor er geht. Nick verdreht die Augen und presst die Lippen zusammen. Ich suche gerade nach Worten, um den Kellner zu verteidigen, als er lachen muss. »Ich glaube, der Typ steht auf dich.«

»Also bitte! Es tut ihm nur leid, dass er nichts über Dylan und James weiß. Oder er will ein üppiges Trinkgeld. So oder so, Barkeeper schäkern immer.« Ich leere mein Glas. »James war auch so. Er flirtete gern. War redselig, aufgeschlossen. Das war der Geschäftsmann in ihm, weißt du? Er gab jedem das Gefühl, der einzige Mensch im Raum zu sein. Wo auch immer wir hinkamen, fing er mit völlig Fremden ein Gespräch an, und nach fünf Minuten konnte man glauben, sie würden sich schon ihr ganzes Leben kennen.«

»Hat dich das jemals gestört? Oder eifersüchtig gemacht?«

»Nicht wirklich. So war er nun mal. Er konnte gar nichts dafür. Ich dachte immer, es wäre harmlos …« Ich wollte diesen Gedanken nicht zu Ende führen. Was wäre gewesen, wenn ich es nicht für harmlos gehalten hätte? Wenn ich eifersüchtig gewesen wäre? Wenn ich ihn davon abgehalten hätte, die Grenze zu überschreiten? »Was ist mit dir? Hat Dylan irgendetwas getan, was dich verunsicherte?«

»Wenn ich heute zurückschaue, sehe ich manche Dinge in einem anderen Licht. Aber damals? Nein. Überhaupt nicht. Ich bin vieles, Jacks, aber ganz bestimmt nicht eifersüchtig.« Er leert seinen ersten Drink und greift gleich zum nächsten Glas. »Aber vielleicht hätte ich es sein sollen.«

»Ich auch«, stimme ich zu und denke daran, wie ich Beth einmal dabei erwischt habe, als sie ihrem Ehemann hinterherschnüffelte. Während sie sein iPhone durchsuchte, schaute sie nur kurz zu mir auf und meinte: »Die Männer, bei denen man niemals erwarten würde, dass sie fremdgehen, haben das meiste zu verbergen.« Und dann mussten wir lachen. Schließlich ging es um Mark, einen Buchhalter, den sie vor zwölf Jahren geheiratet hatte und der – abgesehen von der Zeit vor dem Stichtag der Abgabe der Steuererklärungen – jeden Abend Punkt sechs Uhr nach Hause kam. Dessen größter, selbst erklärter Fehler sein Hang zur Erstellung von Verzeichnissen war.

Ich beobachte den Barkeeper, wie er die Gläser auf der anderen Seite der Theke ausspült. Mein Blick bleibt an seinen breiten Schultern und der kaffeebraunen Haut hängen, während der dunkle Rum im Mai Tai Besitz von mir ergreift. Ich probiere die Calamari. Sie sind warm und knusprig, und die Kokosnuss schmeckt herrlich süß.

»Dylan war also freundlich. Was noch?«, frage ich.

Nick sieht dem Barkeeper zu, der einen Daiquiri mixt. »Sie war Kellnerin.«

»Wo hat sie gearbeitet?«

»In Laguna, im Splashes Restaurant.«

Mir fällt mein letzter gemeinsamer Besuch mit James in diesem Restaurant wieder ein. Es war ein spontaner Einfall. Ich wachte morgens auf und hatte Lust auf Krabbenpuffer à la Benedict. Also schlug ich dieses Restaurant vor. Ich kann mich nur noch bruchstückhaft an den Brunch erinnern, weil ich zu viele Mimosas getrunken habe. In der Nacht zuvor hatten James und ich uns wegen seiner Mutter gestritten, und ich war noch immer wütend. Diese Wut spülte ich dann mit den süßen Champagnercocktails hinunter. Ihrer Meinung nach war mein

Backofen veraltet und ich sollte mir einen neuen kaufen. Als ich ihm davon erzählt hatte, hatte er sie mal wieder verteidigt. Sie mischte sich immer ein, und er verstand nie, warum mich das so aufregte. Dass sie mich auf ihre passiv-aggressive Art immer niedermachte, sah er einfach nicht. Ende der Geschichte. Das machte mich rasend.

Ich versuche, mich an die Kellnerin von damals zu erinnern. Mir fällt kein Gesicht ein, aber ich weiß noch, dass sie verlobt war. James machte ihr ein Kompliment wegen des Rings, was mir seltsam vorkam. Für mich hatte er nur einen schlichten goldenen Memoire-Ring ausgewählt, und er selbst trug überhaupt keinen Ring.

Seltsamerweise kam ich über diese Sache mit dem Ring ziemlich schnell hinweg. Meine Mom und meine Schwester fragten mich danach, als sie nach unserer Hochzeit sahen, dass sein Ringfinger noch immer nackt war. Doch ich winkte nur ab. Bei solchen Dingen war ich noch nie spießig gewesen. Wenn es nach mir gegangen wäre, hätten wir unsere Hochzeit und den anschließenden Empfang ganz schlicht gehalten. Nur unsere Freunde und die Familie am Strand mit einem Catering von unserem Lieblingsburgerrestaurant. Doch die Feier war genau das Gegenteil gewesen. Es kamen viele Leute, von denen ich die wenigsten kannte, und futterten Kaviar – genau so, wie seine Mutter es sich vorgestellt hatte.

»Hat sie auch beim Sonntagsbrunch gearbeitet?«

»Ja. Diese Schicht hat sie nur selten ausgelassen. Obwohl sie sie hasste, wegen all der betrunkenen Gäste. Aber sie meinte, an diesem Tag verdiente sie das meiste Trinkgeld.«

Mein Herz schlägt schneller, als mir etwas einfällt. Wir waren damals schon wieder zu Hause angekommen, und ich hatte gerade meine Schuhe in den Schrank gekickt, als James plötzlich meinte: »Ich habe vergessen, der Kellnerin ein Trinkgeld zu geben. Ich muss noch mal zurück.«

Ich dachte noch, dass er ihr bereits etwas gegeben hatte. Ich hatte einen Blick auf die Rechnung geworfen und gesehen, wie er etwas Bargeld auf den Tisch gelegt hatte, war aber im Auto eingeschlafen und noch etwas benebelt. Ich sagte ihm das lachend, zog ihn aufs Bett und küsste seinen Nacken. Der Champagner machte Lust auf Versöhnungssex. Doch er wies mich ab. »Ich muss los. Ihre Schicht ist vielleicht bald vorbei. Wir machen da weiter, wo wir gerade aufgehört haben, sobald ich wieder zurück bin. Versprochen.«

War das der Tag, an dem er sie getroffen hat? War meine Lust auf Krabbenpuffer schuld daran, dass mein Mann seine Geliebte kennengelernt hat?

Ich schüttele leicht den Kopf über diese Ironie. Sie haben sich direkt vor meiner Nase getroffen, und ich war zu betrunken, um es zu bemerken – oder zu vertrauensselig. So vertrauensselig, dass ich ihn ohne Ehering am Finger durchs Land reisen ließ. Nick erzähle ich nichts davon. Ich will die Erinnerung nicht noch einmal aufwärmen. Stattdessen bestelle ich einen dritten Drink, dieses Mal eine Piña Colada. Sich jetzt zu betrinken klingt nach einer verdammt guten Idee.

KAPITEL 17

JACKS – NACHDEM ES GESCHEHEN WAR

Vielleicht bin ich der einzige Mensch, der in Orange County lebt und das Meer nicht liebt.

Oder anders formuliert: Ich schaue gern *auf* das Meer, denn es sieht so schön aus, wenn sich die Sonne auf den Schaumkronen spiegelt und sie funkeln lässt. Und ich gehe gern zum Strand hinunter und tauche die Füße ins Wasser. Die Wellen spritzen dann gegen meine Oberschenkel, während sie mich vor und zurück schaukeln. Und ich lecke mir das Salz von den Lippen, wenn sich der ein oder andere Wassertropfen dorthin verirrt. Aber irgendetwas hält mich davon ab, in das Wasser hineinzutauchen und es mit meinen Armen zu durchpflügen. Ich mag die *Idee*, das zu tun – mich auf dem Rücken liegend treiben zu lassen und mir vorzustellen, wie meine Haare an der Luft zu lässigen Beach Waves trocknen, die man normalerweise nie hinbekommt. Aber immer wenn ich bis zur Taille im Wasser stehe, krieche ich wieder zurück zum trockenen, sicheren Strand.

Beth glaubt, das liegt an unserer Mutter. Sie hat uns das Schwimmen beigebracht, indem sie uns ins Wasser geworfen hat. »Geht unter oder schwimmt!«, rief sie lachend. Heute weiß ich, dass wir damals nie mehr als eine Armlänge von ihr entfernt im flachen Teil eines Swimmingpools waren. Trotzdem war es einfach nur schrecklich gewesen. Beth paddelte mit den Armen und strampelte begeistert mit den Beinen, als sie zum allerersten Mal ihren Kopf über Wasser hielt. Ich dagegen erstarrte und ging ziemlich schnell unter. Meine Mutter riss mich wieder hoch, bevor ich den Boden des Pools erreichte. Beim zweiten Mal setzte dann mein Überlebensinstinkt ein, und ich kämpfte mich mit vollem Körpereinsatz zurück an die Wasseroberfläche, bis ich endlich die unebenen orangefarbenen Kacheln am Beckenrand erreichte. Ja, ich habe schnell gelernt, wie man schwimmt. Das hieß aber nicht, dass es mir Spaß machte.

Vom Kai aus beobachte ich unser Boot, das im Meer treibt, und schaue zu Nick hinüber. »Hältst du es für sicher?«

»Ja, aber mein Job ist es auch, in brennende Häuser zu laufen. Vielleicht haben wir also verschiedene Definitionen des Worts?«, meint er, während er sein T-Shirt auszieht.

Auf dem Weg zur Anmeldung der Blue Water Rafting Adventures fiel mir eine Frau auf, die zuerst Nick und dann mich taxierte und offensichtlich versuchte herauszufinden, wie wir beide zusammenpassten. *Tun wir nicht*, hätte ich ihr am liebsten erklärt. *Er ist jünger. Und heißer. Und übrigens: Wir sind nicht zusammen. Wir wollen nur herausfinden, warum unsere Partner uns nicht mehr haben wollten.*

Ich zupfe an meinen Boardshorts herum und überprüfe den Verschluss meines Bikinioberteils, bevor ich eine Rettungsweste vom Regal nehme und mir wünsche, ich hätte den Kaffee getrunken, den Nick mir angeboten hat, als wir uns heute Morgen um fünf Uhr in der Lobby getroffen haben. Doch zu dem Zeitpunkt dröhnte mein Kopf noch von dem einen Drink, den ich gestern Nacht zu viel getrunken hatte. Nick drückte mir einen Prospekt in die Hand, der *eine atemberaubende Fahrt* versprach, auf der wir die beeindruckenden Meereshöhlen und spektakulären Lavabögen besichtigen würden. »Lava was?«, fragte ich mit leicht brüchiger Stimme.

»Kein Frühaufsteher, oder?« Er grinste mich an und zerquetschte seinen leeren Kaffeebecher in der Hand, bevor er ihn wie einen Basketball in einen Mülleimer warf.

Ich fühlte mich sehr unwohl, was zum einen an meinem Kater, zum anderen an meinem Unbehagen angesichts des bevorstehenden Bootsabenteuers lag. Es half auch nichts, dass James mich damals auf unserer Hochzeitsreise gefragt – nein, *angebettelt* – hatte, genau den gleichen Ausflug zu machen. Ich hatte ihn abgewiesen, weil ich Angst vor Wasser habe. Er hatte behauptet, ich würde sie nur als Ausrede benutzen, wofür ich ihn wiederum als unsensibel beschimpft hatte. Es war unser erster großer Streit gewesen, und der fand genau in jener Zeit statt, in der wir *eigentlich* unser Flitterwochenglück erleben sollten. Ich rief heulend Beth an und fragte sie, ob das ein Zeichen wäre. Hatte ich einen Idioten geheiratet? Sie hatte nur gelacht und gemeint, ich müsste dringend einen Schritt zurückgehen und sehen, über was wir überhaupt stritten – über einen lächerlichen Ausflug, also nichts Wichtiges. Als ich auflegte, fühlte ich mich besser und hoffte, unsere Meinungsverschiedenheit wäre nicht von Bedeutung. Und damals war sie es auch nicht. Doch nach einigen Jahren quoll unsere Beziehung über vor Problemen. Sein fehlendes Einfühlungsvermögen wurde immer offensichtlicher, und mit der Zeit vergaß ich fast, dass er früher nicht so kaltherzig, sondern ein sehr zärtlicher Mann gewesen war, der mich oft aufgefangen hatte.

Ich versuchte, mich auch vor diesem Ausflug zu drücken, aber Nick verwendete meinen Wunsch nach Informationen gegen mich. Er erklärte mir, er habe uns Adam gebucht, den Reiseführer, mit dem auch Dylan und James unterwegs gewesen waren. Und nicht nur das. Er hatte außerdem den Portier dazu überreden können, ihm eine Liste zu geben, auf der alles stand, was James und Dylan zusammen unternommen hatten. »Antworten«, meinte er. »Denk immer nur daran. Wir finden sie, wenn wir dort hingehen.«

Adam entpuppt sich als ein sonnengebräunter Mittzwanziger mit Boygroup-Frisur, dessen Shorts gefährlich tief auf seinen Hüften sitzen. Er sieht aus, als würde er ständig das Wort *Bro* benutzen und seine Faust zum Nachdruck in die Luft recken. Ich flüstere Nick zu: »Das ist wirklich der gleiche Typ, mit dem sie unterwegs waren?«

Als Nick es mir bestätigt, versuche ich, mir vorzustellen, wie James Anweisungen von einem Mann angenommen hat, der wie ein Calvin-Klein-Model aussieht. Das kann nicht gut gegangen sein. James war schon immer eine Sportlernatur. In der Highschool spielte er Soccer und Football und schaffte es im ersten Jahr ohne große Erfahrung bis ins Lacrosse-Team. Er war immer in irgendeinem Sportverein aktiv. Kurz nach unserer Hochzeit fing er mit dem Laufen an und nahm an mehreren Halbmarathons teil. Und auch wenn er vor seinem Tod noch gut in Form war, begann er, sich langsam älter zu fühlen, und jammerte immer mal wieder über seinen Rücken und seine Knie, die ihm Probleme machten. Und dann Anweisungen von einem jüngeren, durchtrainierten Kerl annehmen? Das muss ihn tief getroffen haben.

Adam stellt unsere Gruppe den beiden anderen Führern vor – beides ältere Versionen seiner selbst. Dann versammelt er uns in einer Ecke am Kai und erklärt uns kurz, was uns auf unserem Bootsausflug erwartet. Er verspricht uns geheime Höhlen mit exotischer Meeresfauna und majestätischen Meeresschildkröten! Ich kann es mir gerade so verkneifen, die Augen zu verdrehen, und höre nur mit halbem Ohr zu, als er die wenigen Sicherheitsanweisungen erklärt, zu denen auch mein persönlicher Favorit gehört: nicht aus dem Boot steigen, bis er es uns erlaubt. Ich beobachte die anderen Touristen, während er redet: eine Frau in gelbem Bikini und Sarong (sie trägt wirklich einen Sarong?) und ein älteres homosexuelles Pärchen, das die gleichen Bermudas und eine dicke Schicht bunte Sonnencreme auf der Nase trägt. Endlich erlaubt Adam uns, ins Boot zu steigen, wo wir in die Hocke gehen und uns an einem Seil festhalten sollen.

»In die Hocke?« Ich schaue zu Nick hinüber, der mich sichtlich amüsiert beobachtet, während ich versuche, das dicke gelbe Seil um meine rechte Hand zu drehen.

Er lehnt sich vor und legt seinen Arm um meinen Rücken, wodurch ich noch mehr erstarre. »Ich verspreche dir, dass ich auf dich aufpasse und dir nichts geschieht.«

Ich winde mich aus seinem Griff. »Du hast kein Recht, mir solche Versprechungen zu machen«, gebe ich barscher als gewollt zurück.

»Jacks …«

»Es tut mir leid«, sage ich schnell und halte meine seilfreie Hand hoch. »Ich dachte, hierherzukommen würde helfen. Aber nun sitze ich in einem Boot, auf dem ich nicht sein will, mit – nichts für ungut – einem Typen, den ich kaum kenne. Und es fühlt sich einfach nur falsch an. Als wäre es die dümmste Entscheidung gewesen, die ich jemals getroffen habe. Vielleicht hatte Beth ja recht.« Genau in diesem Moment, als das Boot vom Kai ablegt, rutscht mir das Seil aus der Hand. Ich rutsche nach hinten, suche mit den Händen nach Halt, finde aber keinen.

Nick reagiert sofort. Sein Arm schießt nach links, und er zieht mich so schnell hoch, dass die anderen überhaupt nichts bemerken. Er führt meine Hand zurück zum Seil und hält sie so lange fest, bis mein Griff wieder sicher ist.

»Denk dran: Sicherheitsregel Nummer eins war, das Seil nicht loszulassen.«

»Vielleicht hätte ich besser aufpassen sollen«, sage ich so laut, dass ich den Motor übertöne. Ich hasse es, vor ihm so verletzlich zu sein. Ich hasse es, ihm die Gründe zu zeigen, warum ich befürchte, dass James Dylan mehr wollte als mich: Ich bin launisch, irrational und total ungeschickt.

Wir fahren mit hoher Geschwindigkeit hinaus aufs Meer, bis wir endlich in der Nähe einer Höhle halten. Ich lasse das Seil los, das ich bis jetzt so fest gehalten habe, dass ich nun einen roten Striemen in meiner Handfläche habe. Widerwillig muss ich mir eingestehen, dass mir die Fahrt zu den Höhlen fast gefallen hat. Ich war nicht unbedingt begeistert, aber als zwei silberfarbene Delfine aus dem Wasser sprangen, empfand ich für einen kurzen Moment ein Glücksgefühl – zum ersten Mal seit James' Tod. Es war jedoch so schnell wieder vorbei, dass ich mir fast einreden konnte, dass es nur Einbildung war.

Adam steuert das Boot in eine Höhle und bindet es an zwei Stahlpfosten fest, die er ganz offensichtlich schon viele Male zuvor benutzt hat. Ich verkneife mir eine sarkastische Bemerkung über die angeblich *geheimen* Dinge, die wir laut seiner Beschreibung heute sehen werden, als er und die beiden anderen Führer beginnen, die Schnorchelausrüstung zu verteilen. Ich schüttele den Kopf, als Adam zu mir kommt.

»Was? Hast du Angst, dass dein Haar nass wird?«, fragt Nick so leise, dass nur ich es hören kann, während er zwei Ausrüstungen nimmt.

Ich will ihm gerade sagen, dass ich Angst vor Wasser habe, als mir James' bitterer Vorwurf einfällt, ich würde meine Angst als Ausrede benutzen.

»Ich verstehe halt nicht, warum wir mit Adam schnorcheln sollen, wenn wir Informationen von ihm bekommen wollen. Warum können wir nicht einfach mit ihm auf dem Boot reden, während alle anderen die« – ich mache eine kurze Pause, um

Anführungszeichen in die Luft zu malen – »exotischen Fische bewundern?«

»Weil wir ihm etwas vormachen müssen. Wir können ihm nicht einfach auf den Kopf zusagen, warum wir wirklich hier sind.«

»Warum nicht?«

Nick schaut mich überrascht an. »Komm schon, Jacks. Niemand wird uns irgendetwas sagen, wenn wir so plump daherkommen. Wir müssen die Informationen aus ihnen herauskitzeln. Wie gestern Abend bei dem Barkeeper. Wir müssen so tun, als wären wir nicht mehr als James' und Dylans Freunde, die die gleichen Ausflüge machen wie die beiden. Und das heißt halt auch, dass wir schnorcheln müssen.«

»Ist es das, was du mit dem Portier und der Empfangsdame gemacht hast? Upgrades für die Zimmer und Details aus ihnen herauskitzeln?«

Nick lächelt. »So etwas in der Art.«

»Bist du dir sicher, dass wir ihn nicht auch im Boot umgarnen können? Während wir unsere Sicherheitswesten tragen?«, versuche ich es erneut.

»Nein. Heute sind wir *Touristen,* und wir machen diesen Ausflug, weil wir uns *wirklich* für das *geheime* Leben in diesen Höhlen interessieren.«

»Dir ist es auch aufgefallen, was?«, sage ich grinsend, und meine Nerven beruhigen sich etwas. Zumindest, bis ich zu den Gesichtsmasken hinunterschaue, die er in den Händen hält. In dem Moment fängt mein Herz an zu hämmern. Ich muss ihm die Wahrheit sagen. »Ich weiß nicht, ob ich das kann.«

»Warum nicht?«

»Schon gut«, erwidere ich und spiele mit dem Gurt meiner Sicherheitsweste.

»Erzähl es mir«, fordert Nick mich freundlich auf, ohne den Blick von mir abzuwenden.

»Okay.« Sein Blick beruhigt mich. »Ich habe ein bisschen Angst *davor*.« Ich zeige auf das dunkle Wasser.

Nick zeigt keine Reaktion. »Ich glaube, da kann ich dir helfen. Schließ die Augen.«

»Was? Warum? Damit du mich hineinwerfen kannst?« Ich sehe meine Mom vor mir, wie sie über mir im Pool steht.

»Warum um alles in der Welt sollte ich das tun?« Er schüttelt den Kopf und legt die Hände auf meine Schultern. »Vertrau mir einfach.«

Ich will meine Augen nicht schließen und von völliger Dunkelheit umgeben sein. Ich will sie offen lassen – mich umsehen, die Antworten bekommen, die ich brauche. Und ihm vertrauen? Nein, danke. Das hatte ich schon, damit bin ich durch. Hat nicht wirklich funktioniert.

Aber … seine Augen.

Sie sind stahlgrau und haben ein paar goldfarbene Flecken, und wenn sie mich ansehen, fühlt sich das unglaublich gut an. Wenn ich in sie hineinschaue, habe ich fast das Gefühl, direkt in seine Seele zu blicken.

»Kannst du sie bitte einfach schließen?«

»Okay«, gebe ich schließlich nach und lehne mich etwas nach vorne, damit das Pärchen in den Bermudashorts an uns vorbeigehen und voller Begeisterung ins Wasser springen kann.

Angeber.

Nick beginnt zu reden, und seine Stimme ist ruhig und gleichmäßig. Er bittet mich, mir ein weißes Licht vorzustellen, das mich vollständig umgibt, und dabei tief ein- und auszuatmen. Es fühlt sich irgendwie komisch an, hier mit zusammengekniffenen Augen zu stehen. Doch meine Schultern geben dem leisen Klang seiner Stimme nach und entspannen sich. Sein Atem kitzelt an meinem Ohr, während er mir eine Geschichte erzählt, in der ich tapfer bin und in einer Welt lebe, in der ich meine Angst vor dem Wasser besiege und lerne, Spaß an dem zu haben, was mich so lange in Angst und Schrecken versetzt hat. Mein erster Instinkt ist zu lachen, denn ich stelle mir vor, wie ich wie in den *Tributen von Panem* in die Schlacht ziehe: Eingekleidet in einen Neoprenanzug dresche ich auf das Wasser ein, als wäre es ein Feind, den ich besiege. Doch ich lache nicht, denn seine Worte funktionieren. Ich höre ihm zu. Bis ich die Wellen, die gegen das Boot schlagen, und entfernte Stimmen höre.

»Wie fühlst du dich?«, fragt er, als ich ihn wieder ansehe.

»Viel besser. Wie hast du das gemacht?«

»In meinem Job habe ich oft mit Menschen zu tun, die ein Trauma erlebt haben. Meditation und Visualisierung beruhigen sie. Viele Kollegen auf der Wache, die noch von der alten Schule sind, halten nicht viel davon. Aber ich habe schon oft erlebt, dass es den Opfern hilft. Und mir auch.«

Den letzten Satz sagt er so leise, dass ich ihn fast überhört hätte. Ich denke an die schrecklichen Dinge, die er bei seiner Arbeit sieht – nichts im Vergleich zu meiner lächerlichen Angst vor Wasser. Das sage ich ihm auch ungefähr so.

»Wir alle haben unsere Dämonen«, meint er nur, als er mir die Maske über die Nase zieht und den Schnorchel so lange aufrichtet, bis er richtig sitzt. Ich bemerke, dass Adam uns beobachtet.

»Macht schon und springt rein!«, ruft er uns zu und zeigt mit dem Daumen hoch in meine Richtung.

Ich erwidere sein Handzeichen halbherzig und schaue über die Reling ins Wasser. Warum ist der Meeresgrund nur so weit unten? Seine Tiefe lässt mein Herz schneller schlagen. Doch ich schiebe den Gedanken beiseite.

»Ich werde das wirklich tun? Ich werde da hineingehen?«

»Ja!« Nick springt, und das Wasser spritzt auf. Dann hebt er die Arme nach oben, um mich in Empfang zu nehmen.

Ich steige langsam die Leiter hinunter. Das kalte Wasser weckt die Aufmerksamkeit aller Nerven in meinen Beinen, während ich mich hinsetze, um ungeschickt die Flossen anzuziehen. Ich starre Nick mit großen Augen an.

»Es dauert einen Moment, aber du schaffst es.«

»Mich an die Temperatur zu gewöhnen oder zum ersten Mal mit dem ganzen Körper ins Meer zu gehen … zum allerersten Mal überhaupt?«, frage ich, bevor ich mich endlich ins Wasser fallen lasse.

Hinter mir springt Adam mit einem lauten »Wow!« ins Meer.

Er erzählt uns, dass die anderen aus der Gruppe ungefähr dreißig Meter weit weg sind, um einige Meeresschildkröten zu beobachten.

Ich für meinen Teil komme zu dem Entschluss, dass im offenen Wasser zu schwimmen etwas weniger nervenaufreibend ist, und zeige in Richtung der Gruppe. Ich bewege zunächst nur die Arme. Adam erinnert mich daran, meine Flossen einzusetzen, damit ich vorwärtskomme. Am Anfang fühlt es sich komisch an, doch dann komme ich tatsächlich voran. Ich bin mir nicht sicher, ob es an der Meditation oder am Adrenalin liegt, aber ich tauche mit dem Kopf unter Wasser, sodass meine Maske untergeht, während ich über den Schnorchel Luft bekomme. Ein Schwarm türkisfarbener und gelber Fische umgibt mich, und ich spüre Panik in mir aufsteigen. Ich reiße den Kopf hoch und suche nach Nick, der nur wenige Meter neben mir schwimmt und mich beobachtet. Er gibt mir ein Zeichen. »Die Schildkröten. Alles, was du tun musst, ist, zu den Schildkröten zu schwimmen.«

Also kehre ich meiner Phobie den Rücken zu und folge ihm.

Laut Adam gibt es auf Hawaii strenge Gesetze, die festlegen, wie nah man einer Meeresschildkröte kommen darf. Doch der

Abstand ist klein genug, um ihren Lidschlag sehen zu können. Ihre ledrige Haut lässt erahnen, wie viele Jahrzehnte das Tier im Wasser verbracht hat. Als spüre sie meine Neugier, schwimmt eine der Schildkröten bis auf drei Meter an mich heran und gewährt mir einen genaueren Blick. Sie ist sehr majestätisch. Genau wie Adam sie beschrieben hat.

Als ich noch näher an sie heranschwimmen will, zieht Nick an meinem Arm und erinnert mich daran, dass Adam uns beobachtet. »Also wegen dieser kleinen Fischchen dort hinten bist du fast ausgeflippt, aber diesen riesigen Kerl grinst du an? Ich glaube wirklich« – er zeigt auf meinen Mund –, »dass dieses Lächeln echt gewesen sein könnte. Nicht wie dieses dämlich aufgesetzte Etwas, das du mir ständig zeigst, seit wir uns das erste Mal getroffen haben.«

Er hat recht. Es ergibt wirklich keinen Sinn, dass ich vor den Fischen Angst hatte, aber nicht vor diesem Exemplar der *Chelonia mydas*, der Grünen Meeresschildkröte, die, wie Adam uns erklärte, über einen Meter groß wird und fast neunzig Kilo wiegt. Aber unsere Ängste ergeben selten einen Sinn, oder? Ist das nicht genau der Punkt? Dass sie irrational sind? Ich belohne seine Erkenntnis mit meinem dämlich aufgesetzten Grinsen, und er lacht.

»Das ist Bob Marley.« Plötzlich taucht Adam neben uns auf. »Die absolut coolste Meeresschildkröte in dieser Region. Und sie liebt die Aufmerksamkeit, die die Menschen, die wir hierherbringen, ihr schenken. Und wenn ihr euch wie die meisten Leute über ihren Namen wundert: Wir nennen sie so, weil sie immer so dreinschaut, als hätte sie gerade einen Joint geraucht!« Adam lacht. »Schaut euch doch nur mal diese glasigen Augen an!«

Irgendetwas an Adams Worten bringt mich zurück in die Wirklichkeit, und mir fällt wieder ein, warum wir hier sind. Dass James und Dylan wahrscheinlich auch hier geschwommen sind und die gleiche Geschichte über die jamaikanische Meeresschildkröte gehört haben. Ich schaue zu Nick hinüber. Er nickt. Es ist Zeit.

»Übrigens, Adam, Freunde von uns haben uns von diesem Ausflug erzählt. Sie meinten, du seist der beste Führer überhaupt. Vielleicht erinnerst du dich ja an sie. Ist erst ein paar Monate her«, meint Nick.

Adam grinst und zeigt dabei seine perfekt weißen Zähne. »Ich bringe viele Leute hierher, also …«

Er muss mein enttäuschtes Gesicht gesehen haben, denn er sagt schnell: »Aber vielleicht erinnere ich mich. Man weiß ja nie. Wie heißen sie denn?«

»James und Dylan«, antworte ich schnell.

Adams Augen leuchten auf. »James und Dylan! Ich liebe die beiden. James war so was wie mein costa-ricanischer Bruder. Sie waren auf Hochzeitsreise, richtig?«

Nick und ich starren uns an, und ich forme mit den Lippen ein *Was zur Hölle …* Denn darauf waren wir nicht vorbereitet.

KAPITEL 18

JACKS – NACHDEM ES GESCHEHEN WAR

Nick und ich nehmen in der hintersten Reihe des Shuttlebusses Platz. Ich versuche, das Gerede der Gruppe auszublenden, besonders die zeitweilig hohen Quietschtöne von Miss Gelber Bikini, die die *unglaublichen* Fotos auf ihrer Digitalkamera durchsieht. Ich muss nachdenken und herausfinden, warum mein Mann und seine Geliebte behauptet haben, sie wären verheiratet. Das stimmte auf keinen Fall. James hatte viele fragliche Qualitäten, unter anderem hat er seine Frau betrogen und das Eheversprechen gebrochen. Doch er hätte nie die Grenze zur Polygamie überschritten. Das wäre ihm zu stressig gewesen, hätte zu viel Arbeit bedeutet, wäre zu sehr unter seiner Würde gewesen. Es muss der Kick gewesen sein, Mann und Frau zu spielen. Hier auf der Insel mussten sie sich nicht verstecken, sondern konnten in aller Öffentlichkeit zusammen sein.

Über eine andere Möglichkeit möchte ich lieber nicht nachdenken: Sie wollten uns verlassen und heiraten.

»Was geht da drinnen vor?« Nick zeigt auf meinen Kopf, als wir vor dem Hotel ankommen und aus dem Bus steigen.

»Das willst du nicht wirklich wissen.« Ich spiele mit meinem Ehering, den ich noch immer trage. Doch das ist eine andere Geschichte. Und zum Glück tut Nick so, als bemerke er es nicht.

»Oh, ich glaube, ich weiß es bereits. Es ist vermutlich das Gleiche, woran ich während der Rückfahrt denken musste.« Nick verdreht die Augen und deutet in Richtung Miss Gelber Bikini. »Hätte sie noch etwas lauter gegackert, hätte sie meine Gedanken übertönt.«

»Das ist so nervig«, murmele ich. »Wie kann man sich nur *so* für Meeresschildkröten begeistern? Ich meine, es war cool, aber komm schon.«

»Oh, sind wir etwa ein wenig griesgrämig?«, meint Nick lachend, während wir in Richtung Lobby gehen. »Wie können die Leute es nur wagen, sich in ihrem Urlaub auf Maui zu amüsieren!«

»Ich weiß. Ich bin eine Zicke.«

»Nein, bist du nicht. Du bist nur aufgebracht. Übrigens, Adam meinte, sie hätten keine Ringe getragen, sondern nur gelacht und genickt, als er sie als Jungverheiratete angesprochen hat. Und wir sind wohl einer Meinung, dass dieser Typ nicht gerade der Hellste ist. Vielleicht hat er das Ganze falsch verstanden, und sie haben ihm nur nicht widersprochen, um nicht auf sich aufmerksam zu machen. Es bedeutet nicht, dass er sie wirklich heiraten wollte, Jacks.« Und bevor ich etwas sagen kann, fügt Nick hinzu: »Oder dass *sie* ihn heiraten wollte.« Doch seine angespannten Kiefermuskeln verraten ihn. Sein Drang nach Verleugnung lässt sich nicht so einfach verbergen.

»Vielleicht«, gebe ich zurück, aber nur, um ihn zu beruhigen. Ich stelle mir vor, wie James Dylan auf die Art berührte, wie man es am Anfang tut. Wenn die Hände wie Magnete sind, die sich gegenseitig anziehen, ohne dass man sie unter Kontrolle hat. Ich stelle mir ihre geröteten Wangen vor und wie sie von innen heraus strahlte, während sie sich in seiner Bewunderung sonnte. Ihr Benehmen ließ Adam vermuten, sie hätten gerade erst geheiratet und wären noch unbelastet von den Sorgen des Alltags und den Problemen, die mit der Zeit den glänzenden Lack der Hochzeit abnutzen würden.

»Willst du deinen Kummer mit einem Drink herunterspülen?«, bricht Nick das Schweigen und schaut in Richtung Swimmingpool. Die Happy Hour ist im vollen Gange, und das Stimmengewirr der Kneipenhocker dringt zu uns herüber, als wir uns dem Pool nähern.

Ich schüttele den Kopf. »Ich bin total erschöpft. Jetzt Alkohol zu trinken wäre das Schlimmste, was ich tun könnte. Ich sollte Feierabend machen.«

Nick wirft einen Blick auf sein Handy. »Es ist erst vier Uhr.«

Ich zucke mit den Schultern. »Und sieben Uhr in Kalifornien. Ich glaube, für mich ist der Tag jetzt zu Ende.«

Nick schaut mich noch einmal prüfend an, weiß aber, dass ich meine Meinung nicht mehr ändern werde. »Also sehen wir uns morgen früh in alter Frische wieder. Punkt sechs Uhr, okay?«, sagt er.

Ich nicke und gehe in Richtung Aufzug, während ich seinen Blick auf meinem Rücken spüre.

In meinem Zimmer angekommen, ziehe ich mich gleich aus und krieche unter meine Bettdecke. Doch ich finde keinen Schlaf. Immer wieder denke ich darüber nach, wie Adam James und Dylan beschrieben hat. Nachdem ich mich eine Stunde lang im Bett hin und her geworfen habe, rufe ich Beth an und erzähle ihr alles.

»Dieses Rabenaas!« Endlich kommt die alte Beth wieder durch, angriffslustig wie eh und je, und wir müssen beide lachen. »Rabenaas« ist Beths Lieblingsschimpfwort. Alle wurden irgendwann einmal so bezeichnet, auch ihr Ehemann und sogar ihr neunjähriger Sohn. Ich wahrscheinlich auch, als ich in das Flugzeug gestiegen und hierhergeflogen bin. Und jetzt ist James an der Reihe.

»Ich habe dich vermisst«, sage ich unter Tränen.

»Ich war die ganze Zeit hier, Süße. Und ich bin gleich bei dir, wenn du mich dir helfen lässt.«

»Nein, ich meine dein altes Ich. Die alte Beth, die ohne Hemmungen sagt, was sie denkt. Selbst wenn sie ihren Sohn ein Rabenaas nennt.«

Beth kichert. »Denk dran, wir haben uns geschworen, nie wieder darüber zu sprechen.«

»Er hatte es verdient.« Ich muss grinsen, während ich daran denke, wie er ihr Handy geklaut und Juwelen im Wert von hundert Dollar für irgendeine dämliche App auf seinem iPad gekauft hat.

»Das hatte er wirklich, nicht wahr? Na ja, ich bin froh, dass du die bissige, unanständige Beth magst. Meine überaus artige Version hat mich fast umgebracht.« Sie hält inne. »Oh mein Gott, es tut mir leid. Ich hätte das so nicht sagen dürfen.«

»Ist schon okay. Es ist schon erstaunlich, wie oft wir tagtäglich *gestorben* oder *umgebracht* sagen. Glaub mir, ich registriere das inzwischen jedes Mal. Ich habe mich selbst schon dabei erwischt.«

»Egal, ich hätte es nicht sagen sollen, und es tut mir leid.«

»Ernsthaft, das muss es dir nicht. Ich liebe dich. Und ich brauche dich. Eins habe ich inzwischen gelernt: Niemand tut mir einen Gefallen, indem er die Wahrheit beschönigt.«

»Aber wir wollen dich doch nur vor noch mehr Schmerz bewahren. Du würdest das Gleiche für mich tun.«

»Glaubst du, dass ich das verdient habe? Als eine Art karmische Rache dafür, dass ich keine gute Ehefrau war?«

»Mein Gott, Jacks! Wie kannst du nur so etwas sagen? Dass du das verdient hast, weil du ihn nicht im Kimono und mit einem Martini in der Hand an der Haustür begrüßt hast? Eine

Ehe ist verdammt hart. Wir alle machen Fehler, viele Fehler. Aber das bedeutet nicht, dass uns deswegen schlimme Dinge widerfahren.«

»Was, wenn ich ihm nicht alles gesagt habe, bevor wir geheiratet haben? Wenn ich ihm Dinge verheimlicht habe? Würdest du dann deine Meinung ändern?« Ich habe Beth nie erzählt, was ich James verschwiegen habe. Ich wusste, sie hätte darauf bestanden, dass ich es ihm sagte. Sie hätte mir gesagt, was ich inzwischen selbst weiß – dass eine Ehe an einem solchen Geheimnis zerbrechen kann.

»Jacks, man erzählt dem Menschen, den man heiraten wird, nicht *alles*. Wir alle haben Geheimnisse.«

»Auch du?« Beth erzählt ihrem Mann alles. Einmal hat sie ihn sogar gebeten, ein Haar, das ihr aus dem Po wuchs, mit einer Pinzette herauszuziehen. Und er hat es getan. (Anscheinend gibt es so etwas wirklich?) Ich zuckte zusammen, als sie mir das damals erzählte. Ich war noch nicht einmal bei offener Tür auf Toilette gegangen, wenn James im Zimmer war.

»Ja, es gibt Dinge, die Mark nicht wissen muss. Nur *du* weißt alles! Weil du mich lieben musst, was auch immer passiert.« Sie lacht.

Mein Magen zieht sich zusammen. Würde sie mir vergeben, dass ich ihr nicht genauso vertraut habe? Obwohl es nichts mit Vertrauen zu tun hatte, dass ich es Beth nicht erzählt habe. Ich habe nichts gesagt, weil ich wusste, dass es falsch war, es James zu verschweigen. Und wenn man etwas auf diese Weise kaputt gemacht hat, fällt es manchmal leichter, die Schuld im Dunkeln seiner Seele verfaulen zu lassen, anstatt sie ans Licht zu zerren.

Ich wollte Beth so oft gestehen, dass ich es James verschwiegen hatte, bis es zu spät gewesen war. Als sie ihr erstes Kind zur Welt gebracht hatte und ich den kleinen Körper in meinen Armen gehalten hatte. Als ich James beobachtete, den Blick voller Melancholie, während er mit seinem Handy Beths Kinder filmte, wie sie am Weihnachtsmorgen ihre Geschenke auspackten. Als die Uhr zwei Uhr morgens schlug, ich noch immer wach lag und James Whisky trank, während ich mir wünschte, ich könnte die Zeit zurückdrehen, damit er mich wieder so liebte wie früher. Er hatte nie gesagt, dass sich seine Liebe verändert hatte, aber ich wusste es auch so. Er sah mich seitdem anders an. Und seit ich von Dylan wusste, fragte ich mich, ob mein Schweigen der Grund für sein Fremdgehen war. Wollte er mich so sehr verletzen, wie ich ihn verletzt hatte?

Ich werde Beth sagen, warum James mich zurückgewiesen hat, sobald ich aus Maui zurück bin. Ich werde reinen Tisch machen.

Als wir uns gerade verabschiedet haben, klopft es an der Tür. Es ist ein zaghaftes Klopfen, als fürchte derjenige, wer auch immer es ist, ich könnte es tatsächlich hören. Ich seufze und wünschte, ich hätte das »Bitte nicht stören«-Schild herausgehängt. Ich öffne die Tür einen Spalt, um dem abendlichen Bettenservice zu sagen, dass ich seine Hilfe nicht brauche. Doch es ist Nick, der mit einem pinken Drink, gespickt mit einem dieser lächerlichen Schirmchen, in der Hand vor der Tür steht.

Er lächelt mich an.

Ich runzele die Stirn. Will er über das sprechen, was heute Nachmittag passiert ist? Denn ich bin mir nicht sicher, ob ich das möchte.

»Du siehst verärgert aus. Habe ich dich geweckt?« Er sieht mich aufmerksam an.

»Nein, überhaupt nicht. Ich war wach«, antworte ich. »Was ist das?« Ich deute auf sein Glas und trete zur Seite, um ihn hereinzulassen. Als er an mir vorbeigeht, greife ich nach einem Kapuzenshirt und ziehe es über mein knappes Schlafshirt.

»Keine Sorge, es ist ein jungfräulicher POG«, antwortet er.

»Ein was?«

»Ein frisch gepresster Saft aus Passionsfrucht, Orange und Guave, aber *ohne* Wodka.« Er dreht den Strohhalm in Richtung meines Mundes. »Probier mal.«

Ich nehme einen Schluck und muss feststellen, dass die Säfte perfekt zusammenpassen. Sie schmecken süß, aber nicht zu süß wie die meisten aufgemotzten Drinks, die ich probiert habe. »Der schmeckt lecker.«

»Er ist für dich.«

»Danke«, sage ich und nehme ihm das Glas ab.

Nick schaut sich im Zimmer um, und ich zucke zusammen, während ich seinem Blick folge. Meine Schuhe liegen kreuz und quer über den Boden verteilt, das Handtuch, das ich heute Morgen zum Duschen benutzt habe, liegt noch immer achtlos auf dem Stuhl. Und dann fallen unsere Blicke auf meinen schwarzen Spitzen-BH und meinen Slip, der falsch herum daliegt und dessen Zwickel uns regelrecht anstarrt.

Wir stehen da, und keiner von uns weiß, was er über meine Unterwäsche sagen soll. Ich widerstehe dem Drang, sie schnell zusammenzuraffen und hinter den Stuhl zu werfen, um nicht noch mehr Aufmerksamkeit auf sie zu lenken. Vor James' Tod hätte ich diesen peinlichen Moment sofort mit Worten überspielt, mit irgendwelchen Worten. Das war immer mein Ding gewesen – die Spannung aus jeder Situation zu lösen, wie eine Masseurin, die einem die schmerzenden Muskeln durchknetet. Früher hätte ich schief gelacht und Nick irgendwelche Geschichten erzählt, um ihn abzulenken. Zum Beispiel, wie ich am Tag zuvor das Zimmermädchen überrascht und dieses vor Schreck laut aufgeschrien hat. Oder wie ich letzte Nacht auf der Veranda ein Pärchen beobachtet habe, das auf seinem Balkon praktisch Sex hatte. Aber jetzt tue ich das nicht mehr, sondern stehe einfach nur da und lasse die Peinlichkeit der Situation zu.

Zum Glück sagt Nick endlich etwas. »Ich hoffe, es ist okay, dass ich hier bin. Ich muss reden.«

Dann mal los.

»Lass uns nach draußen gehen.« Ich gebe ihm ein Zeichen, mir auf die Veranda zu folgen.

Wir setzen uns in die Liegestühle und starren auf das Meer. Die Sonne steht tief am Himmel und wird bald untergehen.

»Können wir darüber reden? Ist es okay für dich?«

Ich will ihm gerade sagen, dass es das nicht ist. Ich will nicht daran erinnert werden, dass mein Mann hier auf Maui Flitterwochen gespielt hat. Doch da ist etwas in der Art, wie er ins Leere blickt – als habe er Angst, er bliebe allein damit, wenn ich ihm nicht zuhöre.

»Klar«, antworte ich also und nehme einen Schluck von meinem Drink.

»Ich saß noch eine Zeit lang an der Bar, bis ich es nicht mehr aushalten konnte. Ich habe den Gesprächen um mich herum zugehört. Die Leute sprachen nur über banale Dinge. Jemand machte sich Sorgen um die Bürgschaft für sein Haus. Die Nichte von irgendwem hatte gerade das Siegtor für ihre Fußballmannschaft geschossen, und er sah sich das Video an, das ihm irgendwer geschickt hat. Ich dachte, ich würde mich besser fühlen, wenn ich von all diesen Dingen umgeben bin. Es würde mir die Hoffnung geben, dass ich irgendwann auch wieder über etwas anderes reden könnte als über den Tod meiner Verlobten. Aber ich habe Angst, dass genau das niemals passieren wird. Dass ich nie wieder ein normales Leben führen werde. Dass ich nie wieder ich selbst sein werde.«

Ich weiß genau, wie Nick sich fühlt. Er wünscht sich verzweifelt, wieder normal zu sein. Das ist auch alles, was ich mir wünsche, seit James tot ist. Wie an dem Abend, als ich bei Beth zum Taco-Essen eingeladen war und mich zwingen musste, mich mit den anderen zu unterhalten und zu lachen, als meine Nichte von dem neuen Klassenhamster namens Ollie erzählte. Oder als ich letzte Woche in einem Café an einem Tisch neben

einer Gruppe Vorschulmütter gesessen habe, die gerade eine
»Star Wars«-Geburtstagsparty plante, und mir nichts sehnlicher
wünschte, als auch wieder etwas ganz *Normales* zu tun. Es ist,
als würde die Welt sich ohne mich weiterdrehen, und ich weiß
nicht, wie ich wieder aufspringen kann. Oder ob ich das überhaupt möchte. »Ich weiß genau, was du meinst.« Ich lehne mich
zu ihm hinüber und nehme ihn in den Arm. Es ist ein Reflex,
damit er sich etwas besser fühlt. Doch als er meine Berührung
erwidert, verkrampft sich mein Körper plötzlich. Ich weiß
nicht, wie ich auf die Umarmung eines Mannes reagieren soll,
der nicht James ist. Es fühlt sich seltsam an, und ich habe fast
das Gefühl, keine Luft mehr zu bekommen. Ich versuche, mein
Unbehagen zu verbergen, indem ich mich über das Geländer
beuge und das Luau, das hawaiianische Fest, das von unten zu
uns heraufschallt, beobachte. Doch ich weiß, dass Nick meine
Abwehr spürt. »Es tut mir leid. Es fühlt sich nur so seltsam an,
jemand anderes zu umarmen«, sage ich schließlich, ohne ihn
anzusehen.

»Puh!«, meint er erleichtert. »Ich dachte schon, ich stinke.«

Ich drehe mich um und schaue ihn an. »So viel zum Thema
›ein normales Leben führen‹. Scheinbar kann ich noch nicht
einmal jemanden umarmen, ohne mich komisch zu fühlen.«

Wir lachen leise vor uns hin. Das scheint die einzige
Alternative zu sein.

»Ich vermisse sie«, sagt er. »Es fühlt sich an, als wäre ein
riesiges Loch in mir drin – da, wo sie immer war. Ich sehe Dinge
und denke: *Oh, das muss ich Dylan erzählen.* Und dann fällt mir
wieder ein, dass ich das nicht mehr kann.«

»Ich vermisse ihn auch«, gebe ich zu. Ich vermisse, wie
er im Schlaf sein Bein um meines legt. Ich vermisse, wie er
jeden Eagles-Song mitsingt, egal welchen. Wenn er ihre Musik
hörte, konnte er sich einfach nicht beherrschen. Ich vermisse seine *Chilaquiles* mit selbst gemachter Salsa, die er mir

sonntagmorgens kochte. Und dann wird mir plötzlich bewusst, dass er all diese Dinge seit Jahren nicht mehr getan hat. Die Dinge, die ich am meisten vermisse, sind schon lange vor ihm gegangen.

»Machen wir uns deshalb zu Narren?«, fragt Nick. »Wenn wir die Menschen vermissen, die uns nach Strich und Faden betrogen haben? Besonders jetzt, wo wir wissen, dass sie hier einen auf glücklich verheiratet gemacht haben?«

»Vielleicht überrascht dich meine Antwort jetzt, aber das glaube ich nicht. Nur weil sie etwas Schlimmes – oder auch mehrere schlimme Dinge – getan haben, bedeutet das nicht, dass wir nicht traurig sein können, dass sie nicht mehr da sind.«

»Darf ich dich etwas fragen, auch wenn es etwas seltsam klingt?«

»Warum nicht? Ich bin nicht normal. Du bist nicht normal. Vielleicht wird es normal, wenn du es sagst.«

»Was wäre, wenn du herausfändest, dass er noch lebt? Wenn alles nur ein Riesenirrtum gewesen wäre? Und er würde jetzt an deine Tür klopfen und dich um Verzeihung bitten. Könntest du das?«

»Ja«, sage ich, ohne zu zögern. Damit überrasche ich mich selbst ein wenig und Nick sehr.

»Wirklich?«, fragt er, nachdem es ihm für einen kurzen Moment die Sprache verschlagen hat.

»Ja«, wiederhole ich, und mir wird klar, dass ich genau das tun würde.

»Ich verstehe ja, dass du völlig aus dem Häuschen wärst, wenn er wieder da wäre. Mir ginge es mit Dylan genauso. Aber was wäre, wenn der erste Schock und die Freude vorbei wären? Könntest du wirklich alles vergessen? Die Lügen? Den Betrug? Den Verrat?«

»Ich glaube, ich würde es wenigstens versuchen.« Meinen nächsten Gedanken erzähle ich Nick nicht. Denn allein das zu denken klingt schon erbärmlich. Wollte James mich zurückhaben – würde er sich für mich entscheiden, selbst wenn er sich vorher *gegen* mich entschieden hätte –, würde ich Ja sagen. Ich habe geglaubt, wir würden zusammen alt werden, in guten wie in schlechten Zeiten. Und jetzt verstehe ich, wie einsam ich ohne ihn sein werde. Und wenn ich die Chance hätte, würde ich es besser machen. Ich würde tief graben und den alten James wiederfinden. Den James, den es noch immer gegeben haben muss. Den James, den Dylan vermutlich gekannt hat.

Nick ist überrascht. »Das war nicht die Antwort, mit der ich gerechnet habe.«

»Vielleicht liegt es daran, dass wir mehr zusammen erlebt haben als Dylan und du – acht Jahre.«

»Ich hätte gedacht, dass sein Verhalten dann noch mehr wehtut.«

Ich beobachte einige Pärchen, die weiter unten den Weg entlanglaufen. »Die Dinge werden komplizierter, wenn die Flitterwochen vorbei sind, Nick. Die einzelnen Phasen einer Partnerschaft wechseln sich immer ab. Auf eine gute Phase folgt eine schlechte, auf die wieder eine gute und so weiter. Aber du lässt das alles nicht einfach zusammenbrechen, nur weil es nicht so läuft, wie du es dir vorgestellt hast.« Ich muss an meine eigene Unwahrheit denken. Ja, sie hat meine Beziehung zu James verändert. Doch er hat wirklich versucht, sich da durchzukämpfen. Zumindest habe ich das geglaubt. »Du würdest Dylan also keine zweite Chance geben?«

»Nein.« Er presst die Kiefer zusammen, als wolle er sich selbst zwingen, nicht die hässlichen Dinge auszusprechen, die ihm in den Sinn kommen.

Mir geht es genauso, wenn ich darüber nachdenke, was James mir angetan hat. Ich schiebe die bösen Erinnerungen einfach weg. Denn ihn in Gedanken zu beschimpfen würde nichts ändern, vor allem nicht, weil er nicht als Einziger die Schuld trägt. Ich habe auch meinen Teil beigetragen. Ein Mann zieht nicht einfach los und sucht sich eine Affäre, wenn er mit seiner Frau glücklich ist. Ich hätte eine Eheberatung aufsuchen sollen. Vielleicht hätte man uns dort helfen können, das, was ich uns angetan habe, wiedergutzumachen.

Ich befinde mich inzwischen eindeutig in der Phase, die NetDoktor als »Verhandlungsphase« bezeichnet. *Wenn ich nur dies getan hätte. Wenn ich nur das versucht hätte.*

»Warum nicht?«, frage ich ihn schließlich. »Wenn sie so toll war, wie du sagst, warum würdest du es dann nicht wenigstens noch einmal mit ihr versuchen wollen?«

»Die Dylan, die ich kannte, die Dylan, mit der ich *verlobt* war, war so toll, wie ich sie dir beschrieben habe. Sie war lustig, clever und freundlich. Aber diese Dylan?« Er zeigt auf die Hotelanlage. »Die Dylan, die gelogen hat und mit James hierhergekommen ist? Die brauche ich nicht.«

»Und trotzdem bist du den weiten Weg hierhergeflogen, um mehr über *diese Dylan* herauszufinden? Die Dylan, die du nicht brauchst?«

»Damit ich weitermachen kann. Das kann ich nicht, solange ich an der guten Dylan festhalte, solange ich von dem träume, was es zumindest für sie gar nicht mehr gegeben hat«, sagt Nick und nimmt die Sonnenbrille vom Kopf. »Sieh mal.« Er zeigt in den Himmel, dessen Dunkelblau sich in rote, goldene und rosafarbene Streifen verwandelt hat. Wir sehen zu, wie die Sonne langsam in Richtung Wasser wandert, bis sie endlich untergeht. Ich frage mich, ob ich James inzwischen in einem verklärten Licht sehe, weil er mir nicht mehr beweisen kann, dass ich mich irre.

»Auf glücklichere Sonnenuntergänge«, sage ich und halte mein inzwischen leeres Glas hoch.

Nachdem Nick gegangen ist, krieche ich wieder unter die flauschige weiße Bettdecke meines Kingsize-Bettes und fühle mich etwas besser. Zuvor hat er mich noch daran erinnert, dass wir für den nächsten Morgen eine Wandertour gebucht haben. Obwohl mir bei dem Gedanken daran ein wenig mulmig wurde, habe ich ihn angegrinst und gemeint, ich werde bereit sein. Denn ich habe beschlossen, dass es morgen um *mich* gehen wird, um *meine* Zukunft. Darum, *meine* Ängste zu besiegen. Ich werde wandern wie Cheryl Strayed auf ihrem »Großen Trip«.

Doch dann träume ich in der Nacht, dass James noch lebt. Und dass ich ihm sage, dass ich ihm verzeihe.

Der Traum ist so real. Meine Hände berühren seine Wangen, seine Bartstoppeln kitzeln unter meinen Fingerspitzen, ich schmiege den Kopf an seine Brust und rieche seinen Duft, diese Kombination aus Old Spice und Irish Spring. Ich berühre seinen Oberkörper, seine Arme, jede Faser seines Körpers, um mir selbst zu beweisen, dass er wirklich hier ist. Denn wie könnte ich all diese Details spüren, wenn er es nicht ist? Er sagt mir, dass alles ein großer Irrtum war. Dass nicht er in diesem Jeep gesessen hat, sondern irgendein anderer Mann. Mir fällt ein Stein vom Herzen. Ich war nicht ahnungslos. Er war nicht schrecklich. Wir können wieder die Menschen sein, für die wir uns gehalten haben. Gott sei Dank.

Als mein Wecker klingelt, liege ich in meinem Hotelzimmer mit Meerblick, die Vorhänge sind geöffnet, sodass ich direkt hinaus in den noch dunklen Morgenhimmel blicken kann. Das einzige Licht kommt von den Swimmingpools und den Sternen, die noch immer den Himmel bedecken, und mir wird klar, dass James noch immer fort ist. Ich bin der perfekte Widerspruch in sich – ich bin im Paradies und gleichzeitig in der Hölle.

KAPITEL 19

JACKS – NACHDEM ES GESCHEHEN WAR

»Wie geht es dir heute?«, frage ich Nick, während ich mir etwas Zucker in den Kaffee rühre.

»Besser.« Er trinkt einen Schluck Kaffee. »Danke, dass du mir letzte Nacht zugehört hast. Und für die seltsamste Umarmung, die ich je bekommen habe.«

»Gern geschehen.« Ich muss lachen. »Mit dir darüber zu reden ist nicht schwer. Beth gibt sich zwar alle Mühe, aber sie weiß nicht, was ich im Moment durchmache.«

Nick lächelt mich traurig an. »Ich weiß, was du meinst. Mein bester Kumpel auf der Wache meint es wirklich gut, aber er hat keine Ahnung.«

»Letzte Nacht habe ich von ihm geträumt – dass er noch lebt«, platze ich heraus. »Es war so real. Und als ich heute Morgen aufwachte, hatte ich das Gefühl, drei Schritte rückwärts gemacht zu haben. Weißt du, was ich meine?«

»Ja. Es gibt gute Tage, an denen man nicht hysterisch wird, sondern irgendwie durchhält und sich fast schon gut fühlt.« Er lehnt sich in seinem Stuhl zurück. »Und dann passiert etwas.

Du siehst eine Jeans oder irgendetwas, das dich an sie erinnert, und ihr Tod walzt dich wieder nieder.«

»Genau. Kannst du dir vorstellen, dass ich mich erst vor ein paar Tagen dazu durchringen konnte, das Handtuch zu waschen, das er zuletzt benutzt hatte?« Ich schüttele den Kopf, während ich mich daran erinnere, wie es schon zu riechen begonnen hatte. »Ich musste heulen, als ich es in die Waschmaschine steckte, weil es eines der letzten Dinge gewesen war, die er zu Hause benutzt hatte. Ich hatte das Gefühl, ihn auszulöschen.«

»Ich habe ihre Zahnbürste unter mein Waschbecken gelegt, neben ihre Pflegelotion und ihr Haarband. Ich konnte die Sachen aus dem gleichen Grund nicht wegwerfen. Es fühlte sich falsch an, als wollte ich sie loswerden.«

Ich denke an James' Kleider, die noch immer in den Schränken und Schubladen liegen und die ich bisher noch nicht angerührt habe. Ich konnte es nicht. »Also, eins weiß ich mit Sicherheit. Das alles ist verdammt hart!«, sage ich schließlich.

»Amen«, meint er nur und lacht.

»Hilft es dir wenigstens, hier zu sein? Diese Wanderung heute zum Beispiel. Glaubst du wirklich, wir fühlen uns besser, wenn wir unseren Hintern diesen Berg hochhieven?«

»Ehrlich gesagt hilft es mir, hier zu sein, aber nicht unbedingt aus dem Grund, aus dem ich dachte.«

»Was meinst du damit?«

»Ich glaube, dass *du* hier bist, ist wirklich wichtig. Mit jemandem hier zu sein, der versteht, wie es sich anfühlt. Wie letzte Nacht, als du meintest, dass du ihm verzeihen würdest. Ich habe die halbe Nacht wach gelegen und darüber nachgedacht.«

»Und?«

»Vielleicht hast du recht, und es ist besser, sich nicht so sehr auf die Wut zu konzentrieren. Sie nicht in diese Monster zu verwandeln, nur weil sie uns betrogen haben. Ich bin es leid, wütend zu sein.« Nick kratzt sich am Kopf. »Wie hast du es geschafft, diese Wut loszulassen?«

»Das habe ich gar nicht«, gebe ich zu und denke einen Moment nach. Was meinte ich, als ich sagte, ich würde James vergeben? Denn das würde mir tatsächlich schwerfallen. Nicht nur zu vergessen, was er unserer Ehe angetan hat, sondern auch, ihm wieder zu vertrauen. »Ich glaube, ich meinte damit, ich würde ihn, *wenn* er noch am Leben wäre, zurücknehmen und versuchen, mich durch all die schlechten Gefühle, die noch immer da wären, durchzuboxen. Ich würde wenigstens *versuchen*, ihm noch eine Chance zu geben.«

Nick antwortet nicht, sondern starrt auf einen kleinen Vogel, der auf dem Tisch nebenan sitzt.

»Aber er wird nicht zurückkommen. Und ich möchte nicht den Rest meines Lebens wütend auf ihn sein. Also versuche ich, meine Wut zu kontrollieren, um nicht von ihr beherrscht zu werden. Ergibt das einen Sinn?«, frage ich.

Nick stimmt mir zu.

»Mir ging es manchmal wirklich richtig schlecht. Das weißt du ja. Als ich zum Beispiel den Feuermelder ausgelöst habe, weil ich den *Feuerteufel* mit den Beileidskarten spielen musste.« Ich rede nicht weiter, als ich Nicks verwirrten Gesichtsausdruck sehe.

»Du kennst den *Feuerteufel* nicht? Drew Barrymore?«

Er schüttelt den Kopf. »Entgegen der landläufigen Meinung kennen Feuerwehrleute nicht alle Spielfilme, in denen es um Brände geht.«

Ich muss lachen.

»Vielleicht war ich damals ja noch nicht geboren?«, fragt er entschuldigend.

»Aber *ich* schon, oder wie?« Ich ziehe mein Handy aus der Tasche und googele. »Aha. Der Film ist vierundachtzig erschienen. Ich bin dreiundachtzig geboren.« Ich halte ihm das Display hin. »Ich bin dreiunddreißig. Wie alt bist du?«

»Achtundzwanzig.«

»Baby«, witzele ich.

Er lächelt matt.

»Wir sind beide jung und haben unser Leben noch vor uns.«

»Ich wünschte, ich könnte meines beschleunigen. Dann hätte ich das hier schneller hinter mir«, meint er.

»Wir schaffen das«, antworte ich und wünsche mir, ich wüsste, dass der Aha-Moment wirklich kommt. Der Moment, in dem ich nicht mehr das Gefühl habe, als fehle mir der Wind in den Segeln. Ich schiebe die Broschüre der Maui-Wandertouren, die der Portier Nick gegeben hat, über den Tisch. »Wenn ich ehrlich bin, macht mich dieser Prospekt richtig wütend. Ich bin auf hundertachtzig, wenn ich daran denke, dass sie diesen Urlaub zusammen gemacht haben. So viel Abenteuer, Spaß und Verbundenheit.« Ich spüre, wie mir die Tränen kommen.

»Ich weiß. Das tut weh. Ich habe sie einmal gefragt, ob wir einen Kletterkurs buchen sollten. Ein paar Kollegen auf der Wache hatten so etwas mit ihren Frauen gemacht und davon erzählt. Doch sie sagte Nein. Und jetzt muss ich akzeptieren, dass sie diese Sachen mit *ihm* gemacht hat.« Er sagt das Wort mit einem solchen Ekel, dass ich James im ersten Moment verteidigen will. Doch ich lasse es. Ich kann Nick verstehen.

»Okay, ich denke, wir können hier weiter herumsitzen und uns gegenseitig bemitleiden, oder wir reißen uns zusammen und machen uns auf den Weg.« Ich stehe auf und zwinge meine Beine, sich zu bewegen.

»Wenn diese Führer auch nur annähernd so sind wie Adam, bekommen wir bestimmt noch mehr gute Informationen.« Er spricht nicht weiter, denn als er mein Gesicht sieht, wird ihm sein Fauxpas bewusst. »Ich meinte damit nicht ›gute‹ Informationen.

Natürlich war es nicht gut, dass sie so getan haben, als wären sie in den Flitterwochen. Ich meinte *aufschlussreich*.«

Ich starre ihn wortlos an. Herauszufinden, dass sie sich als Ehepaar ausgegeben haben, macht mich wahnsinnig. Ich wünschte, ich könnte das vergessen. Wenn ich mir etwas aussuchen könnte, wäre es das.

»Angeblich werden wir atemberaubende Ausblicke auf das Tal, das Meer und die umliegenden Inseln haben«, meint er mit aufgesetzter Freude.

»Hurra. Hurra«, ahme ich seinen Tonfall nach.

»Durch Schein zum Sein, richtig?«, meint er.

»Richtig!« Ich recke meine Faust in die Luft. »Es heißt auch, dass wir *sechzehn Kilometer* hin und wieder zurück wandern! Irgendjemand auf TripAdvisor hat behauptet, man brauche Beine aus Stahl, um das zu schaffen! Ich kann es kaum abwarten!«

»Also, laut Portier sind James und Dylan nur nach Maalaea gewandert, also acht Kilometer hin und wieder zurück«, gibt Nick zurück.

So geht es eine Weile hin und her. In Singsangstimmen erzählen wir uns nervige Details.

Wir verlassen die Lobby. »Extrem felsige und steinige Berge von Maui, wir kommen!«, lacht Nick.

Ich bleibe stehen und halte ihn am Arm fest. »Über wie steil sprechen wir eigentlich?«

Nick lacht weiter, hört aber auf, als er sieht, dass ich nicht mehr mitmache.

»Nein, ernsthaft. Ich leide an Höhenangst.«

Nick schaut mich an. Er schiebt seine Unterlippe leicht nach vorne und runzelt die Stirn, wobei sich seine Augenbrauen fast berühren. Würde man seinen Gesichtsausdruck in Worte übersetzen, hieße er: *Können wir das bitte später diskutieren?*

Können wir das hier jetzt so machen wie besprochen? Können wir das Beste aus dieser schrecklichen Situation machen?

Ich weiß, ich sollte nicht so egoistisch sein und ihm geben, was er will, aber es liegt nun mal in meiner Natur, für das zu kämpfen, was *ich* will. James und ich haben uns selbst immer an erste Stelle gesetzt und später darum gestritten, wer die Kontrolle hatte. Es war ein ständiges Hin und Her. Ich bin es nicht gewöhnt, dass jemand zuerst an meine Bedürfnisse denkt und dann erst an seine. Ich frage mich, ob Dylan so großherzig war wie Nick oder ob sie auch immer nur genommen hat wie ich? Ich knete meine Hände. »Ich kann das. Und du hilfst mir dabei, oder? Du zauberst wieder oben auf dem Berg, wenn ich deine Hilfe brauche?«

Nick ist einverstanden. »Aber erinnere mich daran, niemals mit dir zu *Amazing Race* zu gehen. Du wärst ein komplettes Desaster.«

Ich hebe meinen Finger hoch. »Korrektur. Ich wäre der Traum eines jeden Produzenten. Ausflippen bei jeder Aufgabe? Das bringt die höchsten Einschaltquoten!«

Nick verdreht die Augen.

»Ich werde es dieser Wanderroute zeigen!« Ich hebe die Hand zum Abklatschen hoch und grinse breit, damit er weiß, dass ich es wenigstens versuche, auch wenn es mir schwerfällt.

Nachdem wir unseren Führer Jacob, einen Mann um die fünfzig mit kahl rasiertem Kopf, muskulösen Schultern und einer schmalen Taille, gefunden haben, fahren wir ein kurzes Stück mit dem Bus. Während der Fahrt erzählt er unserer Gruppe etwas über die Geschichte der Wanderroute, die vor uns liegt. Sie ist ein Teil der Aloloa, der *langen Straße*, die einmal um Maui herumläuft und fast vierhundert Jahre alt ist. Laut Jacob wurde der Wanderweg zu Beginn des 19. Jahrhunderts erbaut, und jeder Findling in jeder Mauer und jeder Pflasterstein wurden von Hand gesetzt. Bei unserer Ankunft versammeln wir uns um ein braunes Schild mit gelber Aufschrift. Sie lautet: *Lahaina Pali Trail. Die Steine weder zerkratzen noch bewegen, keine Äste abbrechen und keinen Müll entlang des Wanderwegs zurücklassen.*

Ich flüstere Nick zu: »Die Steine nicht zerkratzen?«

»Na ja, man hat sie von Hand gesetzt!«, antwortet Nick grinsend.

Während Jacob unsere Rucksäcke verteilt, bittet er uns, uns innerhalb der Gruppe selbst vorzustellen. Zur Gruppe gehört ein Pärchen in den Zwanzigern, das mich mit den hellblonden Haaren und hautengen Partner-T-Shirts mit der Aufschrift *Maui Honeymooners* an Barbie und Ken erinnert. Sie stellen sich als Trish und Doug vor, aber ich sehe sie trotzdem vor mir, wie sie in einer rosafarbenen Corvette, so eine, wie ich als kleines Mädchen als Spielzeugauto hatte, den Pacific Coast Highway entlangfahren. Dann ist George an der Reihe. Er ist mindestens zwanzig Jahre älter als die beiden, hat dunkles Haar und einen starken New Yorker Akzent. Er stellt sich zusammen mit seiner Frau Nancy und ihrem Sohn im Teenageralter, Parker, vor. Parker schaut nur kurz von seinem Handy hoch und nickt uns kurz zu, als er seinen Namen hört. Als ich an der Reihe bin, gerate ich ins Stocken. Meine Identität war in den vergangenen acht Jahren mit der von James verknüpft. Ich bin mir nicht sicher, wer ich ohne ihn bin.

Zum Glück springt Nick ein. »Wir sind Nick und Jacqueline – Jacks –, und wir haben uns gerade verlobt.« Nick grinst mich an, und mir ist, als könnte ich seine Gedanken lesen. *Wenn sie das können, können wir es auch.* Und als würden die anderen ihm die Geschichte sonst nicht abnehmen, greife ich nach seiner Hand.

Nach ungefähr einer Meile – Nick und ich laufen am Ende der Gruppe – denke ich noch immer darüber nach, wie sich seine Hand in meiner angefühlt hat: groß und rau, aber gleichzeitig auch sehr beschützend. George und Nancy laufen mit unglaublich großem Armeinsatz ein Stück vor uns. Ihr Sohn geht direkt hinter ihnen und macht alle paar Meter ein Selfie, wobei er ständig den Kopf schief hält, um den richtigen Winkel zu finden. Als ich mich darüber lustig mache, wie besessen Parker davon ist, Bilder von sich selbst zu schießen, klärt Nick mich auf, dass er in Wirklichkeit snapchattet. Als ich ihn fragend anschaue, erklärt er mir, was das ist.

»Er schickt seinen Freunden Bilder, während er wandert? Sollte er nicht lieber die Aussicht genießen?«

»Das Gleiche könnte man dich auch fragen, oder?« Nick bleibt stehen und legt die Hände auf meine Schultern. Er hat recht. Ich klebe so dicht an den Felsen, dass es fast schon zudringlich wirkt.

»Ich bin ein Angsthase«, sage ich, aber es klingt wie eine Frage.

»Und davon lässt du dir die Chance nehmen, diese atemberaubende Landschaft zu genießen?«

»Nein, es ist nur so, dass ich mich ganz darauf konzentriere, nicht den Berg hinunterzufallen.«

»Was würdest du deinen Schülern sagen?«

»Was meinst du damit?«

»Was würdest du deinen Viertklässlern sagen, wenn sie vor etwas Angst haben?«

Als ich die Frage höre, begreife ich, was er tut. Welche Ironie. Ich kümmere mich als Lehrerin um neun- und zehnjährige Kinder und stehe selbst am Abgrund.

»Touché«, gebe ich zurück.

»Das ist keine Antwort.« Er schaut mich unverwandt an.

»Okay. Ich würde ihnen sagen, dass die Angst nur in ihren Köpfen existiert. Dass sie alles tun können, wenn sie sich nur dafür entscheiden.«

»Das ist ein guter Rat. Warum nimmst du ihn nicht an?«, will Nick wissen.

»Okay.« Als der Weg steiler wird, konzentriere ich mich auf die Rückseite von Nicks Beinen und darauf, wie sich die Muskeln seiner Waden bei jedem Schritt anspannen. So mühelos, wie er die losen Steine und Wurzeln, die aus dem Boden ragen, umgeht, könnte man meinen, er wäre der Führer. Ich stelle meinen Rucksack neu ein, der sich wie ein Brutkasten anfühlt, unter dem sich meine gesamte Körperwärme staut, und versuche, mich Nicks Schwung anzupassen. Aber immer, wenn ich versuche, schneller zu gehen, gerate ich ins Rutschen, und die Steine geben unter meinen Füßen nach. Ich stelle mir vor, wie jeder einzelne Kieselstein den weiten Weg nach unten rollt. Das sind laut Jacob, der uns unablässig an jeder Markierung erinnert, fast dreihundert Meter.

Als wir Markierung Nummer drei erreichen, legen wir eine kurze Trinkpause ein, und Jacob mahnt uns, den spektakulären Blick auf die Insel Molokini nicht zu vergessen. Barbie und Ken packen ihren Selfiestick aus, und Barbie kichert, während sie sich zur Seite lehnt, um ihn zu küssen.

Ich denke an James und unsere erste gemeinsame Reise. Keiner von uns war vorher schon einmal in San Francisco gewesen, und bevor wir unser erstes langes Wochenende dort verbringen wollten, erklärte ich ihm: »Ich mache alles, nur keine Führungen. Ich hasse es, von irgendjemandem abhängig zu sein, wenn ich etwas besichtige.« Er sah plötzlich sehr enttäuscht aus und meinte nur: »Okay, dann brauchen wir das hier wohl nicht!« Und mit diesen Worten knallte er den Prospekt einer Alcatraz-Führung auf den Tisch. Ich entschuldigte mich sofort bei ihm und bot ihm an, sie doch mitzumachen. Doch nun wollte er nicht mehr. Ihm war anzusehen, wie dumm er sich vorkam, und nach mehreren Versuchen, mich zu entschuldigen, gab ich es auf. Und jetzt, während ich Jacob zuhöre, der von Maui erzählt, muss ich akzeptieren, dass er sich eine andere

Frau gesucht hat, um die Dinge zu tun, die ich nicht mitmachen wollte.

»Du weißt schon, dass du in die falsche Richtung siehst?«, fragt Jacob mit ausgestrecktem Zeigefinger. »Die Aussicht ist dort.«

Ich lache verlegen. »Ich weiß. Ich bin nur etwas nervös, weil wir so hoch oben sind.«

Jacob hebt seine buschige Augenbraue, was bei seiner Glatze etwas seltsam aussieht. »Interessante Wahl für einen Ausflug.«

»Ich weiß.«

»Warum bist du denn den ganzen Weg hier hinaufgeklettert, wenn du genauso gut unten hättest bleiben können? Du hast doch bestimmt von den tollen Dingen gelesen, die Maui auf Meereshöhe zu bieten hat – oder auch darunter, wenn dich so etwas interessiert.«

Ich fange Nicks Blick auf und nicke ihm zu, damit er weiß, dass ich ihn brauche. Denn ich kann Jacob natürlich nicht die Wahrheit sagen: dass mein Mann auf der Straße nach Hana gestorben ist, während ich dachte, er wäre in Kansas und wir würden eine ganz passable Ehe führen. Und dass ich nun mit dem Verlobten seiner Geliebten hier bin und ihren Spuren bis in die Berge von Maui folge, um herauszufinden, warum sie uns nicht mehr wollten.

Nick lässt seinen Rucksack vor unsere Füße fallen. »Tolle Tour, Jacob«, sagt er und schüttelt seine Hand. »Unsere Freunde haben diese Wanderung im Mai gemacht und uns davon vorgeschwärmt. Sagten, du bist ein fantastischer Fünf-Sterne-Guide, und selbst Jacks' Angst konnte uns nicht davon abhalten, diese Tour mitzumachen.« Nick legt den Arm um meine Schulter. »Nicht wahr, Schatz?«

»Richtig.« Ich lehne meinen Kopf an ihn. Die frühere Unbehaglichkeit ist verschwunden. Mein Oberkörper passt perfekt in die Grube seiner Flanke, und ich versuche, das Schuldgefühl, das mich durchbohrt, wegzuschieben.

Jacob lacht. »Wow. Bei einem solchen Lob kann ich nur hoffen, dass mir eure Freunde eine Bewertung bei Yelp hinterlassen! Wie heißen sie?«

»Dylan und James«, antwortet Nick. Als Jacob sich nicht an ihre Namen erinnern kann, beschreibt Nick sie. Während ich zuhöre, berührt mich die Art, wie er über James spricht – als habe er ihn sein Leben lang gekannt. Und ich frage mich, ob die beiden unter anderen Umständen Freunde geworden wären. Wären Dylan und ich vielleicht Freundinnen geworden, wenn wir in einem Discounter zusammengestoßen wären?

»Ja, jetzt erinnere ich mich.« Jacob runzelt die Stirn, und ich frage mich, ob er in der Zeitung von ihrem Unfall gelesen hat. Bisher hat nur der Barkeeper diese Verbindung hergestellt. »Aber wenn es das Paar ist, an das ich gerade denke, glaube ich nicht, dass *sie* mir eine Fünf-Sterne-Bewertung geben werden.«

Offensichtlich weiß er nichts von dem Unfall. Er spricht noch immer in der Gegenwartsform.

»Warum nicht?«, fragen Nick und ich wie aus einem Munde.

»Ich sollte besser nichts sagen.«

»Ist schon okay. James hat erwähnt, dass sie einige Probleme hatten.« Nick spinnt die Lüge weiter, ohne mit der Wimper zu zucken.

»Ja, so sah es aus. Ich habe mitbekommen, wie sie miteinander stritten, bevor wir überhaupt losgegangen sind.« Er macht eine Pause, als wüsste er, wonach wir fragen. »Ich weiß nicht, worum es ging. Aber wisst ihr, für mich ist das nichts Ungewöhnliches. Ich habe das alles schon erlebt – Pärchen in den Flitterwochen, die etwas untereinander ausfechten, frisch Verlobte wie ihr zwei, die sich streiten. Selbst an Orten wie diesen.«

Wir nicken. Ich bin mir nicht sicher, ob Nick wirklich weiß, was Jacob meint, ich schon.

»Kaum waren wir losgegangen – wir hatten noch nicht einmal Markierung eins erreicht –, musste sie sich schon setzen. Sagte, ihr sei schwindelig. Sie habe nicht gefrühstückt. Aber sie wollte die Tour nicht abbrechen. Wir fragten beide nach, ob sie wirklich okay sei. Sie meinte Ja. Aber es war offensichtlich, dass es ihr nicht gut ging. Schließlich sagte James zu mir, sie würden umkehren. Sie wäre der Sache nicht gewachsen.«

Nick beißt sich auf die Unterlippe und ballt die Hände zu Fäusten. »Haben sie gesagt, was mit ihr nicht stimmte?«

»Nein, nur dass sie müde sei. Ich bot ihnen an, die Wanderung zu unterbrechen und sie zurückzubringen, aber James lehnte ab. Er meinte, wir seien ja noch nicht so weit gegangen, und Dylan stimmte ihm zu. Also ließ ich die beiden allein zurückgehen und hoffte, dass mein Chef davon nichts mitbekam. Denn das ist absolut gegen die Regeln. Aber ich habe schnell gemerkt, dass James ein Nein nicht akzeptieren wollte.«

Jacob macht eine Pause, und die Stille ist fast greifbar, bis er endlich weiterspricht. »War sie denn okay? War sie nur überhitzt oder außer Form? Denn diese Wanderung ist nicht leicht, besonders nicht an einem so heißen Tag. Vielleicht hatte sie am Abend zuvor zu viel Champagner getrunken? Wir erleben hier so einiges.« Wieder macht er eine Pause und schaut zu Nick. Doch bevor er antworten kann, hebt Jacob die Hände. »Oh, ich bin so unhöflich. Dabei geht mich das Ganze überhaupt nichts an. Wir sollten lieber weiterwandern!«

Anderthalb Stunden später erreichen wir die Spitze. Jacob erklärt uns, dass wir Kealaloloa Ridge erreicht haben und auf den Kaheawa Windpark schauen. Fünfunddreißig Windkrafträder dehnen sich vor uns aus und sind von ganz Maui aus sichtbar. Ich atme tief ein, als Jacob die Geschichte des Windparks erzählt, und beschließe, dass ich dieses Mal Nicks geführte Meditation nicht brauche. Wenn ich gestern etwas gelernt habe, dann, dass ich stärker bin, als ich mir selbst je zugetraut habe. Ich habe diese anstrengende, in den Oberschenkeln brennende, steile und steinige Wanderung ohne eine einzige Panikattacke überstanden. Und ich habe etwas geschafft, was *sie* nicht konnte. Ich weiß, wie sich das anhört – sie wurde krank, und ich freue mich darüber. Aber ich fühle mich endlich wieder konkurrenzfähig. Und außerdem hat sie mit meinem Mann geschlafen.

»Du hast es geschafft.« Nick steht plötzlich hinter mir und legt seine Hand auf meine.

»Ja, ich habe es geschafft«, sage ich, während ich über den Rand der Felsen auf das Meer hinunterschaue und der Wind durch meine Haare weht. Ich zittere, und mein Herz fühlt sich an, als könnte es in meiner Brust zerbersten. Aber endlich spüre ich wieder, dass ich am Leben bin.

KAPITEL 20

JACKS – BEVOR ES GESCHAH

Ich nippte an meiner Piña Colada, deren kalte Mischung aus Rum, Ananas und Kokosnuss genau so schmeckte, wie ich mir das Paradies vorgestellt hatte. Mein Kopf brummte noch ein wenig von den Hochzeitsfeierlichkeiten. Ich war nicht mehr Jacks Conner, sondern Mrs James Morales. Und anstatt nur bei dem Anblick der Bilder der Sonnencabanas des Four Seasons Hotels in Wailea in Verzückung zu geraten, entspannte ich mich in einer solchen Strohhütte, während der aufmerksame Poolboy alle fünf Minuten auftauchte und nachfragte, ob ich noch etwas zu trinken, ein kühles Handtuch oder *irgendetwas anderes* wünschte.

Mich hat noch nie jemand bedient. Und es fühlte sich so unwirklich an, unter dieser riesigen weißen Cabana zu liegen, auf den makellosen Swimmingpool mit dem riesigen Springbrunnen in der Mitte zu schauen, während der tiefblaue Ozean gleich dahinterlag. *Hierher*zukommen war nicht unser Plan gewesen. James und ich hätten eigentlich in einem viktorianischen Zimmer in einem urigen Bed-and-Breakfast-Hotel in Santa Barbara sein sollen. Unsere begrenzten Ersparnisse hatten kaum für irgendwelche Flugtickets gereicht, weshalb wir beschlossen hatten, irgendwo in der Nähe zu bleiben und unsere Flitterwochen nachzuholen, sobald wir es uns leisten konnten.

Doch James' Mom hatte uns mit dieser Reise während ihres Toasts auf unserem Hochzeitsempfang überrascht. Dabei hatte sie sich den Spruch nicht verkneifen können, dass es nicht anginge, dass ihr Sohn und seine Ehefrau keine *richtigen* Flitterwochen hätten. Das schlichte Hotel, das wir in Santa Barbara gebucht hatten, gehörte sich einfach nicht. Unsere Gäste kicherten und lachten, und ich bemerkte, wie James bei der kleinen Stichelei seiner Mutter zusammenzuckte. Doch mich störte es nicht. Auch ich war der Meinung, dass wir uns einen richtigen Urlaub verdient hatten, und ich hätte eine Kreditkarte damit belastet, wenn James es zugelassen hätte. Wir mussten uns als Ehemann und Ehefrau eine Beziehung aufbauen. Und wenn wir jetzt keine Hochzeitsreise machten, würden wir vielleicht zu jenen Paaren gehören, die diese niemals antraten.

Von dem Champagner, den ich bei dem Empfang getrunken hatte, war mir schwindelig und warm geworden. Ich war zu Isabella gelaufen und hatte sie vor lauter Dankbarkeit, eine so großzügige Schwiegermutter bekommen zu haben, fest umarmt.

Isabella zuckte etwas zusammen, als ich sie drückte, doch das überraschte mich nicht. Ich hatte schnell gemerkt, dass es meiner Schwiegermutter leichtfiel, materielle Geschenke zu machen, während sie mit den emotionalen zu kämpfen hatte. Mit der Zeit würde sich das hoffentlich ändern. Ich war in einer herzlichen Familie aufgewachsen, und man konnte nie das Haus meiner Eltern betreten, ohne sie in den Arm zu nehmen. Einmal, an Thanksgiving, hatte meine Mom Isabella so fest umarmt, dass ich dachte, sie würde sie zerbrechen. Über den verkniffenen Gesichtsausdruck meiner Schwiegermutter mussten Beth und ich später noch lachen.

Ich löste mich gerade aus der Umarmung, als Isabella mich an den Schultern zurückhielt und sich zu mir herüberlehnte. Ich nahm den starken Duft ihres Chanel No. 5 wahr, als sie mir zuflüsterte: »Ihr könnt es als romantischen Start für eure ersten Versuche nutzen! James hat mir erzählt, dass er jetzt bereit ist.«

Ich trat einen Schritt zurück, damit ich ihr Gesicht sehen konnte. Ich schaute in ihre grünbraunen Augen. Ihr war es ernst. James hatte darüber mit ihr gesprochen? Ich schüttelte das unangenehme Gefühl ab, das mich überkam. Ich dachte an den Scheck, den Isabella uns im vergangenen Monat gegeben hatte. Das Geld, das angeblich ein Geschenk für das schöne, *große* Haus war, das wir uns kaufen sollten. Doch plötzlich wurde mir klar, dass es als Anzahlung für die Horde von Enkelkindern gedacht war, die ich ihr schenken sollte. Ich stand in der Mitte des Ballsaals des Pelican Hill Golf Club und fragte mich, ob Isabellas Großzügigkeit immer an Bedingungen geknüpft sein würde.

Jetzt im Hotel korrigierte ich den Sitz meines weißen Strohhuts, um mein Gesicht vor der heißen Sonne zu schützen, die in die Cabana schien. Ich wusste, wir konnten nicht lange warten. James und ich hatten über Kinder gesprochen. Er wollte welche. Mein Magen zog sich zusammen, als ich an die letzte Routineuntersuchung bei meiner Gynäkologin zurückdachte. Ich schob die Erinnerung beiseite. Wir waren noch so jung, erst fünfundzwanzig und siebenundzwanzig Jahre alt. Ich hatte noch genügend Zeit, alles zu überdenken.

»Worüber denkst du nach? Du starrst seit zehn Minuten Löcher in die Luft.« James stand über mir. Die Sonne hatte seine olivfarbene Haut bereits dunkelbraun gefärbt. Wassertropfen fielen von seinen roten Badeshorts auf den Boden und hinterließen ein geflecktes Muster um seine Füße herum.

Ich schlug scherzhaft mit meinem Magazin nach ihm. »Hast du mich heimlich beobachtet?«

»Was wäre, wenn?«

»Dann wärst du ziemlich gruselig!«, antwortete ich lachend.

»Wenn du mich beschimpfen willst, gerne. Nur zu. Aber ich gebe dir die Schuld!« Er zeigte auf mich.

»*Mir?*«

»Ja. *Dir.* Es ist nicht meine Schuld, dass ich dich ständig anstarren muss. Du bist die schönste Frau hier.«

Ich lächelte. »Das hast du mir bei unserem ersten Treffen schon gesagt.«

»Hab ich das?« James setzte sich auf den Rand meines Stuhls und legte die Hand auf meine Knöchel, was meinen Körper regelrecht elektrisierte.

Ich hob den Kopf. »Ja! Wie konntest du das vergessen? Oder waren an diesem Tag so viele schöne Frauen in dem Geschäft, dass du einfach von Gang zu Gang gewandert bist, bis endlich eine angebissen hat?«

* * *

Ich hatte damals nägelkauend mit mir gehadert, ob ich einen Cabernet oder einen Pinot nehmen sollte, als plötzlich ein Arm neben mir ins Regal griff und eine Flasche herauszog. »Die hier«, hatte er gesagt, während er eine Flasche Wild Horse Pinot Noir in meinen Einkaufswagen legte.

Ich wirbelte herum und wollte gerade wütend werden. Wer machte schließlich so etwas? Bis ich sein Gesicht sah. Das Funkeln in seinen Augen. Der dezente Stoppelbart. Und sein Lächeln. Es strahlte wie ein Leuchtfeuer.

»Und warum sollte ich auf dich hören?«, zog ich ihn auf, während ich auf den Sixpack Corona Light in seiner Hand zeigte. »Du siehst eher wie ein Biertrinker aus. Und wie ein Fan von Kindermüsli.« Damit wies ich auf eine Packung Lucky Charms unter seinem Arm.

»Ich bin multidimensional. Wenn ich mit den Jungs unterwegs bin, trinke ich das hier«, sagte er und hielt das Bier hoch. »Wenn ich mit der schönsten Frau im Raum zusammen bin, trinke ich das hier«, sagte er und griff nach dem Wein in meinem Einkaufswagen. »Und wenn ich allein bin, esse ich das hier.« Er hielt die rote Packung mit dem Regenbogen und dem Kobold auf der Vorderseite hoch.

»Und was machst du heute Abend?«, platzte ich heraus, bevor ich mich bremsen konnte. Er machte plumpe Komplimente – und das offensichtlich nicht zum ersten Mal, denn sein Charme hatte etwas Müheloses, als hätte er jahrelange Übung darin. Trotzdem. Er hatte das gewisse Etwas. Nach nur einer Minute mit ihm hatte ich das Gefühl, etwas Besonderes zu sein. Ein Gefühl, das sich bei meinem letzten Freund in den ganzen drei Monaten, die wir zusammen gewesen waren, nicht einstellen wollte, obwohl er mich verdammt hart dafür hatte arbeiten lassen. Aber dieser Kerl? Er machte es mir leicht. Und ich war bereit für leicht.

James grinste mich an und klemmte sich die Flasche unter den Arm. »Den Wein mit dir trinken, was sonst?«

Ich wusste, dass Beth die Augen verdrehen würde, sobald ich ihr später davon erzählte. Aber das war mir egal. »Wann und wo?«

Das war der Anfang. Neun Monate später heirateten wir. Und nun waren wir auf Maui.

* * *

James lachte und strich mir über das Bein. »Vielleicht erinnere ich mich nicht mehr daran, was ich an diesem Tag in dem Laden zu dir *gesagt* habe, aber ich weiß, was ich *gedacht* habe.«

»Lass mich raten. Du hast gedacht: Sie hat hoffentlich einen guten Weingeschmack, sonst wird das Ganze nichts.«

»Auf keinen Fall! Ich hatte gehofft, du hättest etwas Milch für meine Lucky Charms«, gab er mit einem schlechten irischen Akzent zurück.

Ich knuffte ihn in den Bauch. »Weißt du, überraschenderweise gehören deine billigen Komplimente zu den Dingen, die mir sofort an dir gefallen haben.« Ich fuhr mit den Fingern durch sein dichtes, nasses Haar. »Das Kitschige steht dir gut.«

James grinste. »Danke. Aber du hättest deinen Gesichtsausdruck sehen sollen, als ich diese Flasche Wein aus dem Regal genommen habe!«

»Ich wollte gerade nach meinem Mace-Wein greifen, bis ich gesehen habe, wie süß du bist!«

»Hey. Süße Jungs können auch Psychopathen sein.«

Ich gab ihm einen langen Kuss. »Ich hatte beschlossen, das Risiko einzugehen.«

»Gute Entscheidung.« Er richtete sich auf und liebkoste über mein Oberteil hinweg meine Brust, und mein Körper gab sich ihm gleich hin. »Vielleicht sollten wir auf unser Zimmer gehen«, raunte James. »Dieser Cabana-Boy wird gleich wieder hier sein. Wenn ich es nicht besser wüsste, würde ich vermuten, dass er nach Ausreden sucht, um dich zu beobachten. Er kommt alle fünf Minuten vorbei!«

»Egal«, hauchte ich, während mein Finger in den Bund seiner Badeshorts fuhr.

»Ich werde in den nächsten Minuten nicht aufstehen können!« Er nickte in Richtung seiner Erektion, und wir mussten beide lachen.

Ich hoffte, unser Sexleben würde für immer so bleiben, dass schon eine einfache Berührung auf ewig die Funken sprühen lassen würde – wir würden niemals aufhören, uns gegenseitig leidenschaftlich zu begehren. Doch wenn ich Beth hörte, standen unsere Chancen eindeutig schlecht. Meine Schwester hatte nur vier Jahre vor uns geheiratet und mir erst vor Kurzem gestanden, dass ihr Sexleben zur *Routine* geworden sei und sie von George Clooney träumte.

Ich war sprachlos gewesen. Beth war erst ein paar Jahre verheiratet, also praktisch noch jung vermählt! »Da sprechen die Schwangerschaftshormone. Sieh dich an! Du platzt bald – nach fast acht Monaten.« Ich lehnte mich vor und strich über Beths prallen Bauch, während ich leise betete, auch irgendwann einen solchen Bauch zu haben. »Wenn das Baby erst einmal da ist, kommt auch die Leidenschaft zurück.«

Beth hatte nur die Augen verdreht und war in Richtung Waschküche gewatschelt, um die Babykleider zu waschen, die sie gerade erst gekauft hatte.

Ich fuhr mit meinem Finger über James' Brust. »Kann ich dich etwas fragen?«

»Ob ich jetzt aufstehen kann? Keine Chance! Solange ich auf deine Brüste in diesem Badeanzug starre und ich keine Kinder in Angst und Schrecken versetzen will, sollten wir lieber warten.« Er zog meine Hände weg. »Und du solltest vielleicht damit aufhören, sonst werden wir hier nie rauskommen.«

Ich warf ein Handtuch nach ihm. »Du bist furchtbar! Aber im Ernst, ich möchte dich etwas fragen.«

»Du hast meine ungeteilte Aufmerksamkeit«, feixte James.

»Glaubst du an Monogamie? An eine langfristige, ewige, niemals-eine-andere-Vagina-sehende Monogamie?«

»Kommt diese Frage nicht ein bisschen zu spät?«, antwortete James mit einer Gegenfrage und zeigte auf meinen Ring. Ich schaute auf seinen nackten Finger und musste an seine Erklärung denken, dass er sich nie mit einem Ehering gesehen hätte. Er meinte, er würde ihn ohnehin nur verlieren. Seine Mutter hätte ihm einmal eine teure Armbanduhr gekauft, und er hätte sie schon am nächsten Tag verlegt. Am Anfang war ich verärgert gewesen und hatte gemeint, man hätte den Eindruck, er wolle nicht verheiratet wirken. Aber er schwor mir, dass das nicht der Grund wäre. Dass er mich liebte, und warum es überhaupt von Bedeutung sei, ob *andere* ihn für den Ehemann von irgendwem hielten. Das Einzige, was zählte, war, dass wir es wussten.

Mir war kein Gegenargument eingefallen.

»Ich meine es ernst. Glaubst du wirklich, dass man das Feuer mit der Person, mit der man seit fünfzig Jahren Sex hat, am Leben erhalten kann? Beth träumt schon davon, welcher heiße Schauspieler demnächst zum Sexiest Man Alive gekürt wird, dabei sind Mark und sie erst seit *vier* Jahren verheiratet!«

»Haben Leute über siebzig denn überhaupt noch Sex? Das ist das Alter meiner Großeltern!«

»Hörst du gefälligst auf damit? Ich versuche, ein ernsthaftes Gespräch mit dir zu führen. Vergiss fünfzig Jahre. Was ist mit fünf?«

»Fünf? Mein Gott, ich hoffe, uns geht es immer noch genauso, wenn wir erst fünf Jahre verheiratet sind. Aber, Jacks, bei einer Ehe geht es doch um viel mehr als nur um Sex.« Den letzten Satz sagte James mit einem Hauch von Überheblichkeit, der mich etwas störte. Als wäre er ein Experte auf diesem Gebiet.

»Das weiß ich.« Ich setzte mich auf und schlug die Beine übereinander. »Ich rede ja auch nicht nur von dem körperlichen Teil. Ich meine *alles* – die gleiche Person, tagein, tagaus. Glaubst du nicht, dass das schwer werden wird?«

»Natürlich wird es das. Wir werden uns beide immer mal wieder von anderen Menschen angezogen fühlen. Das ist völlig normal. Was *nicht* normal ist, ist, diesem Drang nachzugeben.«

»Du hast recht«, gab ich zu und musste an die Geschichte denken, die Beth mir eine Woche zuvor über ihre Nachbarn erzählt hatte. Die Ehefrau hatte herausgefunden, dass ihr Mann sie seit anderthalb Jahren betrog. Sie hatte sich bei Beth ausgeheult, dass sie keine Ahnung gehabt hatte. Ich hatte den Kopf geschüttelt, denn ich konnte nicht begreifen, dass ein Betrug in einer Ehe so lange unentdeckt bleiben konnte.

»Hast du jemals eine deiner Freundinnen betrogen?« Die Frage war mir einfach so herausgerutscht. Ich hatte ihn so etwas nie zuvor gefragt. Doch die Geschichte von Beths Nachbarn war mir unter die Haut gegangen. Vielleicht hätte ich das früher fragen sollen.

»Nein! Aber ist das vielleicht irgendein Geheimplan von dir, damit meine Erektion verschwindet?« James schaute nach unten. »Es funktioniert nämlich.«

Ich lachte. »Nein. Ich habe letztens diese furchtbare Geschichte von Beths Nachbarin gehört und musste deshalb darüber nachdenken«, gestand ich und erzählte ihm davon. Dass eine Nachricht auf dem Handy ihres Mannes eingegangen war und sie danach gegriffen hatte. Sie hatte geglaubt, sie wäre von ihrem Sohn, der sich jeden Sonntagmorgen aus dem College meldete. Doch sie war nicht von ihm gewesen, sondern von einer Frau, die nackt in einem Bett lag. Und als sie ihren Mann fragte, wer das sei, hatte er ihr alles gestanden. Beth hatte sie erzählt, das Schlimmste wäre gewesen, wie erleichtert er gewesen war, nachdem sie endlich die Wahrheit wusste. Dass er sich nicht länger verstecken musste.

Nachdem ich ihm alles erzählt hatte, küsste James mich kurz. »So wird es uns beiden nicht ergehen. Das verspreche ich dir. Wir müssen nur offen miteinander sein. Und wir dürfen nicht zu den Menschen gehören, die in dem Handy des anderen herumschnüffeln.«

»Was meinst du damit?«, fragte ich erschrocken.

»Das war ein Scherz, Jacks!« Er griff nach seinem Handy und hielt es mir hin. »Hier. Ich habe nichts zu verbergen.«

»Willst du gar nicht wissen, ob ich schon einmal fremdgegangen bin?«

James strich mir über das Haar. »Das muss ich nicht. Du bist der aufrichtigste und loyalste Mensch, den ich kenne. Das ist einer der vielen Gründe, warum ich mich in dich verliebt habe«, flüsterte er.

Jetzt war es an der Zeit, es ihm zu sagen. Besonders nach Isabellas Anspielung auf dem Hochzeitsempfang. Das Haus. Die Flitterwochen. Es war nur eine Frage der Zeit, bevor sie ihn weiter unter Druck setzen würde. Dass sie eine Rückzahlung in Form von Enkelkindern verlangte.

Doch mir fehlten die Worte. Ich wollte jeden Moment unserer Flitterwochen genießen und sie nicht mit schlechten Nachrichten ruinieren. Die konnten bis zu unserer Rückkehr warten. »Du hast recht«, flüsterte ich, während ich aufstand und ihn aus der Cabana in Richtung Hotelzimmer zog.

KAPITEL 21

JACKS – NACHDEM ES GESCHEHEN WAR

Meine Mom hakt gern ab. Reinigung, *abhaken*. Rezepte abholen, *abhaken*. Jacks ist okay, *abhaken*.

Sie ruft mich zweimal am Tag an – und versucht ihr Bestes, um das Kästchen neben meinem Namen abzuhaken. Ich bin mir nicht sicher, ob Beth ihr erzählt hat, wo ich bin (auch wenn ich sie gebeten habe, es nicht zu tun), oder ob sie dank ihrer mütterlichen Intuition weiß, dass ich an einem Ort bin, den sie nicht gutheißen würde. Dass ich etwas tue, das sie vielleicht für verrückt halten würde. Egal, es ist nur eine weitere Sache, mit der ich mich befassen muss, wenn ich ihren Anruf annehme. *Ihren* Bedürfnissen nachkommen. Sie *muss* von mir hören, dass es mir gut geht. Dass ich damit klarkomme. Sie möchte von mir etwas hören, dass ich vielleicht nie wieder sagen werde – dass ich wieder die Alte bin.

Meine Mom kommt einfach nicht damit klar, wenn die Dinge nicht so laufen, wie sie es erwartet. Beth und ich mussten immer alles peinlich genau machen, unsere Rechnungen bezahlen, gute Töchter und Ehefrauen sein. Wenn sie wüsste, dass ich zu einer Therapeutin gehe, würde sie ausrasten. Warum um alles in der Welt tust du das? Genau so hat sie auch reagiert, als ich ihr erzählte, dass James und ich uns bereits nach drei Monaten verlobt hatten.

»Hm.« Meine Mom kniff den Stoff ihres kanariengelben Strickpullis direkt unter ihrem Hals zusammen. Man hätte glauben können, sie hätte eine Erkältung, doch ich wusste es besser. Sie war stinksauer.

»Nicht unbedingt die Reaktion, auf die ich gehofft hatte.« Ich goss mir ein Glas Eistee ein, setzte mich auf einen Hocker an der Küchentheke und wartete.

»Was hast du denn geglaubt, würde ich sagen?«, fragte sie leise. In ihren Augen konnte ich die Wahrheit lesen: Ich hatte für Ärger gesorgt. Und das passte ihr überhaupt nicht. »Ich habe diesen Mann noch nicht einmal kennengelernt.« Sie begann, durch das Zimmer zu laufen.

»Ich weiß. Aber das wirst du. Heute Abend.« Meine Stimme klang irgendwie leidend, verzweifelt. James und ich hatten geplant, dass er herüberkommen würde, mit Rosen für sie und einer Flasche seines Lieblingswhiskys für meinen Dad. Ich wusste, er würde sie schon beim ersten Treffen um den Finger wickeln, was er dann auch tat.

Meine Mom begann, die Kochinsel zu polieren. Ich wusste, was sie dachte. Wie konnte ich mich nicht an das Protokoll halten? So lief das nicht bei den Conners.

»Ich muss das erst verarbeiten.« Sie hielt inne und presste die Hände auf die Theke.

»Ich weiß, das geht alles ein bisschen schnell. Wir treffen uns erst seit ein paar Monaten, aber er ist …« Ich wollte gerade all die Dinge aufzählen, die mir an ihm gefielen. Er war intelligent, ein Gentleman, er hatte ein enges Verhältnis zu seiner eigenen Mutter. Doch sie fiel mir ins Wort.

»Bist du schwanger?«

»Was? Nein!« Unsere Blicke trafen sich. »Glaubst du nicht, dass ich das dann zuerst erwähnt hätte?«, antwortete ich schließlich, bevor ich mit der Nagelhaut an meinem Daumen zu spielen begann. Meine Mom begann wieder, ihre Runden durch die Küche zu drehen. Egal, ob ich fünf, fünfzehn oder wie jetzt fünfundzwanzig war. Es machte keinen Unterschied. Unsere Diskussionen verliefen immer gleich. Ich brachte mein Anliegen ziemlich schwach vor. Meine Mom hörte mir kaum zu, doch die Enttäuschung war ihr deutlich anzusehen und fast schon greifbar. Normalerweise begann ich dann, an diesem Punkt zurückzurudern, weil mir plötzlich die Zustimmung meiner Mom wichtiger war als die Sache, für die ich ursprünglich ihre Zustimmung hatte haben wollen. Doch dieses Mal war es anders. Ich wollte James mehr als den Segen meiner Mutter.

»Wie kannst du jemanden nach drei Monaten gut genug kennen, um ihn heiraten zu wollen?«

Damit hatte sie natürlich recht. Vom Verstand her betrachtet war es vermutlich unmöglich, jemanden nach neunzig Tagen so gut zu kennen. Aber es war mir egal. Denn ich kannte die Gefühle, die James in mir auslöste. Ich fühlte mich wie die schönste Frau im Raum. Als liebte er mich mehr als alles andere. Durch ihn fühlte ich mich begehrt.

Ich erzählte meiner Mom, wie ich James im Supermarkt vor den Weinregalen kennengelernt hatte, und sie war nicht annähernd so begeistert wie ich. Was ich ihr nicht erzählte, war, was anschließend passiert war.

Er hatte mich in ein abgeschiedenes kleines Sushi-Restaurant eingeladen, in dem es noch nicht einmal eine Speisekarte gab. Der Koch stellte einfach etwas aus dem zusammen, was gerade frisch war. Das Lachs-Sashimi schmolz regelrecht in meinem Mund, und der Wein schmeckte leicht und süß. James hatte eine ganz besondere Art, mir die Nervosität zu nehmen. Früher hatte ich mich bei meinen ersten Dates immer ungeschickt benommen oder nach Worten gesucht.

Vermutlich ließ ich es deshalb zu, dass er mich später mit zu sich nach Hause nahm und mich sofort nicht sehr gentlemanlike auf dem Boden nahm, sobald die Wohnungstür hinter uns ins Schloss gefallen war. Als ich am nächsten Morgen aufwachte, fiel die Sonne durch die braunen und orangefarbenen Bettlaken, die er als Vorhänge in seinem Schlafzimmer benutzte. Ich richtete mich auf einem Ellbogen in seinem Futon auf. (Ja, es war wirklich ein Futon.)

»Was sagen Männer noch einmal, wenn sie unter sich sind?«, fragte ich lachend, während ich mir die Decke über die Brust zog, um mich zu wärmen, nicht, weil ich mich schämte. Dank James fühlte ich mich plötzlich so wohl in meinem Körper wie noch nie zuvor. Das gelang ihm nicht durch Worte, sondern durch seine Blicke, die Art, wie er mich ansah. Plötzlich waren die kleinen Brüste, die ich immer verachtet hatte, perfekt. Mein Hintern, den ich immer verhüllt hatte, war nun sexy. Und mein Gesicht, das ich früher aus allen Blickwinkeln seziert hatte, war schön. Das war James' Supermacht. Er konnte andere süchtig werden lassen nach der Art, wie *er* jemanden sah. Vermutlich weil es sehr viel schmeichelhafter war als die eigene Sicht.

»Behaupten sie nicht, dass es Mädchen gibt, die sich am ersten Abend flachlegen lassen, und solche, die man heiratet?« Ich wartete seine Antwort nicht ab. »Ich vermute, ich gehöre zur ersten Gruppe. Damit wäre der Druck dann weg!«

Trotz der Tatsache, dass ich mich ihm schon in der ersten Nacht hingegeben hatte, verliebten wir uns schnell und heftig ineinander. Nach dem Unterrichtsende zählte ich die Stunden bis zu seinem Feierabend. Ich sagte meinen Freunden ab. Ich vergaß, meine Mom zurückzurufen. Jeder Atemzug begann und endete mit ihm. Jeder Gedanke war mit ihm verbunden. Die Wirklichkeit rückte in weite Ferne. Das Einzige, was noch zählte, war die Zeit, die ich mit James verbrachte. Beth hielt mich für besessen. Und ich befürchtete, sie könnte recht haben.

Ich hatte nicht vorgehabt, unsere Beziehung für immer geheim zu halten. Doch bevor ich ihn meiner Familie vorstellen konnte, hatte er mir schon einen Heiratsantrag gemacht. Er hatte mich wieder in dieses Sushi-Restaurant eingeladen, wo er sich auf den schmutzigen Boden gekniet und mich gefragt hat, ob ich mit ihm den Sprung ins Ungewisse wagen würde. Wollte ich seine Frau werden? Ich zögerte nicht. Ich konnte nicht mehr ohne ihn sein.

Ich sagte Ja.

Heute weiß ich, dass es vielleicht nicht die beste Entscheidung gewesen war, jemanden zu heiraten, dessen Zweitname man erst einen Tag vor dem Antrag erfahren hatte. (Er lautet Julian.) Dass vielleicht sie es war, die mich hierhergeführt hat, und ich wegen ihr nun seinem untreuen Geist an der Küste von Maui hinterherjage. Doch auch wenn er mich noch tausendmal gefragt hätte, meine Antwort wäre immer Ja gewesen.

* * *

Ein Foto von meiner Mom, wie sie ihren vierzehn Jahre alten Cocker Spaniel auf dem Arm hält, erscheint auf meinem Handy. Ihr dritter Anruf. Doch ich nehme ihn nicht an. Denn ich bin weit entfernt davon, die Alte zu sein. Sie würde es in meiner Stimme hören und mir Fragen stellen. Und ich will nicht mehr lügen, doch die Wahrheit ist so anstrengend. Ich leite sie zur Mailbox um, ziehe meine Sandalen aus und stecke meine Zehen in den Sand. Er ist warm und weich und beruhigend. Nick schaut mich fragend an.

»Ich bin noch nicht so weit, mit ihr zu sprechen«, erkläre ich ihm und halte nach dem Kellner Ausschau.

»Wollen wir mit den Kokosnuss-Calamari und den Wan Tans mit Krabben und Macadamianüssen anfangen?«, fragt Nick und schaut von der Speisekarte des Hula-Grills auf.

»Ja, und vielleicht noch ein paar Pommes?«

»Sonst noch etwas, hungriges Mädchen?«, lacht Nick.

»Was soll ich sagen? Ich esse, wenn ich Kummer habe.« Ich lächele.

Ich schaue zur Band hinüber, die sich auf der kleinen Bühne auf ihren Auftritt vorbereitet. Unser Tisch steht mitten im Sand, und wir schauen direkt auf den Strand, der so idyllisch ist, dass man sich bei so typischen Touristensprüchen ertappt, die man eigentlich nie sagen wollte, wie: *Wir sind im Paradies.* Oder: *Das ist ja wie im Film.* (Ich muss gestehen, dass ich genau das eben zu Nick gesagt habe.)

»Ich bin heilfroh, dass wir heute nicht noch eine *Tour* gemacht haben«, sage ich und verdrehe dabei die Augen. Doch meinen nächsten Satz behalte ich für mich: Es hat Spaß gemacht, mit Nick abzuhängen und dabei nicht an *die beiden* zu denken. Es war schön, dass sie nicht jeden meiner Gedanken beherrscht haben.

»Also bitte! Du bist nicht deprimiert, weil wir nicht geklettert oder Fallschirm gesprungen sind?«

»Ehrlich gesagt hatte ich auf eine Hochsee-Angeltour gehofft«, sage ich lachend und muss dabei grunzen. Erschrocken halte ich mir die Hand vor das Gesicht. »Ups.«

»Ein Grunzen, was?«, stellt Nick fest und lehnt sich zurück. »Ich vermute, so langsam fühlst du dich in meiner Gegenwart wohl.«

Ich spüre, wie ich rot werde. »Ich hasse es, wenn mir das passiert. Es ist so peinlich.«

»Ich finde es süß.«

»Wirklich?«

»Klar. Ich finde, es sind die kleinen Eigenarten, die einen Menschen erst interessant machen.«

Ich trinke einen Schluck Wasser und denke daran, wie mein Grunzen James genervt hat. Am Anfang nicht. Als wir uns kennenlernten, hielt er es auch für süß. Er zog mich sogar damit auf, wenn er es hörte. Doch später, nachdem sich die Dinge geändert hatten, störte es ihn immer mehr. Ich erinnere mich noch an eine Party, als er zu mir herüberschaute, nachdem er es gehört hatte. Er wusste, wie man vor anderen glänzte, und erwartete das Gleiche von mir. Grunzen war keine Option.

»Du weißt doch, dass ich das nicht steuern kann!«, erklärte ich ihm auf dem Heimweg. Ich wollte ihm nicht zeigen, wie dumm ich mir vorkam. Wie traurig ich war, dass wir an diesem Punkt angekommen waren, an dem es für meinen Mann okay war, mich dafür zu beschimpfen, dass ich einfach nur *ich selbst* war.

»Komm schon, Jacks.« Er schaute starr auf die Straße, während er sprach. Dafür war ich sehr dankbar, denn so konnte er nicht sehen, wie sehr mich seine Kritik verletzte, als er mir den nächsten Schlag versetzte. »Natürlich kannst du das.«

Und von da an lernte ich, es zu steuern. Nur wenn ich Alkohol trinke, gelingt es mir nicht. Wenn ich trinke, denke ich nicht daran. Dann werden meine glatten Kanten wieder rau.

Ich schrecke aus meinen Gedanken hoch und bemerke, dass Nick mich beobachtet.

»Worüber denkst du nach?«, fragt er. »Du siehst plötzlich so traurig aus.«

»Nichts. Das ist jetzt nicht mehr so wichtig.« Ich schiebe die Erinnerung an James beiseite und zwinge mich zu einem Lächeln. »Was ist mit dir? Welche Eigenarten machen *dich* interessant?«

»Oh, ich bin total langweilig. Unglaublich uninteressant«, antwortet Nick lachend.

»Willst du mir auf diese Art sagen, dass du keine Macken hast?«

»Vom Klingeln gerettet«, meint Nick und zeigt auf mein Handy, das erneut klingelt. »Schon wieder deine Mom?«

»Und Poochie Poo.«

Nick versucht, sich das Lachen zu verkneifen. »Poochie Poo?«

»Yepp!«

»Sie ruft ständig an. Vielleicht ist ja etwas passiert.«

»Nein, sie macht sich nur Sorgen um mich.«

»Also warum gehst du nicht ans Handy und ›entsorgst‹ sie?«

Ich schaue ihn schief an.

»Sie weiß nicht, dass du hier bist, richtig?«

»Nein. Glaube ich zumindest.«

»Weiß sie von James und Dylan?«

Ich schüttele den Kopf und beiße mir auf die Unterlippe. Letztendlich kam sie irgendwann über meine stürmische Romanze hinweg. Wie erwartet hat James sie um den Finger gewickelt, und sie hat ihn widerstrebend akzeptiert. Doch sie hat mich immer wieder daran erinnert, dass ich ihn nicht ordnungsgemäß *überprüft* hatte. Sie hat tatsächlich dieses Wort benutzt. Als wäre er kein neues Familienmitglied, sondern ein Kandidat für den Kongress.

»Machst du Witze, Mom?« Ich hielt eine Karte in der Hand, die er mir zu unserem ersten Hochzeitstag geschenkt hatte. Sie war total kitschig, und er hatte sie aus Spaß gekauft. Der Gedanke, dass man jemandem seine *tiefen romantischen Gefühle* erklären musste, brachte uns zum Lachen. »Du benutzt tatsächlich dieses Wort?«

»Dein Vater hätte eine Hintergrundüberprüfung durchführen können!«

»Mom, er ist nicht vorbestraft, okay? Und ich kenne ihn jetzt seit zwei Jahren. Glaubst du nicht, er hätte mich schon längst umgebracht, wenn er das vorgehabt hätte?«

Meine Mutter holte tief Luft.

»Die Menschen handeln nicht immer vorschriftsmäßig, Mom. Du musst endlich diese zwanghaft kleinkarierte Denkweise ablegen.«

»Was meinst du damit?«

»Bei dir muss alles und *jeder* immer so geordnet sein. Aber nicht alles im Leben lässt sich vorhersagen. Es kann sogar chaotisch sein, und man muss sich auch mal auf sein Bauchgefühl verlassen. Wenn du dein ganzes Leben lang Angst hast, die falsche Entscheidung zu treffen, was ist das denn dann für ein Leben?«

»Du bist manchmal so naiv, Jacks«, antwortete meine Mutter nur, und es klang fast, als täte ich ihr leid.

Damals machte mich ihre Skepsis wütend. Sie trieb sogar einen unsichtbaren Keil zwischen uns, den wir uns niemals eingestanden. Doch als die Polizei mir sagte, dass James auf Maui gewesen war, musste ich als Erstes an meine Mom denken. Und daran, dass sie recht behalten hatte. Damals war ich naiv gewesen. Doch heute bin ich es nicht mehr. Nun kenne ich den Mann, den ich geheiratet habe, endlich. Oder ich lerne ihn gerade kennen, wie dem auch sei.

»Es ist kompliziert, warum ich nicht mit meiner Mutter reden will«, sage ich schließlich. »Hast du jemals einen Blue Hawaiian getrunken?«, wechsele ich das Thema und zeige auf den Nachbartisch.

»Warum erzählst du mir nicht mehr darüber?«

»Über den Blue Hawaiian?«, frage ich lachend. Und grunze schon wieder. Damit sind Tür und Tor geöffnet.

»Nein, du Kindskopf.« Er lacht, und sein Blick wird sanft. »Erzähl mir mehr von deiner Mom.«

Eigentlich will ich das nicht, doch da ist etwas in seinem Blick. Wieder diese Augen. Es interessiert ihn wirklich. Er will sich nicht nur die Zeit vertreiben, sondern mich besser verstehen. Mehr darüber erfahren, was mich bewegt. Und es stört ihn nicht, wenn ich grunze, während ich mit ihm rede. Dann platzt alles aus mir heraus – unsere überstürzte Verlobung, die Besessenheit meiner Mom in puncto Normalität, meine Angst, dass sie recht hatte. Dass ich mir nicht sicher bin, ob ich jemals wieder meinem Bauchgefühl vertrauen kann. Und dass mir das Angst macht. »Ich kann nicht glauben, dass ich dir all das erzählt habe«, sage ich schließlich.

»Ich bin froh, dass du es getan hast.«

»Ich auch. Mir geht es jetzt viel besser.« Ich denke darüber nach, wie leicht es mir fällt, mit Nick zu reden, weil ich mich von ihm nie verurteilt fühle. James hatte immer eine gewisse Überheblichkeit an sich. Wenn auch nur sehr subtil. Aber ich habe immer sehr stark darauf reagiert. Wenn er zum Beispiel so herablassend klang, weil er Dinge sagte wie: *Oh, dafür hast du dich also entschieden*, als dächte er, er hätte eine bessere Wahl getroffen, nämlich die *richtige*. Als wir uns mal wieder heftig stritten, warf ich ihm an den Kopf, er hätte einen Überlegenheitskomplex. Er lachte und meinte nur, ich hätte Wahnvorstellungen.

Nick und ich hören der Band zu, essen etwas und nippen an unseren Cocktails, während eine angenehme Stille zwischen uns herrscht. »Gehen wir noch auf einen Drink an die Bar?«, fragt er nach dem Dinner.

»Ich kaufe mir zuerst noch ihre CD«, antworte ich und gehe in Richtung Bühne.

»Das ist dieses Blue-Hawaiian-Gerede«, ruft er mir hinterher. »Du wirst sie dir nie anhören.«

»Vielleicht nicht.« Ich muss an die CD denken, die James und Dylan auf ihrer Fahrt nach Hana gekauft haben, während ich dem Sänger einen Zehndollarschein reiche. Wer weiß, vielleicht werde ich sie mir doch anhören.

Nick bestellt zwei POG, dieses Mal *mit* Wodka, und ich denke über unseren Tag nach. Wir sind nach Lahaina gefahren und haben riesige Zimtrollen bei Longhi's gegessen. Dann haben wir alberne Souvenirs gekauft und ein Eis gegessen, während wir durch Whalers Village liefen. Wir sinnierten über die Anzahl der Telefonzellen, die wir auf der Insel entdeckt hatten. Vor einer Kabine machten wir sogar ein Selfie und mussten lachen, weil wir alt genug waren, dass wir so etwas noch kannten. Für einige Stunden tat ich so, als sei ich eine Touristin im Urlaub, und verbot mir jegliche Gedanken daran, warum ich wirklich hier war.

»Hallo? Du bist so furchtbar still dort drüben.«

»Ich glaube, ich bin betrunken.«

»Das bedeutet, dass wir unseren Job richtig machen«, sagt der Barkeeper, als er unsere Drinks hinstellt. Um seine grünen Augen bilden sich winzige Lachfältchen, und seine Bartstoppeln erinnern mich an James. Ich schaue weg, und Nick stößt mit seinem Glas gegen meines.

»Darauf, dass wir mehr über Dylan und James herausfinden.«

»Hast du gerade Dylan und James gesagt?«

»Ja«, sagen wir gleichzeitig.

»Das ist komisch. Ich habe vor ein paar Monaten ein Paar getroffen, das genau so hieß. Ich bin mir nicht sicher, ob ihr die Gleichen meint, aber der Name *Dylan* fällt mir immer auf, weil ich ein riesiger Bob-Dylan-Fan bin.«

»War sie Mitte zwanzig? Blond? Große blaue Augen?«

Der Barkeeper nickt. »Und er war ein gut aussehender Typ. Dunkles Haar, Verkäufer?«

Wir nicken.

»Wie geht es ihr?«, fragt der Barkeeper und scheint damit etwas Bestimmtes zu meinen.

Ich sage nichts, denn ich kann schlecht sagen, dass sie tot ist. Und mir wird klar, dass nur wenige Menschen die Nachricht von ihrem Unfall gelesen haben. Das macht mich für einen Moment sehr traurig. Ich frage mich, wie viel der erste Barkeeper, mit dem wir gesprochen haben, in der Zeitung gelesen hatte. Einen Absatz? Ein paar Sätze? Nur wenige Wörter? War das alles, was sie bekommen hatten? Alles, was sie verdienten?

»Warum fragst du?«, will Nick wissen.

Nick hat mir erklärt, wir sollten immer ausweichend reagieren, wenn wir auf eine Frage keine Antwort wissen. Doch bei so etwas bin ich einfach nicht schnell genug.

»Ihr ging es nicht wirklich gut, als sie hier war. Weiß sie inzwischen, woran es lag?« Unsere fragenden Blicke müssen irgendetwas in dem Barkeeper ausgelöst haben. »Oh, Mist. Ihr wusstet nichts davon?«

Mein Kopf wird plötzlich schwer, und ich greife instinktiv nach dem Rand meines Stuhls, um mich abzustützen. Ich hoffe, ich habe ihn falsch verstanden.

Ich sehe, wie die Kellnerin einem Gast an der Bar einen Hamburger serviert, aus dessen Brötchen der leuchtend gelbe geschmolzene Käse läuft. Ich spüre das Vibrieren eines Summers, der kurz danach rot aufleuchtet, und ein junges Paar springt freudig auf, um an seinen Tisch zu gehen. Zwei Frauen lachen und beglückwünschen sich, während sie sich auf die gerade frei gewordenen Stühle fallen lassen.

»Was willst du damit sagen? Hat sie dir gesagt, dass sie …« Nick spricht nicht weiter, und aus den Augenwinkeln sehe ich, wie seine Schultern in sich zusammenfallen.

Bitte, lieber Gott, lass den Barkeeper nicht dieses Wort sagen.

Ich kann Nick nicht ansehen. Ich habe Angst, dass er meine Befürchtungen bestätigt.

Der Barkeeper lehnt sich vor, ahnungslos. »Schwanger«, sagt er nur und hat keine Ahnung, was seine Worte auslösen.

Nicks Kopf bewegt sich langsam auf und ab, mir dreht sich der Magen um, und ich bekomme kaum noch Luft.

»Aber das habt ihr nicht von mir, okay? Als ihr Mann kurz zur Toilette ist, hat sie mir erzählt, dass ihr von dem Geruch der Shrimps, die er bestellt hat, schlecht geworden sei. Also habe ich sie natürlich gefragt, ob mit den Krabben etwas nicht in Ordnung sei. Ob sie schlecht seien. Wir machen hier nämlich einen fantastischen Krabbencocktail!« Er zeigt mit seinem Arm, an dem er zahlreiche Hanfarmbänder trägt, nach hinten, wo sich vermutlich die Küche befindet.

Ich nicke ihm aufmunternd zu, damit er weiterredet, denn ich muss jedes Wort hören, das er zu sagen hat. Sonst würde ich es nicht glauben. Und auch wenn es sich anfühlt, als würde man mir wieder und wieder in den Magen boxen, sind es genau die Dinge, die ich hören muss. Ich bin hierhergekommen, um die Wahrheit zu erfahren, auch wenn sie mich zerreißt.

»Sie meinte, ihr sei schlecht und sie habe sich schon jede Menge Entschuldigungen dafür ausgedacht, warum ihr immer so übel sei. Ich dachte noch, dass das ziemlich komisch ist. Dass sie ihrem Mann nicht sagt, was los ist, behielt es aber für mich. Wisst ihr, ein Barkeeper hat einfach nur zuzuhören. Also habe ich schnell den Krabbencocktail weggestellt und ihr angeboten, etwas anderes zu bringen. Und da sah ich plötzlich Tränen in ihren riesigen Augen, was mich total irritiert hat. Ich dachte nur: Hey, was ist nur mit diesem jungen Küken los? Dann wollte sie wissen, wo der nächste Drogeriemarkt sei, und da war mir natürlich alles klar.«

»Du meinst, sie wollte sich ein Mittel gegen Übelkeit besorgen?«, frage ich, obwohl ich mir ziemlich sicher bin, dass Dylan das nicht wollte.

»Quatsch. So etwas kriegst du nebenan im Souvenirladen. Das habe ich auch gesagt. Und da erzählte sie mir dann auch, dass sie befürchtet, schwanger zu sein. Doch dann kam ihr Typ zurück, und sie tat so, als wäre nichts passiert. Das war vielleicht seltsam.«

»Mein Gott«, murmelt Nick.

Ich sehe zu dem Mann an der Bar hinüber, der seinen Cheeseburger isst, sich die Finger ableckt und einen großen Schluck Bier trinkt. Ich höre, wie die blondierte Frau mit dem verbrauchten Gesicht auf dem Stuhl neben mir eine abfällige Bemerkung darüber macht, dass im Duke's viel niedlichere Männer seien. Ich schaue hoch. Unser Barkeeper steht längst bei einem anderen Gast, um seine Bestellung aufzunehmen. Nichts lässt erahnen, dass er mich gerade vernichtet hat.

Aber wie hätte er auch wissen sollen, dass ich meinem Ehemann kein Kind schenken konnte und er sich deshalb eine Frau gesucht hat, die es konnte? Dass die Wunde in mir niemals heilen kann, weil sie mit jedem Schwangerschaftstest, mit jedem Streit zwischen James und mir und nun mit den Worten *Sie war vielleicht schwanger* immer wieder aufgerissen wird? Nach außen lasse ich mir nichts anmerken. Aber innerlich schreie ich, weine ich und balle die Fäuste. Wie das Baby, das ich ihm niemals geben konnte.

Der Barkeeper kommt zu uns zurück und greift das Gespräch wieder an dem Punkt auf, an dem er es zuvor abgebrochen hat. »Total verrückt, oder? Aber so etwas hört man ja immer wieder«, meint er noch, bevor er sich umdreht und einen Cocktail mixt. Er weiß noch immer nichts von der Bombe, die er gerade auf uns abgeworfen hat.

KAPITEL 22

JACKS – NACHDEM ES GESCHEHEN WAR

»Jacks! Warte!«

Ich laufe vor Nicks Stimme davon, meine Füße kämpfen sich durch den Sand, meine Sandalen baumeln gefährlich dicht an meinen Fingerkuppen. Aber ich kann nicht anhalten. Ich will so weit wie möglich vor dem wegrennen, was ich soeben gehört habe. Vielleicht kann ich der Wahrheit entkommen, wenn ich einfach weiterlaufe. Dylan war schwanger. Und ich kann die Möglichkeit nicht verleugnen, dass James der Vater gewesen sein könnte. Damit hat sich meine größte Angst bestätigt: Mein eigenes Versagen war vielleicht das Band, das die beiden miteinander verbunden hat.

Ich stolpere über ein Paar Flip-Flops, die im Sand liegen und auf ihre Besitzerin warten – die abendlichen Partyschiffe haben gerade erst angelegt. Mit dem rechten Knie rutsche ich über den Sand, doch ich raffe mich schnell wieder auf.

Es ist schon verwunderlich, wie beweglich Verzweiflung machen kann.

Ich werfe einen Blick zurück und sehe, wie Nick hinter mir herläuft. Natürlich könnte er viel schneller laufen, und seine

186

starken Beine brennen wohl kaum so sehr wie meine. Doch er zieht es vor, mir genügend Abstand zu lassen, während ich in Richtung der schwarzen Felsen am nördlichen Ende des Ka'anapali Beach laufe. Wir wissen beide, dass ich mich in eine Sackgasse manövriere und er mich letztendlich einholen wird.

Es ist schwer, die Person gehen zu lassen, für die man sich gehalten hat. Ich zum Beispiel habe mich immer für einen anständigen Menschen gehalten. Ich unterrichte die Jugend von Amerika. Ich liebe Kinder und kleine Babys. Ich habe gejubelt, als der Supreme Court die Schwulenehe legalisierte. Doch nun muss ich erkennen, dass das die einfachen Entscheidungen waren. Nur weil man kein kompletter Vollidiot ist, der Kinder und kleine Kätzchen hasst, ist man nicht automatisch ein *guter* Mensch. Man ist nur nicht *schlecht*. Und genau dieser Bereich dazwischen ist so kompliziert. Meiner Meinung nach haben James und ich keine *schlechte* Ehe geführt. Er hat mich nie verbal missbraucht, ich habe nie an ihm herumgenörgelt. Er ist nur ein einziges Mal handgreiflich geworden. Aber war es deswegen auch eine gute Ehe? Nicht wirklich. Wir lebten irgendwo dazwischen. Irgendwo zwischen Gezeter und Liebe.

Ich werde langsamer, als ich die schwarze felsige Halbinsel erreiche, die zur Sackgasse wird, sofern ich nicht über die nassen, rutschigen und scharfen Klippen klettern will. Die Sonne ist gerade untergegangen, und das Meer verschwindet nach und nach in der Dunkelheit. Ich drehe nach links ab und laufe ins Wasser. Die Wellen umspülen meine Waden. Nach wenigen Schritten erreichen sie den Saum meines gelben Sommerkleides. James hat mal gesagt, es ließe meine Haut funkeln. Wenn ich darüber nachdenke, ergibt sein Kompliment überhaupt keinen Sinn. Augen können funkeln, aber die Haut? Doch James hatte eine ganz bestimmte Art, seine Worte so zu verklären, dass selbst die falschen wahr erschienen.

Ich spüre Nicks Hand an meiner, als das Wasser meinen Oberkörper erreicht.

»Jacks.« Er nimmt mich behutsam in den Arm. Ich gehe nach Sonnenuntergang in einem schicken Kleid im Meer baden, nachdem ich erfahren habe, dass mein Ehemann seine Geliebte geschwängert hatte ... Und Nick weiß nicht, was er tun soll. Doch ich mache ihm keinen Vorwurf. Ich weiß es ja selbst nicht. Werde ich weiter ins Wasser hineingehen und hoffen, dass der brennende Schmerz in mir verschwindet, wenn mein Kopf untergeht? Dass die Stille unter Wasser meine Dämonen zum Schweigen bringen wird?

»Jacks! Jetzt komm schon!«

Ich schüttele den Kopf, als die ersten Tränen fallen. »Ich bin noch nicht so weit.« Und das bin ich wirklich noch nicht. In meinem Kopf steht das Ufer für die Wirklichkeit. Solange ich hier im Wasser bin, kann ich mich noch dafür entscheiden, fortzutreiben und den ganzen Mist hinter mir zu lassen. Ich löse meine Hand aus seiner und gehe zwei Schritte weiter auf den Horizont mit seinen vom Sonnenuntergang gedämpften orangefarbenen und roten Schatten zu. Bald wird der Himmel sich komplett verfinstern. Von mir aus kann mich die Dunkelheit verschlingen.

Plötzlich umgreift Nick mit festem Griff meine Beine und zieht mich energisch durch das Wasser zurück ans Ufer. Ich setze mich zur Wehr, kann mich aber nicht aus seinen Armen befreien. Seiner Kraft habe ich nichts entgegenzusetzen.

Während er mich zum Strand trägt, legt er seinen Mund an mein Ohr. »Schhh«, flüstert er immer wieder. Mit diesem Singsang habe ich meinen Neffen als kleines Kind auch immer beruhigt. Ich bin mit ihm durch das Wohnzimmer gewandert, während meine Schwester nebenan schlief. Sie war so erschöpft gewesen, dass sie mich schließlich anrufen und um Hilfe bitten musste. Ich wiegte ihn hin und her, bis er sich endlich beruhigt hatte. In Nicks Armen fühle ich mich wie mein Neffe, gebe mich den beruhigenden Klängen hin und meine Gegenwehr auf. Als er mich sanft auf den Boden setzt, fühle ich mich völlig erschöpft.

Ich schlinge die Hände um die Knie und schmecke meine salzigen Tränen, während wir eine Weile schweigend nebeneinander im Sand sitzen und den Wellen zuhören, die sanft ans Ufer rollen. Endlich finde ich den Mut, Nick die eine Frage zu stellen, auf die ich so dringend eine Antwort brauche. »Wieso bist du dir so sicher, dass es nicht dein Baby war?« Nachdem der Barkeeper uns erzählt hatte, dass Dylan schwanger war, versicherte mir Nick, dass er nicht der Vater gewesen war.

Nick schweigt lange, fährt sich mit der nassen Hand durchs Haar und hinterlässt eine Sandspur auf seiner Kopfhaut. »Wir hatten seit mindestens zwei Monaten nicht mehr miteinander geschlafen.«

»Oh«, sage ich nur und denke dabei an mein Sexleben mit James. Früher haben wir alle paar Tage miteinander geschlafen, doch in den beiden letzten Jahren wurde es weniger. Trotzdem vergingen nie mehr als ein paar Wochen ohne Sex, egal, wie schlecht es gerade bei uns lief. Da war einfach diese Anziehung, die wir füreinander empfanden. Wir brauchten diese körperliche Verbindung, auch wenn wir emotional zerbrochen waren. »Das wusste ich nicht.«

»Mit so etwas geht man ja auch nicht hausieren.« Nick wendet den Blick ab.

»Macht es das irgendwie leichter?«, frage ich vorsichtig. Ich fühle mich schrecklich, weil ich mir wünsche, es wäre sein Baby gewesen und nicht James'. Dann wäre es für mich einfacher gewesen.

»Weil es nicht mein Baby war?«

Ich nicke.

»Ich weiß es nicht. Ich bin im Moment wie betäubt. Aber ich muss mich jetzt zusammenreißen, vor allem, wenn du da draußen einen auf Virginia Woolf machst.«

Ich lache leise. »Versteh mich jetzt bitte nicht falsch, aber ich hätte dich nie für einen Bücherfreund gehalten.«

»Es gibt vieles, was du noch nicht über mich weißt.« Er lächelt mich traurig an, und ich greife nach seiner Hand. Der Sand reibt zwischen unseren Handflächen.

»Dann erzähl es mir.«

Er denkt eine Weile nach. »Ich kann eine mittelmäßige italienische Hochzeitssuppe kochen. Und ich habe mir beim Skifahren ein Bein gebrochen, als ich neunzehn war. Und ja, ich lese *wirklich* gerne, alles, von Stephen King bis Hemingway.«

»Okay, nur fürs Protokoll, ich wollte mich nicht ertränken.« Ich starre auf das dunkle Wasser. »Ich hatte nichts Bestimmtes vor. Ich wollte einfach nur weg von alldem.« Ich wedele mit der Hand in der Luft herum und weiß nicht genau, worauf ich eigentlich zeige. Auf ihn. Auf mich. Auf das Hotel. Auf Maui. Auf alles.

»Ich weiß«, sagt Nick, der irgendwie versteht, was ich meine, auch wenn ich mir selbst nicht sicher bin. »Und es tut mir leid.«

»Was?«

»Dass ich dich überredet habe hierherzukommen. Hättest du das nicht getan, wüsstest du diese Dinge nicht. Und müsstest das nicht durchmachen.«

»Es ist nicht deine Schuld. Vielleicht musste es so kommen. Vielleicht mussten wir es erfahren.«

Ich lasse seine Hand los und lege mich zurück. Die kalten Sandkörner bleiben an meiner nassen Haut kleben. Die Sterne funkeln am Firmament, und ich fahre mit meinem Finger den Großen Wagen nach. Ich erinnere mich, wie ich in unseren Flitterwochen mit James an diesem Strand gelegen und genau

190

das Gleiche getan habe. »Er ist gleich da oben«, hat er gesagt, nach meiner Hand gegriffen und sie geführt. »Wieso siehst du ihn denn nicht?«

»Das tue ich doch! Wirklich!«, gab ich lachend zurück und zeigte nach oben. Ich hatte nicht wie er diese Verbindung zwischen den Sternen erkannt, wollte ihn aber nicht enttäuschen. Ich hasste das: andere zu enttäuschen.

Ich schließe meine Augen, damit die Sterne nicht mehr strahlen. Sie wissen zu viel.

»Hey«, höre ich Nick sagen.

Ich öffne meine Augen und schaue zu ihm hinüber.

»Frierst du? Du hast Gänsehaut auf den Armen.«

Erst jetzt merke ich, wie kalt mir ist. Ich setze mich auf und schlinge meine Arme um die Knie.

Plötzlich spüre ich Nicks Arm um meine Schulter. »Ist das okay für dich? Oder fühlt es sich genauso an wie diese furchtbare Umarmung?«, fragt er. Am liebsten würde ich jetzt lachen und die Zeit zurückdrehen, bis zu dem Punkt, als wir in meinem Hotelzimmer saßen und noch nichts von Dylans Baby wussten. Doch dieses Schluchzen. Es sitzt so weit oben in meinem Hals, und es zu unterdrücken tut so weh. Also sitzen wir schweigend da.

»Es ist nicht unser Fehler, okay?«, sagt er schließlich. »Das alles. Die beiden. Die Schwangerschaft. Sie haben diese Entscheidungen getroffen, warum auch immer. Es ging nicht um dich – oder um mich.«

Ich könnte nicken und so tun, als würde ich ihm zustimmen. Ich könnte Nick seine eigenen Worte glauben lassen. Doch ich kann es nicht. Ich muss es jemandem erzählen.

»Du hast recht. Es geht nicht um dich. Aber um mich«, gebe ich endlich zu.

Nick schüttelt energisch den Kopf. »Dich trifft keine Schuld.«

»Doch«, widerspreche ich ihm, und dann erzähle ich ihm, warum.

* * *

Zu Beginn unserer Beziehung habe ich James etwas sehr Wichtiges verschwiegen. Obwohl er ein Recht gehabt hätte, es zu erfahren. Doch ich sagte nichts, weil er mich dann vielleicht nicht geheiratet hätte.

Mit einundzwanzig wurde bei mir eine schwere Endometriose diagnostiziert. Ich hatte schwere Blutungen und ging zu meiner Frauenärztin, die nach einer Ultraschalluntersuchung diese niederschmetternde Diagnose stellte: Um meine Eierstöcke herum hatte sich Narbengewebe gebildet, das den Eisprung verhindern konnte. Somit war eine Schwangerschaft nicht ohne Weiteres möglich, sondern eher unwahrscheinlich.

»Wie unwahrscheinlich?«, wollte ich wissen. Ich war damals noch so jung und in einem Alter, in dem man versuchte, *nicht* schwanger zu werden. Also war ich nicht allzu besorgt. Meine einzigen Erfahrungen mit Babys hatte ich als Babysitterin gesammelt, und ich erinnerte mich nur an Sabber, Pupser und Geschrei.

Dr. Reynolds kniff ihre grünen Augen zusammen. Diese Farbe werde ich nie vergessen, denn sie erinnerte mich an das Moos auf der Rückseite eines nassen Felsens. »Sie haben vielleicht eine zwanzigprozentige Chance, schwanger zu werden.«

»Also eine zwanzigprozentige Chance?« Ich war so naiv. Zwanzig Prozent klangen machbar. Außerdem waren meine Fortpflanzungsmöglichkeiten zu diesem Zeitpunkt auf einen Typen beschränkt, den ich in einer Bar am Redondo Beach kennengelernt hatte und der auf die meisten Fragen mit *Cool* antwortete. Eine eigene Familie erschien mir damals meilenweit entfernt. So unwirklich.

James sprach schon bei unserem ersten Date von eigenen Kindern. Ich grinste noch und dachte, dass er ganz anders war als die anderen Kerle, mit denen ich mich vorher getroffen hatte. Die hatten schon die Nase gerümpft, wenn das Wort *Baby* auch nur beiläufig erwähnt wurde. Ernsthafter kam er auf dieses Thema in der Nacht nach seinem Heiratsantrag zu sprechen. Wir lagen im Bett, die Körper eng umschlungen. Damals war ich wie ein Schwamm, der verzweifelt jeden Tropfen aufsaugte, den er mir gab. Jede Nacht drängte ich mich im Schlaf dicht an seinen Körper, unsere Beine wie eine Brezel ineinandergeschlungen.

»Also, wann sollen wir anfangen?«

»Anfangen womit?«, wollte ich wissen. Mir kamen verschiedene Dinge in den Sinn, die er vielleicht meinen könnte: das Training für den Fünftausendmeterlauf, den er einmal erwähnt hatte, den Erwerb einer Immobilienlizenz, damit wir mit Immobilien spekulieren konnten, was damals absolut in war, oder das Sparen für die Italienreise, von der wir gesprochen hatten.

Doch er antwortete: »Mit dem Kinderkriegen.« Noch bevor ich antworten konnte, fragte er: »Wie viele Kinder willst du? Ich denke an drei, vielleicht auch vier.«

In diesem Moment fiel mir das Gespräch mit meiner Ärztin wieder ein. Ihr Blick, als würde ich den Ernst der Lage dessen, was sie mir sagte, nicht verstehen – dass ich zu achtzig Prozent *kein* Baby bekommen würde. Mein Blick, als verstünde sie nicht, wie jung ich damals war und dass ich an so was noch nicht einmal gedacht hatte.

Ich war so furchtbar dumm gewesen.

Doch nun wollte mein zukünftiger Ehemann wissen, *wann* ich ihn zum Vater machte, nicht *ob*. Er redete einfach weiter und erzählte mir, wie er seiner Mutter eine ganze Horde Enkelkinder schenken wollte.

Und auch ich wollte nichts sehnlicher. Ich konnte es kaum erwarten, zu sehen, ob unsere Kinder seine leuchtend grünen Augen, dieses tiefe Grübchen seiner rechten und das flachere Grübchen seiner linken Wange erben würden. Oder würden sie mein dunkles, dichtes Haar haben? Ich wollte es so gern wissen.

»Oh!«, antwortete ich überrascht.

James kniff die Augen zusammen. »Ich weiß, das sind viele Kinder. Aber du wirst eine großartige Mom sein, und ich werde ein total engagierter Dad sein. Ich werde sie im Sport trainieren, ihnen das Schwimmen beibringen, einfach alles.«

Mein Schweigen muss ihn beunruhigt haben, denn er griff nach meinen Händen und schaute mich so ernst an wie noch nie zuvor. »Es gibt da etwas, das ich dir schon längst hätte erzählen sollen. Mein jüngerer Bruder ist gestorben, als ich sechs Jahre alt war. Er litt an Leukämie. Meine Mom wollte eigentlich noch mehr Kinder haben, aber nach seinem Tod konnte sie das nicht mehr. Sie hatte zu viel Angst, noch ein Kind zu verlieren. Und mein Dad war am Boden zerstört. Wir sind Costa Ricaner. Bei uns gibt es nur Großfamilien. Mein Dad hat fünf Brüder. Ich habe so viele Cousins, dass ich mir noch nicht einmal alle ihre Namen merken kann.« Er lachte leise. »Ich fühle mich einfach verpflichtet, unseren Stammbaum für ihn fortzusetzen.«

Ich erkannte nach und nach die Kehrseite einer aufregenden Romanze. In den wenigen Monaten, in denen wir zusammen gewesen waren, waren wir so sehr damit beschäftigt gewesen, uns zu verlieben und Spaß zu haben, dass wir die wirklich wichtigen Dinge nicht besprochen hatten.

Und wie hätte ich ihm nun nach seiner herzzerreißenden Geschichte meine eigene erzählen können? Denn eigentlich war jetzt der Zeitpunkt gekommen, ihm alles zu sagen. Wäre ich ehrlich gewesen und hätte ich einfach die drei Worte meiner Ärztin wiederholt und ihm von *der zwanzigprozentigen Chance* erzählt, hätte er mich in den Arm genommen und mir gesagt, dass ihm diese Chance reichte?

Ich werde es nie erfahren.

Vermutlich hatte ich Angst, dass er genau das nicht sagen, sondern mich verlassen würde. Und ich liebte ihn. Mein Gott, und wie ich ihn liebte! Ich wollte seine Frau sein. Ich wollte eine Mutter sein. Und es gab doch eine Chance. Vielleicht nicht für viele Kinder, aber wenigstens für eines. Denn ich könnte diese eine von fünf sein.

Und wenn nicht, so glaubte ich zumindest, würden mit der Zeit *meine* Chancen steigen – nicht unbedingt auf ein Kind, aber darauf, ihn zu behalten. Denn ich liebte ihn auf eine Art und Weise, wie ich noch nie einen Mann geliebt hatte. Er ging mir unter die Haut, im guten wie im schlechten Sinne. Also anstatt ihm zu erzählen, was die Ärztin mir damals auf dem Untersuchungsstuhl gesagt hatte, meinte ich: »Vier Kinder wären toll.«

Das entsprach ja auch der Wahrheit. Es wäre toll gewesen.

Doch wir hatten keine vier Kinder. Die einzige *Vier*, die wir erlebten, war die Anzahl der Jahre, die ohne Kinder vergingen.

An einem Silvesterabend erzählte ich ihm schließlich alles. Wir waren damals etwas mehr als drei Jahre verheiratet. Hatten oft ungeschützt miteinander geschlafen. Aber es war kein Baby unterwegs. Und James wollte Antworten. Und aus irgendeinem Grund beschloss ich um 23.58 Uhr, kurz vor dem Jahreswechsel, sie ihm zu geben. Ich konnte nicht noch ein Jahr mit Lügen beginnen.

Um es kurz zu machen: Wir küssten uns nicht um Mitternacht – und auch eine ganze Weile danach nicht.

James war unglaublich wütend. Ich hatte ihn noch nie zuvor so böse gesehen. Er beschimpfte mich als Lügnerin. Ich hätte ihn in eine Falle gelockt. Er hätte mich niemals geheiratet, wenn er es gewusst hätte. Ich weinte. Und als ich ihn anbrüllte, er hätte mich nur als Brutkasten gewollt, warf er mir an den Kopf, ich wäre der größte Fehler seines Lebens gewesen. Würde es ihn nicht die Hälfte seiner Altersvorsorge kosten, würde er sich von mir scheiden lassen. Er zerschlug mit der Faust den Spiegel an der Wand neben mir, und ich starrte ihn fassungslos an. Plötzlich ging es in unserem Streit nicht mehr darum, was ich getan hatte, sondern um das, was er getan hatte. Und ich ließ es zu. Er entschuldigte sich immer wieder, ging sogar auf die Knie und schwor mir, dass er mich nicht erschrecken wollte. Dass er nicht gewalttätig sei, dass er das, was er gesagt hatte, nicht so gemeint hatte. Ich beschloss, ihm zu glauben.

Doch unsere Ehe wurde nie wieder wie früher. Sie war innerlich zerbrochen. Ich hatte ihn hintergangen. Er hatte mich als Fehler bezeichnet, während um mich herum Glasscherben durch die Luft flogen. Wir beide konnten die furchtbaren Dinge, die wir getan hatten, nicht ungeschehen machen. Und er begann sich zu verändern. Der Mann, dem ich mein Eheversprechen gegeben hatte, wurde durch einen anderen Kerl ausgetauscht, den ich nicht wirklich mochte.

Aber ich tolerierte ihn. Denn ich hatte ihn zu diesem Menschen gemacht. Die Wut. Ich hatte ihr einen Grund gegeben, sich in unserer Beziehung einzunisten. Die Löcher, die er mit seiner Faust in die Wand geschlagen hatte? Die Gegenstände, die er vor Wut zerschmettert hatte? Die aufgebrachten Worte, die er nicht mehr zurücknehmen konnte? All diese Dinge standen für die Kinder, die er nie haben würde.

Wir gingen zu Spezialisten – Endokrinologen, Heilpraktikern, Wunderheilern. Wir versuchten es mit Akupunktur, Hypnose und künstlicher Befruchtung.

Doch mit jedem negativen Schwangerschaftstest wurde die Kluft zwischen uns größer. Und bei dem Thema Adoption blieb er unerbittlich. Es mussten *seine* Kinder sein. Wir hatten einmal heftig darüber gestritten, als ich gerade einige Informationen über internationale Adoptionen aus dem Internet ausgedruckt hatte. Er riss die Blätter in Fetzen. Ich kroch über den Boden und sammelte die Schnipsel wieder ein, während ich die Augen schloss und versuchte, mich an den Mann zu erinnern, in den ich mich verliebt hatte. An den Mann, der mir jeden Freitagabend auf dem Heimweg zwei Pakete meines Lieblingseises besorgt hatte, weil er wusste, dass eins nicht reichen würde. An den Mann, der mir an unserem zweiten Hochzeitstag ein selbst geschriebenes Gedicht vorgelesen hatte. An den Mann, der mir einmal bei einem dieser Was-wäre-wenn-Spiele erklärt hatte, er würde mich auch dann noch lieben, wenn ich durch irgendein unvorhersehbares Ereignis all meine Haare verlieren würde.

An dem Morgen, als ich ihn das letzte Mal gesehen habe, haben wir uns wieder gestritten. Wie alle achtundzwanzig oder zweihundertachtzig Tage, je nachdem, wann er sich entschied, das Thema als Waffe einzusetzen. An diesem speziellen Morgen hatte er den Test im Mülleimer gefunden. Ich hatte geglaubt, ihn tief genug unter den Tüchern versteckt zu haben, doch ich war wie benommen gewesen, als ich ihn entsorgt hatte. Denn ich war mir so sicher gewesen, dass ich *endlich* schwanger wäre. Seit einigen Monaten besuchte ich diesen Fruchtbarkeits-Yogakurs. Und ich hatte mich wirklich so anders gefühlt, dass ich tatsächlich einen Test gekauft hatte, anstatt wie sonst abzuwarten, ob meine Periode einsetzen würde. Doch dann war nach der Urinprobe wieder nur diese einzelne rosafarbene Linie erschienen.

Und ich war so wütend auf mich selbst gewesen, dass ich ihm davon erzählt hatte. Dass ich die Hoffnung mit ihm geteilt hatte. Ich hatte ihm von den Veränderungen in meinem Körper erzählt – von dem Ziehen in der Brust und von den Unterleibskrämpfen. Und ich hatte diese Dinge wirklich gespürt. Doch es waren nur die Symptome einer Scheinschwangerschaft gewesen. Sie treten überraschend häufig auf bei Frauen, die darauf warten, einen Test durchführen zu können, aber das habe ich erst später erfahren. Während ich auf dieses weiße Plastikding in meiner Hand starrte und diese einzelne rosafarbene Linie erschien, zerbrachen all meine Hoffnungen. Ich konnte mich nicht überwinden, es ihm zu sagen, konnte nicht zugeben, dass mein Körper schon wieder versagt hatte. Doch ich wollte es ihm sagen – wenn der richtige Zeitpunkt gekommen war.

James kam ins Schlafzimmer gestürmt und hielt den Test so fest in der Hand, dass seine Knöchel weiß hervortraten.

»Verdammt noch mal, Jacks! Ich dachte, du wärst dir dieses Mal sicher! Wann wolltest du mir denn sagen, dass der Test negativ war?«

Ich setzte mich im Bett auf und suchte nach den richtigen Worten. Dass ich ihm nichts gesagt hatte, weil ich es nicht ertragen konnte, ihn schon wieder zu enttäuschen. Dass ich, als diese einzelne rosafarbene Linie erschien, auf dem Badezimmerboden gelegen und aufgegeben hatte. Mich. Die Vorstellung, dass wir zusammen ein Baby bekommen könnten. Uns. Und dass ich Angst gehabt hatte, dass er all das in meinem Gesicht sehen könnte. Deshalb hatte ich geschwiegen.

»James, ich wollte es dir sagen …«

»Ich habe genug von den verdammten Lügen!«

Wie eine allergische Reaktion auf sein Gebrüll kamen mir die Tränen.

»Wie konntest du mir das antun? Du warst dir so sicher. Ich habe sogar meiner Mom erzählt, dass es diesmal vielleicht geklappt hat.«

Ich warf die Bettdecke zurück und kniete nun auf der Matratze, während ich seine Worte in mich aufnahm. Seinen Schmerz.

Wenn ich heute zurückschaue, wünschte ich, ich hätte meine Arme um seinen Hals geworfen und ihm gesagt, dass ich genauso enttäuscht war. Dass ich wirklich ein Ziehen im Bauch gespürt hatte, als meine Periode am achtundzwanzigsten Tag nicht eingesetzt hatte. Dass ich mir selbst eingeredet hatte, dass es von dem Kind kommen könnte, das uns endlich die Erlösung bringen würde – von meinem Betrug, von seiner Wut. Doch statt ihn mit meiner eigenen großen Traurigkeit zu trösten, griff ich ihn an.

»Dir?« Ich schlang die Arme um meinen Bauch. »Ich bin auch davon betroffen, nur für den Fall, dass du das vergessen hast. Du wirst nie verstehen, wie sehr ich jedes Mal leide, wenn es nicht geklappt hat. Und es tut mir leid. Es tut mir unendlich leid, dass ich dir nicht vor unserer Heirat erzählt habe, dass sich um meine Eierstöcke so viel Narbengewebe gebildet hat, dass da unten fast alles wie tot ist.« Ich zeigte noch einmal auf meinen Bauch. Meine Wangen brannten vor Wut und Enttäuschung.

»Nein. Ich habe es dir schon einmal erklärt. Die erste Lüge habe ich dir verziehen. Aber ich bin stinksauer auf dich wegen der Art, wie du sie mir verkauft hast. Du hast mir diese zwanzig Prozent verkauft wie ein verdammter Gebrauchtwagenhändler. Du hast mich glauben lassen, es gäbe eine echte Chance.«

Seine Worte waren wie Messerstiche. Jede Silbe ein weiterer scharfer Schnitt.

Denn ich wollte glauben, dass es diese Chance gab.

»Die Ärztin sagte nicht, dass es *unmöglich* wäre.«

»Aber sie sagte auch nicht, dass es sehr wahrscheinlich ist.«

»Zwanzig … Prozent. Das ist doch was.« Ich weinte so heftig, dass ich kaum noch sprechen konnte.

»Genug Statistik, Jacks. Genug! Wenn dir jemand sagen würde, dass du eine achtzigprozentige Chance hast zu sterben, würde sich das für dich dann gut anfühlen?«

Ich starrte ihn an. Suchte in seinen dunklen Pupillen nach dem Mann, den ich glaubte, geheiratet zu haben. Doch seine Augen waren kalt, sein Kiefer angespannt, seine Haltung die eines Bären, der mich jeden Moment anspringen konnte. Und in diesem Moment war ich davon überzeugt, dass er mich wirklich hasste.

»Werden wir jemals darüber hinwegkommen?«, fragte ich leise. Dieser Streit war zu einer Endlosschleife geworden, zu einem bösartigen Karussell, von dem keiner von uns abspringen konnte. Es stimmte – meine Gefühle hatten mein Urteilsvermögen getrübt, als ich James kennengelernt hatte. Durch seine Liebe hatte ich mich unbesiegbar gefühlt. Und diese zwanzig Prozent erschienen machbar. Aber ich hatte mich geirrt. Was mich anging. Was ihn anging. Was uns anging. Und das tat mir unendlich leid. Doch ich wusste nicht, wie ich ihm das erklären sollte. Wie ich es sagen sollte, ohne dass es hohl klang. »Wenn wir jemals darüber hinwegkommen wollen, musst du damit aufhören, mich dafür zu hassen. Denn so können wir nicht mehr weitermachen.«

James schaute mich an, und ich hielt seinem Blick stand. Ich musste sehen, was sich wirklich hinter diesen wunderschönen Augen verbarg, in die ich mich vor so langer Zeit auf den ersten Blick verliebt hatte. Wir starrten uns wortlos an, bis er schließlich nach unten schaute.

»Wahrscheinlich werde ich nie darüber hinwegkommen.« Er zog sich die Hose und dann das Hemd an, ohne sich die Mühe zu machen, es zuzuknöpfen. Dann schnappte er sich seinen Rollkoffer und lief den Flur hinunter, während ich ihm etwas hinterherrufen wollte. Doch seine Worte hatten mich so tief getroffen, dass ich kaum atmen konnte.

Ich hatte diesen Morgen so oft in Gedanken durchgespielt und mir gewünscht, die Dinge ändern zu können – ihn in den Arm zu nehmen, anstatt ihn zu beschimpfen, irgendetwas anders zu machen, damit er an diesem Tag nicht voller Wut im Herzen aus der Tür ging.

Doch als ich von Dylan erfuhr, musste ich mich der Realität stellen: Ich hatte James schon lange vor diesem Streit verloren. Er war mir in dieser Silvesternacht für immer entglitten. Betrogen hatte er mich vielleicht erst Jahre später, doch die Lunte wurde damals gelegt, und sie hatte nur darauf gewartet, irgendwann gezündet zu werden.

* * *

Nachdem ich ihm alles erzählt habe, schweigt Nick für eine Weile. Vielleicht versteht er nicht, warum Dylan fremdgegangen ist, aber nun weiß er, warum James es getan hat.

»Es ist trotzdem nicht deine Schuld«, sagt er schließlich.

»Wie kannst du das sagen?«

»Er hätte dich verlassen können, Jacks. Wenn deine Lüge, die meiner Meinung nach übrigens vollkommen verständlich war, ihn derart verärgert hat, hätte er sich scheiden lassen können. Er hätte keine Affäre anfangen müssen, damit eine andere Frau ein Kind von ihm bekommt.«

»Vielleicht war es seine Art, sich an mir zu rächen.«

»So wie du ihn mir beschrieben hast, war er kein böser Mensch. Er war eher jemand, der nicht zu schätzen wusste, was er an dir hatte, gleichzeitig aber zu feige war, dich gehen zu lassen. Wenn er dich wirklich geliebt hätte, hättet ihr Kinder adoptieren können.«

Ich muss an den Stolz auf die costa-ricanische Tradition denken, den seine Familie immer so begeistert zur Schau trug. Wie Enkelkinder – oder eben ihr Fehlen – ständig das Gesprächsthema waren, wenn wir seine Mutter besuchten. Sie hat oft erwähnt, wie viele Kinder James' Onkel inzwischen hatten. Achtzehn! Und wie fehl am Platze sie sich bei Familienfeiern fühlte, wenn die anderen Großmütter von ihren Enkelsöhnen, die fantastisch Fußball spielten, und von ihren Enkeltöchtern, die gerade Paella kochen lernten, erzählten. James hat mich dann immer nur wortlos mit seinen Blicken durchbohrt. Ich habe sie einmal belauscht, als sie James fragte, ob er sich von mir scheiden lassen würde, wenn ich nicht bald schwanger werden würde. »Es ist noch nicht zu spät für dich. Du bist noch jung. Du könntest noch eine nette junge Frau, die *Kinder kriegen kann*, kennenlernen«, meinte sie. Bevor ich seine Antwort hören konnte, ging ich weg.

Ich schüttele den Kopf. »So macht man das in seiner Familie aber nicht.«

Nick seufzt. »Dann lag es an ihm. Ihr hattet verschiedene Möglichkeiten, aber James war einfach zu stolz, um sie in Betracht zu ziehen.«

»Und jetzt ist er tot.«

Nick antwortet nicht sofort. »Es tut mir leid, dass er dir wehgetan hat. Aber wenn wir auch nur eine Sache von dieser Reise mitnehmen, dann die, dass du weißt, dass Dylan und James erwachsene Menschen waren, die ihre eigenen Entscheidungen getroffen haben. Wir können uns immer wieder mit den Dingen quälen, die wir getan haben und mit denen wir sie vielleicht von uns weggestoßen haben. Aber sie haben beschlossen, uns zu betrügen. Es lag an *ihnen*, nicht an uns.«

Mein Kopf weiß, dass er recht hat. Doch mein Herz wird immer glauben, dass meine Lüge James fortgestoßen hat.

»Vergiss sie«, flüstert Nick. Er schiebt sich so nah an mich heran, dass sein Gesicht meines fast berührt.

Seine Nähe fühlt sich richtig an. Schließlich habe ich gerade mein größtes Leid mit ihm geteilt. Da scheint es nur angemessen, dass er meinem Herzen so nah wie nur möglich ist.

KAPITEL 23

DYLAN – BEVOR ES GESCHAH

Dylan saß auf der Toilette des Drogeriemarkts und hielt sich die Hand vor den Mund. Sie hatte geahnt, dass die beiden rosafarbenen Linien erscheinen und ihr Leben komplett verändern würden. Trotzdem war sie so überrascht, dass ihr der Atem stockte, als ihr wirklich bewusst wurde, dass ein Baby in ihr heranwuchs. Sie fühlte sich innerlich zerrissen. Einerseits war sie unglaublich glücklich, dass sie nun etwas mit James teilen würde, bei dem seine Frau keinen Platz hatte. Andererseits hatte sie große Angst davor, dass er von der Neuigkeit nicht so begeistert sein könnte wie sie.

Sie wusste, dass er Kinder wollte. Als sie einmal betrunken gewesen waren, hatte sie den Mut gefunden, ihn danach zu fragen. Manchmal hatte sie mit ihm diese Gedankenspiele gespielt und bestimmte Informationen aus ihm herausgekitzelt – als würden sie in einer echten Partnerschaft leben und seine Antworten tatsächlich Auswirkungen auf sie haben. Doch als er ihr verraten hatte, dass er Kinder wollte, wurde ihr schwer ums Herz. Was, wenn seine Frau schwanger werden würde? Würde er dann mit ihr verheiratet bleiben? Er hatte nicht mehr dazu gesagt, und Dylan hatte nicht weiter nachgehakt. Denn es hatte sie überrascht, wie sehr seine Worte sie verletzt hatten. Ihre Frage wäre eine Möglichkeit für ihn gewesen zu sagen: *Ja! Mit dir!* Und zum milliardsten Mal hatte sie Angst davor, dass sie für ihn nie mehr sein würde als die Frau, mit der er sich heimlich traf.

Sie wusste zwar, dass er gern Vater wäre. Sie wusste nur nicht, ob er der Vater *dieses* Babys sein wollte. Dylan legte die Hand auf ihren Bauch und fragte sich, wann sie zum ersten Mal seine Bewegung oder seinen Herzschlag spüren würde. Sie wusste nicht viel über Schwangerschaften. Ihre einzige Freundin, die bereits Kinder hatte, war Katie. Und sie hatten sich erst nach deren Geburten wiedergetroffen. Sobald Dylan wieder zu Hause war, würde sie sich ein Buch kaufen und zu ihrer Ärztin gehen. Sie würde Antworten auf all ihre Fragen bekommen. Doch eine Frage konnte nur James ihr beantworten: Würde er sie zu dieser Untersuchung begleiten?

Wenn nicht, wäre es wegen seiner Frau, davon war sie überzeugt. Dylans Meinung nach führten sie eine merkwürdige Ehe. Wenn er von Jacqueline sprach, verzog sich manchmal sein Mund ganz seltsam, seine Stimme klang verzerrt, und sein ganzer Körper verspannte sich. Ein anderes Mal wirkte er fast melancholisch, als denke er an bessere, an frühere Zeiten oder an ein schönes Erlebnis mit ihr. Vielleicht sah er in seiner Frau zwei verschiedene Menschen. Und Dylan fragte sich, ob sie die Frau ersetzte, die James nicht mochte, und ob Jacqueline und sie zusammen die *eine* Frau ergaben, die er wollte. Würde Dylan allein ihm genügen? Würde dieses Kind das Pendel zu ihren Gunsten ausschlagen lassen? Doch eins wusste sie genau: Dieses Baby würde die Dinge aussprechen, für die ihr die Worte fehlten, und James dazu zwingen, sich zwischen ihr und seiner Frau zu entscheiden. Nur so konnte diese Beziehung fortbestehen.

Und das bedeutete wiederum, dass das Versteckspiel endlich ein Ende hatte.

Der Gedanke, sie könnte schwanger sein, war ihr zum ersten Mal an dem Morgen vor ihrer Abreise nach Maui gekommen. Sie hatte sich schon seit einer Woche erschöpft gefühlt und sehr empfindlich reagiert. Ihr unterer Rücken hatte am Ende ihrer Schicht geschmerzt, und ihr Magen hatte rebelliert, wenn sie die Gemüsepfanne mit Spiegeleiern servierte. Zuerst hatte sie befürchtet, eine Grippe zu bekommen. Sie hatte die Tage bis zu ihrem Urlaub mit James gezählt. Da sie an Zeichen glaubte, hatte sie befürchtet, das Universum wollte ihr dadurch, dass sie krank wurde und die Reise verpasste, zeigen, dass sie nicht füreinander bestimmt waren. Beim Kofferpacken musste sie sich übergeben, und während sie sich über die Toilette beugte, fiel ihr Blick auf eine Packung Tampons. Plötzlich konnte sie sich nicht mehr erinnern, wann sie zum letzten Mal ihre Periode gehabt hatte. Doch die war noch nie sehr regelmäßig gewesen. Außerdem fühlte sie sich nicht gut, ihr Kopf dröhnte, und sie war erschöpft – alles Anzeichen einer Grippe. In diesem Moment befürchtete sie wirklich, sie würde nicht verreisen können. Das war ihre größte Sorge – der Preis, den sie für ihre Taten am Ende zahlen musste.

Und nun fragte sie sich, ob ihr Baby ihn auch zahlen musste.

Sie hatte James einmal gefragt, was er von Karma hielt. Sie hatten sich am Abend in der Innenstadt von Los Angeles getroffen und am nächsten Morgen im Bett gefrühstückt. Diese Zeit – die Morgenstunden – mit James genoss Dylan am meisten. Sie liebte das Gefühl seiner Arme um ihre Taille, während er schlief. Sie wachte immer vor ihm auf, sodass sie seinem Atem lauschen konnte. Sie wollte jeden Moment genießen, bevor er wieder zu dem Teil seines Lebens zurückkehrte, zu dem sie nicht gehörte.

Er hatte ihr erzählt, dass er eine Reifenpanne gehabt hatte und zwei Stunden auf Hilfe warten musste. Und dann war auf dem Weg zur Werkstatt auch noch der Ersatzreifen geplatzt. »Als hätte sich die ganze Welt gegen mich verschworen«, hatte er mit einem Grinsen im Gesicht gemeint.

»Glaubst du, das war wirklich so? Wegen uns?«, wollte Dylan wissen. Sie hatte angefangen, in alles eine größere Bedeutung hineinzuinterpretieren, in jedes magere Trinkgeld, in jede lange Schlange, in der sie warten musste, in jede noch so kleine oder große Sache, die nicht in ihrem Sinne lief. Sie befürchtete, bestraft zu werden.

»Was? Auf keinen Fall!«, antwortete James und lachte, bis er ihren Gesichtsausdruck sah. »Glaubst du das denn?«

»Manchmal«, gestand Dylan. Doch insgesamt dachte sie: *Immer.* »Was wir tun, ist falsch. Glaubst du nicht, dass uns das irgendwann einmal einholen wird?« Dylan vergrub sich in der Bettdecke.

James seufzte. »Dyl, die Menschen treffen ständig fragwürdige Entscheidungen. Das bedeutet nicht, dass ihnen deswegen Schlechtes widerfährt.«

Dylan hatte später viel über seine Worte nachgedacht. Sah er sie so? Als eine fragwürdige Entscheidung? Wie so oft hatte sie nicht den Mut nachzufragen, damit er deutlicher wurde. Sie hatte zu viel Angst, etwas Falsches zu sagen und ihn damit dazu zu bringen, sie zu verlassen. Sie wollte sein Rückzugsort sein und nicht noch mehr von dem, was er bereits zu Hause erlebte.

James fuhr fort: »Schau dir doch nur all die gierigen Politiker und Manager an. Sie tun tagtäglich furchtbare Dinge und werden immer nur reicher und mächtiger.« Er zog sie an sich und küsste sie. Sie schmeckte den Kaffee auf seinen Lippen, bevor er sagte: »Du machst dir zu viele Gedanken.«

»Ich denke, das Universum macht eine Ausnahme für die wahre Liebe.« Dylan lachte, beobachtete James' Gesicht aber aufmerksam. Sie trafen sich jetzt seit vier Monaten, aber James hatte ihr noch nicht gesagt, dass er sie liebte. Es gab Tage, an denen war sie sich sicher, dass er es tat. Einmal hatte er ihr zum Beispiel Suppe bringen lassen, als sie krank war. Oder als sie ihm erzählt hatte, dass sie sich ihr Lieblingsgetränk bei Starbucks nicht mehr kaufen konnte, weil sie knapp bei Kasse war, hatte er hundert Dollar über ihr Handy auf ihr Konto geladen, während sie im Bad war. Solche Dinge bedeuteten doch Liebe, oder?

Doch James' Blick verriet nichts. »Vielleicht«, meinte er nur und schob ihr Frühstückstablett beiseite, während er sie zu sich heranzog.

* * *

Dylan verließ die Toilette und spritzte sich etwas Wasser ins Gesicht. Sie wusste, dass sie zu lange im Bad geblieben war. James würde bald nach ihr sehen, wenn sie sich jetzt nicht beeilte. Sie versuchte, sich an ihre letzte Periode zu erinnern, bis ihr endlich der Osterbrunch einfiel. Die neue Restaurantleiterin hatte ihr damals zu viele Tische zugeteilt, und Dylan hatte sie angemotzt, bevor sie auf die Toilette gestürmt war und erkannt hatte, warum sie an diesem Tag so zickig gewesen war. Doch das war vor mehr als zwei Monaten gewesen. Aber sie waren immer sehr vorsichtig beim Sex gewesen.

Außer …

… in der Nacht, in der sie sich mit James in Ventura getroffen hatte. Es hatte Stunden gedauert, bis sie sich durch den Verkehr gekämpft hatte. Die Autos auf den Freeways 405 und 101 hatten Stoßstange an Stoßstange geklebt. Dylan hatte alle paar Minuten den Rückspiegel nach unten gezogen und ihr Make-up kontrolliert oder ihr Haar gekämmt. Die Minuten, bevor sie James traf, waren immer die schönsten und die schlimmsten. Vorfreude, Angst, alles kam zusammen, bis sie ihn endlich sah – dann fiel alles von ihr ab.

Sie hatten schließlich eine kleine Tapas-Bar am Strand gefunden und draußen gesessen. Obwohl es bereits Frühling gewesen war, war es noch recht kühl gewesen. Auch die Heizung hatte nicht viel geholfen. Sie aßen gefüllte Oliven, *Croquetas* und Garnelen in Olivenöl. Dylan hatte noch nie so leckere Dinge gegessen. Sie genoss es, wie er sich die Zeit nahm, ihr jedes Gericht zu erklären. Später gingen sie in die Kneipe nebenan, in der eine Coverband Musik aus den Achtzigerjahren spielte. James machte Witze darüber, dass sie zu der Zeit, als diese Lieder im Radio liefen, noch nicht einmal geboren war. Sie hatten bis zur Erschöpfung getanzt und waren dann in James' Hotelzimmer getaumelt. Er hatte seine Hand noch im Aufzug unter ihren Rock geschoben und sie so temperamentvoll geküsst, dass sie ihr Stockwerk verpasst hatten. Nachdem sie endlich im Zimmer waren, hatte er sie aufs Bett geworfen und ihren Rock hochgeschoben. Sie wollte sich zu ihm umdrehen, doch er drehte sie mit einem Ruck wieder herum und riss ihren Slip zur Seite. Dylan war geschockt gewesen. Bisher war James nie so dominant gewesen. Es fühlte sich gefährlich und besitzergreifend, gleichzeitig aber auch sehr erregend an. Plötzlich wollte sie, dass er ihr sagte, was sie zu tun hatte und wer sie sein sollte. Sie wollte von ihm genommen werden. Und in seiner Hast hatte James kein Kondom benutzt.

Später, als sie im Bett lagen, war er wieder der James gewesen, den sie kannte. Er hatte sie liebevoll umarmt und ihre nackten Schultern mit sanften Küssen liebkost. »Es tut mir leid, ich konnte mich einfach nicht mehr beherrschen.«

Dylan lachte. »Ach nein?«

»Habe ich dich erschreckt?«

»Nein«, antwortete sie leise. »Ich war überrascht, aber es hat mir gefallen.«

»Ich habe dich beobachtet, wie du in der Bar getanzt hast, wie dein Rock auf und ab wippte und immer nur kurz andeutete, was sich darunter verbirgt. Und die anderen Kerle haben dich die ganze Zeit angestarrt. Das hat mich so angemacht, dass ich mich nicht mehr unter Kontrolle hatte, als ich mit dir allein war. Ich wollte, dass du weißt, dass du zu mir gehörst.«

Dylan holte tief Luft. »Das tue ich.«

* * *

Dylan erschrak, als es an der Tür klopfte. »Dylan, bist du da drin?«

»Ja, sorry, ich komm gleich!«, rief sie. Sie wickelte den Test hektisch in Toilettenpapier ein und steckte ihn in ihre Strohtasche.

»Sorry«, meinte sie noch einmal, als sie die Tür aufschloss.

»Immer noch Probleme mit dem Magen?«, wollte James wissen.

»Ja, aber es ist schon nicht mehr so schlimm.«

»Sicher?«, fragte er und nahm ihre Hand. »Wird es wirklich besser?«

Dylan suchte nach seinem Blick. »Ja, mir geht es bald wieder gut.«

KAPITEL 24

DYLAN – BEVOR ES GESCHAH

»Du hast uns einen Jeep gemietet?« Dylan lehnte sich gegen die kirschrote Autotür und hob fragend eine Augenbraue.

»Habe ich. Gefällt er dir?« Voller Stolz spielte James mit den Schlüsseln.

Dylan versuchte zu lächeln, konnte aber nur an die holprige Fahrt denken, die ihr bevorstand. Wie ihr in den scharfen Kurven auf der Straße nach Hana noch übler werden würde. Am Morgen hatte sie sich aus dem Bett gequält und das Wasser im Bad laufen lassen, während sie sich so leise wie möglich über der Toilette übergeben hatte, damit James nichts hörte. Sie wollte nur noch schlafen. Doch sie wusste, dass die Zeit mit James kostbar war, und wollte jede Minute genießen.

»Oh, Mist. Ich hätte dich zuerst fragen sollen. Ich bin einfach davon ausgegangen, dass es dir gefällt.« Er wandte sich sichtlich enttäuscht von ihr ab. Seit Wochen hatte er von diesem Hana-Abenteuer gesprochen, und der Jeep gehörte für ihn einfach dazu.

»Nein, das wird bestimmt großartig«, sagte Dylan hastig. »Ich brauche nur noch die hier.« Sie schnappte sich die

Dodgers-Kappe von seinem Kopf und setzte sie sich auf. Dann nahm sie einen Schluck aus der überteuerten Flasche Wasser, die sie am Kaffeestand an der Rezeption gekauft hatte, und versuchte, das saure Gefühl zu ignorieren, das sich in ihrem Magen ausbreitete.

»Bist du dir sicher, dass es okay ist? Dass *du* okay bist?« James schaute sie fragend an. »Wir müssen das nicht machen.«

»Alles gut!« Dylan besiegelte ihre Lüge mit einem Grinsen. Früher am Morgen, als James zur Autovermietung gegangen war, war Dylan erneut ins Bad gelaufen und hatte sich zweimal übergeben. Sie konnte noch nicht einmal den Orangensaft und den Haferbrei mit Trockenfrüchten bei sich behalten, den sie bei der Bestellung noch für eine gute Idee gehalten hatte.

James nahm sie in den Arm. »Gut. Ich glaube, heute ist der perfekte Tag für diese Tour«, sagte er und schaute in den wolkenlosen Himmel. »Außerdem wirst du das heißeste Mädchen im Jeep sein. Und ich bin der Glückspilz, der neben dir sitzen darf.«

Dylan errötete bei dem Kompliment, und für einen kurzen Moment vergaß sie ihren Magen.

»Übrigens, dieses Kleid lässt deine Haut funkeln.«

Dylan bohrte ihren Finger in James' Rippen. »Okay, jetzt übertreibst du es wirklich. Das meinst du doch nicht ernst! Es ist so … kitschig. Hat das wirklich schon mal bei einer Frau funktioniert?«, fragte sie lachend. Sie war zwar süchtig nach James' Komplimenten, aber manchmal überschritt er diesen feinen Grat, dass sie sich wie etwas Besonderes fühlte, und klang dann eher wie eine schlechte *Saturday Night Live*-Parodie. Sie redete sich dann immer ein, dass das zu seinem Charme gehörte, und ignorierte den unglaubwürdigen Klang seiner Worte.

James lachte und zog sie zu sich herüber.

»Was ist denn so lustig?« Dylan legte ihren Kopf in den Nacken und ließ sich bereitwillig küssen.

Er schob ihr eine Haarsträhne hinter das Ohr. »Ich finde es toll, was du da gerade zu mir gesagt hast. Wo hat sich diese freche Dylan die ganze Zeit versteckt? Ich würde gerne mehr von ihr sehen.« Seine Hand glitt unter den Saum ihres Kleides, und er neckte sie, indem er einen Finger unter den weißen Stoff schob und über ihren Oberschenkel strich.

»Das würdest du wohl gerne, hm?« Dylan presste sich an ihn und spürte seine Erregung. Sie genoss es, wie leicht ihr das immer gelang. Nick war viel ernster und dramatischer, was Liebe machen anging. Er würde es nie hier, auf dem Parkplatz eines Hotels, tun. Nach Hause, ins Schlafzimmer – dort gehörte das seiner Meinung nach hin. Für James dagegen hatte Sex noch etwas mit dem animalischen Instinkt zu tun. Sie wusste, er würde sie hier im Jeep nehmen, wenn sie ihn lassen würde. Sie fragte sich, ob dieser Wunsch verschwinden würde, wenn er von dem Baby erfuhr.

»Was ist los?«

Dylan hatte nicht bemerkt, dass sie ihn nicht mehr küsste. »Nichts.«

»Dyl. Komm schon. Ich weiß, dass du dir über irgendetwas Gedanken machst. Du warst letzte Nacht irgendwie durcheinander. Sag mir, was *wirklich* hier drin vorgeht.« Er berührte sanft ihren Kopf.

Sie wusste noch nicht einmal seit einem Tag mit Sicherheit, dass sie schwanger war. Trotzdem wog das Geheimnis, das sie buchstäblich in sich trug, schon so schwer, dass sie es kaum noch länger tragen konnte. Sie beobachtete die dunkelgrünen Flecken in seinen Augen, die Falten, die sich zwischen den Augenbrauen bildeten, während er sie anschaute, und überlegte, ob sie es ihm sagen sollte. Würde er sich freuen? Wäre er enttäuscht? Sie legte die Arme um seine Taille. »James …«

»Sucht euch ein Zimmer!« Ein paar Teenager mit sonnengebräunten Gesichtern und ausgebleichten Haaren lehnten sich aus dem Fenster eines vorbeifahrenden Pick-ups, auf dessen Ladefläche sich die Surfboards stapelten.

Dylan zuckte zusammen.

»Dyl …«

Der Moment war vertan. Was hatte sie sich überhaupt dabei gedacht? Ihm diese Nachricht, die sein Leben komplett verändern würde, hier und jetzt zu sagen? Sie musste nachdenken, den richtigen Zeitpunkt abpassen. »Alles gut. Das habe ich dir doch gesagt. Ich habe mir nur irgendeinen Virus eingefangen, und das dauert halt eine Weile. Aber ich bin okay.«

James runzelte die Stirn. »Versprochen?«

Dylan kreuzte die Finger hinter dem Rücken. »Versprochen.«

»Okay, gut.« James öffnete die Wagentür und gab ihr ein Zeichen einzusteigen. »Es wird spät werden. Wir werden vielleicht einen Teil der Strecke bei Nacht fahren. Aber das gehört zu unserem Abenteuer. Bist du bereit?«

Bei dem Gedanken, in der Dunkelheit über die schmalen Straßen zu fahren, musste Dylan schlucken, ließ sich vor James aber nichts anmerken. Stattdessen sagte sie »Jederzeit«, stieg ein und legte den Sicherheitsgurt an.

Als James Richtung Paia fuhr, wo sie an dem kleinen Lebensmittelgeschäft von Kuau halten und Vorräte für die Fahrt einkaufen wollten, war Dylan froh, dass sie das Verdeck geöffnet hatten. Denn dank des Windes war eine Unterhaltung nahezu unmöglich. Außerdem half die frische Luft gegen die Übelkeit. Also schloss sie die Augen und atmete so tief ein, wie sie konnte, und ließ sich von dem Wind in den Schlaf wiegen.

* * *

»Dylan?«

Sie öffnete die Augen.

»Wir sind jetzt in Paia. Du bist eingeschlafen.« James lehnte sich herüber und küsste ihre Stirn. »Ich glaube, das hast du gebraucht. Du hast dich die ganze Nacht hin und her geworfen.«

»Mir geht es auch schon viel besser«, meinte Dylan, was zum Glück auch der Wahrheit entsprach. »Ich habe Hunger.«

»Der Portier in unserem Hotel meinte, hier gebe es die besten Panini auf dieser Seite der Insel. Aber zuerst möchte ich dir das hier zeigen.« Er zeigte auf etwas hinter ihrem Rücken.

»Was ist das denn?«, fragte sie und drehte sich um.

»Du schaust gerade auf den längsten Surfboard-Zaun der Welt!«

»Das ist ja unglaublich.« Dylan stieg aus dem Jeep. »Ich mache nur schnell ein Selfie!«, rief sie ihm über die Schulter zu.

Sie lehnte sich zurück, hob ihr Handy über den Kopf und grinste breit. »Hey, komm her! Mein Arm ist nicht lang genug, um die Boards mit aufs Bild zu bekommen«, rief sie noch, bevor sie das Gleichgewicht verlor und nach hinten fiel. Einige Surfbretter schwankten unter ihrem Gewicht und ein wütender braun-weißer Akita begann, hinter dem Zaun zu bellen.

»Komm schon. Das fehlt uns noch, dass du alle Bretter wie Dominosteine zum Umstürzen bringst!«, meinte James lachend und nahm ihr das Handy ab. »Und was willst du überhaupt mit einem Selfie?«, wollte er wissen, während er ein Foto schoss. »Du bist noch nicht einmal auf Facebook!«

Sie gingen in das kleine Lebensmittelgeschäft, und als sie den frischen Quinoa-Salat im Delikatessenregal sah, lief Dylan das Wasser im Mund zusammen. Sie dachte kurz an den Haferbrei und hoffte, dass sie dieses Mal das Richtige aß. »Vielleicht melde ich mich da ja irgendwann an«, meinte sie und griff nach einer Flasche Kokosnusswasser und einem Bananenbrot.

James rümpfte die Nase, während er den Brombeer- und Blaubeerpudding mit Chiasamen begutachtete, und entschied sich schließlich für ein Stück Ziegenkäse und etwas Salami.

»Echt? Ich dachte, du hältst soziale Netzwerke für Schwachsinn.«
Er nahm einen Audioführer zur *Road to Hana* aus dem Regal
und ging zu der hübschen Kassiererin mit den durchdringenden dunklen Augen hinüber, deren langes schwarzes Haar in
gleichmäßigen Wellen über ihren Rücken fiel. »Wo finde ich
denn den Wein?«, wollte er wissen. Sie zeigte auf den rücksei-
tigen Teil des Ladens, und er bedeutete Dylan, ihm zu folgen.

»*Nick* hält soziale Netzwerke für Schwachsinn«, antwortete
Dylan, während James zwischen einem Cabernet und einem
Pinot schwankte. »Ich hatte dort ein Konto, bevor ich ihn ken-
nenlernte, aber er hat mich gebeten, es zu deaktivieren.« Dylan
verdrehte die Augen.

»Also, ich bin ja nicht gerne mit dem Typen einer Meinung,
aber ich verstehe das wirklich nicht. Warum sollte es mich
kümmern, was jemand, mit dem ich früher auf die Highschool
gegangen bin, über die Präsidentschaftswahl denkt?«

Dylan schüttelte den Kopf. »Damit hat er kein Problem.«

»Womit denn? Mit den Katzenvideos?«, fragte James lachend.

»Können wir bitte das Thema wechseln?«, meinte Dylan
stirnrunzelnd, während sie sich an Nicks Worte erinnerte. *Ich
mag es nicht, dass andere Männer sich Fotos von dir anschauen.
Das ist abartig.*

James warf die Arme in die Luft. »Du hast ihn ins Spiel
gebracht!«

»Ich weiß. Tut mir leid.« Dylan starrte auf das Surfboard-
Selfie auf ihrem Handy. Sie fand, James und sie sahen gut
zusammen aus. Sein olivfarbener Teint und sein dunkles Haar
passten gut zu ihrer hellen Haut und den blonden Locken. Sie
fragte sich, was ihr Baby davon wohl erben würde. »Es ist nur
so, dass Nick nie verstanden hat, warum *ich* da mitmachen
wollte. Mir macht es halt Spaß, wenn ich mein Leben mit den
Menschen teilen kann, die mir etwas bedeuten.« Dylan zeigte
auf ihr Selfie. Sie wusste, dass sie James gerade auf die Probe

stellte, und wollte herausfinden, ob er daran dachte, dass Dylan ihr *gemeinsames* Leben teilte. Ob es jemals eine Zeit geben würde, in der sie das tun könnte.

Dylan spürte, wie Hoffnung in ihr aufkeimte, während sie auf James' Antwort wartete, und versuchte sofort, sie niederzuringen. Sie musste sich immer wieder davon überzeugen, dass diese Reise nach Hawaii nicht unbedingt etwas zu bedeuten hatte. Auch nicht, als sie die Leute glauben ließen, sie wären in den Flitterwochen. Und vielleicht belog sie sich auch selbst, aber das war *vorher* gewesen. *Bevor* die rosafarbenen Linien erschienen waren. Nun lag es nicht mehr nur an ihr, wie sie sich fühlte. Dieses Kind in ihr veränderte die Art, wie sie sich fühlte, ob sie es wollte oder nicht. Doch sie wollte nicht, dass das Baby James beeinflusste. Sie wollte, dass er sich entschied, bevor er wusste, dass sie sein Kind erwartete.

»Hey, Belleza«, meinte James ganz locker, als sie aus dem Laden traten. Und noch bevor er den Satz zu Ende gesprochen hatte, wusste sie, was er sagen würde. »Selbst wenn du wieder bei Facebook bist, kannst du nichts von *uns* posten, okay?«

Dylan spürte den Stich in ihrer Brust und schaute schnell weg, damit er ihre Enttäuschung nicht sah. So schnell würde sie den Geliebtenstatus nicht verlassen.

»Es tut mir leid. Ich wünschte, du könntest es, aber es geht einfach nicht. Das verstehst du doch, oder?« James zog ihr Gesicht wieder zu sich heran. »Wir wollen die Dinge doch unter Kontrolle behalten und nicht nachlässig werden.«

Dylan holte tief Luft und beschloss, nicht traurig zu sein. Sie lehnte sich gegen den Jeep und verzog die Lippen zu einem breiten Grinsen. »Ich verstehe das total.« Dann schaute sie sich kurz um, bevor sie sich gegen James presste, seine Jeans öffnete und ihre Hand hineinsteckte. Sie überlegte sich das Verführerischste und Unschicklichste, was sie sagen könnte. »Du bist mein schmutziges, kleines Geheimnis – und genau so will ich dich haben.«

KAPITEL 25

JACKS – NACHDEM ES GESCHEHEN WAR

»Halt den Wagen an!«, brülle ich, um den Wind zu übertönen, der durch den Jeep peitscht, während ich mich mit aller Kraft an den Türgriff klammere. Als Nick mich trotzdem nicht hört, zerre ich an seinem T-Shirt und rufe noch einmal.

Er steuert den Wagen nach links und kommt ziemlich abrupt in einer Ausweichbucht zum Stehen, von der aus man über einen tiefen, baumgesäumten Canyon auf einen Felsstrand schauen kann. Doch der Strand scheint so weit entfernt zu sein, als läge er auf einer anderen Insel.

Ich reiße die Wagentür auf und springe hinaus. Mein Atem geht zu schnell, und ich presse die Hände gegen meine Oberschenkel. Ich will etwas sagen, bringe aber kaum ein Wort heraus. »Ich glaube ... ich ... hyperventiliere.«

Nick steigt aus und kommt zu mir herübergelaufen. Er nimmt mich am Arm und führt mich zu einer Sitzgruppe aus Beton, die direkt vor einer schmalen Steinwand steht. »Hier, setz dich. Und halte die Luft so lange an, wie du kannst.«

Ich schaue ihn mit großen Augen an, während ich wie ein Hund hechle und mir schwindelig wird.

»Vertrau mir. Das mache ich immer so, okay?«

Also tue ich, was er sagt, und halte mehrere Sekunden die Luft an, bevor ich schließlich wieder ausatme.

»Besser?«, fragt Nick, während er vor mir in die Hocke geht und zwei Finger auf mein Handgelenk legt. Ich nicke.

»Dein Puls beruhigt sich wieder. Jetzt atmest du ganz langsam durch die Nase ein und wieder aus.«

Nach einigen Minuten hat sich mein Atem wieder beruhigt, und Nick setzt sich neben mich. Eine Träne läuft über mein Gesicht, und ich lasse mich gegen Nicks Körper sinken.

»Hast du vorher schon einmal eine Panikattacke gehabt?«, will er wissen, während er mir über das Haar streicht.

Ich denke daran, wie Beth mich in der Garage gefunden hat – die Autoschlüssel baumelten in meiner Hand, während ich mich gegen einen Sack Düngemittel lehnte –, und nicke.

»Es tut mir leid. Das war meine Schuld. Ich hätte wissen müssen, dass diese Fahrt zu viel für dich ist. Diesen Jeep zu mieten war wohl keine gute Idee.«

»Das war nicht dein Fehler. Ich habe dir gesagt, dass ich damit klarkomme. Und ich habe wirklich geglaubt, dass ich es schaffe. Ich bin es einfach leid, so schwach zu sein.« Ich will aufstehen, aber meine Knie geben nach. »Mist«, murmele ich, als Nick mich am Arm packt.

»Jetzt mach mal halblang! Du musst mir nichts beweisen.«

»Warum musste das passieren?«, flüstere ich. »Ich bin nur eine Grundschullehrerin, für die eine aufregende Nacht bedeutet, stundenlang Netflix zu schauen und dabei Popcorn mit Chiligeschmack zu essen. Ich weiß, das klingt total eklig, aber es schmeckt wirklich lecker.« Ich lache schwach, und Nick runzelt die Stirn, bevor er schief grinst, weil er offensichtlich nicht weiß, wie er reagieren soll. »Und jetzt gibt es überall diese Geheimnisse. Nur noch Dramen. Mein Leben ist zur reinsten Horrorshow geworden!«

Ich atme wieder langsam ein und aus, um Nick einen Gefallen zu tun. »Ich verstehe einfach nicht, wie sich das Leben, das man kannte, von einem Moment auf den anderen komplett verändern kann. Man ist sich so sicher, ein ganz bestimmter Mensch zu sein ... Wusstest du, dass ich eine Lehrerin bin, die total begeistert ist, wenn ihre Lehrbuchzählung am Ende des Schuljahres gleich beim ersten Mal stimmt? Die mit den Tränen kämpft, wenn sie genug Schulsachen übrig hat, um sie anderen Ländern zu spenden? Die akribisch die traurigen Stifte – so nenne ich sie immer – aussortiert, die meiner Meinung nach noch gut genug sind, um sie der Kunstlehrerin zu geben?« Ich seufze. »Ich war immer stolz auf meine Arbeit, auf mein Leben. Und jetzt habe ich das Gefühl, dass alles umsonst war.«

Nick schüttelt den Kopf. »Ich wünschte, ich hätte eine Antwort für dich, für *uns*. Ich erlebe jeden Tag bei der Arbeit, wie guten Menschen unfaire Dinge widerfahren. Und egal, wie oft das passiert, ich werde nie den Grund hinter all dem Wahnsinn verstehen.«

»Weißt du, woran ich ständig denken muss? Wenn ich die Zeit zurückdrehen könnte, bis zu dem Tag, an dem ich ihn zum letzten Mal gesehen habe, und wir uns wieder streiten würden, würde ich ihm die Scheidung anbieten und ihn sein Leben leben lassen. Ich würde ihn leben lassen. Selbst wenn er sein Leben mit ihr verbringen wollte.«

»Wirklich?«, fragt Nick.

»Hast du dich nie gefragt, ob sie noch am Leben wären, wenn wir nicht so naiv gewesen wären?«

Nick schüttelt den Kopf. »Was meinst du damit?«

»Wenn ich mir die Mühe gemacht hätte, nur einmal nach-zufragen, hätte ich vielleicht herausgefunden, dass er mich an-gelogen hat. Und wenn ich ihn damit konfrontiert hätte, hätte er mir gestehen können, dass er sich in eine andere Frau verliebt hat. Er hätte gehen können. Ich hätte das Recht gehabt, ihn zu hassen, wütend, eifersüchtig und böse zu sein.«

»Ist es das, was du willst? Voller negativer Gefühle sein?«

»Nein, natürlich nicht. Aber dann hätten sie sich nicht zusammen wegschleichen müssen. Vielleicht wären sie dann jetzt nicht tot. Selbst wenn ich sie beide gehasst hätte, wären sie jetzt noch hier und könnten das hier erleben.« Ich zeige mit meiner Hand in Richtung des Canyons unter uns. »Und wären nicht irgendwo da draußen.«

Nick starrt mich unverwandt an, doch ich kann seinen Gesichtsausdruck nicht deuten. »Selbst wenn du es herausgefunden und ihn damit konfrontiert hättest, kannst du nicht wissen, ob sie dann noch am Leben wären. Ich bin mir nicht sicher, ob du irgendetwas hättest tun können, um das, was geschehen ist, zu ändern.«

»Wie kannst du das sagen? Ich hätte *tausend* Dinge anders machen können. Ich hätte ihm gegenüber ehrlich sein und von meiner Endometriose erzählen können. Ich hätte mich weigern können, mit ihm zu streiten, als wir uns das letzte Mal gesehen haben.« Ich zögere kurz, bevor ich leise zugebe: »Ich hätte eine bessere Ehefrau sein können.«

»Jacks, wir könnten alle besser sein. Bessere Ehemänner, bessere Ehefrauen, bessere Söhne und Töchter. Aber die Menschen, die uns lieben, denen wirklich etwas an uns liegt, akzeptieren uns, auch wenn wir nicht perfekt sind. James hätte dir vergeben oder dich verlassen können. Er hat weder das eine noch das andere getan. Das war allein seine Entscheidung.«

»Aber *sie* konnte ihm das eine geben, das ich nicht konnte. Dieses Baby hatte es nicht verdient, an diesem Tag zu sterben. Keiner von ihnen hatte das.«

Nick verstärkt seinen Griff, und ich schaue zu ihm auf. Meine Lippen zittern so stark, dass ich auf sie beiße.

Er legt seine Hand unter mein Kinn und hebt es nach oben, während er mit dem Daumen meine Tränen wegwischt. Es beginnt leicht zu regnen. Der Himmel weint mit mir.

Ich schließe die Augen. Dieser Moment ist so unverstellt, so real. Und wenn man plötzlich erkennt, dass das eigene Leben vermutlich noch mehr Lügen birgt, als man ohnehin schon enthüllt hat, klammert man sich an jeden Schnipsel Ehrlichkeit, der sich einem bietet. Also lasse ich es zu, dass Nicks Mund meine Lippen berührt. Er ist weich und vorsichtig.

Der Kuss fühlt sich ganz anders und so unerwartet an. Es ist Jahre her, dass ich einen anderen Mann geküsst habe. Ich kann mich nicht einmal mehr an die Form seines Kiefers oder an das Gefühl seiner Zunge erinnern. Ich lehne mich vor, und unsere Herzen schlagen fest gegeneinander. Ich rede mir selbst ein, dass Nick und ich uns gegenseitig auf eine Art brauchen, die niemand verstehen kann. Weder meine Mom, die noch nie mehr als drei Nächte ohne meinen Vater verbracht hat. Noch Beth. Auch wenn Mark und sie sich ständig streiten, würden sie füreinander über heiße Kohlen laufen. Sie könnten nicht verstehen, dass sich Nicks Worte wie eine Rettungsweste anfühlen, die man mir gerade noch rechtzeitig vor dem schweren Sturm übergeworfen hat.

Nick legt die Hand um meinen Nacken und presst seinen Mund fester auf meinen. Ich stöhne leise auf, und dieses Geräusch bricht den Zauber, der uns umgibt.

Nick zieht sich so schnell zurück, dass ich erschrecke. »Wir sollten das nicht tun«, sagt er, während er ein Stück zurückweicht, als würde eine räumliche Distanz aufhalten, was auch immer wir dabei sind zu werden. »Es tut mir leid. Ich weiß nicht, was das war.«

»Ist schon okay«, antworte ich und versuche, die vielen verschiedenen Gefühle in mir zu erkennen: Trauer. Leidenschaft. Verwirrung.

»Nein, ich hätte das nicht tun sollen. Und erst recht nicht hier … Mein Gott.« Er verbirgt das Gesicht in seinen Händen. »Ich … Ich weiß nicht, was in mich gefahren ist.«

Plötzlich bricht der Himmel auf, und der leichte Nieselregen verwandelt sich in einen Wolkenbruch. Doch keiner von uns rührt sich. Der Boden unter unseren Füßen wird rutschig.

»Nick …«, beginne ich, breche dann aber ab, weil mir die Worte fehlen. Als das Wasser durch den Stoff auf meine Haut dringt, warte ich darauf, dass der Schock einsetzt. Darauf, dass das rationale Denken meine irrationalen Gefühle außer Kraft setzt. Doch nichts passiert. Dieser Kuss war das aufrichtigste Gefühl, das ich seit dem Moment empfunden habe, in dem die Polizei vor meiner Haustür aufgetaucht ist. Als habe er endlich die Schieflage korrigiert, in der ich mich seit James' Tod befand.

Nick schaut auf und strafft sein Gesicht. »Es tut mir so leid, Jacks. Ich verspreche dir, ich werde nie wieder so eine Gelegenheit ausnutzen.«

Ich nicke ein paarmal zustimmend und hoffe gleichzeitig, dass er mich gerade anlügt.

KAPITEL 26

JACKS – NACHDEM ES GESCHEHEN WAR

»Ich glaube nicht, dass ich das kann.« Nick rückt von mir ab. Die Bewegung ist sehr subtil, und der Abstand zwischen uns ist kaum erkennbar. Und doch fühlt er sich so riesig an wie der Canyon unter uns. Eben waren wir noch miteinander verschmolzen, jetzt sind wir wieder zwei einzelne Personen.

Der Regen prasselt so fest auf uns nieder, dass jeder Tropfen auf der nackten Haut an meinen Armen und Beinen schmerzt. Ich frage mich, was er meint. Glaubt er, nicht weiter nach Hana fahren zu können? Oder mit *mir* weitermachen zu können? Oder beides? Ich sage nichts und drehe den Kopf zur Seite, um mein Gesicht vor dem Platzregen zu schützen und um meine Tränen zu verbergen, als mein Blick auf den offenen Jeep fällt. Der starke Regen läuft in den Wagen, und ich bin mir nicht sicher, wo wir mehr Schutz vor dem Sturm finden: auf der Betonbank, auf der wir gerade sitzen, oder in dem Auto. In dem Moment entlädt ein Blitz sich krachend und nimmt uns die Entscheidung ab.

»Das Gewitter ist ziemlich nah«, ruft Nick mir zu, als es im nächsten Moment donnert. Er springt auf, greift nach meiner

Hand und zieht mich zum Auto. »Ich brauche deine Hilfe!«, brüllt er. Der Regen peitscht ihm ins Gesicht, als er mit dem Arm nach dem Verdeck greift, das im hinteren Teil des Jeeps liegt. »Es ist zu rutschig. Ich kann es nicht allein hochziehen.«

Ich öffne die Hecktür und klettere auf den Sitz, damit ich den nassen Stoff besser packen kann. »Siehst du das?« Nick zeigt auf den Haken am Überrollbügel. »Wir müssen es zuerst einklinken.« Keuchend schiebt Nick das Verdeck nach vorne und gibt mir dann ein Zeichen, es ihm auf meiner Seite nachzutun. Ich schiebe den Stoff ein Stück nach vorne, kann den Haken aber nicht erreichen. Beim dritten Versuch rutsche ich mit dem Fuß weg, komme ins Straucheln und schlage mir den Ellbogen auf. Ein stechender Schmerz durchfährt meinen Arm. In dem Moment donnert es erneut. Nick hat recht – das Gewitter ist verdammt nah. Ich presse den Kopf auf mein Brustbein, mein Arm pocht. Ich schließe die Augen – ich bin kurz davor aufzugeben. Vielleicht war Nick der einzige Grund, der mich noch angetrieben hat, und jetzt habe ich das auch noch kaputt gemacht. Soll der Blitz doch näher kommen und mich mitten in die Brust treffen. Größer kann der Schmerz nicht mehr werden.

Nick steht plötzlich über mir. »Du hast dir eine verdammt schlechte Zeit ausgesucht, um ein Nickerchen zu machen«, meint er grinsend. »Ist dein Ellbogen okay?«

Ich schaue nach, sehe Blut und Schotter und nicke. Die Schürfwunde schmerzt im Moment am wenigsten. Er zieht mich hoch, und ich rutsche in den Jeep. Auf dem Sitz hat sich bereits eine Wasserlache gebildet. Aber wenigstens sitzt das Dach jetzt fest und schützt uns vor dem niederprasselnden Regen.

»Wir haben nicht genug Zeit, um auch noch die Heckfenster festzumachen. Das muss reichen«, meint er, als er den Motor startet und wendet.

Also fährt er den Weg wieder zurück, den wir hergekommen sind. Damit habe ich wenigstens eine halbe Antwort. Wir fahren nicht weiter nach Hana.

Ein Teil von mir ist erleichtert. Ich bin schließlich nicht naiv – ich weiß, was diese Fahrt in mir auslöst. Doch jetzt zu gehen gibt mir das Gefühl, James zu verlassen, denn diese Reise wurde irgendwann von einer Spurensuche zu einem Abschied.

»Fahren wir nicht in die falsche Richtung?«, frage ich probehalber.

»Nein. Wir fahren endlich in die *richtige* Richtung«, antwortet er und starrt unverwandt auf die Straße vor uns, die kaum zu erkennen ist. »Das hier war ein Fehler.«

»Weil wir uns geküsst haben?«, frage ich, auch wenn ich die Antwort bereits kenne.

Nick schüttelt den Kopf. »Ich weiß es nicht. Ich dachte, hierherzukommen, diese Straße entlangzufahren, Dylans Weg nachzugehen würde helfen. Nicht nur mir, sondern auch dir. Ich wollte dir helfen …«

Ich falle ihm ins Wort. »Das weiß ich.«

»Aber ich hätte nie erwartet, dass ich …«

»… Gefühle für mich entwickeln würdest?«, vollende ich seinen Satz in einem Anflug von Zuversicht.

Nick schweigt einen Moment, den Blick noch immer auf den Highway gerichtet. Die Scheibenwischer fliegen hin und her. Sie wischen kurz das Wasser von den Scheiben, bevor der Regen uns wieder die Sicht nimmt. Mein Herz hämmert wie wild – aus Angst vor seiner Antwort und aus Sorge um unsere Sicherheit.

Endlich spricht er weiter. »Ich hätte nie gedacht, dass ich zu den Männern gehöre, die um ihre Verlobte trauern und gleichzeitig eine andere Frau küssen.« Er hält das Lenkrad noch fester. »Mein Gott, dieser Regen. Ich sehe kaum etwas. Wir sollten vielleicht an den Straßenrand fahren. Aber dann übersehen uns vielleicht die anderen Autos und fahren auf uns auf.«

Plötzlich bekomme ich es mit der Angst zu tun, und ich umklammere den Türgriff. Wenn Nick sich Sorgen macht, sollte ich das wohl auch tun. Der Regen wird immer stärker, und ich hoffe, dass die Scheibenwischer mit ihm mithalten können. Die Straße nach Hana ist schon bei gutem Wetter gefährlich, unter diesen Bedingungen ist sie geradezu Furcht einflößend. War es das jetzt? Werden wir auf der gleichen Straße wie sie den Tod finden?

Ich schweige, lasse ihn den Jeep steuern, und nach einigen Kilometern lässt der Sturm endlich nach. Zu den verrücktesten Dingen auf den hawaiianischen Inseln gehören auf jeden Fall die Regenstürme, die wie aus dem Nichts auftauchen und genauso schnell wieder verschwinden. So wie mein Vertrauen. Ich habe mich so stark wie nie gefühlt, nachdem ich im offenen Meer geschwommen und den Berg hinaufgestiegen bin. Doch seitdem ich weiß, dass Dylan schwanger gewesen ist, bin ich nicht mehr ich selbst. Als hätte ich mein Leben nicht mehr im Griff.

»Ich hätte dich nicht küssen dürfen.«

Haben wir uns nicht gegenseitig geküsst?

»Es tut mir leid.«

»Mir auch«, sage ich, während ich gleichzeitig denke, dass ich wie in Trance gelebt habe, bevor Nick vor meiner Haustür stand. Ja, im Moment tut es höllisch weh. Aber wenigstens spüre ich überhaupt *etwas*.

»Können wir uns darauf einigen, dass wir uns in einem emotionalen Ausnahmezustand befunden haben, und einfach weitermachen?«, schlägt er vor. Ich nicke nur. Wie könnte ich ihm jetzt noch sagen, dass ich nicht weiß, ob es ein Fehler gewesen ist?

»Ich halte da vorne an«, sagt Nick, drückt meine Hand und biegt in die Einfahrt zu dem Lebensmittelgeschäft von Hana ein, das wir auf der Hinfahrt bei Kilometer siebenundzwanzig passiert haben. Als wir vor dem Regen auf den üppigen Regenwald geblickt haben, bogen sich die Bäume über die Straße. Die Ruhe vor dem Sturm. Die Ruhe vor dem Kuss. »Ich brauche etwas – einen Kaffee, vielleicht auch etwas Stärkeres. Aber vermutlich verkaufen sie hier keinen Schnaps.« Er liest ein Schild, auf dem behauptet wird, dies sei die Heimat des original Bananenbrots. »Oder so etwas. Kommst du mit?«

Es ist schon interessant, wie viele seiner Ticks ich bereits kenne. Jetzt zupft er zum Beispiel an der Seite seines T-Shirts, was bedeutet, dass er etwas für sich behält und nicht *alles* sagt. Dass er etwas Zeit für sich braucht, allein.

Mein Handy summt. Offensichtlich haben wir wieder Empfang. Endlich. Während der ganzen Fahrt hat er sehr stark geschwankt. Von drei bis null Balken innerhalb einer einzigen Kurve. »Geh schon mal vor«, sage ich, als ich sehe, dass es Beth ist.

* * *

Letzte Nacht habe ich meine Schwester vom Hotelzimmer aus angerufen und ihr von Dylans Schwangerschaft erzählt. Wir haben zusammen geweint, während ich auf dem Bett lag und in dem Kissen – und in Beths Stimme – Trost suchte. »Ich weiß nicht, ob ich darüber hinwegkommen werde«, flüsterte ich. Seit ich herausgefunden hatte, dass er mit einer anderen Frau auf Maui gewesen war, war das eine meiner größten Befürchtungen gewesen. Dass ich für den Rest meines Lebens nicht nur Witwe, sondern auch Opfer sein würde. Angeblich ist das etwas, wofür man sich entscheidet. Tut man auch. Aber wenn die eigene Kacke so richtig am Dampfen ist, ist es so verdammt einfach, sich nur noch hängen zu lassen.

»Das wirst du«, widersprach Beth schniefend.

»Ich bin heute Abend durchgedreht.«

»Das ist doch verständlich.«

»Nein, ich meine, ich bin wirklich durchgedreht«, sagte ich, und dann gestand ich ihr, wie ich ins Meer gegangen war und überlegt hatte, mich einfach forttreiben zu lassen.

»Jacks, du musst nach Hause kommen.«

»Ich glaube nicht, dass ich das kann. Ich muss das jetzt durchziehen.«

»Du treibst mich noch in den Wahnsinn.«

»Ich schaffe das. Nick ist ja hier.«

»Ich weiß noch nicht einmal, wer der Typ ist. Und nun soll ich darauf vertrauen, dass er aufpasst, dass du nicht ins Wasser gehst? Ich habe kein gutes Gefühl dabei.«

»Ich komme nicht nach Hause.«

»Dann rufe ich Mom an.«

Damit hatte sie meine volle Aufmerksamkeit. Denn das Letzte, was ich jetzt gebrauchen konnte, war meine Mutter, die wusste, wo ich war und was geschehen war. »Das würdest du nicht tun! Oder hast du es ihr etwa schon gesagt? Ruft sie mich deshalb ständig an?« Ich musste daran denken, wie ich nicht auf ihre Anrufe geantwortet und ihr schließlich eine geheimnisvolle Nachricht geschickt hatte, dass ich gerade nicht in der Stimmung sei zu reden. Ich wusste, ich würde ihr noch früh genug gegenübertreten müssen. Aber jetzt? Auf keinen Fall. Hierbei konnte ich sie wirklich nicht gebrauchen. Das Ganze war schon kompliziert genug.

»Nein, das habe ich noch nicht, aber das werde ich. Du lässt mir kaum eine Wahl. Weißt du eigentlich, wie schwer das für mich ist? So weit weg zu sein und dir nicht helfen zu können?«

Ich setzte mich im Bett auf. »Okay, ich weiß, wie sich diese Geschichte angehört hat – dass ich ins Meer gegangen bin. Mir fehlen die richtigen Worte, um zu erklären, warum ich einfach hier sein muss. Ich fühle mich so leer. Und im Moment muss ich diese Leere in mir mit irgendetwas füllen.«

»Oder mit *irgendjemandem*? Mit Nick zum Beispiel?«, spottete Beth.

»Was? Nein!«, log ich, während mein Herz hämmerte. Ich hasste es, wie leicht meine Schwester mich immer durchschaute.

»Okay, selbst wenn das stimmt, warum kommst du dann nicht einfach nach Hause und lässt *uns* diese Leere füllen? Deine Familie?« Sie betonte das letzte Wort ganz besonders, und ich musste an unsere letzte Weihnachtskarte denken, auf der wir alle zusammensaßen: James, Beth, ihre Kinder, Mom, Dad und ich. Ich sah uns vor mir, wie wir alle das gleiche leuchtende Gelbgrün trugen, auf dem Mom bestanden hatte.

»Das werde ich, bald … Versprochen.«

»Jacks, pass auf dich auf!«

»Ja«, sagte ich und ließ mich auf die Kissen fallen. »Ich kann noch nicht nach Hause kommen. Aber ich habe dich verstanden. Und du musst dir keine Sorgen um mich machen. Ich schaffe das.«

Bei dem letzten Teil war ich mir allerdings nicht so sicher. Doch ich kannte Beth. Sie würde keine Ruhe geben, bis ich sie überzeugt hatte.

»Okay«, meinte sie langsam.

»Danke fürs Reden. Ich musste einfach deine Stimme hören.«

Ich versprach ihr, sie am nächsten Tag – also heute – anzurufen. Doch bei den wenigen Malen, bei denen ich Empfang hatte, konnte ich sie nicht erreichen. Ich nehme ihren Anruf an, während Nick in das Lebensmittelgeschäft geht.

»Wo bist du gewesen?«, frage ich sie zur Begrüßung. »So viel also zu den Sorgen, die du dir um mich gemacht hast«, ziehe ich sie auf, als ich es bei ihr im Hintergrund regnen höre. »Regnet es etwa in Orange County? Wir haben Juni!« Um diese Jahreszeit regnet es so gut wie nie bei uns, und wenn es tatsächlich einmal vorkommt, wird davon immer in der Wettervorhersage berichtet.

»In der Tat eine lustige Sache mit dem Regen, den du hörst … Ich bin gerade auf dem Flughafen von Hana gelandet. Kannst du mich abholen?«

KAPITEL 27

DYLAN – BEVOR ES GESCHAH

»Ich habe endlich Empfang!«, rief Dylan, starrte auf ihr Handy und wartete darauf, dass sich die Internetseite öffnete. »Angeblich gibt es hier keine Leitplanken!« Sie las die Seite zu Ende und warf James einen fragenden Blick zu. Nach ihrer Abfahrt von dem kleinen Lebensmittelgeschäft hatte James sie damit überfallen, dass er bis Hana durchfahren wollte. Über die Küstenstraße.

James griff nach ihrem Handy und warf es neben ihre Tasche auf die Rückbank. »Es gab einen Grund, warum ich nicht wollte, dass du danach im Internet suchst. Was habt ihr Frauen eigentlich immer mit Google am Hut? Ist das irgendein Tick oder was? Hört die Erde auf, sich zu drehen, nur weil ihr nicht alles wisst?«, fragte James lachend. Doch sein Lachen klang hohl, und Dylan wusste, dass er das Ganze alles andere als lustig fand.

»Wovon redest du?« Sie schaute ihn fragend an. Er wirkte so anders. Sie konnte es nicht in Worte fassen, doch seit heute Morgen war er nicht mehr er selbst. Und sie eigentlich auch nicht mehr. Seit sie heute Morgen auf Zehenspitzen ins Bad geschlichen war, das Wasser aufgedreht und sich übergeben hatte, wurde sie von einem unguten Gefühl verfolgt. Sie wusste, dass es nicht an dem Baby lag. Das machte sie sehr glücklich. Etwas ängstlich, ja. Aber auch zufrieden. Es war etwas anderes. Und das machte ihr mehr Angst als das Leben, das in ihr heranwuchs.

»Ach nichts«, meinte James, zwickte ihr ins Knie und zwang sich zu einem Lächeln. Es war zwar ein schmales, falsches Lächeln, aber immerhin. Er sah wenigstens etwas mehr aus wie er selbst. »Egal, ja, es stimmt, es gibt hier *an manchen Stellen* keine Leitplanken, aber über die Küstenstraße zu fahren ist viel cooler. Ich habe gelesen, dass die Aussicht dort einfach unglaublich ist. Und wenn man langsam fährt, ist es doch egal, dass die Straße nicht ganz so perfekt ist wie die durch Hana.«

»Was meinst du mit *nicht ganz so perfekt*?« Dylan biss sich auf die Lippe. Was war nur in ihn gefahren? So war er doch gar nicht. So risikofreudig. Soweit sie wusste, war diese Affäre das einzige große Risiko, das er je eingegangen war. Und obwohl er nie mit ihr darüber gesprochen hatte, konnte sie sehen, dass diese geheime Beziehung ihren Tribut von ihm forderte. Die Streitereien mit Jacqueline wurden immer schlimmer. Vielleicht spürte seine Frau, dass irgendetwas nicht stimmte. Und auf dieser Reise war Dylan aufgefallen, dass er schneller aus der Haut fuhr als früher. Die Veränderung war sehr subtil. Er seufzte zum Beispiel, wenn sie ihr Handy vergessen hatte und noch einmal auf das Zimmer zurücklaufen musste. Oder wenn sie ihm eine Geschichte von ihren Mitbewohnerinnen oder irgendeiner Katastrophe auf ihrer Arbeit erzählte, wirkte er abwesend und wurde erst wieder aufmerksam, wenn sie ihn fragte, ob er ihr überhaupt zuhörte.

Wegen dieser unterschwelligen Distanz bemühte Dylan sich noch mehr, nichts zu vergessen und interessantere Geschichten zu erzählen. Die Zeit mit James rann ihr durch die Finger, und sie wollte nicht darüber nachdenken, was passieren würde, wenn sie in die Wirklichkeit zurückkehrten. Die Dinge würden sich sowieso ändern, sobald James von dem Baby erfuhr. Zu der Welt, die sie sich für sie beide ausgemalt hatte, würden bald drei Personen gehören. Doch Dylan wusste nicht, auf welcher Seite das Fallbeil landen würde, wenn sie es ihm erzählte – oder auf welche Seite sie hoffte, dass es fiel. Denn egal wo, es würde für Chaos sorgen, ihren Kokon zerstören und ihr Leben für immer verändern.

Bei ihrem ersten Treffen hatte James sich selbst tatsächlich als langweilig beschrieben, als Workaholic, der auch nachts und am Wochenende arbeitete und alles für einen Vertragsabschluss tat. Wenn er flog, buchte er immer bei United Airlines, immer einen Platz am Gang und immer einen Direktflug, es sei denn, eine Zwischenlandung war unumgänglich. Das war zum Beispiel immer dann der Fall, wenn er nach Amarillo, Texas, musste. Er folgte immer seinen Routinen. Er war vorhersagbar. Das waren seine Worte gewesen, nicht ihre. Dylan war zu dem Schluss gekommen, dass ihre heimliche Affäre ihm etwas gab, was ihm bisher in seinem Leben gefehlt hatte. Und nun befürchtete sie, dass er nach dem Risiko, sich mit ihr zu treffen, süchtig war, und nicht nach ihr selbst.

»Ein paar Kilometer sind nicht durchgehend asphaltiert. Aber deshalb liegt die Straße nicht brach. Alle Einheimischen benutzen sie. Und ich will das auch. Dieses pure Erlebnis. Wir sind den weiten Weg bis hierher gefahren, warum sollten wir jetzt kneifen?« James grinste sie an. Dieses Grinsen machte sie gleichzeitig atemlos, nervös und bang.

Sie dachte darüber nach, wie er sie bereits zu einigen fantastischen Ausflügen überredet hatte, an denen sie eigentlich nicht teilnehmen wollte. Wenn es nach ihr gegangen wäre, hätten sie den ganzen Tag faul am Pool gelegen. Sie hätte in irgendwelchen Modemagazinen geblättert, während er sie massiert hätte. Sie musste daran denken, dass Nick einmal einen Kletterkurs mit ihr belegen wollte. Sie hatte ihn nur ausgelacht und gemeint, sie würde bestimmt nicht auf irgendwelchen Schwebebalken hoch über der Erde zwischen den Bäumen herumturnen. Was wäre, wenn sie hinunterfiele? Außerdem wollte sie keine Trapezkünstlerin werden. »Ich sorge schon dafür, dass du nicht hinunterfällst«, hatte er lahm geantwortet. »Ich passe auf dich auf.«

Und daran hatte sie keinen Moment gezweifelt. Sie hatte inzwischen das Gefühl, dass Nick regelrecht davon besessen war, auf sie aufzupassen. Als könnte sie das nicht selbst. Und trotzdem hatte sie nicht eingelenkt. Der Gedanke, so hoch hinaufzuklettern, machte ihr Angst.

Doch als James ihr erzählt hatte, dass er all diese Ausflüge plante, hörte sie sich zustimmen, obwohl es für sie alles andere als okay war.

Doch sie wollte mit ihm zusammen sein, wo auch immer das war – und auch wenn das bedeutete, über Straßen ohne Leitplanken zu fahren.

Der Gedanke ließ sie schaudern. Inzwischen ging es nicht mehr nur um sie beide. Sie musste auch an das Baby denken. Sie musste es ihm sagen. Er musste es wissen. Doch irgendetwas hielt sie zurück. Dieses ungute Gefühl war wieder da, überwältigte sie, zehrte sie auf. Sie holte tief Luft.

»Und …«, fuhr James fort, und Dylan schaute zu ihm hinüber. »Von dort aus soll man den schönsten Blick auf den Pazifik haben.«

Dylan runzelte die Stirn.

»Bevor wir die Küstenstraße erreichen, kommen wir noch an den Ohe'o-Gulch-Wasserfällen, den *Seven Sacred Pools*, vorbei. Wir sollten dort anhalten. Angeblich könnte man für ihren Anblick sterben.«

»Ich bin mir nicht sicher, dass es irgendetwas auf dem Weg nach Hana gibt, für das es wert wäre zu sterben!« Dylan stieß James gegen die Schulter.

»Ja, entschuldige. Das ist vermutlich nicht gerade der passende Ausdruck.« James schüttelte den Kopf.

Dylan musste grinsen. »Warum nennt man die Wasserfälle *Seven Sacred Pools*?«

»Es heißt, man käme in den Himmel, wenn man alle sieben Stufenbassins hinaufschwimmt«, erklärte James, während er ihr Gesicht beobachtete.

Dylan dachte über seine Worte nach. Und darüber, dass sie schon den ganzen Tag das Gefühl hatte, als würde eine schwarze Wolke sie verfolgen. Sie wollte ihn bitten, ins Hotel zurückzufahren. Dort könnten sie sich entspannen und die Zeit so miteinander verbringen, wie *sie* es wollte.

»Ich verstehe ja, wenn du nicht über die Küstenstraße fahren willst. Und ich will dich auch zu nichts drängen. Aber jetzt, wo wir zusammen hier sind, habe ich irgendwie das Bedürfnis zu sagen: Egal, was soll's, lass es uns einfach tun!«

Plötzlich kroch dieses vertraute und gefährliche Gefühl in ihr hoch. Die *Hoffnung*. Und sie konnte nicht anders, als danach zu greifen und es festzuhalten, während sie James zuhörte.

»Diese Straße gehört zu den spektakulärsten der Welt, und ich glaube, wir sollten das Beste aus unserem letzten gemeinsamen Tag herausholen.« Er machte eine kurze Pause und schaute sie lange an, um sie daran zu erinnern, dass sie bald zurückkehren mussten. In die Wirklichkeit. Sie wünschte sich nur, sie wüsste, wie diese aussehen würde. »Wir können zu Fuß dorthin gehen. Es ist nicht weit. Und dann in den Pools baden. Oder wir tauchen nur die Füße hinein, was auch immer du willst. Und dann machen wir ein Picknick. Ich dachte, es wäre ein toller Ort, um miteinander zu reden.« Dylan spürte, wie sich ihr Magen zusammenzog. Verhielt er sich deshalb so seltsam? Weil er ihr etwas sagen wollte? Wollte er mit ihr Schluss machen? Oder seine Frau verlassen?

»Was? Du willst nicht?«

Dylan hatte gar nicht bemerkt, dass sie ihren Kopf bewegt hatte. Sie schaute in seine Augen, die voller Leben waren. Dieses Leben hatte *sie* ihm eingehaucht. Sie beschloss, das ungute Gefühl beiseitezuschieben, ihm zu vertrauen und herauszufinden, wohin diese Straße sie beide führen würde. Und sie hoffte darauf, dass an ihrem Ende eine Zukunft stand – für sie alle drei. Und genau in diesem Moment beschloss sie, dass sie es ihm gestehen würde, mochte seine Antwort ausfallen, wie sie wollte, positiv oder negativ.

»Lass uns gehen«, sagte sie und gab ihm einen Kuss. »Ich bin bereit.«

KAPITEL 28

JACKS – NACHDEM ES GESCHEHEN WAR

Ich war sechzehn, Beth siebzehn Jahre alt, als sie für mich einem Jungen in den Hintern getreten hat.

Okay, sie hat ihm nicht wirklich in den Hintern getreten. Aber eine Ohrfeige verpasst. Und die hinterließ deutliche Spuren.

Ich hatte gerade herausgefunden, dass Alex Henderson ein anderes Mädchen gebeten hatte, ihn zum jährlichen Treffen der ehemaligen Highschool-Absolventen zu begleiten. Das war in gewisser Hinsicht problematisch, denn Alex war mein Freund und er hatte bereits mich gefragt.

»Er hat was?« Beth warf sich gerade ihren Rucksack über die Schulter und kämpfte mit dem Knoten ihres Jeansrocks.

Ich lehnte meinen Kopf gegen meinen Spind und erzählte ihr, dass ich es von meiner Freundin Janet erfahren hatte. Die wiederum hatte von ihrer Projektpartnerin, Carrie, gehört, dass er Heidi O'Reilly zu dem Ball eingeladen hatte.

»Aber er ist *dein* verdammter Freund.«

»Scheinbar nicht mehr«, meinte ich, während eine Träne über meine Wange kullerte, die ich schnell mit dem Ärmel meines Sweatshirts wegwischte. »Er hat Heidi erzählt, wir hätten uns getrennt.«

»Was zum Teufel ist denn mit dem los? Was für ein Idiot. Ich konnte ihn noch nie leiden.«

Wieder kamen mir Tränen, doch ich hielt sie tapfer zurück. »Du kannst niemanden leiden, mit dem ich zusammen bin.«

Beth warf mir ihren *Kannst du mir daraus einen Vorwurf machen*-Blick zu und sagte nur: »Ich gehe ihn suchen.«

»Nein, bitte nicht«, flehte ich. Das Letzte, was ich jetzt noch brauchte, war eine Szene. Ich kam mir schon dumm genug vor, dass er mir den Laufpass gegeben hatte, ohne es für nötig zu halten, mir das zu sagen.

»Zu spät«, meinte sie und machte sich auf den Weg zu dem Treffpunkt, an dem er mittags immer mit den anderen aus dem Basketballteam saß.

Ich lief ihr hinterher und versuchte, sie aufzuhalten, aber sie marschierte einfach weiter. Ihr Rucksack hüpfte dabei auf ihrem Rücken im Takt auf und nieder.

»Da ist er ja. Alex!«, rief sie, während sie schnurstracks auf ihn zuging.

Alex drehte sich um, als er seinen Namen hörte. Er zuckte mit den Schultern in Richtung der beiden Jungs, mit denen er sich gerade unterhielt, während Beth auf ihn zukam. Ohne ihr Gesicht sehen zu müssen, wusste ich, welchen Gesichtsausdruck sie aufgesetzt hatte. Ihr böser Blick war eine Kombination aus zusammengezogenen Augenbrauen und geschürzten Lippen und brachte jeden dazu, sich vor Angst fast in die Hose zu machen. Sie ließ ihren Rucksack fallen und stürzte sich auf ihn, während sie ihn wüst beschimpfte. Ich blieb wie angewurzelt stehen, als ein paar Leute zusammenkamen, und wünschte mir, ich könnte in einem Erdloch versinken, als sie ihn fragte, wie er mir das antun könnte. Dann schaute Alex zu mir herüber, und für einen kurzen Moment glaubte ich, er würde zu mir kommen und sagen, dass alles nur ein Missverständnis war.

Doch er grinste nur, bevor er zu seinen Kumpels schaute und meinte: »Ich war halt fertig mit ihr.« Dann klatschte er lachend mit ihnen ab.

Und da holte Beth aus und schlug ihm mitten ins Gesicht. Er zuckte zusammen und hielt sich die Hand an die Wange, während er puterrot anlief. »Was zum Teufel …?«, schrie er. »Du bist ja total verrückt!«

Aber er lachte nicht mehr.

Beth kam zu mir herüber und meinte: »Komm. Wir gehen zu *Carl's Jr.* und essen eine Portion frittierte Zucchini und trinken eine große Cola. Ich lade dich ein.«

Und ich konnte mir ein Grinsen nicht verkneifen, weil das mein Lieblingsessen war, weil ich eine Schwester hatte, die total krass war, und weil es jemanden gab, der sich so um mich sorgte.

Für mich war es irgendwie selbstverständlich, dass sie so vieles in all den Jahren für mich getan hat, dass sie mich beschützt hat, auch wenn ich dachte, es wäre nicht nötig.

Und ich weiß, dass sie aus diesem Grund nach Maui gekommen ist.

* * *

»Ist es okay für dich, dass sie jetzt hier ist?«, fragt Nick, während wir an einem Hinweisschild für den Flughafen von Hana vorbeikommen. »Dass sie einfach so aufgetaucht ist?«

»Klar«, antworte ich. »Warum fragst du?«

»Na ja, sie hat einen Flug gebucht, ohne dich überhaupt zu fragen. Was, wenn es dir gar nicht recht wäre, dass sie kommt?«

»Mir ist es immer recht, dass meine Schwester kommt.« Ich runzele die Stirn und beschließe, ihm nicht zu sagen, dass ich sie eigentlich gebeten habe, nicht zu kommen. Und ich frage mich, ob nicht er derjenige ist, der über ihre Ankunft verärgert ist. »Ist es denn für *dich* okay, dass sie hier ist?«

»Ja, klar! Aber das Timing ist schon ein bisschen verrückt. Nach dem, was gerade passiert ist.« Er schaut mich an, und ich weiß, was er unausgesprochen lässt. Der Kuss. »Und wir sind noch immer klatschnass.« Er zieht an seinem T-Shirt, das an seiner Brust klebt. »Aber wenn es für dich okay ist, ist es das für mich auch.«

»Wir werden bald wieder trocken sein. Alles wird gut«, sage ich, auch wenn ich mir nur bei dem ersten Teil sicher bin. »Und wenn es etwas gibt, das du über Beth wissen musst, dann, dass sie tut, was sie will und wann sie es will. So ist sie einfach. Und weißt du was? Meistens weiß sie besser als ich, was ich brauche.«

»Hört sich nach einer guten Schwester an.«

»Ja, das ist sie.«

»Okay, das klingt faszinierend. Erzähl mir mehr von ihr«, bittet Nick, und mir wird klar, dass er aus Sorge um mich nach Beth gefragt hat. Wir haben die letzten Tage in unserem kleinen Kokon gelebt, ohne irgendjemanden aus unserem realen Leben zu sehen. Dass sie jetzt hier ist, muss ein ziemlicher Schock für ihn sein.

Während wir über den regennassen Highway nach Hana fahren und beide wegschauen, als wir an der Steinbank vorbeikommen, auf der wir uns vor Kurzem noch geküsst haben, gebe ich meine Lieblingsgeschichten von Beth zum Besten. Er lacht, als ich ihm von ihrem Tick mit dem nervösen Augenzucken erzähle, und nickt zustimmend, als ich die Ohrfeige erwähne.

Während er langsam die enge Straße entlangfährt, fallen wir in ein angenehmes Schweigen. Als plötzlich ein Auto um die Ecke schießt und hupt, muss ich an James' und Dylans Unfall und an ihre letzten Sekunden denken, bevor die Welt um sie herum für immer dunkel wurde. Hat James versucht, einem entgegenkommenden Fahrzeug auszuweichen, ist dabei aber zu stark ausgeschert und hat die Kontrolle verloren?

Ich weiß nicht, wo genau es zu dem Unfall gekommen ist. Nick kennt die Stelle, aber ich habe ihn gebeten, es mir nicht zu sagen. Nicht, solange ich dazu nicht bereit bin. Und nach meiner Panikattacke von heute Morgen werde ich das vielleicht auch niemals sein. Officer Keoloha erzählte mir, dass die beiden auf der Küstenstraße nach Hana unterwegs waren, die viel gefährlicher ist als die Hauptstraße und an manchen Stellen mehr als dreihundert Meter über dem Meeresspiegel liegt. Sie gilt als so riskant, dass die Autovermietungen ihren Kunden von deren Nutzung abraten.

Als ich das hörte, konnte ich es kaum glauben. James war nie besonders risikofreudig gewesen. Dass er in einem auf der Landkarte nicht eingetragenen Gebiet unterwegs gewesen war, überraschte mich. Doch ich war ja auch schockiert gewesen, dass er eine Affäre gehabt hatte. Ob Dylan eine andere Seite in ihm zum Vorschein gebracht hatte, die in ihm geschlummert hatte, während er sein vorhersagbares Leben mit mir gelebt hatte? Vielleicht hatte Nick aber auch recht und ich hatte meinen Ehemann überhaupt nicht gekannt.

Als wir wenige Minuten später die lange Straße zum Flughafen nach Hana hinunterfahren, bin ich mir nicht sicher, was wir tun werden, nachdem wir Beth abgeholt haben. Wir haben nicht mehr darüber gesprochen, ob wir ins Hotel zurückkehren. Wir schleichen um die Frage herum wie die Katze um den heißen Brei. Während ich verstohlen zu Nick hinüberschaue, frage ich mich, ob er wirklich nicht bis zur Küstenstraße nach Hana fahren will. Denn jetzt, wo meine Schwester hier ist, wo wir auf den Parkplatz fahren und ich sie in ihrer weißen Bluse und der hellbraunen Caprihose, die Haare zu einem lässigen Knoten zusammengebunden, vor dem kleinen Terminal, das mehr nach einem Wohnhaus aussieht, stehen sehe, wird mir plötzlich klar, dass ich noch nicht bereit bin, wieder nach Hause zu gehen.

Allein sie zu sehen macht mich stark, und ich spüre James' Anziehungskraft. Ich möchte wissen, wo er gestorben ist, damit ich mich verabschieden kann. Vielleicht brauche ich dafür Beth an meiner Seite, die meine Hand hält, damit ich nicht zu nah an den Abgrund gerate. Die für mich da ist, wenn ich James endgültig gehen lasse. Die auf mich aufpasst. Ich hoffe, dass Nick ebenfalls beschließt, zu bleiben und sich zu verabschieden. Denn ich weiß, dass auch er die Sache zu Ende bringen muss.

Beth winkt mir aufgeregt zu. Ich löse meinen Gurt und rutsche zur Tür, noch bevor der Wagen zum Stehen kommt. Vor Freude kommen mir die Tränen.

Ich greife nach dem Türgriff und schaue zu Nick, der plötzlich lachen muss.

»Was denn? Wir sind wie Zwillinge. Wir stehen uns wirklich *sehr* nahe!«

Nick hält den Wagen an. Ich springe heraus, laufe durch den Nieselregen und werfe mich in die Arme meiner Schwester.

»Das war vielleicht ein Auftritt«, meint Beth ein paar Minuten später, als wir an der Bar des Hana Ranch Restaurants sitzen, das nur wenige Kilometer vom Flughafen entfernt liegt. »Die drei anderen Leute, die mit mir im Flugzeug waren, glauben jetzt bestimmt, wir hätten uns seit Jahren nicht gesehen! Wie lange war es tatsächlich? Fünf Tage?« Sie lacht.

»Ich weiß, ich habe ziemlich laut geschrien. Aber ich habe das wohl gebraucht«, entschuldige ich mich und schaue zu Nick hinüber, der an seinem Kaffee nippt. Er ist ungewöhnlich still, aber wenn Beth und ich zusammen sind, kommen andere auch nur selten zu Wort. »Danke übrigens, dass du mir eines deiner Shirts geliehen hast«, sage ich und ziehe an dem Stoff. »Ich war nass bis auf die Knochen.«

Beth grinst. »Das Wetter auf Hawaii ist wie für dich gemacht.«

Ich werfe einen Blick auf Nicks T-Shirt, auf dem ein Typ das Shaka-Zeichen macht. Er hat es in dem Geschäft gegenüber gekauft.

»Und wie geht es *dir*?«, fragt Beth Nick über meinen Kopf hinweg.

Er holt tief Luft, bevor er antwortet. »Na ja, wenigstens bin ich wieder trocken. Also was soll's.« Er grinst und trinkt noch einen Schluck Kaffee.

Beth schweigt und wartet auf seine richtige Antwort.

»Es war hart, härter, als ich erwartet habe.«

»Nick ist zu bescheiden. In Wahrheit ist er der Stärkere von uns beiden. Mein Fels. Ich dagegen bin das totale Chaos.«

»Hat Jacks dir gesagt, dass ich nicht wollte, dass sie hierherfliegt?«, will Beth wissen. Sie redet nicht lange um den heißen Brei herum.

Nick schaut wieder zu mir. »Nein«, antwortet er langsam. »Aber ich kann das verstehen. Mit einem völlig Fremden in ein Flugzeug nach Hawaii zu steigen, nachdem gerade ihr Mann gestorben ist, hört sich bestimmt ziemlich verrückt an.«

»Höflich formuliert.« Beth lächelt schwach.

»Bist du deshalb hier? Um sicherzugehen, dass ich kein Serienkiller bin?«, fragt Nick lachend.

»Vielleicht«, feixt sie und nippt an ihrem Bier, ohne ihn aus den Augen zu lassen.

»Ich mache dir keinen Vorwurf! Du sorgst dich um deine Schwester. Aber ganz nebenbei bemerkt, ich bin keiner.«

»Habe ich eigentlich erwähnt, dass Nick bei der Feuerwehr arbeitet? Er sorgt sogar dafür, dass mir *nichts* passiert.«

»Wenn man von deiner kleinen Eskapade im Meer absieht. Vielleicht bist du in dieser Nacht ja bei der Arbeit eingeschlafen, Nick«, meint Beth, ohne dabei unfreundlich zu klingen.

Beths Worte klingen nie bedrohlich. Man bekommt zwar nicht unbedingt das zu hören, was man will, aber sie sagt immer die Wahrheit.

Aber dieses Mal liegt sie daneben. Ein ganz kleiner Teil von mir wollte ins Meer gehen. Wollte, dass das Wasser den Schmerz wegspült. Und Nick hat mich in die Wirklichkeit zurückgeholt – buchstäblich und bildlich gesprochen. »Hey«, falle ich ihr ins Wort, bevor Nick etwas sagen kann. »Das ist nicht fair. Er hat mich gerettet.«

»Nein, sie hat recht«, sagt Nick ruhig. »Ich hätte besser aufpassen und dich früher aufhalten müssen, als du am Strand entlang ins Wasser gelaufen bist. Besonders nach dem, was du gerade erfahren hattest.«

»Du bist nicht mein Bodyguard und machst das Gleiche durch wie ich. Du hattest die gleichen schlimmen Neuigkeiten erfahren«, widerspreche ich ihm und funkele Beth wütend an. »Er ist nicht zum Spaß hier, weißt du? Er hat auch jemanden verloren, der ihm sehr viel bedeutet hat.« Ich bin überrascht, wie vehement ich Nick verteidige. Aber was wir hier tun – das ist unsere Sache. Und kein Außenstehender kann das wirklich nachvollziehen.

Beths Gesicht entspannt sich etwas. »Ich wollte nicht unsensibel sein. Du hast mein ehrliches Mitgefühl. Ich kann mir das auch wirklich kaum vorstellen. Es ist nur, dass …«

»… du deine Schwester beschützen willst«, beendet Nick ihren Satz.

»Immer«, sagt sie.

»Ich verstehe das. Wirklich«, sagt Nick, und ich weiß, dass er es ernst meint. »Aber nur fürs Protokoll, ich will sie auch beschützen.« Ich sehe, wie er die Schultern strafft.

Beth nickt, aber ich bin mir nicht sicher, ob sie ihm wirklich glaubt. »Aber scheinbar verursacht diese Reise mehr Probleme, als sie löst.«

»Vielleicht«, gibt Nick zu, ohne näher darauf einzugehen.

»Ich habe das Gefühl, dass ihr jedes Mal, wenn Jacks anruft, etwas Neues, Furchtbares herausgefunden habt, was sie zum Weinen bringt. Informationen, die keinen anderen Zweck haben, als ihr wehzutun.«

»Ich habe nie behauptet, dass es leicht werden würde«, entgegnet Nick mit einer gewissen Schärfe in der Stimme.

Jetzt mische ich mich ein. »Beth, die Entscheidung habe ich ganz allein getroffen. Und es ist hart, ja, aber ich war darauf vorbereitet.«

Ich weiß, was in Beths Kopf vorgeht: Wenn Nick nicht vor meiner Tür gestanden hätte, müsste ich mich jetzt nicht mit all diesen furchtbaren Dingen beschäftigen. Sie gibt ihm die Schuld.

»Ich will doch nur nicht, dass du noch mehr leidest«, sagt sie und schaut Nick an.

»Das will ich auch nicht«, entgegnet er.

»Willst du deswegen zurückfliegen? Um mich zu schützen?«, frage ich Nick.

»Was meinst du damit?«, will Beth wissen, bevor er antworten kann.

»Na ja, Nick … *Wir* waren uns nicht sicher, ob wir weiter bis nach Hana fahren sollen.«

»Wirklich? Was ist passiert?«

»Ich bin auf der Fahrt durchgedreht. Als dieser Sturm aus heiterem Himmel ausbrach …« Ich muss an unseren Kuss, seinen Atem, seine Hände in meinem Haar denken. Das kann ich ihr natürlich nicht sagen. Noch nicht.

»Was?« Beth schaut mich an.

»Nick hat vorgeschlagen, dass wir nach Hause fliegen.«

Er hat nicht genau diese Worte benutzt, doch ich will herausfinden, ob er das gemeint hat.

»Hört sich so an, als wären Nick und ich uns endlich in einem Punkt einig«, meint Beth und wartet auf Nicks Reaktion.

»Ich wollte Jacks nur nicht noch mehr drängen, als ich es bereits getan habe«, meint er, und ich spüre, wie mir schwer ums Herz wird. Ich vermute, er will aufgeben. »Ich mache mir Sorgen um sie.« Er spielt mit dem Rand seiner Tasse. »Als ich sie überredet habe mitzukommen, hielt ich es für eine gute Idee. Als könnten wir dann endlich das Ende finden, nach dem wir beide so verzweifelt suchten. Aber jetzt«, sagt er und schaut mich für den Bruchteil einer Sekunde an, »jetzt glaube ich, dass es uns zurückwirft, wenn wir die Stelle sehen, an der sie …«

»Ich verstehe das.« Beth hebt die Hände, bevor er seinen Satz beenden kann. »Dann ist es also abgemacht? Wir fliegen alle wieder nach Hause?« Beth schaut uns an.

Und plötzlich wird mir klar, dass sie deshalb hergekommen ist. Nicht, um mich zu beschützen, sondern um mich zur Abreise zu überreden. Und jetzt glaubt sie, Nick hätte das für sie erledigt. Ich weiß, dass sie Nick nicht mag. Vielleicht hat sie sich ihre Meinung über ihn schon an dem Tag gebildet, an dem ich ihr erzählt habe, dass er vor meiner Tür gestanden hat. Und wenn Beth sich erst einmal etwas in den Kopf gesetzt hat, kann man sie nur schwer wieder davon abbringen. Ihre Abneigung zeigt sie auf recht subtile Art. Doch ich erkenne sie daran, wie sie an der Unterlippe kaut, wenn er spricht; wie sie ihm nicht wirklich zuhört, sondern ihn beobachtet; wie sie die Schultern strafft, als wäre sie auf der Hut; wie sie ihn mit ihrem Blick fixiert. Sie ist definitiv kein Fan von Nick.

Nick stimmt ihr zu. »Ja, das wird wohl das Beste sein.«

Ich hole tief Luft, während Beth erleichtert ausatmet. Ihre Schultern entspannen sich. Wenigstens sind wir beide uns einig, denkt sie. Vielleicht ist er ja gar nicht so übel, räumt sie ein.

Dass Nick jetzt aufgeben will, finde ich unglaublich. Gut, er hat mir in Kalifornien gesagt, dass er sich erst auf Hawaii entscheiden und von seinem Herzen leiten lassen würde. Dass Dylan ihm den Weg zeigen würde. Aber wir waren *so nah* dran, alles zu erkennen, die Geheimnisse zu lüften, die dieser Highway über die Menschen, die wir liebten, birgt. Er hat mich gedrängt, hierherzukommen, mich gedrängt, mich sowohl James' Dämonen als auch meinen eigenen zu stellen. Es muss an diesem Kuss liegen. Er hat alles verändert.

»Okay«, sagt Beth und steht auf. »Meine Reise könnte damit zu der kürzesten werden, die jemals jemand nach Maui gemacht hat.« Ihre Augen leuchten, als sie mich ansieht. Sie glaubt, sie wird bekommen, was sie will. Sie glaubt, ich werde nach Hause kommen.

»Nein, warte«, sage ich. »Ich will noch bleiben. Ich werde Officer Keoloha anrufen und ihm sagen, dass ich bereit bin, an die Unglücksstelle zu gehen. Ich habe ihm bei meiner Ankunft eine E-Mail geschrieben. Er weiß bereits, dass ich hier bin, und er hat mir angeboten, mich zu begleiten, sollte ich mich wirklich dazu entscheiden.« Auch wenn ich ursprünglich nicht an den Unglücksort fahren wollte, so habe ich doch geplant, ihm persönlich für alles zu danken, was er für mich getan hat. »Die Polizeistation ist ein Stück die Straße herunter.« Ich zeige auf den Freeway, den wir zum Restaurant hergefahren sind. »Ich bin so weit gekommen. Ich kann jetzt nicht umkehren. Und ich hoffe, dass ihr *beide* mit mir kommt.«

Ich warte und bete, dass Nick seine Meinung ändern und Beth mich unterstützen wird. Doch ich werde auch gehen, wenn beide Nein sagen. Ich schaffe das. Ich kann am Rande des Felsens stehen, an dem mein Mann gestorben ist, und Auf Wiedersehen sagen. Das schulde ich ihm – und mir.

»Oh, Jacks, das musst du dir nicht antun. Nick hat recht. Das könnte euch beide zurückwerfen«, sagt Beth leise.

»Beth, ich liebe dich. Und ich erwarte nicht, dass du das verstehst. Aber Nick, von dir bin ich wirklich überrascht. Es war deine Idee, diese weite Reise zu machen.«

Nick blickt nach unten.

»Kann ich dich kurz sprechen – allein?«, will Beth wissen. Obwohl es eine Frage ist, klingt sie nicht so.

Als ich nicke, greift sie nach meiner Hand und sagt zu Nick: »Sorry, ich muss kurz mit meiner Schwester unter vier Augen sprechen.« Er nickt, schaut dabei aber zu mir und lächelt entschuldigend.

»Ich mag ihn nicht«, sagt sie, sobald wir vor der Tür sind.

»Das weiß ich, Beth, aber du magst niemanden. Du hast fast ein Jahr gebraucht, um mit James warmzuwerden.«

»Das stimmt«, gibt sie zu.

»Du kennst ihn nicht, Beth.«

»Du auch nicht.«

»Doch, das tue ich«, widerspreche ich ihr und schaue zum Restaurant hinüber. »Wir haben auf dieser Reise viel geredet. Er hat mir Dinge anvertraut und ich ihm. Gib ihm einfach eine Chance.«

»Okay. Ich werde ihm eine Chance geben, aber in Kalifornien. Ich werde ihn zum Abendessen einladen und uns Risotto kochen. Hört sich doch gut an, oder?« Sie verschränkt die Arme vor der Brust.

Ich verdrehe die Augen. »Ich werde nicht gehen. Noch nicht. Ich muss mich noch von James verabschieden.«

Beth schweigt einige Sekunden. »Okay. Wenn es das ist, was du wirklich tun musst, komme ich mit. Aber du solltest Nick aus der Verantwortung entlassen. Wenn er nicht gehen will, will er nun mal nicht.«

»Du willst nur nicht, dass er mitkommt.«

»Vielleicht.« Sie grinst.

Ich drücke sie kurz. »Danke.«

Wir gehen wieder ins Restaurant. »Ich werde bleiben«, sage ich und schaue ihn fragend an.

Er schüttelt nur den Kopf.

»Was ist mit Dylan?«

»Es tut mir leid«, sagt er leise. »Ich kann nicht.«

»Mir tut es auch leid. Aber jetzt ist nicht die Zeit, um schwach zu sein«, sage ich, während ich zur Tür gehe. Beth folgt mir und passt wie immer auf mich auf.

KAPITEL 29

DYLAN – BEVOR ES GESCHAH

»Ich werde auf keinen Fall hier herunterspringen.« Dylan trat langsam an den Rand der Brücke. Ihr wurde schon allein bei dem Blick auf das Bassin, das mindestens fünfzehn Meter unter ihnen lag, schwindelig.

»Wenn ihr nicht springen wollt, dürfte ich dann?« Ein junger Mann – er war vielleicht achtzehn Jahre alt, hatte einen dunkelbraunen Teint und trug eine Haizahnkette – trat an den Rand und warf ihnen einen Blick zu, als wolle er sagen: *Was macht ihr überhaupt hier? Seid ihr nicht zu alt, um hier herunterzuspringen?*

Ja, das sind wir, oder er zumindest, dachte Dylan und schaute zu James, in dessen hellbraunem Haar sich immer mehr silberne Strähnen zeigten.

»Wohnst du hier?«, fragte James den jungen Mann.

»Hier geboren und aufgewachsen.«

»Wie tief ist das Wasser?«

»Vielleicht sechs Meter, aber man muss die richtige Stelle erwischen. An den Seiten ist es flacher. Willst du wirklich springen?« Er schaute James aus großen braunen Augen überrascht an. »Hier kommen oft Leute hoch, die dann aber kneifen, sobald sie am Rand stehen.«

»Ich nicht. Ich mache das. Ich will springen und dann durch die sieben Bassins schwimmen. So wie man es machen soll.«

»Hey, Kumpel, damit wollen die doch nur den Tourismus ankurbeln. Es gibt viel mehr als diese sieben Pools, und ich bin mir nicht sicher, wie viel näher man dem Himmel kommt, wenn man in allen gebadet hat.«

James schaute über den Rand. »Ist mir egal. Mir geht es sowieso nur um den Sprung. Um dieses Gefühl. Den Rausch!«

»Es gibt wirklich nichts Besseres. Aber du solltest dich beeilen. Die Rangers werden sauer, wenn sie euch hier sehen. Ihr dürftet noch nicht einmal euren Jeep dort drüben parken.« Der Mann schaute hinüber zu der Kurve, wo sie geparkt hatten. »Das ist doch euer Wagen, oder?«

Dylan und James nickten.

»Nach dir«, meinte James. Dylan und er traten stumm zur Seite und sahen zu, wie er an den Rand trat und sprang. Während er die Knie an die Brust zog, schrie er den ganzen Weg nach unten vor Begeisterung. Dann ging er unter, und als er wieder an die Oberfläche kam, pfiffen und klatschten seine Freunde vor Begeisterung. Dylan ließ erleichtert die Luft wieder raus, die sie die ganze Zeit angehalten hatte. Sie hatte den Mann noch nicht einmal gekannt und sich trotzdem Sorgen um ihn gemacht.

»Ich riskiere es«, meinte James und zog sein T-Shirt aus. »Hältst du das? Wenn ich gesprungen bin, nimm den Jeep und fahr ungefähr eine Viertelmeile die Straße hinunter bis zu dem Eingang zum Park. Wir treffen uns dann am Wasser.«

»James ...« Dylan musste an die Worte des jungen Mannes denken. Dass man die richtige Stelle treffen musste. Was, wenn James nicht so viel Glück hatte? Sie schaute wieder die Brücke hinunter. Fünf der Bassins, die von kleinen Wasserfällen getrennt wurden, dehnten sich vor ihr aus. In der Ferne lagen mehrere Besucher auf den Steinen an den Pools oder schwammen im Wasser. Vielleicht waren sie aber über die ausgewiesenen Wege dorthin gekommen – durch den Park und nicht, indem sie von der Brücke gesprungen waren.

James warf das schwarze T-Shirt, das er gestern gekauft hatte und auf dem vorne *Maui* in großen weißen Druckbuchstaben prangte, auf den Boden, nachdem Dylan es nicht nehmen wollte. »Was?«, fragte er, als er auf der Brücke stand und die Arme seitlich hob wie Leonardo DiCaprio in *Titanic*.

Vor zwei Tagen war sie noch mit einer neunzig Kilo schweren Meeresschildkröte namens Bob Marley im offenen Meer geschwommen. Doch jetzt, wo sich ihr Verdacht bestätigt hatte und sie wusste, dass sie schwanger war, fürchtete sie sich, einen Fuß vor den anderen zu setzen. Nachdem James sie zur Fahrt entlang der Küstenstraße überredet hatte, hatte er zum ersten Mal den Sprung von dieser Brücke erwähnt. Sie hatte nichts dazu gesagt, doch allein der Gedanke, dass er das tun könnte, erschreckte sie zu Tode. Er ging ein Risiko nach dem anderen ein, und sie fragte sich, warum. Sie hatte versucht, nicht daran zu denken, dass er sich verletzen – oder Schlimmeres geschehen – könnte, aber der Gedanke hatte ständig an ihr genagt, und nun hämmerte er wild in ihrem Kopf.

»Tu es nicht.« Sie griff nach James' Hand und zog ihn zurück. »Lass uns das Picknick machen, so wie du gesagt hast. Ein bisschen Salami, ein bisschen Käse. Ich trinke sogar etwas Wein.« Sie drückte ihren Kopf gegen seine nackte Brust und war überrascht, wie schnell sein Herz schlug.

James trat einen Schritt zurück. »Du weißt, dass ich es kaum erwarten kann, dich mit dem Bananenbrot zu füttern und den Pinot Noir zu trinken. Aber erst springe ich. Es ist absolut sicher. Wenn er das kann, kann ich es auch.« Er zeigte auf den jungen Mann, der mit seinen Freunden auf den Felsen weiter unten saß. Sie schrien James zu, er solle endlich springen.

Dylan musste daran denken, wie sie als Teenager darum gebettelt hatte, die gleichen Dinge tun zu dürfen wie ihre Freundinnen. *Ihre Eltern lassen sie bis nach Mitternacht ausgehen. Ihre Eltern geben ihnen Geld fürs Kino. Ihre Eltern erzählen keine peinlichen Dinge über sie.* Ihre Mom hatte sie dann immer mit ihren dunkelblauen Augen angesehen und nur gemeint: *Wenn der und der von einer Brücke springen würde, würdest du das dann auch tun?*

James würde es offensichtlich tun.

Dylan spürte die Gänsehaut auf ihren Armen, obwohl es fast dreißig Grad waren. »Ich will doch nur, dass dir nichts passiert.«

»Du machst dich lächerlich. Mir wird *nichts* passieren. Das verspreche ich.« Er reckte die Faust in die Luft. »Ich bin unbesiegbar, Baby!«

Dylan schaute in seine Augen. Sie waren groß und so lebendig. Sie fragte sich, was in seinem Kopf vorging. Er sprach nur selten über etwas wirklich Wichtiges. Sie wusste, dass sein Bruder sehr jung gestorben war. Doch das war ihm herausgerutscht, als er etwas getrunken hatte. Als sie nachgefragt hatte, hatte er geschwiegen. Wollte er versuchen, dem Tod zu trotzen, weil sein Bruder das nicht gekonnt hatte?

»Bist du okay? Geht es um deinen …«

James warf ihr einen Blick zu, der sie davon abhielt, ihren Satz zu beenden.

»Komm schon, Dyl, das ist doch jetzt kein Problem für dich, oder? Ich brauche nämlich wirklich nicht noch jemanden, der ständig an mir herumnörgelt und so ehefrauenmäßig ist.«

»Ehefrauenmäßig?« Dylan stemmte die Fäuste in die Hüften. »Das meinst du jetzt nicht ernst, oder?« James sah aus wie immer. Sein nackter Oberkörper bezeugte sein hartes

Training im Fitnesscenter, sein Stoppelbart die Stunden, die seit seiner Rasur am Morgen vergangen waren. Und doch schien er ganz und gar nicht er selbst zu sein. Einmal hatte er gemeint, er sei kein guter Ehemann und könne richtig widerlich sein. Damals hatte sie gelacht. Das konnte er doch auf gar keinen Fall sein. Nun schien es ihr auf einmal möglich, dass seine Aussage damals tatsächlich ein Geständnis und kein Witz gewesen war.

»Ich meine es todernst«, sagte James und hielt ihrem Blick stand. Sie musste an den Huelo-Aussichtspunkt denken, an dem sie vor wenigen Stunden gehalten hatten. Es war ein sehr romantischer Ort gewesen, und sie waren die steilen Betonstufen hinuntergegangen, um über ein Meer üppiger Palmen auf den Ozean zu blicken. James hatte seinen Arm um Dylans Taille gelegt und auf eine Reihe handbemalter Kokosnuss-BHs gezeigt, die auf einer Leine hingen. Dylan hatte nicht gewollt, dass er ihr einen kaufte, doch er hatte darauf bestanden. Letztendlich hatte sie eingelenkt, obwohl sie genau wusste, dass sie ihn niemals tragen würde. Aber ihr fiel es immer so schwer, James etwas abzuschlagen.

Selbst eine Affäre hat ihre Flitterwochen, dachte Dylan. *Und wenn sie vorbei sind, ist es wie in einer normalen Beziehung.* Genauso war es mit Nick gewesen. Sie wusste, dass sie ihn in diesem Moment auf die Probe stellte. Wenn sie ihn weiterhin drängte, nicht zu springen, würden sie sich schließlich streiten. Sie hatte sich so danach gesehnt, all die Zeit ungestört mit ihm zu verbringen – zu erfahren, wie es sich anfühlte, den Sonnenaufgang *und* den Sonnenuntergang am gleichen Tag mit ihm zu erleben. Nicht das Gefühl zu haben, als würden ihr die kostbaren Momente wie Sand zwischen den Fingern zerrinnen. Zu glauben, dass das Leben, das sie gemeinsam führten, real wäre. Und sie *hatte* all diese Dinge getan und genossen. Doch gleichzeitig hatte sie auch einen Blick hinter den Glanz seiner Augen geworfen, dorthin, wo die andere Seite seiner

Persönlichkeit lebte. Natürlich wusste Dylan, dass James nicht perfekt war. Doch jetzt, wo sie von der Schwangerschaft wusste, stellte sie plötzlich alles infrage.

»Dylan, komm schon«, hörte sie ihn. »Wo ist meine Belleza?«

»Ich bin hier«, sagte sie, ohne sich vom Fleck zu rühren.

Er stöhnte. Und auch nachdem er seinen Mund wieder geschlossen hatte, konnte sie sehen, wie er seinen Kiefer anspannte und die Zähne zusammenpresste. »Nein, ist sie nicht. Ich suche nach der Frau, die sich nichts von mir gefallen lässt, aber auch nicht ständig nervt.«

Das nervte ihn? Die Sorge, ob er leben oder sterben würde?

»Ich muss das tun, Dyl.«

Erst wollte er auf der unbefestigten Küstenstraße ohne Leitplanken fahren, und nun musste er aus fünfzehn Metern Höhe in einen Wassertümpel springen, der vielleicht nur sechs Meter tief war. Was würde als Nächstes kommen? Fallschirmspringen ohne Fallschirm? Zwei junge Pärchen, vielleicht Mitte zwanzig, kamen in ihre Richtung, und sie wollte nicht, dass sie hörten, wie sie ihn davon zu überzeugen versuchte, dass das Ganze keine gute Idee war. Ihr war es schon peinlich genug, zugeben zu müssen, dass ihre Gefühle keinen Einfluss auf seine Entscheidung hatten. Dass es ihn einfach nicht interessierte, was sie dachte. Sie wusste, er würde springen, ob sie nun wollte oder nicht.

»Okay. Aber wenn du nachher gelähmt bist, werde ich dir nicht den Hintern abwischen und dich mit Apfelmus füttern. Das kann dann deine *Ehefrau* machen.«

»Harte Worte«, meinte James nur, und bevor sie noch etwas sagen konnte, schwang er sich über das Geländer. Sie sah zu, wie er kerzengerade ins Wasser stürzte. Er ging mit den Füßen zuerst unter und kam dann endlich mit einem *Wooow!* wieder hoch und reckte die Faust. Die Pärchen hinter ihr raunten bewundernd »Oh« und »Ah«, während sie James beobachteten. Sie bemerkten zum Glück nicht die Anspannung auf Dylans Gesicht, die auch noch anhielt, nachdem er gesprungen war. Sie hatte er vielleicht beeindruckt, Dylan nicht.

James hatte recht behalten. Ihm war nichts passiert. Doch in den beiden letzten Minuten war etwas mit ihr geschehen. Sie hatte eine Seite von James erlebt, die sie bisher nicht gekannt hatte und von der sie nicht hatte glauben wollen, dass es sie wirklich gab. Sie konnte sich nie sicher sein und war gezwungen, die Wahrheit zu akzeptieren. Auch in ihrem kleinen Kokon konnten sie von der Realität eingeholt werden. Sie hatte nicht nur deshalb so gern in ihm gelebt, weil er sie beide vor dem Rest der Welt abgeschirmt hatte, sondern auch, weil er ihrer beider Makel versteckt hatte. Wenn sie essen, tanzen oder miteinander ins Bett gegangen waren, war es nie zu derart angespannten Situationen gekommen, in denen ihre wahren Persönlichkeiten ans Licht kamen. Doch auf dieser Reise, auf der sie so viel Zeit miteinander verbrachten, traten ihre Makel unvermittelt zutage.

Und nun hatte Dylan etwas Wichtiges über James gelernt, etwas, das sich nie ändern würde: Er würde tun, was und wann er es wollte, ob sie nun damit einverstanden war oder nicht. Sie legte die Hand auf ihren Bauch und seufzte. Was mochte das wohl für ihre gemeinsame Zukunft bedeuten?

KAPITEL 30

JACKS – NACHDEM ES GESCHEHEN WAR

»Was war das denn eben?« Beth und ich stehen neben dem Jeep. Ich schaue zurück zum Restaurant und frage mich, ob Nick uns wohl folgen wird. Ich wünsche mir, dass er auftaucht, und gleichzeitig, dass er es nicht tut. »Warum bist du denn aus dem Lokal gestürmt?«

»Ach, das war nichts«, sage ich nur. Eine riesige Lüge. Eine offensichtliche Lüge.

»Das war definitiv nicht *nichts*«, sagt Beth betont langsam. »Schien mir eher wie ein Streit zwischen …«

»Zwischen wem?«, frage ich herausfordernd. *Sag es. Klag mich an.*

»Ich weiß auch nicht. Egal«, gibt sie händeringend nach.

Ich atme langsam aus. Gott sei Dank. Denn ich bin noch nicht bereit, über Nick zu sprechen. Oder über unsere Beziehung. Oder über was auch immer das ist. Ich bin mir noch nicht einmal sicher, ob ich es in Worte fassen könnte, wenn ich es versuchte. Ich weiß nur, dass ich stinksauer auf ihn bin, weil er das, was er hier auf Maui angefangen hat, nicht zu Ende bringen will. Oder vielleicht bin ich auch sauer auf ihn, weil er nicht das zu Ende bringen will, was er *mit mir* angefangen hat.

»Und jetzt?«, will Beth wissen.

Ich antworte ihr nicht sofort, sondern schaue sie wortlos an. Ich versuche, mir vorzustellen, was geschehen wäre, wenn es ihr Ehemann gewesen wäre, der mit seiner Geliebten nach Maui anstatt geschäftlich nach Kansas gereist wäre. Sie wäre in sich zusammengefallen. Natürlich hätte sie zuerst an ihre drei Kinder gedacht und überlegt, wie sie damit weiterleben könnten, und dann erst an sich selbst. Doch dazwischen wäre sie wie eine Laborratte in ihrem Labyrinth umhergeirrt, hätte nach einem Ausweg gesucht und wäre in eine Sackgasse nach der anderen gelaufen. Denn Mark ist ihr Mittelpunkt, ihr Gravitationszentrum, das Yin zu ihrem Yang. Natürlich ist sie komplett durchorganisiert und hat heute Morgen, bevor sie in den Flieger gestiegen ist, garantiert noch eine Excel-Tabelle mit den Aktivitäten ihrer Kinder ausgedruckt und einen Schweinebraten in den Dampfgarer geschoben. Aber das ist ihr Alltag.

Doch *das hier*? Das würde sie komplett lähmen.

Ich behaupte nicht, dass ich am Anfang nicht auch in eine Art Schockstarre gefallen bin, dass ich nicht mehr ich selbst bin. Aber das ist etwas anderes. James und ich stritten uns meistens. Es fehlte immer nur ein kleines Wort, und einer von uns schlief auf diesem verdammten roten Plüschsofa. Auch wenn ich nicht ahnte, dass er mich betrog und belog, provozierten wir uns doch ständig gegenseitig, trieben uns bis zum Äußersten und stellten unsere Geduld gegenseitig auf die Probe. Doch ich war so naiv zu glauben, dass unser Verrat innerhalb unseres Zuhauses bliebe, dass unsere chaotische Beziehung die Grundlage unseres gemeinsamen Lebens bildete.

»Ich rufe Officer Keoloha an«, sage ich und wähle seine Nummer.

Er geht ans Telefon. Wie immer. Gott sei Dank hat dieser Mann meine Anrufe nie abgewiesen, mich nie aufgegeben. Beth beobachtet mich, während ich ihm erzähle, dass ich mit meiner Schwester im Hana Ranch Restaurant bin und an die Unfallstelle fahren möchte. Er sagt, ich solle auf ihn warten. Er käme gleich. Ich denke über diesen Mann nach, den ich noch nie persönlich getroffen habe, der mir aber zugehört hat, als ich weinte, stammelte, fragte, alles Mögliche, ohne sich zu beklagen. Wie kann er nur so unerschütterlich sein und seine Arbeit erledigen, ohne emotional involviert zu werden?

Und dann denke ich wieder an Nick und an den Druck, unter dem er als Feuerwehrmann ständig steht, an den Kummer und an das Leid, das er sieht. Muss man für diesen Beruf einfach ein bestimmter Typ Mensch sein – ruhig und um seine Grenzen wissend? Nick muss wirklich genau wissen, wie viel er ertragen kann. Er muss wissen, dass er sich von dem, was er an der Unfallstelle sehen und fühlen würde, würde er dort hinfahren, nicht mehr lösen könnte.

»Er kommt gleich«, sage ich zu Beth, nachdem ich das Gespräch beendet habe.

»Und dann?«, will sie händeringend wissen. Die Planerin in ihr muss einfach wissen, was als Nächstes geschieht.

»Und dann werden wir gehen«, sage ich und schaue dabei auf meine Füße. Der Nagellack auf meinem dicken Zeh ist abgeblättert.

»Was, glaubst du, wird Nick tun?« Sie schaut zum Restaurant.

»Ich weiß es nicht«, antworte ich und folge ihrem Blick zur Veranda, wo ein weißhaariges Pärchen im Partnerlook in einem Reiseführer liest und einen Fruchtcocktail schlürft. Ich spüre die Tränen in meinen Augen, während ich an Nicks Worte denke, dass er mit Dylan *künstlich-hüft-alt* werden wollte. Und es versetzt mir einen Stich, dass ich niemals wissen werde, wie James mit grauem Haar ausgesehen hätte. Dass er niemals die

Falten sehen wird, die ich später einmal bekommen werde. »Bin ich verrückt?«

Beth nimmt mich in den Arm, und ich lehne mich an sie. »Nein. Überhaupt nicht. Du bist unglaublich tapfer.«

»Ich? Tapfer?«, witzele ich. Sie könnte mir genauso gut sagen, ich wäre ein Supermodel.

»Ja, du.« Sie schaut mich lange an. »Du bist so viel stärker, als du glaubst. Ich hätte so etwas nie durchgestanden.«

»Ich habe es auch noch nicht durchgestanden.«

»Aber das wirst du.« Sie packt mich an den Schultern und schaut mich an. »Du schaffst das.«

»Ich würde das so gerne glauben.«

»Du weißt, dass ich James gemocht habe, Jacks. Das habe ich wirklich. Es gab Dinge an ihm, die ihn zu einem großartigen Ehemann gemacht haben. Besonders in den ersten Jahren. Aber da war etwas …«

»… dass du nicht mochtest. Ich weiß das. Ich weiß das. *Ich weiß das.*« Den letzten Satz ziehe ich dramatisch in die Länge.

»Das habe ich jetzt wohl verdient«, meint Beth. »Aber darum geht es nicht. Ich habe ihn wirklich gemocht. Weil du ihn geliebt hast und weil er dein Ehemann war. Was ich eigentlich sagen will, ist, dass er dich ausgesaugt hat. In der Zeit, die ihr zusammengelebt habt, hast du immer mehr dein Selbstvertrauen verloren. Siehst du das denn nicht?«

»Doch«, gebe ich zu, und Tränen laufen mir über das Gesicht.

»Oh, meine Süße, es tut mir so leid. Ich wollte dich nicht zum Weinen bringen. Ich hätte ihn nicht kritisieren dürfen. Nicht jetzt.«

»Ist schon okay, es ist nicht deine Schuld«, sage ich und denke darüber nach, wie alles anders wurde, nachdem ich ihm von der Zwanzig-Prozent-Chance erzählt hatte.

»Wessen denn?«

Und dann erzähle ich ihr alles.

KAPITEL 31

JACKS – NACHDEM ES GESCHEHEN WAR

Schweigend hält Beth mich im Arm. Sie streicht mir über das Haar, und ich halte sie ganz fest. In der wortlosen Zustimmung, die nur eine Schwester geben kann, lasse ich meinen Tränen freien Lauf. Es ist schwer, die richtigen Worte zu finden, um auszudrücken, wie ich mich fühle, nachdem ich Beth endlich die Wahrheit erzählt habe. Sie weiß nun, warum James und ich uns auseinandergelebt haben. Warum er sich verändert hat. Vielleicht auch, warum er diese Affäre hatte.

Ich habe das Gefühl, endlich wieder ich selbst zu sein.

So lange Zeit habe ich mich geschämt. Und ein Teil von mir hat sich immer davor gefürchtet, ihr zu gestehen, dass ich meinem eigenen Ehemann nicht die ganze Wahrheit gesagt hatte.

»Mark und du, ihr erzählt euch alles«, sage ich. »Vielleicht klingt das jetzt albern, aber weil ihr Kinder habt, hatte ich Angst, du würdest dich auf seine Seite stellen.« Ich schüttele leicht den Kopf.

»Oh, Jacks«, meint Beth. »Ich bin vielleicht eine Mutter, aber du bist und bleibst meine Schwester. Und es tut mir so leid, dass du nicht zu mir kommen konntest.«

»Das hätte ich tun sollen.«

»Du hast getan, was du für richtig gehalten hast, und gehofft, dass es gut geht. Mehr kann niemand tun, okay?«

»Aber offensichtlich ist es nicht so gelaufen, wie ich gehofft hatte«, antworte ich und lächele sie traurig an.

»Es tut mir so leid«, sagt Beth und nimmt mich wieder in den Arm.

»Machen wir einen Deal?«, frage ich sie.

Beth nickt.

»Ich tue uns beiden nicht mehr länger leid. Okay?«

»Okay«, sagt Beth nur, und in diesem Moment bin ich ihr dankbarer, als ich es ihr je sagen könnte.

* * *

Nick ist noch immer nicht zu uns nach draußen gekommen, als Officer Keoloha kurze Zeit später ankommt und neben uns hält. Ich habe mich entschieden und Nick offensichtlich auch. Fragt sich nur, wer von uns beiden die richtige Entscheidung getroffen hat.

Als Officer Keoloha aus seinem weißen SUV steigt, schiebt er lächelnd seine Sonnenbrille hoch. Ich finde ihn auf Anhieb sympathisch. Er ist mein Anker hier auf der Insel. War meine Rettungsleine während der letzten Wochen. Dieses Band ist auch der Grund, warum ich nun zu ihm gehe und ihn wie einen alten Freund umarme. Im ersten Moment wirkt er etwas überrascht, drückt mich dann aber kurz, bevor er sich aus der Umarmung löst.

»Schön, Sie persönlich zu treffen«, meint er.

»Gleichfalls«, sage ich lächelnd. »Officer Keoloha, das ist Beth«, stelle ich meine Schwester vor, und die beiden geben sich die Hand. Ich muss daran denken, wie ich sie ihm beschrieben habe – als einen Teil von mir, als mein zweites Ich. Und deshalb versteht er auch, warum wir beide zusammen hier sind. Sie kann einfach nicht *nicht* hier sein.

»Sind Sie sich auch ganz sicher?«, fragt er, bevor er von mir zu Beth schaut und den Blickkontakt mit ihr hält.

»Ist sie. Sie ist bereit«, antwortet Beth an meiner Stelle.

Er nickt. Doch sein Gesichtsausdruck verrät nicht wirklich, was er von meiner Entscheidung hält. Er wird mich einfach zu James bringen. Beth greift nach meiner Hand, und ich drücke sie, ohne sie anzuschauen. Wir schweigen, aber ihr Händedruck sagt mir, dass sie nun versteht, warum ich das tue. Dass er trotz allem, was er getan hat, mein Ehemann war. Und dass ich ihn noch immer geliebt habe.

Officer Keoloha öffnet mir die Beifahrertür und lässt Beth im Fond einsteigen, bevor er den Motor startet. »Wir haben nie über den Straßenabschnitt gesprochen, auf dem der Unfall passierte. Haben Sie irgendwelche Fragen?«, beginnt er das Gespräch, als er auf den Highway 360 fährt. Bald umgibt uns das üppige Grün des Regenwaldes. Sieht man von den vereinzelten Schildern, die vor der einspurigen Straße oder dem Gegenverkehr warnen, ab, könnte man fast vergessen, dass dieser Highway ebenso viele Gefahren wie Hoffnungen birgt.

Ich würde Officer Keoloha gern sagen, dass auch dann noch viele Fragen offenbleiben, wenn ich die Stelle, an der James gestorben ist, gesehen habe. Fragen, auf die ich vielleicht nie eine Antwort finden werde und mit denen ich für den Rest meines Lebens irgendwie leben muss. Fragen, die sich hoffentlich irgendwann in der hintersten Ecke meiner Erinnerungen verkriechen werden. Doch heute, was möchte ich heute wissen? Welche Antwort könnte er mir auf die eine Frage geben, die mich seit jenem Tag innerlich auffrisst: Warum musste mein Mann sterben?

»Ich wünschte, ich wüsste, warum James über die Küstenstraße gefahren ist, obwohl sie so gefährlich ist«, sage ich

263

schließlich. Das Ausmaß der Tragödien, die Officer Keoloha immer wieder auf diesen Straßen erlebt, kann ich nur erahnen. Auf welcher Stufe mag wohl James' Unfall rangieren?

»Die Küstenstraße nach Hana erscheint manch einem besonders deshalb so reizvoll, weil sie kein Touristenmagnet ist«, erklärt er uns, bevor er kurz anhält, um einen Wagen, der aus der Gegenrichtung kommt, vorbeizulassen.

»James war nie besonders risikofreudig.«

Officer Keoloha antwortet nicht, und die nächsten Minuten fahren wir schweigend weiter, weil keiner weiß, was er sagen soll. Schließlich sagt er: »Wenn wir an den *Seven Sacred Pools* vorbeifahren, sind es nur noch ungefähr sechs Kilometer, bis wir den nicht autorisierten Straßenabschnitt erreichen. Der Unfall passierte nicht weit davon entfernt.«

Beth greift von hinten nach meiner Schulter, und ich lege meine Hand auf ihre.

Wir fahren wortlos weiter, während Officer Keoloha den SUV durch die engen Kurven steuert. Ich muss an die schwangere Dylan denken und wie übel ihr geworden sein muss. Nach etwa dreißig Minuten zeigt Officer Keoloha nach rechts. »Da sind die Wailua-Wasserfälle.«

Am Straßenrand stehen ein paar Leute und fotografieren. Mein Magen verkrampft sich, weil ich weiß, dass wir immer näher kommen. Kurze Zeit später fahren wir über eine Brücke, und Officer Keoloha zeigt nach unten auf die Wasserbassins. Ich frage mich unweigerlich, ob James und Dylan hier vielleicht angehalten haben. Haben sie hier gegrillt, bevor sie nach Hana gefahren sind? Haben sie an einem der vielen unbesetzten Obststände am Straßenrand angehalten, eine frische Papaya mitgenommen und einen Dollar in die Schale geworfen? Hat Dylan James gebeten, kurz anzuhalten, damit sie ein Foto von dem Wasserfall machen konnte, an dem wir eben vorbeigefahren sind, ohne zu ahnen, dass ihr nicht mehr viel Zeit blieb?

»Okay, wir fahren jetzt auf die unautorisierte Straße. Es wird ziemlich holprig werden«, sagt Officer Keoloha ruhig. Der SUV fährt langsam einen steilen Berg hinauf, und ich schreie erschrocken auf, als ein großer Truck um die Kurve schießt. Officer Keoloha flucht leise. »Diese verdammten Einheimischen.« Wir fahren schweigend weiter, bis er endlich weiterredet: »Wir vermuten, dass der Unfall gleich hier oben geschah.«

»Was meinen Sie mit, Sie *vermuten*, dass der Unfall hier geschah? Sind Sie sich denn nicht sicher?«, fragt Beth überrascht.

»Dieser Teil der Straße ist nicht asphaltiert. Deshalb gibt es keine Bremsspuren oder andere Hinweise, dass James versucht hat, den Jeep zum Stehen zu bringen. Wir können also nicht genau sagen, wo gebremst wurde.«

»Aber Sie sind sich sicher, dass gebremst wurde?«, will ich wissen, und ich kann hören, wie Beth leise nach Luft schnappt. Sie weiß nicht, dass ich mich frage, ob irgendetwas vorgefallen ist, bevor der Jeep über die Klippen gerast ist. Etwas, das den Unfall verursacht hat. Etwas anderes als die enge und gefährliche Straße. Zum Beispiel ein Streit. James war sehr aufbrausend. Besonders am Schluss.

Ich denke dabei an einen ganz bestimmten Streit, den wir einmal hatten – in unserem Auto. Es war Neujahr. Einen Tag, nachdem ich ihm von den zwanzig Prozent erzählt hatte. Sein Chef hatte zu einer Party eingeladen, um gemeinsam die Übertragung des jährlichen *Rose Bowl*-Finales im Fernsehen zu verfolgen. Und obwohl wir die halbe Nacht gestritten hatten, meinte er, wir müssten *beide* dorthin gehen. Er bemühte sich gerade um eine Beförderung, und da würde man es nicht gern sehen, wenn *wir* nicht kämen. Ich hatte zu viel getrunken – das tat ich oft, wenn ich etwas vergessen wollte – und hatte irgendetwas Dummes zu der Frau seines Chefs gesagt. Ich weiß nicht mehr, was. Doch James hat sich furchtbar aufgeregt. Das machte er mir unmissverständlich klar, als wir gingen – oder besser gesagt, als er zum Auto stürmte und ich ein paar Meter hinter ihm hertrippelte. Auf der Fahrt nach Hause schlug er mit der Faust auf das Lenkrad und traf versehentlich die Hupe. Ich musste lachen, weil ich betrunken war. Und er meinte: »Das findest du also lustig? Nach dem, was du angerichtet hast? Wie findest du denn dann *das* hier?« Und mit diesen Worten riss er das Lenkrad herum, und unser Auto schleuderte auf die Gegenspur. Damit war ihm meine Aufmerksamkeit gewiss. Ich fuhr mit einem Ruck hoch und starrte ihn erschrocken an. Doch er sagte nichts mehr. Ich auch nicht. Es gab einfach keine Worte, um zu beschreiben, was aus uns geworden war.

Ich frage mich, ob irgendetwas zwischen Dylan und ihm vorgefallen ist. Ob sie sich gestritten haben – vielleicht wegen der Schwangerschaft? – und ob er außer sich gewesen ist. Ob er den Unfall vielleicht versehentlich verursacht hat, weil er irgendetwas Dummes getan hat, wie etwa das Lenkrad absichtlich herumzureißen. Ich frage Officer Keoloha danach, ohne unseren Streit zu erwähnen.

»Mrs Morales, es gibt keinen Grund, von etwas anderem als einem tragischen Unglück auszugehen. Was zwischen den beiden vor dem Unfall in dem Auto passiert ist, werden wir nie erfahren. Könnten sie sich gestritten haben? Natürlich. Und trotzdem. So unaufmerksam zu sein, während man diesen Berg hinauffährt? Wo die Felsen so steil sind? Ich glaube nicht, dass irgendjemand so leichtsinnig wäre, egal, wie wütend er ist. Ich weiß, das klingt vielleicht hart für Sie, aber ich habe es Ihnen schon einmal gesagt. Augenzeugen, die die beiden beim Picknick gesehen haben, meinten, sie hätten glücklich gewirkt. Sie hatten eine Flasche Wein in dem Lebensmittelgeschäft gekauft. Wir sind uns zwar sicher, dass James gefahren ist, konnten aber keinen Alkoholtest …« Er räuspert sich. »Leider kommt es auf dieser Strecke öfter zu Unfällen, als uns lieb ist. Nicht grundlos vermieten die Autovermietungen ihre Wagen nicht an Personen, die hierherkommen wollen. Es ist gefährlich, besonders am späten Nachmittag, wenn die Sonne blendet.«

Nun mischt sich Beth in das Gespräch ein. »Der Officer hat recht, Jacks. Ich glaube nicht, dass James irgendetwas tun würde, um das Leben anderer zu gefährden.«

»Ihr habt sicherlich recht« ist alles, was ich sage. Denn es ist das, was ich glauben möchte. Auch wenn ich weiß, dass James in seiner Wut manchmal nicht mehr auf seinen gesunden Menschenverstand hörte.

»Woher wissen Sie, um welche Tageszeit es passiert ist?«, will Beth wissen.

»Laut dem Polizeibericht, den Dylan unterschrieben hat, wurde ihre Handtasche aus ihrem Jeep gestohlen, während James und sie an den *Seven Sacred Pools* waren. Sie hatte den Diebstahl gegen drei Uhr dreißig angezeigt und gemeint, sie hätten zuvor eine Stunde nach der Tasche gesucht.«

»Das haben Sie mir bisher nicht erzählt«, sage ich. »Warum nicht?«

»Na ja, es war meiner Meinung nach nicht wichtig. Es war ihre Handtasche, ihr Polizeibericht. Ich bin davon ausgegangen, dass Sie diese Information nicht wissen oder hören wollten.«

»Da haben Sie vermutlich recht«, stimme ich ihm zu. An sich ist es auch nicht wichtig. Doch es ist ein weiterer Hinweis, der sich für immer in meinem Kopf festsetzen wird. Noch mehr *Was-wäre-Wenns*. Was wäre geschehen, wenn man ihre Tasche nicht gestohlen hätte? Was, wenn es nicht so spät am Tag gewesen wäre?

Der SUV fährt durch mehrere tiefe Senken und Schlaglöcher, und ich greife wieder nach dem Haltegriff.

»Okay, Jacks, wir gehen davon aus, dass der Jeep von einem Felsen dort oben in einer Höhe von ungefähr einhundertachtzig Meter, heruntergestürzt ist«, sagt er und wartet, bis ich die Bedeutung seiner Worte erfasst habe. Ich schaue durch das

Fenster auf seiner Seite zum Straßenrand hinüber, wo uns nur eine dichte Wand aus Tropenpflanzen und Blumen vom darunterliegenden Meer trennt. Ich schaue zurück, um abzuschätzen, wie steil dieser Felsen ist, und umklammere den Rand meines Sitzes. Es ist sehr hoch.

»Wir können dort nicht anhalten. Also werde ich mit dem Auto den Verkehr in beide Richtungen stoppen. Es dürften nicht viele Wagen unterwegs sein. Sie müssen sich aber trotzdem beeilen.«

»Sind Sie sicher, dass Sie das tun können?«

»Sie sind den weiten Weg hierhergekommen, um die Stelle zu sehen. Das ist das mindeste, was ich tun kann«, meint er nur, stellt den Wagen quer und schaltet das Polizeilicht ein.

»Okay«, sage ich und spüre, wie mich der Mut zu verlassen droht, als ich die Tür öffne und für den Fall, dass ein Auto auftaucht, über meine Schulter schaue. Ich muss wieder an den Truck denken, der um die Kurve geschossen kam. Plötzlich bekomme ich kaum noch Luft – als wäre ich vor etwas davongelaufen. Doch das bin ich nicht, sage ich zu mir selbst. Ich werde endlich auf etwas zulaufen. Nicht-wahrhaben-Wollen wird keinen Platz mehr in meinem Leben haben, wenn ich erst einmal über diesen Felsvorsprung geschaut habe.

Beth legt ihre Hand auf meine Schulter. »Ich bin bei dir, okay?«

Es beginnt wieder zu regnen. Als wir zu dem Straßenrand gehen wollen, hält Officer Keoloha uns kurz zurück. »Sie sollten noch wissen, dass der Weg nach unten sehr lang ist. Die Lavasteine sind sehr scharf ...« Er verstummt.

»Sie können so mit mir darüber reden wie mit jedem anderen auch. Was möchten Sie uns also sagen?«

Officer Keoloha schaut mich lange an, bevor er fortfährt. »Okay, als der Jeep auf die Felsen aufschlug, ist er explodiert und in Flammen aufgegangen. Die Wrackteile, von denen manche wieder angeschwemmt wurden, wurden bis ins Meer hinunter in die Bucht geschleudert, an der wir eben vorbeigefahren sind. Dort hat man auch Dylans Leiche ungefähr zwei Wochen nach dem Unfall gefunden.«

Ich suche nach Beths Hand und halte sie ganz fest. Doch ich traue mich nicht, sie anzusehen. Sie weint leise, und ich möchte stark bleiben. Also zwinge ich mich, langsam an diese furchtbare, hässliche Stelle zu gehen, und stelle mir James' letzte Augenblicke vor. Den Schock, die Angst, den brennenden Schmerz. Und dann die Erkenntnis, dass er sterben wird. Woran mag er in seinen letzten Momenten gedacht haben? An mich? An Dylan? Und wenn er von der Schwangerschaft wusste, was hat er über ihr ungeborenes Baby gedacht? Ich ziehe meinen Ehering von meinem linken Finger und küsse ihn. Dann spreche ich ein leises Gebet und hoffe, dass sein Tod schnell und schmerzlos war.

Und dann, ohne es wirklich zu wollen, bete ich auch für Dylan, bevor ich meinen Ring ins Meer werfe. Ich schaue zu, wie er untergeht, und stelle mir vor, wie er die Wasseroberfläche durchbricht.

KAPITEL 32

DYLAN – BEVOR ES GESCHAH

Niemals würde Dylan den Moment vergessen, in dem James und sie sich das erste Mal geküsst hatten. Wie sie plötzlich erkannt hatte, dass sie das seit dem Tag wollte, an dem sie sich kennengelernt hatten. Als James nach ihrer Schicht auf sie gewartet hatte, um ihr einen Zwanzigdollarschein *und* seine Visitenkarte in die zierliche Hand zu drücken. Sie hätte sie in den Mülleimer werfen und damit jede Möglichkeit zunichtemachen können, ihn je wiederzufinden. Doch das tat sie nicht. Stattdessen starrte sie die ganze Nacht auf das Stück Papier, drehte es in den Händen hin und her, fuhr mit den Fingern an seinen Rändern entlang und fragte sich, welche Vorgeschichte er wohl haben mochte. Wie er Verkäufer von Softwareprogrammen geworden war. Zum guten Schluss versteckte sie die Karte in einer Schublade unter ihrer Unterwäsche und haderte mit sich, ob sie ihn anrufen sollte oder nicht.

Drei Tage später zog sie einen ihrer Lieblingsslips aus weißer Spitze aus der Schublade, und dabei fiel die Karte heraus. Sie sah es als ein Zeichen, dass sie sich wenigstens für das großzügige Trinkgeld bedanken sollte. Damit wäre die Sache dann

erledigt. Schließlich hatte sie ja Nick. Er war ein guter Mann ...
und ihr Verlobter. Sie begab sich auf gefährliches Terrain, wenn
sie begann, infrage zu stellen, dass sie in ihm den Partner fürs
Leben gefunden hatte.

James antwortete sofort auf ihre Nachricht. Dylans Herz
machte einen Sprung, und sie spürte ein Kribbeln im Bauch. Am
Anfang verhielten sich beide noch sehr zögerlich und erzählten
in den E-Mails, die sie sich täglich zu schreiben begannen, nur
wenig von ihrem Leben. Manchmal schickte er einen witzigen
Link zu einem aktuellen politischen Thema. Oder sie erzählte
von der Arbeit, zum Beispiel wie sich der Küchenchef und der
Geschäftsführer wegen der jungen, langbeinigen Stewardess
geprügelt hatten, die sich mit ihnen beiden traf.

Doch Dylan merkte schnell, dass sie mehr wollte. Mehr als
lustige E-Mails schreiben. Mehr als diese alberne Nervosität,
die sie beim Öffnen seiner Nachrichten befiel. Mehr als diesen
oberflächlichen Flirt. Während sie gelangweilt die neueste Folge
von *New Girl* anschaute, fand sie endlich den Mut, ihn nach
der einen Sache zu fragen, über die sie nie sprachen: seine Ehe.

Es dauerte fast vierundzwanzig Stunden, bis sie eine
Antwort bekam. In der Zwischenzeit war sie sich sicher, dass
sie ihn vergrault hatte. Doch dann meldete der Klingelton die
eingehende E-Mail, und sie las seinen Namen. Er schrieb, dass
er seit acht Jahren verheiratet war und seine Frau Jacqueline
hieß. Sie wären einmal glücklich gewesen, aber sie hätte sich
sehr verändert. Er verreiste oft, und durch die körperliche und
emotionale Distanz zwischen ihnen wäre die Kluft immer größer geworden. Ihre Ehe wäre am Ende, und er wüsste nicht, wie
er sie noch retten könnte.

Obwohl Dylan noch mehr wissen wollte, stellte sie keine
weiteren Fragen. Das hätte sie verraten. Und sie wusste nicht
genau, was er von ihr oder sie von ihm wollte. Sie wusste nur,
dass sich ihre Gefühle für Nick veränderten. Wenn sie ihn zum

Beispiel auf dem Sofa beobachtete, wie er wie hypnotisiert ein Spiel der Lakers im Fernsehen verfolgte und sein Körper dabei mit den Spielern nach links oder rechts mitging, fiel ihr auf, dass ihr das früher gefallen hatte. Doch seit sie James kannte, nervte es sie irgendwie, wenn er bestimmte Dinge tat. Seine Marotten verloren plötzlich ihren Charme.

Vielleicht lag es an dem Ring. Der schwere, übergroße Diamant, der auf ihrem Finger prangte, belastete ihre Beziehung zusätzlich – vielleicht, weil ihr plötzlich bewusst wurde, dass von nun an *all das* für immer sein würde: die Art, wie Nick seine Tortillachips zermalmte. Die Spannung zwischen ihr und ihren Eltern, seit sie ihre Verlobung offiziell gemacht hatte. Die Art, wie er auf subtile Weise versuchte, sie zu der Person zu machen, die sie seiner Meinung nach sein sollte, also ordentlicher (sie war ein selbst ernannter Chaot), ehrgeiziger (sie ließ sich gern treiben), einfach mehr *von allem*. Nick war unglaublich entschlossen. Das hatte ihr früher besonders gut an ihm gefallen. All die Männer, mit denen sie sich vorher getroffen hatte, waren mehr wie sie selbst gewesen. Doch Nick hatte von Anfang an gewusst, was er wollte. Sie. Und Dylan hatte geglaubt, einen Mann wie Nick zu wollen.

Bis sie James traf. Er veränderte alles. Ihr gefiel, dass er älter, erfahrener und weltgewandter war als Nick. Und als sie endlich miteinander zu telefonieren begannen, brachte er sie auf eine Art und Weise zum Lachen, wie Nick es niemals tat. Dieses Lachen ließ ihren gesamten Körper erbeben und kam tief aus ihrem Innersten. Sie hatte schnell erkannt, dass er ihr viele Dinge zeigen und beibringen konnte – dass er sie herausforderte.

Schnell stiegen sie von den E-Mails auf SMS um und standen bald in einem regelmäßigen Kontakt. Als sie begann, das ein oder andere Detail mit James zu teilen, begann ihr langweiliges Leben plötzlich zu strahlen. Sie wurde süchtig nach ihrem Herumalbern, das sich immer mehr zu einem heißen

Flirt entwickelte. Und als er sie endlich auf einen Drink einlud, wusste sie genau, was sie tat. Sie wusste es, als sie ihr Lieblingstop und ihre enge Jeans anzog. Hatte sie diese Grenze erst einmal überschritten, würde ihr Leben nie wieder so sein wie früher.

Und sie konnte es nicht erwarten.

Sie trafen sich in einer Bar in Costa Mesa. Dylan nippte an ihrem Tonicwater mit Limetten, und James trank Draftbier. Sie spielten Darts und traten am Flipper gegeneinander an. Der Automat hatte Blinklichter und ein kleines Riesenrad, das sich drehte, sobald Dylan mit dem rechten Hebel die Metallkugel nach oben schoss. Dylan zog James damit auf, dass er alt genug war, um als Kind mit so etwas gespielt zu haben. (Das hatte er tatsächlich.) Sie berührte ihn hin und wieder. Anfangs noch schüchtern, wurde sie im Laufe der Nacht immer mutiger. Und ihr Mut wurde belohnt, als seine Hand ihre Taille umspielte und ihr über den Rücken strich. Dann zog er sie endlich zu sich heran und küsste sie zum ersten Mal. Dylan stellte sich auf die Zehenspitzen und legte den Kopf in den Nacken, damit sein Mund ihre Lippen mühelos finden konnte. Dylan erinnerte sich später so oft an diesen Moment, dass sie schon fürchtete, ebenso besessen zu sein wie diese Stalkerin in dem *Lifetime*-Film, den sie einmal gesehen hatte. Sie konnte es nicht erklären (und es gab auch niemanden, dem sie es hätte erklären können), aber noch nie zuvor hatte ein Mann sie so geküsst, so sanft und fordernd zugleich. Und noch nie hatte sich etwas so richtig angefühlt – und gleichzeitig so falsch. Sie war unglaublich glücklich und furchtbar verwirrt. Doch eines wusste sie mit Sicherheit: Sie würde alles tun, um dieses Gefühl noch einmal zu erleben.

* * *

Nachdem sie den Jeep geparkt hatte, ging Dylan den kurzen Weg zu den Pools zu Fuß und traf auf James, als dieser gerade aus dem Wasser stieg. Er grinste noch immer über das ganze Gesicht.

»Du kannst dir das nicht vorstellen. Der Adrenalinschub durch den Sprung war der Wahnsinn. Und dann habe ich mich eine Weile einfach durch das Wasser treiben lassen. Die Temperatur ist einfach perfekt.« Sie breitete das Picknick auf den beiden Handtüchern aus, die sie aus dem Hotel mitgebracht hatte. Er setzte sich neben sie und griff nach einem Stück Salami. »Ich wünschte, du hättest es auch probiert.«

Dylan schaute zur Brücke hinauf und hielt den Atem an, als in diesem Moment wieder jemand über das Geländer stieg. Diesmal wagte ein bärtiger Mann mittleren Alters den Sprung in die Tiefe, wobei sein Bauch auf dem Weg nach unten mächtig wackelte. »Nein, danke«, meinte sie lächelnd. »Mir reicht das Zusehen. Das strapaziert meine Nerven schon genug.«

»Du machst dir einfach zu viele Gedanken«, meinte James.

»Vielleicht«, stimmte Dylan zu und dachte insgeheim, dass James das für gewöhnlich auch tat. Doch im Moment schien ihm alles egal zu sein. Früher war sie stolz darauf gewesen, diese Seite in ihm zum Vorschein gebracht zu haben. Sie hatte dabei einen Hauch von Genugtuung empfunden, weil sie in einem Punkt den Sieg davongetragen hatte, an dem Jacqueline gescheitert war. Doch offensichtlich war sie im Moment diejenige, die ihn aufhielt. Vielleicht würde das Baby alles verändern.

»Bist du fertig?«, fragte James kurze Zeit später, nachdem sie den Wein getrunken hatten (Dylan hatte James zuliebe leicht daran genippt). Zuvor hatte er sie mit dem Bananenbrot gefüttert und sie dann an sich gezogen, nach hinten gedrückt und geküsst. Ein Pärchen, das gerade an ihnen vorbeiging, pfiff leise. Vielleicht hatte sie sich die Veränderung in seinem Verhalten ja nur eingebildet. Sie hatte ihn mehrmals gedrängt, ihr zu sagen, was in ihm vorging, doch er hatte nur gemeint, es wäre nichts. Und als sie das dritte Mal nachhakte, schien er verärgert. Als er von *miteinander reden* gesprochen hätte, hätte er nichts Spezielles gemeint.

Doch etwas in seinem Blick ließ sie an seinen Worten zweifeln. Hatte er ihr etwas Wichtiges sagen wollen, dann aber seine Meinung geändert? Irgendwann gab sie es auf und akzeptierte, dass es nichts zu reden gab. Auch wenn sie über vieles mit ihm reden musste. Doch wie konnte sie ihn drängen, seine Geheimnisse preiszugeben, wenn sie ihr eigenes für sich behielt?

James stand auf und hielt Dylan die Hand hin. Sie packten die Reste ihres Picknicks ein und gingen zu dem Jeep.

»Verdammt«, rief James. »Der Wagen wurde aufgebrochen.«

»Oh, nein. Ich hatte meine Tasche darin liegen gelassen.« Dylan schaute nach und hoffte, sie noch zu finden. Doch sie war verschwunden.

»Bist du dir sicher, dass du sie nicht mitgenommen hast, als du das Picknick vorbereitet hast? Oder als du zur Toilette musstest?«

Dylan dachte angestrengt nach. Sie war sich ziemlich sicher, sie hinter den Rücksitz unter eine Einkaufstasche auf den Boden gelegt zu haben. Sie hatte geglaubt, den Wagen abzuschließen reichte. »Ich bin mir sicher, ja. Was ist mit deiner Brieftasche?«

»Ich habe sie unter meinen Sitz geschoben, bevor ich von der Brücke gesprungen bin«, antwortete James, griff unter den Sitz und zog sie heraus. »Sie ist noch da.«

Dylans Magen zog sich zusammen. Wie sollte sie nun nach Hause kommen? Sie würde ihre Mitbewohnerinnen anrufen und sich ihren Ausweis per Express schicken lassen müssen. Doch ihr Rückflug war schon morgen. Dylan würde ihren Flug umbuchen müssen. Würde James mit ihr hierbleiben? Und dann fiel ihr der Schwangerschaftstest ein, den sie in die Tasche gesteckt hatte.

»Komm schon«, rief James ihr zu und lief zurück zu den Pools. »Wir gehen noch einmal den Weg ab und fragen, ob irgendjemand etwas gesehen hat. Und dann rufen wir die Polizei.«

Eine Stunde später dröhnte Dylans Kopf. Sie hatten die Suche irgendwann aufgegeben, die Polizei angerufen und den Diebstahl telefonisch gemeldet. Der Officer, der die Meldung entgegennahm, hatte Dylan erzählt, dass es häufig zu solchen Einbrüchen kam, wodurch sie sich noch dümmer vorkam. Man würde sie anrufen, sollte die Tasche wieder auftauchen, machte ihr aber nicht viel Hoffnung.

James nahm ihre Hand, als sie in den Wagen stiegen. »Mach dir keinen Kopf, Belleza. Das sind doch nur Papiere. Die kann man ersetzen.« Als sie anfangs nach ihrer Tasche gesucht hatten, war er genauso verärgert gewesen wie sie. Doch während sie immer aufgebrachter wurde, weil sie sie nicht finden konnte, hatte er sich beruhigt und sie bei ihrem Kosenamen gerufen. Sie liebte es, wenn er sie so nannte.

Dylan war erschöpft, und dieses ungute Gefühl in ihrem Bauch war wieder da. Sie hatte noch immer den Eindruck, dass irgendetwas nicht stimmte. »Können wir bitte ins Hotel zurückfahren?«

»Können wir bitte weiterfahren? Die Tour zu Ende machen? Wir sind so kurz vor dem besten Teil der Strecke. Lehn dich einfach zurück und schließ die Augen. Und hör auf, dir ständig Sorgen zu machen. Lass dich von den Kurven beruhigen.« James lehnte sich zu ihr hinüber und küsste sanft ihren Mund. »Für mich? Ich will wirklich wissen, was an den Geschichten über diese Küstenstraße dran ist.«

Dylan zeigte auf die untergehende Sonne. »Aber wäre es nicht sicherer, bei Tag zu fahren? Es wird bald dunkel.«

James küsste sie wieder, dieses Mal etwas heftiger. »Vertraust du mir?«

Dylan schaute ihn an. In den letzten Monaten hatten sie ein Leben geführt, von dem niemand etwas wusste. Sie hatten alles riskiert, um zusammen zu sein. Und nun war sie von ihm schwanger. Vertraute sie ihm? Die Wahrheit war: ja, absolut. Sie war sich nur nicht sicher, ob das auch klug war.

»Ja«, antwortete sie.

»Weißt du noch, wie wir auf der Fahrt hierher den Hibiskus und die afrikanischen Tulpen riechen konnten? Wie das Grün der Lichtnussbäume geleuchtet hat?

Dylan nickte, und sie erinnerte sich, wie er den Pflanzenführer in der Hülle der *Road to Hana*-CD, die sie unterwegs gekauft hatten, gelesen und auf die Bäume und Pflanzen am Straßenrand gezeigt hatte.

»Na ja, das, was jetzt kommt, wird all das noch übertreffen.«

Dylan biss sich auf die Lippe. Sie wollte nicht fahren. Doch sie wollte auch, dass James glücklich war. Sie wollte seine Nummer eins sein, denn manchmal konnte sie in diesen wunderschönen Augen erkennen, dass er an sein anderes Leben dachte. An seine Ehefrau. Also würde sie weiter mit ihm über diese Straße fahren und ihm helfen zu vergessen. Und sie würde ihm von ihrem gemeinsamen Baby erzählen.

KAPITEL 33

JACKS – NACHDEM ES GESCHEHEN WAR

Nachdem Officer Keoloha uns wieder am Restaurant abgesetzt hat – dabei wurden nicht nur unsere Haare vom Fahrtwind zerzaust, auch unsere Nerven haben unter der Fahrt gelitten –, weiß ich nicht, was uns erwartet. Steht der Jeep noch auf dem Parkplatz? Ist Nick ins Hotel zurückgefahren? Oder ist er schon auf dem Weg nach Kalifornien? Ich versuche, das wilde Hämmern in meiner Brust zu ignorieren. Meine Wut auf ihn ist verschwunden. Ich bin emotional völlig ausgebrannt. James' letzte Momente nachzuempfinden war wichtig gewesen, gleichzeitig aber auch quälend und erschöpfend. Letztlich wurden alle Fragen, die beantwortet werden *konnten*, beantwortet.

Nun muss ich mich der Herausforderung stellen, mich nicht von den Fragen, auf die es keine Antworten gab, verfolgen zu lassen.

Doch Nick ist hier. Er sitzt noch immer an der Bar, wo wir ihn zurückgelassen haben. Er nippt an seinem Bier und starrt in sein Glas, als müsse er nur lange genug hineinsehen, um zu finden, was er sucht.

Mein Herz macht einen kleinen Satz. Er ist nicht weggelaufen. Er ist nicht *vor mir* weggelaufen.

»Hey«, sagt er und lächelt schwach. Er fragt uns nicht, wie es war. Ich erzähle ihm keine Einzelheiten. Er braucht keine, und ich muss sie nicht erzählen. Denn als er aufsteht und vor mir steht, lasse ich mich in seine Arme sinken. Ich weiß, dass er meine emotionale Erleichterung spüren kann. Dass ich einen Teil von mir an den Klippen zurückgelassen habe. Ich lasse meinen Kopf an seine Schulter sinken, schließe die Augen, und wir stehen einfach nur da. Es fühlt sich an wie eine Stunde, auch wenn es sicherlich nur ein paar Sekunden sind. Wir hören uns zu, ohne ein Wort zu sagen. Wir vergeben uns gegenseitig unsere Schwäche. Ich kann Beth nicht in die Augen sehen. Ich weiß auch so, was ich sehen würde. *Diesen Blick.*

Auf der Fahrt zurück ins Westin sagt niemand ein Wort. Beth wird schließlich von der Erschöpfung übermannt, und als wir Paia erreichen, hören wir sie im Fond leise schnarchen.

»Sie ist eine gute Schwester«, flüstert Nick.

»Die beste«, stimme ich ihm zu.

* * *

Am nächsten Morgen umarmt Beth mich so fest, dass mir fast die Luft wegbleibt, und ich winde mich sanft aus ihrem Griff.

»Und du bist wirklich okay?«, fragt sie *noch einmal,* bestimmt zum fünfzigsten Mal, seit wir vergangene Nacht aus Hana zurückgekommen sind. »Ich kann meinen Flug noch umbuchen. Dann könnten wir zusammen zurückfliegen.« Sie schaut zu dem Taxi, das auf sie wartet.

»Ich schwöre dir, Beth, ich bin okay. Außerdem habe ich Nick.«

Beth wirft mir einen Blick zu, den ich nicht genau deuten kann. Wenn ich raten sollte, würde ich ihn als eine Mischung aus der Hoffnung, dass ich mich erhole und wieder glücklich werde, und der Angst, dass mir das nicht gelingt, lesen.

Aber »Sei vorsichtig!« ist alles, was sie sagt. Ich nicke, obwohl ich ihr das vielleicht nicht versprechen sollte. Denn das Leben hat mir ein interessantes kleines Geheimnis verraten: Selbst wenn man sich aus Schwierigkeiten heraushält, pünktlich seine Rechnungen bezahlt und Handdesinfektionsmittel benutzt, passieren furchtbare Dinge. Ja, manchmal kann man Probleme verhindern, indem man auf Nummer sicher geht und mögliche Stolperfallen vorherzusehen versucht. Doch das Schicksal findet einen immer, so gern man sich auch davor verstecken möchte.

* * *

Und jetzt, nur vierundzwanzig Stunden – die sich wie ein Monat anfühlen – später, stehen Nick und ich am Flughafen und bereiten uns auf unseren Rückflug in eine ungewisse Wirklichkeit vor. Doch eines habe ich mit Gewissheit über mich selbst gelernt: Ich bin nicht mehr die gleiche Person, die vor einer Woche Kalifornien verlassen hat. Die Frau, die von Los Angeles nach Maui geflogen ist, war schwach und verletzt. Nun fühle ich mich stark. Nicht wirklich unzerstörbar, aber um einiges robuster. Als wäre ich früher dieses schlechte Küchenpapier gewesen, das immer in der Werbung gezeigt wird, und jetzt bin ich das fünflagige Tuch. Früher bin ich schnell zerrissen, wenn etwas verschüttet wurde, jetzt kann ich fast jeden Dreck aufwischen. Gießt ruhig den Mist über mir aus. Ich komme damit klar!

Als wir durch die Sicherheitskontrolle gehen, lasse ich aus Versehen meinen Führerschein fallen. Es regnet wieder, und das Wasser prasselt auf den Beton. Alles wird rutschig in dem offenen Flughafengebäude. »Es würde nichts schaden, wenn man hier ein paar Türen einbauen würde«, habe ich zuvor lachend zu Nick gesagt, während wir in der langen Schlange anstanden, um unser Gepäck aufzugeben.

»Hier.« Nick hebt meinen Führerschein auf und steckt ihn in das Seitenfach meiner Handtasche. »Den solltest du besser nicht verlieren.«

Ich lächele Nick an, und irgendeine Erinnerung zuckt kurz in meinem Gedächtnis auf, aber ich kann sie nicht festhalten.

»Was ist?«, fragt Nick.

Ich gehe in Gedanken meine Checkliste durch: Brieftasche, Handy, Zahnbürste. Ich habe nichts vergessen. »Ich hatte gerade das seltsame Gefühl, als wäre etwas nicht in Ordnung. Aber es ist alles gut.« Ich schüttele den Kopf und lege meine Tasche in den weißen Plastikkorb auf das Förderband, während ich im Geiste die Augen verdrehe, als ich die schwarze Stickerei auf der Seite lese: *Paradise*. Ich muss an Beth denken, die sie mir vor zwei Jahren zum Geburtstag geschenkt hat. Sie meinte, dass ich vielleicht nicht verreisen würde, mich aber trotzdem wie im Urlaub fühlen würde, wenn ich sie dabeihätte. Und ich muss an die Ironie denken, denn jetzt bin ich zwar im Paradies, aber alles andere als im Urlaub.

Nachdem wir im Flugzeug Platz genommen haben, packe ich die Klatschzeitung aus, die ich am Flughafen gekauft habe, und blättere durch die Seiten. Es wird Zeit, in die Realität zurückzukehren, und als Erstes werde ich herausfinden, was die Kardashians während meiner Trauer angestellt haben. Als ich aufschaue, bemerke ich, dass Nick mich beobachtet und dabei sehr nachdenklich wirkt.

»Es tut mir leid«, sagt er.

»Was?«, frage ich, obwohl ich genau weiß, was er meint. Aber ich bin mir nicht sicher, ob er sich für irgendetwas entschuldigen muss. Denn wenn ich ehrlich bin, war ich froh, dass ich allein dort oben auf den Klippen stand, nur ich allein, meine

Schwester ein paar Meter weiter rechts von mir, ohne ihn. Denn jetzt weiß ich, dass ich das kann.

»Dass ich dich gestern im Stich gelassen habe. Mein Ausraster nach unserem Kuss. Ich war furchtbar.«

Ich lege die Hand auf seinen Arm. »Nein, warst du nicht. Das war menschlich. Und es ist okay.«

»Ich muss dir etwas sagen. Ich habe mit dir darüber gesprochen, aber ohne wirklich darauf einzugehen. Es ist schwer, es jemandem zu erklären, der nicht bei der Feuerwehr ist. Aber ich sehe so viele Dinge bei meiner Arbeit. Furchtbare Dinge. Um daran nicht zu zerbrechen, muss man sich eine Schutzschicht zulegen. Sonst kann man nicht ausrücken, wenn man gerufen wird, weil ein sechs Monate altes Baby von seiner drogenabhängigen Mutter schwer verbrannt wurde, ohne später auf der Wache zusammenzubrechen. Denn eine Stunde später kommt vielleicht schon ein neuer Alarm. Dann muss man seine Schutzausrüstung wieder anlegen und zum nächsten Einsatz fahren.

Die Leute brauchen mich, Jacks. Ich darf nicht zusammenbrechen. Und deshalb konnte ich nicht an die Stelle gehen, an der Dylan gestorben ist. Dann hätten sich in meinem Kopf all die Puzzleteile, die in dem Unfallbericht fehlen, zu einem Bild zusammengesetzt. Ich bin nach genau solchen Anrufen als erster Helfer vor Ort. Ich weiß, wie sie gestorben ist. Und ich wollte das nicht *sehen*. Es tut mir leid, dass mir das nicht schon früher klar geworden ist. Dass ich nicht erkannt habe, dass genau das passieren würde. Ich hatte leider beschlossen, es in diese Kiste zu stecken.« Er zeigt auf seine Brust, und ich glaube, ich weiß, was er meint. Trotzdem warte ich darauf, dass er es ausspricht. »Da packe ich all die schrecklichen Dinge hinein, mit denen ich mich nicht auseinandersetzen will.«

»Ich verstehe das«, sage ich. Und das tue ich wirklich. Denn ich habe auch so eine Kiste, in die ich die Endometriose gepackt habe. Und James' Wutausbrüche. Und James' Tod. Doch dann habe ich erkannt, dass ich den Deckel öffnen und alles heraus-lassen musste, um frei sein zu können. Und ich hoffe, dass Nick das eines Tages auch kann.

Nick starrt aus dem Fenster, während wir zur Startbahn rol-len. »Ich hatte Angst, dass alles kaputtgeht, wenn ich Dylan und ihren Unfall nicht in diese Kiste packe.«

»Dass du die Kontrolle verlierst?«, frage ich. Er nickt und greift nach meiner Hand. Seine Finger sind warm und beruhigend.

Als er sich zu mir umdreht, laufen Tränen über sein Gesicht. »Mein Gott, Jacks. Ich glaube, du bist der einzige Mensch auf der Welt, der mich versteht.«

»Mir geht es genauso«, sage ich und halte die Luft an, als er mein Kinn anhebt und mich so sanft, so vorsichtig küsst, dass ich fast mit dem Sitz verschmelze, während ich seine salzigen Tränen auf den Lippen schmecke.

»Ich will nicht mehr dagegen ankämpfen«, sagt er.

»Ich auch nicht. Du brauchst keine Angst davor zu haben, mir wehzutun.«

»Ich würde dir niemals wehtun. Das weißt du, oder?«

»Ja«, flüstere ich und lehne mich vor, um ihn noch einmal zu küssen. Dann lege ich den Kopf gegen seine Schulter, wäh-rend das Flugzeug in den wolkenlosen Himmel steigt, um uns nach Hause in ein neues Leben zu bringen.

KAPITEL 34

JACKS – NACHDEM ES GESCHEHEN WAR

»Okay, ich bin bereit.« Ich zeige auf eine Pappschachtel in der Ecke des Schlafzimmers. Beth und ich haben uns während des Großteils der letzten beiden Stunden, in denen sie mir geholfen hat, James' Sachen zu packen, bewusst von ihr ferngehalten, ohne ein Wort darüber zu verlieren. Das Wort *Besondere* steht in schwarzen Druckbuchstaben auf dem Deckel.

Ich kann mich noch so gut daran erinnern, wie ich es darauf geschrieben habe, als wäre es gestern gewesen. James und ich waren gerade aus unserer kleinen, überteuerten Wohnung von Newport Beach in dieses Haus gezogen, das wir uns mithilfe seiner Mom leisten konnten. Es hatte eigentlich nur unser erstes eigenes Haus sein sollen, entpuppte sich letztlich aber einfach als unser *Zuhause*. Damals hatten wir noch nicht viele Dinge gesammelt, die wir in diese Kiste hätten packen können. Doch ich hatte James erklärt, dass wir uns im Laufe der Zeit viele besondere Erinnerungen schaffen würden. Eigentlich wollte ich genau das auf die Kiste schreiben: *Besondere Erinnerungen*. Doch er packte mich an der Taille und warf mich auf unsere Matratze – das Einzige, was in dem ansonsten noch leeren

Schlafzimmer stand –, bevor ich zu dem zweiten Wort kam. Er lachte und schaute an mir herunter. »Ich will *deine* besondere Kiste«, sagte er anzüglich, während er meine Jeans öffnete und sich seine leuchtend grünen Augen in meine bohrten. Als er meine Hose nach unten riss, keuchte er, dass er kein Kondom benutzen würde und es von nun an versuchen wollte.

Für einen kurzen Moment verkrampfte sich mein Magen, doch ich schob die Schuldgefühle schnell beiseite. Wir hatten eine Chance. Ich konnte schon heute mit diesem schnellen, ungeschützten Sex schwanger werden. Und so ließ ich die Hoffnung über meine Ängste siegen.

Meine Schwester schiebt die Kiste über den Parkettboden. So wie sie die Lippen zusammenpresst, denkt sie vermutlich: *Was wird mit Jacks passieren, wenn sie sie öffnet?* In ihr befinden sich nichts als Erinnerungsstücke an meine Beziehung mit James, an Momente, die wir nicht vergessen wollten. Die Erinnerungen, die uns erst zu einem *Uns* gemacht haben.

»Ich will das tun«, antworte ich auf ihren fragenden Blick. Ob dem wirklich so ist, weiß ich nicht. Doch ich glaube, es ist das, was wir beide jetzt hören müssen. Und die Tatsache, dass ich in der Lage war, seinen Schreibtisch auszuräumen, ohne hysterisch zu werden, werte ich als positives Zeichen. Ich akzeptiere. Ich verstehe. Ich gewöhne mich daran. Er wird nicht zurückkommen. Genauso wenig wie die alte Jacks!

Drei Monate sind seit meiner Rückkehr aus Maui vergangen, aber ich habe es bis heute aufgeschoben. Ich wusste, dass der Tag kommen würde, an dem ich bereit wäre, James' Sachen durchzugehen. Und dass mein Herz entscheiden würde, wann dieser Tag gekommen ist. Als ich heute Morgen in Nicks Wohnung aufwachte, hielt er mich fest in seinen Armen. Wir schlafen immer in der Löffelchenstellung, mein Rücken fest an seiner Brust. Manchmal halten wir sogar Händchen, als wollten wir unsere Verbindung nicht kappen. Und als ich in seinen

Armen lag, seinen Atem warm auf meinem Nacken spürte, wusste ich, dass der Zeitpunkt gekommen war, dass ich Beth anrufen, ein paar Kisten besorgen und loslegen musste. Damit ich nicht mehr kneifen konnte, habe ich sogar James' Mutter eine SMS geschrieben und ihr gesagt, sie könne am Abend vorbeikommen und die Dinge, die sie behalten wolle, abholen.

»Ich bin hier, wenn du mich brauchst«, sagt Beth, während ich an den Enden des Klebebandes kratze.

Ich lächele ihr zu und muss an die Unterhaltung denken, die ich heute Morgen mit Nick geführt habe. Als ich ihm erzählte, was ich vorhatte, entspannte er sich schlagartig, als würden meine Worte ihn buchstäblich durchfluten. Er hatte mir bereits gestanden, dass er sich in meinem Haus nicht wirklich wohlfühlte, weshalb er nie über Nacht blieb. Er sagte, James' Sachen – sein gerahmtes College-Diplom im Wohnzimmer, seine Jacken, die noch immer an der Garderobe hingen, und seine T-Shirts, die noch immer in der Waschküche lagen – gäben ihm immer das Gefühl, als würde James' Geist uns beobachten. Ich hatte versucht, es nicht persönlich zu nehmen, sondern zu verstehen, dass die vielen Dinge, die mir das Haus erst gemütlich machten, in ihm genau das gegenteilige Gefühl auslösten. Und etwas an seiner Sichtweise half mir zu erkennen, dass James' Aftershave im Medizinschrank mir nicht wirklich half loszulassen. Ich will James nicht auslöschen, ich will mich selbst finden. Und mit einem anderen Mann weiterleben.

An dem Morgen, als Nick und ich aus Maui zurückkamen, saß Beth mit einem Kaffee vor meiner Haustür. Ich wusste, dass sie ihn als Ausrede benutzte, um so früh herüberzukommen und mich über Nick auszufragen. Ich gab zu, dass ich Gefühle für ihn entwickelt hatte, denn es gab keine andere Möglichkeit, es zu beschreiben. War es mehr als das? Weniger? Mein Körper und mein Herz sagten das eine *(Ja! Ja! Ja!)* und mein Kopf etwas anderes *(Sei vorsichtig!)*. Beth ermahnte mich, die Sache langsam angehen zu lassen, und ich wurde rot, noch bevor ich zugeben konnte, dass es dafür schon zu spät war. Wir hatten uns in der Nacht zuvor das erste Mal geliebt.

Sie schüttelte den Kopf. »Ich hoffe, hier wird niemand zum Lückenbüßer. Ihr wärt beide definitiv die Idealbesetzung.«

Ihre Worte taten weh, aber ich war nicht so dumm, die Wahrheit, die in ihnen steckte, nicht zu erkennen. Doch ob Lückenbüßer oder nicht, was ich für Nick empfinde, ist schwer in Worte zu fassen. Es ist mehr als nur ein Gefühl. Nick ist so etwas wie ein Silberstreifen vor den dunklen Wolken, die über mir hängen. Wir bewegen uns in einem Tempo, das mir gleichzeitig Angst macht und mich erregt. Doch wenn ich eins gelernt habe, dann, dass das Leben erschreckend kurz sein kann. Man kann es also einfach leben.

Mein Handy vibriert. Eine SMS von Nick erscheint. Er vermisst mich. Ich scrolle nach oben. Er hat seit heute Morgen drei Nachrichten geschickt. Ich muss grinsen.

Ich schalte mein Handy stumm, damit ich mich konzentrieren kann. Dann starre ich wieder auf die Kiste. Ich muss den Deckel nicht öffnen, um zu wissen, was sich in ihr befindet. Ich kann bereits die Spitze meines Strumpfbandes spüren, das ich unter meinem Hochzeitskleid getragen habe – »das Neue«, das Beth in einem Sexshop gekauft hatte. Es ist scheußlich, rot und schwarz mit silbernem Rand. Das war Beths Absicht gewesen. Sie wollte mich daran erinnern, dass auch ein heißer Feger Weiß tragen konnte. Ich sehe das hellblaue Fotoalbum vor mir, in dem die Schnappschüsse unserer Kennenlernphase eingeklebt sind, so wie man es früher gemacht hat, als es noch keine Webseiten gab, die Alben für uns entwarfen. Ich werde die Bilder von James' neunundzwanzigstem Geburtstag sehen, auf denen er ein Whiskyglas hochhält, während ich mich in seine Armbeuge kuschele. Ich werde mich an Beths wunderschöne Erneuerung des Ehegelübdes im Hotel del Coronado erinnern, als sie ihre berühmten Freudentränen weinte, während sie den Gang hinunterschritt und ihr kurzes weißes Satinkleid verführerisch im Wind wehte.

Und wenn ich ganz tief grabe, werde ich auf die herzförmige Dose stoßen, in der unsere Liebesbriefe liegen. Die Worte, die wir uns schrieben, als wir noch ineinander verliebt waren. Das Gedicht zu unserem zweiten Jahrestag. Der Beweis, dass er mich geliebt hat. Dass ich ihn geliebt habe. Dass wir ein *Wir* gewesen sind. Die Worte, die ihn auf ewig überleben werden.

Ich schaue zu Beth hinüber, die gerade James' Trainingsjacke vom Haken nimmt und sorgfältig zusammenlegt. Sie legt sie in die Kiste, auf der der Name seiner Mutter steht. Isabella hat auf meine Nachricht geantwortet und eine Liste mit den Dingen geschickt, die sie gern hätte. Ich lege noch einige andere Sachen dazu, von denen ich weiß, dass sie sie in Ehren halten wird. Ich schaue auf mein Handy. Es ist fast vier Uhr. Sie wird bald kommen.

Schließlich reiße ich das Klebeband wie ein Pflaster ab und entdecke als Erstes unser Hochzeitsalbum. »Legst du es bitte in Isabellas Kiste?« Ich reiche Beth das Buch, ohne es zu öffnen.

»Bist du dir sicher?«

Ich nicke, während mir eine Träne über die Wange läuft. »Sie hatte die ganze Hochzeit sowieso geplant. Und er sah an diesem Tag so fantastisch aus. Sie wird es gerne haben wollen.«

Ich gehe die Kiste durch und hole tief Luft, während ich überlege, was ich behalten soll. Ich will weder zu viel von James noch von mir selbst verlieren. Das ist ein schmaler Grat.

Dann erreiche ich den Boden, und meine Finger suchen nach der Dose. Ich packe alles aus: einen Umschlag mit Kontrollabschnitten von Kinokarten, einen Schaumstofffinger von unserem Dodgers-Spiel, ein Programmheft von *König der Löwen*. Die Tränen fließen immer heftiger. Der Damm ist gebrochen.

»Was ist? Was ist passiert?« Beth rutscht zu mir herüber, als ich plötzlich schluchze.

»Sie sind nicht da.«

»Was ist nicht da?«

»Unsere Briefe. Unsere Worte. *Seine* Worte.«

»Bist du dir sicher? Lass mich mal sehen.« Beth lehnt sich über die Kiste.

»Ich habe schon nachgesehen. Sie sind nicht da, Beth.«

Beth sucht noch einen Moment weiter, schüttelt dann aber den Kopf. »Es tut mir leid. Ich kann sie auch nicht finden. Aber sie tauchen bestimmt wieder auf. Vielleicht hast du sie woandershin gelegt? Weißt du noch, wie benommen du warst, nachdem das alles passiert ist? Vielleicht hast du sie aus der Kiste genommen und später nicht wieder hineingelegt.«

Ich kann mich nicht erinnern, sie herausgenommen zu haben. Doch Beth hat recht. Die Wochen nach James' Tod waren irgendwie unwirklich, und an vieles in dieser Zeit kann ich mich nur schemenhaft erinnern. Leider ist diese Dose neben den Bildern, die Beth gleich nach James' Tod eingepackt hat, und meinem Lieblingssweatshirt von ihm das Einzige, ohne dass ich nicht leben kann.

Beth nimmt mich in den Arm, und ich weine bis zur völligen Erschöpfung. Ich bin überrascht, wie viele Tränen ich noch habe. Doch ich glaube noch immer, dass sie irgendwann trocknen werden.

»Das nervt«, schniefe ich in ihre Schulter.

»Ich weiß.« Beth drückt mich.

Als es an der Haustür klingelt, löse ich mich aus der Umarmung und wische mir mit dem Ärmel meines Sweatshirts über das Gesicht. »Mist. Das muss Isabella sein. Wie sehe ich aus?«, frage ich Beth, während ich aufstehe.

»Als hättest du stundenlang geheult«, antwortet sie leise.

»Das ist schon okay. Sie hat mich bestimmt schon in einem schlimmeren Zustand gesehen.« Trotzdem fahre ich mir mit den Fingern erst unter den Augen entlang und dann durch das Haar.

Ich gehe zur Tür, und mein Herz schlägt etwas schneller. Ich habe sie seit der Beerdigung nicht mehr gesehen. Isabella wirkte damals geradezu stoisch, was wohl an den beiden Beruhigungstabletten lag, die ihre Schwester ihr an diesem Morgen zugesteckt hatte. Ich hole tief Luft und öffne die Tür.

Nick grinst mich an und zieht einen Strauß Rosen hinter seinem Rücken hervor.

»Was machst du denn hier?«, frage ich überrascht. Er hatte mir gesagt, er würde ein neues Lokal in Long Beach ausprobieren.

»Dir auch ein freundliches Hallo.«

»Sorry, ich dachte nur …«, will ich gerade erklären, frage dann aber: »Sind die für mich?«

»Nein, für Beth.« Er grinst, und ich spüre, wie mir warm ums Herz wird.

»Danke«, sage ich und gebe ihm einen Kuss, während ich versuche, die herzförmige Dose zu vergessen.

»Jacks?« Vor Schreck weiche ich einen Schritt von Nick zurück und lasse die Rosen fallen, als ich die Stimme meiner Schwiegermutter höre.

Ich wollte Isabella alles erzählen, irgendwann. Doch jedes Mal, wenn ich sie anrufen und auf einen Kaffee einladen wollte, stellte ich mir ihr Gesicht vor, wenn ich das Bild ihres Sohnes zerstörte, den sie glaubte, gekannt zu haben. Aus diesem Grund glaubt meine Mutter auch noch immer, James wäre aus beruflichen Gründen auf Maui gewesen. Ich weiß, wie es ist, wenn man jede Erinnerung an einen geliebten Menschen infrage stellt. Ich war einfach noch nicht so weit, jemandem das anzutun. Doch jetzt bin ich gezwungen, Isabella gegenüberzutreten. Mein Herz rast, und ich spüre, wie ich rot werde. Ich fühle mich ertappt, obwohl ich eigentlich nichts falsch gemacht habe. Sie schaut mich fragend an, und ich bin mir nicht sicher, ob ich ihre Fragen beantworten kann. Zumindest nicht so, wie sie es hören möchte. Ich schaue kurz zu Nick, kann seinen Gesichtsausdruck aber nicht wirklich deuten. Wenn ich es nicht besser wüsste, würde ich vermuten, dass er die Szene – das Drama – genießt.

Ich zwinge mich, Isabellas Blick standzuhalten, die regungslos in ihrer legeren Bluse mit Blumenmuster, der Caprihose und mit der großen Tasche über ihrer Schulter dasteht. Sie passt irgendwie nicht hierher, sondern eher auf einen Wochenmarkt. Und vielleicht ist es ja einfach so, dass sie nicht mehr hierherpasst – in mein Leben.

»Nick, das ist meine Schwiegermutter, Isabella. Isabella, das ist …« Ich mache eine kurze Pause, weil ich mir nicht sicher bin, was ich sagen soll. Nicht hundertprozentig sicher, wie ich Nick nennen soll.

»Ich bin Nick. Ihr Freund.« Nick hält ihr die Hand hin, doch Isabella macht überrascht einen Schritt zurück, als habe er eine ansteckende Krankheit.

Freund. Das klingt so kindlich. Aber was ist er sonst? Für einen kurzen Moment sehe ich James vor mir, wie er in meiner kleinen Küche steht und nichts als diese knappen weißen Boxershorts trägt. Wir kannten uns gerade erst zwei Wochen, und er grinste mich an. Und ich musste lachen und küsste ihn hemmungslos, weil er mich gerade gebeten hatte, mit niemand anderem mehr zu schlafen. »Denn jetzt gehen wir beide offiziell miteinander. Ich bin jetzt dein Freund.«

Ich funkele Nick böse an und wünschte, er hätte mir die Erklärung überlassen. Er sagt wortlos *Entschuldigung*.

So stehen wir drei in betretenem Schweigen da und gehen wie selbstverständlich davon aus, dass Isabella als Erste etwas sagen wird.

»Jacqueline, bitte sag mir, dass dieser Mann nicht wirklich dein Freund ist. Dass du nicht alles einfach hinter dir lässt. So schnell«, sagt Isabella mit schriller Stimme, während ihre leuchtend grünen Augen mich so wütend anfunkeln, wie James es immer getan hat, wenn er aufgebracht war.

Als ich nicht antworte, spiegelt sich in ihrem Gesicht die Erkenntnis wider. Er ist genau das, was er gesagt hat. Sie schüttelt den Kopf, als versuche sie, diese Neuigkeit zu verscheuchen. Sie öffnet den Mund, als wolle sie etwas sagen, schließt ihn aber wieder und starrt gedankenversunken auf den Boden. Dann endlich schaut sie mich an. »Wo sind seine Sachen? Ich will sie haben, sofort. Und dann werde ich gehen«, sagt sie und betont dabei jedes Wort ganz langsam. Ich trete einen Schritt zur Seite, damit sie ins Haus gehen kann.

Beth erscheint in der Tür und schaut mich fragend an, als Isabella an ihr vorbei in unser Schlafzimmer rauscht.

»Kannst du bitte gehen? Ich muss mit Isabella unter vier Augen sprechen. Und sag Nick, dass er auch gehen soll. Ich rufe ihn später an«, flüstere ich Beth zu, während ich an ihr vorbeigehe.

Isabella steht schluchzend in unserem Ankleidezimmer und hält sich James' Kaschmirpullover vor das Gesicht. Ihr Anblick und ihr Kummer, den sie fühlen muss, den ich aber nie verstehen werde – der Verlust eines Kindes –, rühren mich zu Tränen.

»Es tut mir so leid, Isabella. Ich wollte dir alles sagen. Ich habe …«

»Du hast was?«, fällt Isabella mir ins Wort. »Vergessen, mir zu sagen, dass du alles hinter dir lässt?«

»Nein, das ist es nicht. Wenn ich dir das gesagt hätte, hätte ich dir erklären müssen, wer Nick ist. Wie ich ihn kennengelernt habe. Und das hätte dir wehgetan.«

»Mehr als es mir jetzt wehtut?« Sie weint weiter, während sie sich in seinen Pullover krallt.

»Nein. Ich meine, ja, vielleicht. Ich weiß es nicht. Es tut mir so leid.« Ich unterdrücke meine Tränen.

»Es ist schlimm genug, dass du mir nie ein Enkelkind geschenkt hast. Wie konntest du nur? Hast du ihn überhaupt geliebt?«

Ja. Ich habe ihn mehr geliebt als irgendetwas sonst auf der Welt. Aber ich bin mir nicht sicher, ob das genug war.

Die Worte kommen in mir hoch, doch ich spreche sie nicht laut aus. Ich will so nicht sein. Ich habe mir unser Gespräch ganz anders vorgestellt, und ich wollte bestimmt nicht damit beginnen, dass sie mich beim Küssen mit Nick beobachtet.

Aber egal, wie es angefangen hat, es ist Zeit, ihr alles zu sagen. Nicht, um mich zu verteidigen, weil ich ein paar schöne Tage erlebt habe, in denen James nicht jeden meiner Gedanken durchdrungen hat, sondern weil sie es verdient hat, die Wahrheit darüber zu erfahren, wie ihr Sohn gestorben ist.

»Isabella, ich glaube, du solltest dich hinsetzen. Es gibt ein paar Dinge, die du wissen musst.«

»Was muss ich denn jetzt noch wissen? Nachdem ich gesehen habe, wie die Witwe meines Sohnes mit einem Typen in Motorradjacke rummacht, nachdem er gerade mal sechs Monate tot ist?«

»James war nicht der, für den ich ihn gehalten habe.«

Isabella runzelt die Stirn. »Was willst du damit sagen? Du wagst es, ihn zu verleumden, damit du dich besser fühlst mit dem, was du hier tust. Mein Sohn hat dich geliebt. Egal, was ich auch gesagt habe, er hat das, was du getan hast, immer verteidigt.« Ihre Stimme wird immer lauter. »James hat dir alles gegeben und du …«

Ich lege meine Hand auf ihren Arm, um sie zu unterbrechen. »Ich weiß nicht, wie ich es anders sagen soll, also sage ich es einfach frei heraus. James hatte eine Affäre. Deshalb war er auf Maui. Er hat sich seit Monaten mit ihr getroffen. Und sie war schwanger von ihm. Ja, du hast recht, er hat mich vielleicht geliebt. Aber ich glaube, sie hat er auch geliebt.«

Isabella schreit auf. Ich nehme sie in den Arm und halte sie, so fest ich kann. Einen Moment stehen wir nur da, bis Isabella sich aufrichtet. Ihre Wimperntusche ist verschmiert. »Bist du dir wirklich sicher?«

»Ja. Und ich werde dir alles erklären.«

Sie nimmt ein Paket Taschentücher aus ihrer Handtasche, zieht ein Tuch heraus und tupft sich vorsichtig ein Auge nach dem anderen ab. »Gut. Ich bin bereit.«

Ich setze mich auf das Bett und klopfe mit der Hand auf den Platz neben mir. »Okay.« Und da in meinem neuen Leben kein Platz mehr für Lügen ist, erzähle ich von Anfang an und höre erst auf, als jedes Körnchen Wahrheit enthüllt ist.

KAPITEL 35

JACKS – NACHDEM ES GESCHEHEN WAR

Nicks Wohnungstür schwingt in dem Moment auf, als ich den Türknopf drehe.

»Hey!«, meint er mit einem breiten Grinsen im Gesicht. »Ich habe nicht erwartet, dich heute Abend noch zu sehen. Ich wollte mir gerade etwas Eiscreme besorgen.«

»Eiscreme?«, frage ich und lege den Kopf schief.

»Ja. Hast du ein Problem damit?«, fragt er schmunzelnd. »Ich habe mir Sorgen gemacht wegen deines Gesprächs mit Isabella, und ich esse immer, wenn ich Kummer habe.« Er lacht.

Ich lächele. »Deshalb bin ich hier. Ich wollte mit dir über das, was heute bei mir passiert ist, reden. Das war schon ziemlich seltsam.«

»Ich weiß.« Er greift nach meiner Hand. »Die Sache mit dem Freund tut mir leid. Ich habe den Bogen total überspannt«, meint er und schaut nach unten auf seine Cowboystiefel. »Es ist nur … Jacks … Ich glaube, ich verliebe mich gerade in dich.«

Plötzlich habe ich vergessen, was mir auf dem Weg hierher noch so wichtig erschien – warum er sich so verhalten hat. Ich kann nur noch an das denken, was Nick mir gerade offenbart hat. Unwillkürlich muss ich daran denken, wie James mir kurz vor dem Einschlafen zum ersten Mal ins Ohr geflüstert hat, dass er mich liebt. Sein Atem kitzelte an meinem Ohr. Ich schiebe die Erinnerung beiseite, lasse Nicks Liebeserklärung auf mich wirken und spüre, wie seine Worte mein Herz erreichen.

Zum Glück spricht er weiter. »Ich weiß, das ist egoistisch. Aber ich wollte, dass sie es weiß.« Er schaut wieder auf. »Ich wollte, dass *du* es weißt.« Sein Blick ist so intensiv, als könnte er durch mich hindurchsehen.

Die Wahrheit ist, dass auch ich mich verliebe. Ich erkenne es daran, wie ich Nick schnell eine SMS schreibe, wenn etwas Lustiges passiert, wie vergangene Woche, als ich bei Starbucks war und plötzlich bemerkte, dass eine Socke an meinem Hosenbein klebte, weil die antistatische Wirkung des Trocknertuchs offensichtlich versagt hatte. Ich erkenne es an den Schmetterlingen, die ich plötzlich im Bauch habe, wenn sein Name auf meinem Handy erscheint. Dabei ruft er manchmal vier- oder fünfmal am Tag an, nur um meine Stimme zu hören. Wirklich sicher bin ich mir, seit ich eines Nachts nicht schlafen konnte und an ihn denken musste, während ich mir wünschte, er würde neben mir liegen und seinen starken Arm um mich legen. Auch wenn es schon lange her ist, kann mein Herz sich noch an das Gefühl erinnern, wenn die Liebe erwacht.

Ich recke mein Kinn vor und küsse ihn, während ich beschließe, keine Angst zu haben. »Nur für das Protokoll, ich verliebe mich auch gerade in dich«, flüstere ich, doch als ich die Worte laut ausspreche, fühlen sie sich fremd an. James war der einzige Mann, den ich bisher geliebt habe. Doch James ist die Vergangenheit. Nick ist die Zukunft.

Als er mich zu sich heranzieht, um mich zu küssen, verliere ich das Gleichgewicht. Er fängt mich auf, bevor ich stürze, doch der Moment ist vorbei. Ich bin dankbar dafür, denn ich möchte nicht reden, nicht zerlegen, was das alles bedeutet.

»Komm, lass uns Essen in uns hineinstopfen, bis wir platzen und nichts mehr fühlen können«, sage ich und lache verlegen. »Ich hätte gerne Pfefferminzeis. Und du stehst bestimmt auf Choco Crisp.«

»Nicht wirklich.« Er schüttelt grinsend den Kopf.

»Chunky Monkey?«

»Versuch es noch mal.« Er schließt die Tür und dreht den Knauf, um sicherzugehen, dass sie auch wirklich verriegelt ist.

»Pistazieneis?«, rate ich, doch er schaut mich nur an. »Was denn?«, frage ich.

»Pistazieneis? Ist das dein Ernst?«

»Okay, ich gebe auf.«

»Vanille«, sagt er stolz.

»Vanille?«, frage ich zurück und schaue ihn schief an. »Das hätte ich jetzt nicht erwartet. Das ist so …«

»Langweilig?«, sagt er und nimmt meine Hand.

»Vielleicht ein bisschen«, gebe ich zu.

»Ich mag es, weil es vorhersehbar ist, so einfach. Man wird nie enttäuscht.«

Ich muss lachen. »Wie du?«

»Vielleicht«, antwortet er, bevor er mich sanft küsst.

Als wir Arm in Arm durch die Eingangstür nach draußen gehen, stoßen wir fast mit einer Frau mit kurzen blonden Haaren und abgeschnittenen Jeansshorts zusammen. »Sorry«, sagt sie und schaut von ihrem Handy auf. Ihre Augen werden immer größer, während ihr Blick von mir zu Nick wandert.

»Kein Problem«, antworte ich, und sie schaut mich von oben bis unten an, bevor sie zum Aufzug hastet. Ihre knappen Shorts rutschen bei jedem Schritt nach oben, und ihre Pumps klackern auf dem Boden.

»Hast du ihren Blick gesehen?«, frage ich Nick draußen auf dem Bürgersteig. »Kennst du sie?«

»Ja. Das war eine von Dylans Mitbewohnerinnen. Aber sie sind nie gut miteinander ausgekommen.« Er runzelt die Stirn. »Ich habe sie seit Monaten nicht mehr gesehen.«

* * *

Nachdem wir unsere Eiswaffeln bestellt und auf einer Bank vor dem Eiscafé Platz genommen haben, erzähle ich Nick von meinem Gespräch mit Isabella. Er will wissen, wie es gelaufen ist, und ich glaube, dass ich es ihm erzählen muss, wenn wir eine *richtige* Beziehung führen wollen. Trotzdem fühlt es sich komisch an, mit meinem neuen *Freund* über meine Ex-Schwiegermutter zu reden. Während ich zwischendurch an meinem Eis lecke, berichte ich, wie sie mir Frage um Frage gestellt hat – manche waren seltsam, manche anklagend – und wie ich mit fester Stimme versucht habe, die unangenehme Wahrheit zu erzählen – über James, über mich, über unsere Ehe.

Anfangs schien sie mich irgendwie für James' Fehltritt verantwortlich zu machen. Und ich habe die Tatsache, kein unschuldiger Teil in unserer Beziehung zu sein, nicht diskutiert, sondern hingenommen. Obwohl ich nicht fremdgegangen war, hatte ich ihn auf meine eigene Art ebenfalls betrogen. Doch als ich ihr von meiner Reise nach Hana erzählte, wie Nick mir geholfen hat, ein Stück weit diese gähnende Leere zu füllen, die James' Tod in mir hinterlassen hatte, wurde sie sanfter.

Zwei Stunden später, nachdem ihre Tränen getrocknet waren und sie sich zu einer Art Akzeptanz durchgerungen hatte, ist sie dann gegangen. »Es tut mir leid, dass er dir das angetan hat«, sagte sie, während sie aufstand und ihre Sachen packte. »Ich war immer auf meine enge Beziehung zu meinem Sohn stolz. Ich wünschte, er hätte mir genug vertraut, um damit zu mir zu kommen. Offensichtlich kannte ich ihn nicht so gut, wie ich es hätte sollen.«

»Wir haben alle unsere Geheimnisse«, meinte ich, während wir in Richtung Haustür gingen. »Manche sind nur etwas größer.«

»Das stimmt«, gab sie zu. »Ich habe noch eine Frage.«

»Ja?«

»Wie soll ich jetzt damit weiterleben? Denn ich kann ihn nicht anrufen und anschreien, weil er so verantwortungslos, so egoistisch gewesen ist! Ich weiß nicht wohin mit meiner Wut!« Sie lächelte mich traurig an. »Wenn ich ehrlich bin, würde ich sie nur zu gerne bei dir abladen, aber so einfach ist es nicht, oder?«

»Nein.«

»Was soll ich also tun?«

Ich dachte einen Moment nach, bevor ich ihr antwortete. »Ich glaube, du solltest ihn einfach so lieben wie bisher. Er war dein Sohn. Und er hat dich geliebt. Das wird sich niemals ändern.«

»Und du? Liebst du ihn noch immer? Trotz allem?«

Ich musste daran denken, wie ich auf dem Felsen bei Hana gestanden hatte. So nah würde ich James nie wieder sein. In diesem Moment spürte ich keine Wut mehr, keinen Groll. Nur noch Liebe und einen Hauch von Bedauern. Ich nickte. Den nächsten Teil werde ich Nick nicht erzählen, um ihn nicht zu verletzen.

»Ich werde ihn immer lieben, Isabella. Aber ich bin gleichzeitig auch bereit weiterzugehen. Ich hoffe, du verstehst das.«

»Ja, das tue ich«, sagte sie leise. »Weißt du, ich habe mich in dir geirrt, Jacks. Du bist viel stärker, als ich es dir jemals zugetraut habe.«

Ich lachte schwach. »Ich glaube, wir haben uns beide falsch eingeschätzt.«

Isabella nahm mich ein letztes Mal in den Arm. »Pass auf dich auf«, sagte sie, nahm die Kiste mit James' Sachen, die ich für sie bereitgestellt hatte – das Hochzeitsalbum ragte oben heraus –, und ging durch die Tür, ohne sich noch einmal umzudrehen.

Nick küsst mich kurz auf die Stirn, nachdem ich ihm alles erzählt habe. »Ich weiß, dass dieses Gespräch nicht leicht war. Aber ich bin stolz auf dich. Ich glaube, es war richtig von dir, ihr die Wahrheit zu sagen. Sie hat sie verdient.«

»Die Wahrheit macht uns frei, richtig?«, flüstere ich, während ich den Kopf an seine Brust lehne und mich von seinem regelmäßigen Herzschlag beruhigen lasse.

* * *

Am nächsten Morgen weckt Nick mich mit einem Kuss auf.

Er ist so leidenschaftlich, dass ein wohliger Schauer meinen gesamten Körper überläuft. »Bis später, Schlafmütze.«

»Kannst du nicht noch ein bisschen bleiben?« Ich klopfe auf den freien Platz neben mir. »Vielleicht können wir da weitermachen, wo ich gestern Abend eingeschlafen bin. Was mir übrigens leidtut.«

»Würde ich gerne.« Er zupft an dem Saum des T-Shirts, das er mir gestern Abend geliehen hat, und zieht eine Augenbraue nach oben. »Aber ich muss zum Dienst. Meine Kollegen haben geschrieben, sie hätten eine harte Nacht gehabt. Also wollte ich ein bisschen früher da sein, um sie zu entlasten.«

Als ich die Besorgnis in seinem Blick sehe, muss ich lächeln. »Ich finde es toll, wie sehr du deinen Beruf liebst«, sage ich und denke an meine Klasse, in die ich erst letzte Woche zurückgekehrt bin. Wie gut es sich anfühlt, in die Gesichter meiner Viertklässler zu schauen, auf dem Stuhl hinter dem Pult zu sitzen und ihnen zuzusehen, wie sie in ihren Büchern lesen, und mich für unseren nächsten Museumsausflug zu begeistern. Die Schule hatte mir angeboten, noch länger freizunehmen, aber ich musste wieder zurück. Das Unterrichten erinnerte mich daran, dass ich noch immer ich selbst war.

Nick küsst mich noch einmal. »Bleib so lange, wie du willst, okay? Es ist Sonntag! Genieß den Tag! Ich habe dir die Espressomaschine angestellt. Ich weiß ja, wie unausstehlich du ohne Kaffee bist.«

»So schlimm bin ich nun auch nicht.«

»Das sagst du.« Er lacht, als ich spaßeshalber nach ihm schlage, und ich schaue ihm nach, während er aus dem Zimmer geht.

* * *

Als ich einige Stunden später die Wohnung verlasse, treffe ich im Flur vor Nicks Tür auf die Frau vom Vorabend. Sie schaut mich überrascht an, geht schnell weiter, bleibt dann aber abrupt stehen. Sie dreht sich um und kommt mir auf halbem Weg entgegen, als wüsste sie nicht, in welche Richtung sie gehen soll.

»Kann ich Ihnen vielleicht helfen?«, frage ich. »Nick ist nicht da ...«

»Ich weiß. Ich habe ihn vorhin weggehen sehen.« Sie starrt auf ihre kirschroten Sandalen und schaut dann wieder zu mir auf. »Eigentlich bin ich hier, um mit Ihnen zu sprechen«, sagt sie und kommt zögernd auf mich zu.

»Mit mir?«

Sie verdreht die Augen.

Ich muss an den seltsamen Blick denken, mit dem sie Nick gestern Abend angesehen hat. Wie sie mich gemustert hat. »Ich weiß, wie seltsam es sein muss, Nick mit einer anderen Frau zu sehen, wo Dylan erst so kurz ...« Ich halte inne und denke an mein Gespräch mit Isabella. Wie schwer es für sie war, zu erkennen, dass mein Leben weitergeht. »Aber es ist kompliziert.«

Sie verschränkt die Arme vor der Brust.

»Hören Sie …« Ich verstumme wieder, weil ich ihren Namen nicht kenne.

»Briana«, sagt sie.

»Okay, Briana, ich verstehe das. Sie sind sauer wegen Dylan. Mein Mann ist auch gestorben. Die beiden hatten eine Affäre und waren zusammen auf Maui. Ich bin mir nicht sicher, ob Sie das wussten. Aber so haben Nick und ich uns kennengelernt. Wir waren beide am Boden zerstört, als wir erfuhren, dass die Menschen, die wir liebten, nicht die waren, für die wir sie gehalten haben.«

»Sie haben ja keine Ahnung, wovon Sie reden.«

Ihr harter Ton überrascht mich. Für einen Moment stehen wir uns schweigend gegenüber und schauen uns an, bis ich endlich sage: »Was denken Sie sich eigentlich dabei, einfach hierherzukommen und mich anzugreifen? Wir sind alle durcheinander. Wir alle haben jemanden verloren, der uns nahestand.«

»Glauben Sie wirklich, Dylan hat ihn betrogen, als sie starb?«

»Wie würden Sie es denn nennen? Die beiden waren verlobt.«

»Oh mein Gott. Sie wissen es wirklich nicht.« Briana trat einen Schritt zurück, als müsse sie sich plötzlich von meiner Ahnungslosigkeit distanzieren.

»Was weiß ich nicht?«, will ich wissen.

»Dass Dylan schon Monate, bevor sie nach Maui geflogen ist, mit Nick Schluss gemacht hat.«

Plötzlich habe ich das Gefühl zu ersticken und ringe nach Luft. Sie waren nicht verlobt?

Briana scheint nicht zu sehen, dass ich unter Schock stehe. »Dylan hatte ihm den Laufpass gegeben, weil …« Sie lässt den Satz unbeendet.

»Weil sie mit meinem Mann James zusammen sein wollte«, sage ich und versuche instinktiv, Nick zu verteidigen.

»Ich glaube, sie hatte gehofft, er würde Sie auch verlassen«, fügt sie noch hinzu, und ich kämpfe mit den Tränen. Was hatte James vorgehabt? Wollte er wirklich gehen?

»Sind Sie … sich sicher, dass sie sich getrennt haben?« Ich versuche, das Ganze zu begreifen. Doch meine Gedanken wandern zu Nick, zu dem liebevollen Mann, der mir die Eiscreme vom Kinn gewischt und dann die Stelle geküsst hat, nur um sicherzugehen, dass keine Eisreste mehr da waren.

»Sie hat mir an dem Abend, bevor sie nach Maui geflogen ist, alles erzählt. Sie war furchtbar aufgeregt, weil Nick angefangen hatte, sie zu verfolgen. Er wollte nicht akzeptieren, dass es vorbei war.«

Nick … ein Stalker? Ich schüttele den Kopf.

»Sie glauben mir nicht? Warum sollte ich mir das ausdenken? Ich bin ein ziemliches Risiko eingegangen, als ich hierherkam.«

»Was meinen Sie damit? Ein Risiko?«

Sie schaut über meine Schulter, als fürchte sie, jemand könnte im Flur auftauchen. »Nachdem sie ihm den Ring zurückgegeben hat, ist er total ausgeflippt.« Ihre Stimme wird plötzlich leiser. »Sie hat mir erzählt, dass er sie verfolgte und bedrohte. Sie hatte sogar darüber nachgedacht, eine einstweilige Verfügung zu beantragen.«

Eine einstweilige Verfügung? Gegen Nick? Sprechen wir wirklich von demselben Mann?

Ich halte mich am Türrahmen fest und denke an James – wie er mich über Monate hinweg belogen hat. Wie ahnungslos ich gewesen bin. Nick kann nicht auch ein Lügner sein. Ich kann mich doch nicht zweimal so getäuscht haben.

Briana starrt mich einen Moment an, und ich hoffe inständig, dass sie mir erklärt, sie habe etwas verwechselt, sich geirrt und es täte ihr leid, mich belästigt zu haben.

»Ich weiß, Sie kennen mich nicht«, sagt sie stattdessen. »Ich könnte irgendeine durchgeknallte ehemalige Mitbewohnerin sein, die irgendeinen Mist erzählt. Und Sie müssen mir nicht glauben. Aber es stimmt.« Sie seufzt. »Ich wünschte, ich hätte noch ihr Tagebuch. Sie hat alles aufgeschrieben. Aber es ist weg. Ihre Eltern haben es.«

»Ein Tagebuch?«

»Ich habe Ihnen schon zu viel gesagt.« Sie verzieht das Gesicht, als bereue sie es. »Seien Sie vorsichtig, okay?« Sie schaut mich noch einmal eindringlich an, bevor sie den Flur hinuntereilt und im Treppenhaus verschwindet.

Ich rufe ihr nach, doch die Tür schlägt hinter ihr zu, und dieses Mal kommt sie nicht zurück.

KAPITEL 36

DYLAN – BEVOR ES GESCHAH

Sie wusste nicht, warum sie gerade an diesem wolkenverhangenen Montagmorgen, nur drei Monate nachdem sie Nicks Antrag angenommen hatte, den Mut fand, mit ihm Schluss zu machen. Sie wusste nur, dass sich ihr Verlobungsring seit der Nacht, in der James sie nach Maui eingeladen hatte, immer enger anfühlte, das Gefühl in ihrer Brust immer drückender wurde und ihre Gefühle immer stärker nachließen. Sie wischte über den angelaufenen Spiegel im Bad und starrte in ihr Gesicht. Sie hatte Nick einmal geliebt, doch jetzt konnte sie sich kaum noch an dieses Gefühl erinnern.

Sie hatten sich erst vor achtzehn Monaten kennengelernt, kurz nachdem sie von Phoenix hierhergezogen war. Sie hatte den Feuerwehrmann zum ersten Mal in ihrem Wohnhaus gesehen, als er in der Tiefgarage von seinem Motorrad abgestiegen war. Sie hatte ihn beobachtet, wie er voller Umsicht sein Motorrad geparkt und seinen Helm verstaut hatte, und war ganz begeistert von ihm gewesen. Kurze Zeit später hatte sie ihn in der Schlange im Coffeeshop wiedergesehen und auf seine staubigen

Cowboystiefel gestarrt. Sie hatte noch nie einen Mann gekannt, der solche Stiefel trug. Sie fand sie sexy.

Und eines Tages stand sie an den Briefkästen und hörte eine männliche Stimme hinter sich, die einen Witz über die Werbepost in ihrer Hand machte. Wie sich herausstellte, gehörte sie zu dem Feuerwehrmann. Staatsdiener hatten sie schon immer fasziniert. Es musste an der Uniform liegen, daran, dass sie Menschen auf irgendeine Weise beschützten. Polizisten. Sanitäter. Einmal sogar ein Sicherheitsbeamter.

Während sie sich über die unglaubliche Flut an Werbepost unterhielten und dabei irgendwie feststellten, dass sie beide am liebsten den Kaffee mit Haselnussgeschmack bei Peet's tranken, hatten sie sich verabredet. Als sie ihrer Mitbewohnerin Briana davon erzählte, hatte diese eine spitze Bemerkung darüber gemacht, dass der Fuchs nicht im eigenen Bau jagen sollte. Doch Dylan hatte nur gelacht. Denn dieser Mann hatte etwas. Vielleicht war es die Art, wie er den Kopf zur Seite legte, wenn sie etwas sagte, als wäre es wirklich wichtig. Oder vielleicht war es die Art, wie er beim Lachen die Augen zusammenkniff – und er lachte viel. Was auch immer es war, sie wollte mehr darüber erfahren.

Er lud sie ins Kino ein, und anschließend gingen sie Eis essen. Obwohl sie schon um neun Uhr zu Hause war, war es das schönste Date ihres Lebens gewesen.

Wie schnell sich die Dinge geändert hatten.

Sie war es leid, zwei Leben zu leben – das sichere Leben mit Nick, der ihr nach der Schicht die Füße massierte, während sie von Schuldgefühlen geplagt wurde, und das aufregende Leben mit James, das so gefährlich und unsicher war. Doch inzwischen wusste sie, dass sie genau dieses Leben führen wollte.

Sie saß auf dem Rand der Toilette und fuhr mit dem Fingernagel das Wort *Tagebuch* auf dem Ledereinband ihres Notizbuches nach. Sie hatte einmal etwas Kaffee über den Rand geschüttet, und die Seiten des Tagebuchs hatte einen hellen Karamellton angenommen, aber das gehörte zu den Dingen, die sie besonders an ihm mochte. Es war ebenso wenig perfekt wie sie – und wie die Menschen, über die sie darin schrieb.

Sie schlug den ersten Eintrag auf, den sie zwei Tage nachdem sie Nick kennengelernt hatte, aufgeschrieben hatte. Damals war sie in den Buchladen in Laguna Beach gestürmt und hatte das Tagebuch gekauft, um alles aufzuschreiben, was an diesem Mann so anders war.

Ich habe jemanden kennengelernt. Er ist so unglaublich charmant! Neben ihm sehen alle anderen aus wie Amateure. Jungs, die sich für Männer halten. Nun kenne ich den Unterschied. Nick ist ein echter Mann. Ich möchte nie vergessen, wie es sich anfühlt, wenn er mit seinen Fingern meinen nackten Arm berührt. Es ist, als würde ein Stromschlag durch meinen Körper fahren. Und ich werde versuchen, mich für immer an seinen Blick zu erinnern. Als würde er es niemals zulassen, dass irgendjemand mir wehtut. Als würde er mich für immer lieben. Es sind kleine Dinge, aber sie bedeuten so viel. Wenn er zum Beispiel meine Hand nimmt und mich über die Straße führt. Oder wenn er plötzlich vor mir herläuft, damit ich mir nicht selbst die Tür öffnen muss. Ich habe noch nie einen Mann gekannt, der das für mich getan hat. Ich fühle mich wertgeschätzt.

Sie seufzte bei dieser Erinnerung. Wertgeschätzt zu werden hatte sich so gut angefühlt, weil er ihr immer das Gefühl gegeben hatte, der wichtigste Mensch auf der Welt zu sein. Doch dann hatte sich dieses Verhalten zu etwas entwickelt, das sich immer mehr als Zwangsneurose oder Besitzdenken entpuppte. Als würde sie ihm gehören. Ein Schmuckstück, das er poliert und in eine Vitrine gelegt hatte, in der niemand es berühren konnte.

Sie hatte vor Kurzem bei James vorgefühlt und laut über eine Trennung von Nick nachgedacht, ohne Gründe zu nennen.

Das hätte gefährlich für sie werden können. Sie wusste, es würde ihn zurückschrecken lassen, sollte sie ihm sagen, dass sie nur noch ihn wollte. Seine Augen hatten kurz aufgeleuchtet, doch dann hatte er ihr deutlich zu verstehen gegeben, dass sie die Beziehung ihm zuliebe nicht beenden müsste, sondern nur, wenn es für sie selbst das Beste wäre. Sie hatte nur gelächelt und in einem Ton »Natürlich« gesagt, der nach einer sehr selbstbewussten Frau klingen sollte, die sich mit einem verheirateten Mann traf.

Sie schlug eine neue Seite in ihrem Tagebuch auf. Vielleicht konnte sie James nicht die Wahrheit sagen, aber sich selbst gegenüber musste sie ehrlich sein. Sie musste sich selbst daran erinnern, warum es mit Nick nicht funktionieren konnte, damit sie nicht den Mut verlor. Sie wusste, dass sie ihn eiskalt erwischte. Nick wirkte immer so unbesiegbar und zerbrach sich nie den Kopf über irgendetwas. Zeigte keine Ängste und strotzte vor Selbstvertrauen. Sie wusste, dass er versuchen würde, sie zum Bleiben zu überreden, und darin war er gut. Er konnte sie glauben lassen, besser als jeder andere für sie sorgen zu können und sie mehr als jeder andere zu lieben. Vielleicht hatte er damit sogar recht, aber James … Letztendlich lief es immer auf James hinaus.

Ich muss mit Nick Schluss machen. Doch ich habe Angst. Mein Gefühl sagt mir, dass ich das Richtige tue, aber ich will ihn nicht verletzen. Ich will aber auch kein Doppelleben mehr führen, wenn es doch James ist, den ich liebe und mit dem ich zusammen sein will. Das kann ich aber keinem von beiden sagen. Sage ich die Wahrheit, verliere ich alles. Seit der Nacht, in der James mir erzählt hat, dass er mit mir nach Maui fliegen will, habe ich mich verändert. Und Nick auch.

Nick hat in dieser Nacht in meinem Apartment auf mich gewartet. Die Lampe warf einen seltsamen Schatten auf sein Gesicht, und er sah irgendwie gruselig aus. Und dann hat er mich auf eine Art und Weise gefragt, wo ich gewesen sei, als wüsste er es bereits. Vielleicht bin ich ja paranoid. Aber er drängt immer mehr darauf, diese Katie, mit der ich mich treffe, kennenzulernen. Und so langsam fallen mir keine Ausreden mehr ein, warum ich sie nicht miteinander bekannt machen kann. Aber ich habe zu viel Angst, Katie in eine Situation zu bringen, in der sie Nick ins Gesicht lügen muss.

Ich habe das Gefühl, als würde Nick seit dieser Nacht noch mehr klammern. Er war schon immer sehr besitzergreifend. Doch in letzter Zeit ist es anders, noch viel schlimmer. Er stellt so viele Fragen, viel mehr als sonst. Er will alles wissen, von meinen Arbeitszeiten bis hin zu dem, was ich mittags gegessen habe. Und er schreibt mir ständig Nachrichten. Wenn ich dann nicht sofort anrufe, ruft er an. Wir haben einen Punkt erreicht, an dem ich mir fast wünsche, er würde mich direkt fragen, ob ich ihn betrüge.

Ich muss da raus.

Dylan schloss ihr Tagebuch und verstaute es ganz unten in ihrer kleinen Reisetasche, die sie mitgebracht hatte. »Es ist Zeit«, sagte sie zu ihrem Spiegelbild und verließ das Bad.

* * *

Nick stand in der Küche und goss sich gerade ein Glas Orangensaft ein. Er lehnte sich vor, um sie zu küssen, doch sie wich zurück.

»Stimmt was nicht? Hast du schlecht geschlafen?«

»Ich kann das nicht mehr«, platzte Dylan heraus.

»Was kannst du nicht mehr?«, fragte er und nippte an seinem Saft.

»Das«, antwortete sie, während sie ihre linke Hand hob und auf den Ring zeigte.

Nick brauchte einen Moment, um das, was sie sagte, zu verarbeiten. Oder besser gesagt, was sie nicht sagte. Sie wusste, sie musste die Worte *Ich kann dich nicht heiraten* laut aussprechen, aber sie blieben ihr im Hals stecken. Die Schuldgefühle, weil sie ihn mit James betrogen hatte, lasteten schwer auf ihr. Was, wenn sie James nie begegnet wäre? Würde sie dann jetzt in irgendwelchen Brautmagazinen blättern?

»Willst du mit mir Schluss machen?«, fragte Nick und stellte sein Glas so abrupt ab, dass der Saft über den Rand schwappte.

Dylan nickte, konnte ihn aber nicht ansehen. Stattdessen starrte sie auf ihre nackten Füße.

»Ich verstehe das nicht. Es läuft doch gut mit uns. Wir passen so gut zusammen.« Nick zupfte an ihrem Ärmel, damit sie ihn endlich ansah.

»Es fühlt sich einfach nicht mehr richtig an«, sagte sie schließlich und spürte, wie ihr die Tränen kamen.

»Was fühlt sich nicht richtig an?« Er hielt noch immer den rosafarbenen Stoff ihres Kleides umklammert.

Du bist nicht James.

»Dylan, habe ich irgendetwas falsch gemacht?«, versuchte er es noch einmal und sah sie flehend an. Sie hatte ihn noch nie so verletzlich gesehen. Er war immer so groß und so stark gewesen – breite Brust, kräftiger Bizeps, eben der Typ Mann, der andere beschützt. Sie hatte ihn manchmal sogar Paul Bunyan, den sagenhaften Holzfäller, genannt.

Sie löste sich aus seinem Griff und sah, wie sich seine Arme strafften und die Adern auf seinen Vorderarmen hervortraten. »Nick, es liegt nicht nur an einer bestimmten Sache, sondern daran, was ich empfinde. Wenn man heiratet, geht man eine große Verpflichtung ein. Man muss sich wirklich sicher sein. Und das bin ich nicht.«

»Ich verstehe nicht, was auf einmal anders sein soll, Dyl. Wir haben uns noch nicht ein Mal gestritten! Ist irgendetwas passiert? Das ergibt doch alles keinen Sinn.«

»Ich weiß nicht, wie ich es erklären soll.« *Und ich will es auch nicht erklären.*

»Dyl, tu mir das nicht an. Ich will, dass du mich heiratest.«

Dylan schaute auf den Ring. »Ich hätte nicht Ja sagen dürfen.« Sie zuckte zusammen, als sie versuchte, ihn über ihren Knöchel zu ziehen. Er saß noch immer zu stramm. Sie hatte vergessen, ihn anpassen zu lassen. Als hätte sie tief in ihrem Innern gewusst, dass es nicht nur der Ring war, der nicht passte.

Sein Gesichtsausdruck tat ihr weh, und sie hätte ihn fast in den Arm genommen. Fast hätte sie ihre Meinung geändert, sich eingeredet, dass James seine Frau sowieso nie verlassen würde. Und die Sache mit ihr vielleicht beenden würde. Das taten verheiratete Männer ja meistens. Sie wurden ihrer Geliebten überdrüssig und fanden irgendwann heraus, dass ihre Ehefrauen doch nicht so schlecht waren. Doch sie blieb stark. Sie beschloss, dass James es als Zeichen ihrer Loyalität sehen würde. Vielleicht nicht sofort, aber irgendwann.

»Ich dachte, du liebst mich genauso sehr wie ich dich …« Er brach ab, und sie wusste, dass er jetzt von ihr hören wollte, dass sie genau das tat. Doch sie schwieg. Selbst als sie auf den Ring schaute und sich an seinen Antrag erinnerte, musste sie sich eingestehen, dass sie ihn vielleicht nie wirklich geliebt hatte. »Hast du einen anderen?«

Dylan schreckte hoch und starrte ihn an. Sie wusste, dass sie es ihm jetzt sagen und die Karten offen auf den Tisch legen sollte. Doch etwas in seinem Blick sagte ihr, dass er dazu noch nicht bereit war. Und sie wollte nicht grausam sein.

»Nein.«

Er kniff die Augen zusammen und presste die Lippen fest aufeinander. Und wieder fragte sie sich, ob er es nicht schon wusste. Ob er es nicht schon seit der Nacht wusste, in der er in ihrem Apartment auf sie gewartet hatte. Oder vielleicht noch länger.

»Du musst mir doch irgendeinen Grund sagen. Wenn ich nichts falsch gemacht habe und es keinen anderen gibt, was ist es dann?« Er warf verzweifelt die Hände in die Luft.

Dylan beschloss, dass sie es sagen musste, auch wenn ihre Worte ihn vernichten würden.

»Wir passen einfach nicht zusammen.« Sie holte tief Luft und hörte erst auf zu reden, als sie alles gesagt hatte. Dass sie ihn nicht so sehr liebte wie er sie. Dass sie ihm sogar einen Gefallen tat, dass er eine Frau verdiente, die ihn mehr liebte, als sie es tat. Dass er Leidenschaft verdiente. An dieser Stelle brach sie ab. Sie wollte nicht sagen, dass sie mit James etwas Aufregendes, Berauschendes, Spontanes erlebte. Dass sie für James mehr Leidenschaft in ihren Fingerspitzen empfand als für ihn in ihrem ganzen Körper.

Doch dann begann er plötzlich zu weinen. Riesige Tränen, die irgendwie fehl am Platz wirkten, liefen über seine Wangen. »Du irrst dich, Dyl«, schluchzte er.

»Es tut mir leid.« Sie wollte nach seiner Hand greifen, doch er wich zurück.

»Das war es dann also?«, fragte er.

Sie wusste nicht, was sie sagen sollte.

»Das bist doch nicht du, Dylan. Du bist zerbrechlich. Zart. Du brauchst jemanden, der dich beschützt. Erinnerst du dich noch, wie einsam du warst, bevor wir uns kennenlernten? Du wirst niemanden finden, der besser auf dich aufpasst als ich.«

Sie wusste nicht, ob James dieser Mann sein würde, doch sie wollte es herausfinden.

Plötzlich wollte Nick nicht mehr mit ihr reden und schwieg verdrossen. Also beschloss sie zu gehen. Sie zog sich den Ring mit etwas Vaseline vom Finger und legte ihn neben ihre Schlüssel zu seiner Wohnung auf den Tisch. Dann griff sie nach ihrer Tasche und schloss die Tür hinter sich. Sie wusste, sie müsste sich nach einer anderen Bleibe umschauen, denn ihm zufällig zu begegnen wäre ihr unangenehm. Sie hoffte, er würde irgendwann erkennen, dass es so am besten war. Vielleicht konnten sie dann sogar Freunde werden.

* * *

Doch Nick ließ nicht los. Er gab auch nicht auf. Stattdessen begannen die Anrufe. Die E-Mails. Die Nachrichten. An einem Tag hatte sie sechsundfünfzig entgangene Anrufe und doppelt so viele Nachrichten von ihm auf ihrem Handy. Er sagte, er wollte sie zurück. Dass er alles tun würde. Und wie er dieses *alles* auf ihrer Mailbox sagte, erschreckte sie. Sie sollte ihre Telefonnummer ändern lassen.

Dann lauerte er ihr im Haus auf. Einmal stand sie an den Briefkästen, das andere Mal stieg sie gerade aus ihrem Auto aus. Sie schrie auf, so erschrocken war sie, weil er wie aus dem Nichts aufgetaucht war. Der Ausdruck in seinem Gesicht, als er sagte: »Ich bin es nur, Dylan«, tat ihr weh.

So benahm er sich über Wochen. Jimmy, ein Kollege, hatte ihr angeboten, auf seiner Couch zu schlafen. Doch sie wusste nicht, wie sie James erklären sollte, warum sie im Apartment irgendeines Typen übernachtete. Sie befürchtete, er würde das als Belastung sehen und sich vielleicht nie von seiner Frau trennen. Also tat Dylan alles, um Nick aus dem Weg zu gehen. Sie verließ ihre Wohnung in aller Herrgottsfrühe und kam erst spät in der Nacht zurück.

Nachdem sie fast eine Woche nichts von ihm gesehen und gehört hatte, atmete sie erleichtert auf. Am nächsten Morgen würden sie nach Maui fliegen, und sie dachte nur noch an diese Reise. Als sie das Restaurant durch die Hintertür verließ, ging sie in Gedanken ihre Packliste durch und beschloss, auf dem Heimweg am Supermarkt vorbeizufahren, um Shampoo und Spülung in Reisegröße zu besorgen.

»Dylan.«

Sie fuhr herum und entdeckte Nick, der an der Wand neben dem Müllcontainer lehnte.

»Hi«, sagte er, als sich ihre Blicke trafen.

Dylan sagte kein Wort. Sie stand regungslos da. Er grinste sie an, und sie bekam eine Gänsehaut auf ihren Armen. Da war wieder sein zuckersüßes Grinsen, wie sie es immer genannt hatte. Das Grinsen, mit dem er alle einwickelte, vom Baby bis zur achtzigjährigen Oma. Warum grinste er sie so an? Als wäre nichts geschehen? Irgendetwas stimmte nicht. Am liebsten hätte sie geschrien und wäre ins Restaurant zurückgerannt. Doch sie fürchtete, er würde wütend werden, ihr hinterherrennen, ihr eine Szene machen. Aber sie hatte auch Angst, hier stehen zu bleiben.

»Dylan, warum sagst du denn nichts, mein schönes Mädchen?« Er lachte. So hatte er immer gelacht, wenn sie die *Tonight Show* gesehen oder er ihr den neuesten Feuerwehrwitz erzählt hatte. Doch er sah so anders aus. Seine Gesichtszüge wurden von den Schatten verzerrt. »Dylan?«, fragte Nick noch einmal.

»Was machst du hier?« Dylan versuchte, das Zittern in ihrer Stimme zu unterdrücken, während ihre Autoschlüssel eine Kerbe in ihrer Handfläche hinterließen.

»Ich fühle mich so einsam, Dyl. Mein Leben ist so leer ohne dich. Und du bist auch einsam, das weiß ich. Ich kann es in deinen Augen sehen. Genau so haben wir uns gefühlt, bevor wir uns kennenlernten. Erinnerst du dich?«

Er machte einen Schritt auf sie zu, und sie erstarrte.

»Wir haben uns ausgesprochen, Nick. Mehr gibt es nicht zu sagen.«

»Du siehst verärgert aus. Du musst nicht wütend auf mich sein.«

»Das bin ich nicht«, log sie und hoffte, dass ihr schneller Herzschlag im Halbdunkel nicht zu erkennen war. Ihr T-Shirt verbarg ihn sicher nicht.

»Gute Antwort.« Er grinste. »Denn wir können das Problem jetzt gleich lösen. Jetzt, nachdem du etwas Zeit hattest, alles zu verarbeiten und zu erkennen, dass du mit mir zusammen sein willst.« Dylan schaute ungläubig zu, wie er in seine Tasche griff und ihren Verlobungsring herauszog. Der Diamant funkelte im Licht. »Hier, zieh ihn wieder an.« Er hielt ihr den Ring hin. »Du bist meine Seelenverwandte.«

»Nick …«

Er hob seine Hand, als wolle er ihrem Widerspruch Einhalt gewähren. »Das bist du, Dyl. Das bist du.«

Sie machte einen kleinen Schritt zurück und rutschte dabei über einen Ölfleck. Sie versuchte, die Entfernung bis zur Tür abzuschätzen. Vielleicht könnte sie sie erreichen und von innen verriegeln, bevor er sie eingeholt hatte. Und dann? Sie wünschte, einer ihrer Kollegen käme nach draußen. Wo blieb nur Margo mit ihrer Zigarette oder Eric mit dem Müll?

»Nimm ihn, Dyl, und wir lassen all das hinter uns. Wir fliegen irgendwohin, egal wohin, und heiraten noch heute Abend!«

Warum tat er so, als hätte sie sich in ihren eigenen Gefühlen getäuscht? Als könnten sie einfach wieder zusammenkommen und gemeinsam weitermachen? Sie starrte auf den Ring, von dem sie *wusste*, dass er ihr nicht passte. Wusste er es denn nicht?

Das ungute Gefühl wollte nicht verschwinden, und ihr Instinkt sagte ihr, dass irgendetwas mit Nick nicht stimmte.

Warum war ihr das nur nicht schon früher aufgefallen?

KAPITEL 37

JACKS – NACHDEM ES GESCHEHEN WAR

Auf der Heimfahrt gehen mir Brianas Anschuldigungen nicht aus dem Sinn. Doch ich beschließe, an den Nick zu denken, den ich *kenne*, den ich seit *Monaten* kenne, und nicht an den Mann, den mir eine Frau beschrieben hat, die ich vor einem Tag zum ersten Mal gesehen habe. Ich konzentriere mich auf den Nick, dessen Haar ständig zerzaust ist, der Cowboystiefel trägt, ob bei Regen oder Sonnenschein, und der auf Dutzend verschiedene Arten lacht. Das ist der Nick, mit dem ich die letzte Nacht verbracht habe. Der Mann, der mich mit einem Witz über einen Feuerwehrschlauch so zum Lachen gebracht hat, dass ich fast meine Eiscreme ausgespuckt hätte. Der Mann, der mir gesagt hat, dass er stolz auf mich ist.

Der Mann, der gesagt hat, dass er mich liebt.

Während ich meine Einfahrt hochfahre, versuche ich zum zweiten Mal, Beth anzurufen. Sie geht wieder nicht ans Handy. Also schicke ich ihr eine SMS, dass ich sie dringend sprechen muss. Doch ich weiß auch so, was sie mir sagen wird, denn ich fühle das Gleiche. Diese Mitbewohnerin ist einfach nur wütend, eifersüchtig, traurig oder was auch immer. Sie will mir wehtun, wie man ihr wehgetan hat. Was für ein Motiv könnte sie sonst haben, mir derart verrückte Dinge über Nick zu erzählen?

Ich spiele mit meiner Nagelhaut, während ich auf das Display meines Handys starre und versuche, Brianas Bild aus meinem Kopf zu verbannen. Wie sie, ohne mit der Wimper zu zucken, sagte, sie hätte etwas riskiert, als sie zu mir gekommen ist.

> Hallo, meine Schöne. Was machst du gerade?

Nicks Nachricht erscheint, und ich muss lächeln.
Ein Zeichen. Nimm das, Briana!

> Hi! Bin gerade zu Hause angekommen.

Die Sprechblase zeigt an, dass er mir gerade antwortet, und ich warte mit Schmetterlingen im Bauch auf seine Worte.

> Vermisse dich! Vermisst du mich auch?

Natürlich!

> Ok, wollte nur kurz Hallo sagen! Muss los … Katze sitzt im Baum fest :-)

Als Beths Nachricht eingeht, komme ich mir fast schon albern vor, weil ich so oft versucht habe, sie zu erreichen.

> Bist du okay? Habe deine beiden entgangenen Anrufe gesehen. Bin in einer stinklangweiligen Lehrer-Eltern-Sitzung und habe kaum Empfang. Bin in 15 min fertig. Können wir dann reden? Oder ist das ein Notruf?

Alles okay! Treffen wir uns bei dir in 30 min?

Perfekt!

Ich beschließe, zu Fuß zu Beth zu gehen. Die frische Luft wird mir guttun. Das ist die beste Art, diesen verrückten Morgen zu vergessen und mich auf das zu konzentrieren, was *ich* möchte – glücklich sein. *Endlich* glücklich. Und *dankbar.* Es ist später Vormittag und die Wolkendecke sehr dicht. Also gehe ich zum Wandschrank und suche nach etwas Langärmeligem, das ich mir über mein Top und meine Jeans werfen kann. Ich halte inne, als mein Blick auf James' Sweatshirt fällt. Ich hatte ganz vergessen, dass es hier hängt. Langsam fasse ich nach dem grauen Baumwollstoff und denke an das erste Mal, als ich ihn getragen habe. Wir besuchten ein Feuerwerk auf Balboa, und er hat es mir gegeben, als ich zu frieren begann. Er trug kein Hemd darunter, doch das kümmerte ihn nicht. Er stand mit freiem Oberkörper am Strand, während die Lichter am Himmel aufflammten. Das Shirt stammte noch aus seiner College-Zeit und hatte damals schon kleine Löcher am Arm und einen ausgefransten Bund. Mit der Zeit war es dann irgendwie in meinen Besitz übergegangen. Ich hatte es einfach für mich in Anspruch genommen, ohne ihn zu fragen. Er hatte nur gelacht und den Kopf geschüttelt, weil er nicht verstehen konnte, dass ich es liebte, einfach nur, weil es ihm gehörte.

Ich drücke meine Nase in den Stoff, weil ich hoffe, dass James' Geruch noch in ihm hängt. Als ich es vom Haken hole, fällt irgendetwas aus der Tasche und rutscht unter das Sofa. Ich streife mir das Shirt über und fühle mich gleich viel besser, weil ich etwas von James trage. Dann gehe ich auf die Knie und taste mit der Hand unter dem Sofa entlang, bis ich etwas berühre, das sich wie eine Kreditkarte anfühlt.

Ich ziehe es hervor, und für einen Moment verschwimmt alles um mich herum. Gedankenfetzen schwirren in meinem Kopf umher, während ich versuche zu erkennen, auf was ich da starre: Dylans Gesicht.

Ich halte ihren Führerschein in meiner Hand.

Sofort fällt mir wieder ein, was mich damals gestört hat, als mir mein eigener Führerschein am Flughafen von Maui auf den Boden gefallen ist. Dieses kleine Puzzleteil, an das ich mich nicht erinnern konnte. Das war es. Ihr Ausweis. Er hatte seit dem Tag, an dem ich zu Beths Haus hinübergelaufen war und ihn ihr gezeigt hatte, in dieser Sweatshirttasche gesteckt. Ich hatte ihn völlig vergessen.

Ich schaue ihn mir genau an und denke an den Tag zurück, an dem ich Nick zum ersten Mal getroffen habe. Ich sehe seine abgetragenen Cowboystiefel. Sein glänzendes Motorrad. Seine grauen Augen, die mich anschauten, während er darauf wartete, dass ich verarbeitete, wer er war. Dann seine schwielige Hand, als er mir diesen Ausweis als Beweis dafür gab, dass er ihr Verlobter war.

Doch war er das wirklich?

Wenn er nicht ihr Verlobter war, warum hätte man ihm dann ihre persönlichen Dinge geschickt?

Doch hätte dieser Führerschein nicht in Dylans Handtasche sein müssen, die sie laut Officer Keoloha als gestohlen gemeldet hatte, als James und sie an den *Seven Sacred Pools* gewesen waren?

Hat Nick mich angelogen, als er mir erzählte, man hätte ihn ihm zurückgeschickt?

Es muss eine Erklärung geben.

Ich denke an Briana und an die Ruhelosigkeit, die ich seit unserem Gespräch verspüre. Ich laufe vor dem Schrank auf und ab, James' Sweatshirt baumelt auf halber Höhe meiner Oberschenkel. Vielleicht war Dylan mit ihrem Personalausweis verreist und hatte ihren Führerschein zu Hause gelassen – und Nick hat ihn nur benutzt, um wegen der Verlobung zu lügen? Und mehr nicht. Das ist doch möglich, oder?

Verdammt.

Ich presse den Führerschein so fest in meiner Hand, dass ein roter Striemen in meiner Handfläche zurückbleibt. Ein furchtbares Gefühl macht sich in mir breit. Ich will es aufhalten, doch es bewegt sich mit Lichtgeschwindigkeit.

Hat Nick James und Dylan verfolgt? Ist er ihnen nach Maui gefolgt?

Ich denke über Nicks letzte Nachricht nach. Dass er mich vermisst. Sein Witz über die Katze im Baum. Dieser Mann würde doch nie seine Ex-Verlobte bis nach Maui verfolgen!

Ich halte noch immer Dylans Führerschein in meiner Hand und stelle plötzlich alles infrage. Ich ziehe James' Sweatshirt so fest um meinen Körper, wie ich kann. Ein großer Teil von mir möchte eine andere Erklärung finden. Eine Erklärung, bei der alles nur ein großer Fehler ist. Eine Erklärung, bei der ich nicht von einem Mann mit Geheimnissen zum nächsten gewandert bin.

Ich steige wieder ins Auto und werfe den Rückwärtsgang ein, bevor ich es mir wieder anders überlege. Ich muss meine Antworten finden.

KAPITEL 38

DYLAN – BEVOR ES GESCHAH

Dylan konnte kaum glauben, dass Nick nur mit den Schultern zuckte und meinte, er wünsche ihr alles Gute. »Du kannst einem Mann nicht vorwerfen, dass er es wenigstens versucht hat«, sagte er, und dann blitzte *dieses Lachen* auf, während er den Verlobungsring zwischen seinen Fingern presste. Sie sah ihm nach, wie er die Gasse hinunterging, nein, *schlenderte*. Dann hörte sie, wie er den Motor seines Motorrads anließ. Das Geräusch war ihr Zeichen zu gehen. Bisher hatte sie regungslos auf dem Ölfleck hinter dem Restaurant gestanden. Sie überlegte, ob sie hineingehen und Johnny bitten sollte, sie zum Wagen zu begleiten. Doch er würde Fragen stellen. Sie hatte noch nie jemanden gebeten, sie zum Mitarbeiterparkplatz zu begleiten. Und damit wollte sie gar nicht erst anfangen. Außerdem war sie sich nicht sicher, ob sie Nicks seltsames Verhalten erklären konnte. Oder ob er sich so seltsam verhielt, wie sie glaubte. Was, wenn sie es sich nur einbildete? Wenn sie es schlimmer machte, als es war, weil sie sich schuldig fühlte, dass sie ihn wegen James verlassen hatte?

Trotzdem eilte sie zum Parkplatz und versuchte, den Gedanken an das, was gerade passiert war, abzuschütteln. Wie sich Nicks Stimmung innerhalb weniger Minuten von lächelnd über melancholisch zu fast jubilierend gewandelt hatte. Als sie endlich in ihrem Wagen saß, verriegelte sie alle Türen und schaute sogar auf der Rückbank nach, um sicherzugehen, dass niemand dort war. Dann fuhr sie auf den South Coast Highway und schaltete das Radio ein. Es lief »Shake It Off«. *Das muss ein Zeichen sein*, dachte sie und sang mit.

Mitten in ihrem Duett mit Taylor Swift sah sie ihn plötzlich im Rückspiegel. Sie versuchte, sich einzureden, dass es nicht Nick, sondern irgendein Motorradfahrer mit einem ähnlichen Motorrad war. Doch sie erkannte den dunkelroten Schlammschutz und den passenden Helm im Schein der Straßenlampen. Er folgte all ihren Spurwechseln. Auch wenn er immer einige Autolängen hinter ihr blieb, vollzog er jede Bewegung von ihr nach. Dylan fuhr erst schneller, dann langsamer, bevor sie abbog, konnte ihn aber nicht abschütteln. Ihr Herz begann zu rasen, und ihre Hände schwitzten. Sie wischte sie an ihrer schwarzen Hose ab und fuhr weiter. Sie könnte an einer Tankstelle oder irgendwo anders halten und um Hilfe bitten. Aber um Hilfe wofür? Sie hatte keinen Beweis für irgendetwas, und sie wusste, dass Nick ihre Anschuldigungen einfach leugnen würde. Er schien blind für sein Verhalten und nicht zu erkennen, dass er sich wie ein Stalker verhielt.

Als die Ampel vor ihr auf Gelb umsprang, traf sie blitzschnell eine Entscheidung. Sie bremste ab, als wolle sie anhalten, trat dann aber das Gaspedal durch und raste über die Kreuzung. Die anderen Autofahrer hupten, doch sie kam unbehelligt über die Straßengabelung. Als sie sich nach Nick umdrehte, sah sie überrascht, wie er sich an den Autos vorbeischlängelte und dabei nur knapp einem silbernen Mercedes SUV ausweichen konnte.

Durch die heruntergelassenen Fensterscheiben konnte sie auf dem Rücksitz einige junge Männer in Fußballtrikots erkennen, die aufschrien, als die Fahrerin auf die Bremse trat. Ein Schauer durchfuhr Dylan, als ihr bewusst wurde, dass sie das Leben dieser Menschen riskiert hatte.

Nick hing nun an ihrer Stoßstange und beschleunigte weiter. Warum verfolgte er sie? In der Gasse hinter dem Restaurant hatte er doch so schnell aufgegeben. Oder etwa nicht? Sie spielte die Szene in Gedanken noch einmal durch, wie er den Verlobungsring mit seinem Finger hin und her gedreht hatte und mit fast federndem Gang fortgegangen war. Er musste da schon gewusst haben, dass es noch nicht vorbei war, dass er sie verfolgen und sie keinen Verdacht schöpfen würde, weil sie so naiv war. Er hatte sie manipuliert. Dylan hielt das Lenkrad noch fester und war wütend auf sich selbst, weil sie so dumm gewesen war. So leichtgläubig. Sie fragte sich, ob das seine Strafe war, weil sie ihn betrogen hatte. Ob sie es verdient hatte.

Dylan hörte ein Hupen und schaute über ihre linke Schulter. Nick fuhr direkt neben ihr – viel zu nah an ihrem Auto – und gab ihr ein Handzeichen, sie solle rechts heranfahren. Sie überlegte, was sie tun sollte. Doch dann dachte sie an die erschrockenen Gesichter der jungen Fußballspieler und wusste, dass sie anhalten musste. Sie bog an der nächsten Kreuzung ab und hielt den Wagen an. Sie überlegte, ob sie die Polizei anrufen sollte, aber ihr Handy lag in der Tasche auf der Rückbank. Und was sollte sie sagen? *Mein Ex-Freund verfolgt mich?* Ihr war inzwischen klar geworden, dass er erst aufhören würde, wenn sie ihm gab, was er wollte.

Doch was er wollte, konnte sie ihm nicht geben. Er wollte sie zurück.

Sie sah zu, wie er sein Motorrad hinter ihrem Wagen stoppte, und spürte einen Schrei, der tief in ihrem Hals saß.

Doch als sie den Mund öffnete, brachte sie keinen Ton heraus. Hilflos starrte sie ihn an, als er von dem Motorrad stieg, den Helm abnahm und mit den Fingern durch sein Haar fuhr.

Dann grinste er sie so traurig an, dass Dylan es reflexartig erwiderte.

»Hey, Dylan, kurbele das Fenster runter, okay?« Er starrte sie an und klopfte mit dem Verlobungsring gegen die Scheibe. »Klopf, klopf!«

Dylan schüttelte den Kopf. Sein Gesichtsausdruck änderte sich schlagartig, und sie fragte sich, ob sie sich das traurige Lächeln nur eingebildet hatte. Seine Lippen verzogen sich, und er wurde rot vor Wut. Nun bekam sie wirklich Angst. Er rief, sie solle die Tür öffnen, doch sie schüttelte erneut den Kopf. Sie sah, wie er die Hände zu Fäusten ballte und in die Hüften stemmte.

»Dylan, komm schon!«, schrie er, bevor er mit der Handfläche gegen das Fenster schlug.

Ihr Körper zuckte zusammen, ihr Herz schlug wild. Sie wusste nicht, was sie tun sollte. Sie schaute sich um, doch die Straße war menschenleer. Ihr Magen zog sich zusammen, als ihr Blick auf das Sackgassenschild am Ende der Straße fiel. Nick rüttelte am Türgriff, dann drehte er sich um und warf frustriert die Arme in die Luft, wie sie es oft bei den Kindern im Restaurant erlebt hatte.

Dylan zitterte. Konnte er die Tür aufbrechen? War er stark genug, um das Glas einzuschlagen? Würde er so weit gehen?

»Dylan, du bist meine Seelenverwandte. Siehst du das denn nicht?« Er legte beide Handinnenflächen flach auf die Scheibe und hielt dabei den Diamantring fest zwischen dem Glas und seiner rechten Hand gepresst. »Das ist dein Ring. Du gehörst mir.«

Er glaubt, ich wäre sein Besitz. Dass ich ihm gehöre.

Danach schien Nick sich wie in Zeitlupe zu bewegen: Er setzte ein Bein vor das andere, der verschlissene Saum seiner Jeans streifte den Boden, nur die Stiefelspitzen lugten hervor. Als er ihr den Rücken zudrehte, blähte sich seine Lederjacke auf. Während er zu seinem Motorrad ging, hob er die Arme in die Luft, als wolle er losfliegen. Panik ergriff sie. Sie fasste hinter den Sitz nach ihrer Tasche. Sie brauchte ihr Handy. Sie musste Hilfe rufen.

Plötzlich schlug etwas gegen das Autodach. Dylan schrie auf und ließ die Tasche fallen. Sie starrte auf Nicks Bauch, seine Gürtelschnalle wurde gegen die Fensterscheibe gepresst. Dann trat er einen Schritt zurück und hob den Arm über seinen Kopf. Dann erst sah sie den Wagenheber, den er über seine Schulter schwang. Dylan duckte sich und hob die Hände über ihren Kopf, um sich vor dem Schlag gegen das Glas zu schützen. Tränen liefen ihr über das Gesicht, als sie sich auf den Sitz presste, um ihre Sicherheit betete und zu verstehen versuchte, was hier mit ihr geschah. Wie Nick zu diesem Mann hatte werden können.

Doch die Scheibe zerbrach nicht. Stattdessen hörte sie Sirenen. Sie hatte die Polizei nicht gerufen, doch vielleicht hatte er geglaubt, sie hätte es getan. Denn er lief plötzlich zu seinem Motorrad und war so schnell in der Dunkelheit verschwunden, dass sie sich fragte, ob all das überhaupt geschehen war.

Doch dann fiel ihr Blick auf den Wagenheber, der auf dem Bürgersteig lag.

* * *

Endlich bin ich zu Hause und liege in meinem Bett. Doch mein Herz hat sich noch immer nicht beruhigt. Jeder schwere Herzschlag erinnert mich daran, was für eine Närrin ich bin, wie blind ich war, weil ich nicht gesehen habe, wie Nick wirklich ist. Meine Haut kribbelt, wenn ich an seinen Blick denke, als er den Ring gegen die Fensterscheibe presste. Als wäre alles gut. Alles in bester Ordnung. Als wäre es das Normalste von der Welt, dass ich zu ihm zurückkehre. Vielleicht ist meine Beziehung mit James gar nicht so ungewöhnlich. Er ist vielleicht verheiratet, aber wenigstens ist er nicht geisteskrank. Und morgen fliegen wir nach Maui, etwas, was ich jetzt dringender brauche denn je.

KAPITEL 39

JACKS – NACHDEM ES GESCHEHEN WAR

Atmen, Jacks. Einfach atmen.

Mein Blick fällt auf Dylans Führerschein, der in dem Getränkehalter steckt, während ich in Nicks Tiefgarage fahre. Mein Atem geht flach. Ich lasse den Wagen im Stand laufen, während ich die Umgebung nach Nicks Motorrad absuche. Man kann ja nie wissen. Doch es ist nicht da. Ich fühle mich schuldig, weil ich seine Wohnung durchsuchen, seine Sachen durchwühlen will. James hat gelogen und behauptet, er wäre in einer Stadt im Mittleren Westen, während er in Wirklichkeit auf einer Insel im Pazifik war. Ist mein Verhalten jetzt eine Folge dieses Betrugs durch meinen Ehemann? Abgesehen von dem Ausweis habe ich kaum Beweise. Reicht er als Rechtfertigung, um Nick anzulügen und ohne seine Zustimmung in sein Apartment zu gehen? Ich schaue wieder auf Dylans Gesicht, auf ihren Schmollmund und ihre rosigen Wangen. Doch ich muss die Wahrheit herausfinden. Wenn wir eine Zukunft haben wollen, muss ich es wissen.

Mein Handy brummt. Es ist Beth.

Wo bist du? Dachte, wir würden uns hier treffen.

Ich schaue mich um. Ich habe keine Zeit, ihr alles zu erklären.

Bin bei Nick, suche nach etwas Bestimmtem. Rufe dich später an.

Ich steige aus und gehe zum Aufzug. Ich muss an meinen ersten Besuch denken, als ich vorsichtig durch die Lobby gegangen bin, während mein Blick Peet's Coffeeshop und die Reinigung streifte.

Damals war ich eine Witwe, die tief verletzt war von den Dingen, die sie über ihren Ehemann, den sie zu kennen geglaubt hatte, erfahren hatte. Ich hätte nie geglaubt, in einer ganz anderen Rolle hierher zurückzukommen – als Freundin mit Fragen über einen anderen Mann, den ich ebenfalls zu kennen glaubte.

Als Nick damals vor meiner Haustür aufgetaucht ist, habe ich ihn nicht gefragt, wie er mich überhaupt gefunden hat. Hatte er mich auch verfolgt? Oder hatte ihn Dylans Doppelleben zwangsläufig zu mir geführt? Ich kann mich nicht erinnern, dass Nick sich je so verhalten hätte, als wäre er von ihr besessen gewesen. Er wirkte immer wie ein Mann, der um die Frau, die er geliebt hatte, genauso trauerte wie ich um James.

Als ich mit dem Finger über die Zahl von Nicks Stockwerk fahre, überlege ich kurz, ob ich nicht eine Etage tiefer aussteigen, Briana aufsuchen und ihr noch mehr Fragen stellen sollte. Ich könnte ihr Dylans Führerschein zeigen und sie fragen, was es ihrer Meinung nach bedeutet, dass Nick ihn hat. Doch schließlich schüttele ich den Kopf und drücke den Knopf für die Etage, auf der Nick wohnt. Vielleicht verleitet mich meine eigene Unsicherheit zu den falschen Schlussfolgerungen.

Ich gehe auf Nicks Apartment zu, bleibe dann aber vor seiner Tür stehen und starre sie an. Ich suche in meiner Tasche nach meinem Schlüssel, den er mir an einem Schlüsselanhänger mit einem roten Herzen gegeben hat. Zuerst habe ich ihn mit großen Augen angestarrt. »Bist du dir sicher?« Doch Nick antwortete nur: »Natürlich, du gehörst hierher.« Ich musste lachen und spielte mit dem Schlüssel in meinen Fingern herum.

Ich denke darüber nach, dass ich nie James' Passwörter gekannt habe, noch nicht einmal das von seinem Handy. Nick hätte mir keinen Schlüssel gegeben, wenn er etwas zu verbergen hätte.

Ich fahre mit dem Daumen über das rote Herz und schiebe den Schlüssel in das Schloss. »Nick?«, rufe ich nur für den Fall, dass er doch zu Hause ist. Ich warte, bevor ich eintrete. »Nick?« Langsam gehe ich in die Wohnung und schließe die Tür hinter mir. Ich stehe in der Mitte des Wohnzimmers und warte. Auf was, weiß ich nicht. Trotz meines Plans, im Zweifel für den Angeklagten zu entscheiden und ihn für unschuldig zu halten, bis seine Schuld bewiesen ist, sieht hier seit Brianas Anschuldigungen plötzlich alles anders aus. Die Ikea-Möbel wirken plötzlich zu steril. Der Stapel Magazine auf dem Beistelltisch ist zu perfekt. Die Uhr der Mikrowelle leuchtet unheimlich. Ich bekomme eine Gänsehaut und habe das seltsame Gefühl, beobachtet zu werden. Als wäre ich nicht allein. Wenn er ein Stalker ist, hat er bestimmt überall Kameras installiert. Ich schüttele den Kopf. Das ist lächerlich. So etwas würde Beth sagen, nachdem sie zu viele Folgen von *Law & Order: New York* gesehen hat.

Ich berühre Dylans Ausweis in meiner Tasche, um mich zu vergewissern, dass er noch immer da ist. Dadurch habe ich irgendwie das Gefühl, noch bei Verstand zu sein. Als hätte ich einen Grund, hier zu sein und mich zu vergewissern, dass alles okay ist. Dass ich nicht von einem Lügner zum nächsten gewandert bin. Ich schaue mich um. Die ausgespülten Teile der Espressomaschine stehen noch genau so in dem Geschirrständer, wie ich sie hingestellt habe. Das Heft, in dem ich gelesen habe, liegt noch immer mit der Seite, die ich aufgeschlagen habe, auf dem Tisch – ein Artikel darüber, wie man aus einer Avocado eine Gesichtsmaske macht. Ich stehe hier und bin mir nicht sicher, wo ich anfangen soll oder was ich finden will, als plötzlich ein Geräusch durch die Wohnung dröhnt und ich aufschreie.

Dann wird mir klar, dass sich nur die Klimaanlage eingeschaltet hat. Mein Herzschlag beruhigt sich langsam wieder, und ich verdrehe die Augen. Wieso bin ich so nervös?

Ich will schon gehen, Nick nach dem Ausweis fragen und ihm einfach glauben. Doch dann muss ich an James denken. Wie schwer es war, nicht nur seinen Tod zu begreifen, sondern auch all die Warums – die Affäre, den Betrug, die andere Frau. Und mir wird klar, dass ich Nicks Wohnung durchsuchen muss, um mir selbst zu beweisen, dass er nicht James ist.

Ich fange in der Küche an, öffne Schränke und Schubladen, gehe zum Wäscheschrank im Flur, finde aber nur Handtücher und einen Vorrat an Seife, Deos und Waschlotion.

Vielleicht ist es sein größter Fehler, zu reinlich zu sein.

Ich öffne den Arzneischrank im Gäste-WC und schaue unter dem Waschbecken nach. Nirgendwo finde ich etwas Verdächtiges.

Vor der Tür zu seinem Schlafzimmer zögere ich kurz. Irgendwie fühlt sich mein Eindringen hier noch schlimmer, noch übergriffiger an.

Nicks Bett sieht genauso aus, wie ich es verlassen habe. Die Bettdecke hängt auf der einen Seite etwas länger herunter als auf der anderen, die Kissen liegen unordentlich darauf. Ich war noch nie gut im Bettenmachen. James hat immer gelacht, wenn ich mich damit verzweifelt abmühte, besonders mit dem Spannbetttuch.

In seinem Bad finde ich auch nichts Außergewöhnliches. Der Geruch seiner Morgendusche hängt noch im Raum. Ich komme mir dumm vor, weil ich ihm hinterherschnüffele. Was hatte ich geglaubt zu finden? Ich stehe vor seinem begehbaren Kleiderschrank und überlege noch, was ich nun tun soll. Aber schließlich kann ich das, was ich angefangen habe, auch zu Ende bringen. Anschließend werde ich mit ihm reden, und er kann mir die Sache mit dem Ausweis erklären. Ich schaue auf meinem Handy nach der Uhrzeit und sehe zwei entgangene Anrufe und mehrere Nachrichten von Nick.

Hi, Süße!

Komme gerade von einem Einsatz zurück, muss an dich denken und vermisse dein niedliches Gesicht.

Die letzte Nachricht enthält ein Bild. Ich öffne es. Er trägt sein marineblaues T-Shirt der Feuerwehr von Long Beach und hängt an einer Stange. Durch sein Grinsen fühle ich mich noch schuldiger. Ich antworte ihm schnell.

Sorry, habe die Nachrichten erst jetzt gelesen. Vermisse dich auch!

Und ich vermisse ihn wirklich.

Sofort erscheinen drei Punkte, die anzeigen, dass er eine Antwort eintippt.

Wo bist du?

Bei mir zu Hause.

Ich hasse es, ihn anzulügen, aber er kann ja nicht wissen, wo ich bin. Dass ich seine Integrität infrage gestellt habe. Schnell schiebe ich die Kleiderbügel zur Seite, auf denen die vier oder fünf Hemden und T-Shirts hängen, die er abwechselnd trägt. Ich öffne die Schubladen und suche vorsichtig unter seinen Socken und Boxershorts. Ich sehe die Jeansstapel durch und schaue auch dahinter nach. Nichts.

Ich stelle mich auf die Zehenspitzen und durchsuche das Regal mit seinen Baseballkappen. Als ich mit der Hand hinter die Kappen greife, ertaste ich den Rand einer Kiste. Ich ziehe eine Schublade auf und stelle mich auf ihren Rand, achte aber darauf, sie nicht mit meinem vollen Gewicht zu belasten, damit sie nicht aus der Schiene springt. Ich ziehe die Kiste zu mir heran, als sie plötzlich nach vorne kippt und gegen meine Brust schlägt. Ich verliere das Gleichgewicht, und sie fällt mit einem dumpfen Schlag auf den Holzboden.

Als ich sie öffne, starre ich auf einen Stapel alter T-Shirts. Ich nehme eins heraus und muss fast lachen, weil das, was ich tue, so absurd ist, denn vor mir sehe ich das Logo eines Fünftausendmeterlaufs, der vor ein paar Jahren stattgefunden hat. Zum ersten Mal, seit ich in der Wohnung bin, hole ich tief Luft. Es sind nur T-Shirts.

Beth wird mir erklären, dass ich komplett durchgeknallt war, als ich hierhergefahren bin, um das Apartment meines Freundes zu durchwühlen. Und für was? Um mir selbst zu beweisen, dass nicht alle Männer Lügner sind? Mein Blick fällt auf mein Spiegelbild an der Wand. Ich sehe wirklich etwas benommen aus. Mein Haar hängt halb aus dem Pferdeschwanz, und unter den Augen haben sich tiefe Schatten gebildet. Ich wische mir die Wimperntusche, die unter meinem rechten Auge verschmiert ist, weg. Es ist an der Zeit, nicht mehr auf den Klatsch aus zweiter Hand zu hören und mich nicht mehr verrückt machen zu lassen. Ich muss mit Nick über den Führerschein sprechen und ihm die Möglichkeit für eine logische Erklärung geben. Er hat es mehr als verdient.

Ich lege das T-Shirt wieder in die Kiste, als meine Hand etwas berührt, das sich wie ein Gummiband anfühlt. Ich ziehe es nach oben und nehme das T-Shirt wieder weg. Dann muss ich mehrmals blinzeln, während ich auf das Ding starre, das an meinen Fingerspitzen baumelt.

Dylans Handtasche.

KAPITEL 40

JACKS – NACHDEM ES GESCHEHEN WAR

Ich halte die gleiche Tasche in der Hand, die Officer Keoloha beschrieben hat, als er mir von Dylans Polizeibericht erzählte. Eine Strohtasche mit einem Gummigriff und einer Ananas aus leuchtend rosafarbenen und grünen Schmucksteinen an einer Seite.

Ich öffne sie langsam und versuche zu verstehen, warum sie hier in Nicks Schrank ist. Ich berühre vorsichtig eine getrocknete Hibiskusblüte und stelle mir vor, wie Dylan sie gepflückt und an ihr gerochen hat. Oder vielleicht hat James sie gepflückt und ihr gegeben, und sie hat sie sich hinter das Ohr gesteckt? Ich finde einen Lippenbalsam mit Bananengeschmack, ziehe den Deckel ab und rieche daran. Außerdem entdecke ich eine ordentlich gefaltete Straßenkarte von Hana in der Tasche. Hat sie den Weg auf der Karte verfolgt? James zu den einzelnen Aussichtspunkten dirigiert? Und dann finde ich ihre Brieftasche. Ich zögere kurz, bevor ich das schmale türkisfarbene Etui öffne, und bete, dass ich darin etwas finden werde, das alles erklärt. Denn es muss einen Grund geben, warum ihre

Tasche hier ist. Ich öffne sie und entdecke mehrere Karten – von der Bank, vom Supermarkt, von der Bücherei. Außerdem einen Fünfdollarschein und eine Lohnabrechnung von dem Restaurant, in dem sie gearbeitet hat.

Aber keinen Führerschein. Keinen Pass. Überhaupt keinen Ausweis.

Ich muss an ihren Ausweis in meiner Tasche denken. Hat er ursprünglich hier zwischen all diesen Karten gesteckt?

Ich schließe die Brieftasche und bemerke ein Papiertuch ganz unten in der Tasche. Ich wickele es aus und starre auf etwas, das ich bereits unzählige Male in meinen Händen gehalten habe.

Einen Schwangerschaftstest.

Der einzige Unterschied ist, dass ihrer positiv ist.

Ich starre auf die Ananas aus Schmucksteinen auf der Handtasche, die ich in meinen Händen halte. Ich will verstehen, warum sie hier in Nicks begehbarem Kleiderschrank liegt.

Ich bekomme wieder eine Gänsehaut, und der Schweiß läuft mir über den Rücken. Plötzlich glaube ich, einen Schlüssel im Schloss zu hören.

Ich schaue auf mein Handy, das auf lautlos steht. Noch mehr Nachrichten von Nick.

Hey!

Habe versucht, dich anzurufen. Bist du noch zu Hause?

Hallo?

Schnell schiebe ich die Kiste zurück auf das Regal. Ich ziehe James' Sweatshirt aus, wickele Dylans Handtasche darin ein, laufe aus der Wohnung zum Aufzug und drücke immer wieder auf die Taste, doch der Lift kommt nicht.

Dafür rasen die Gedanken in meinem Kopf.

Nick hat Dylans Handtasche, die weniger als eine Stunde vor ihrem Tod gestohlen wurde.

Ich nehme zwei Stufen auf einmal, verliere das Gleichgewicht, greife nach dem Geländer. Die Handtasche fällt herunter, und ihr Inhalt verteilt sich auf dem Boden.

Er kann ihre Handtasche nur haben, wenn er sie auch gestohlen hat.

Ich raffe Dylans Sachen zusammen, stecke sie wieder in die Tasche, wickele das Sweatshirt wieder darum. Meine Hände zittern. Endlich erreiche ich mein Auto in der Tiefgarage. Ich drücke auf die Taste meines Schlüsselanhängers und höre das Klicken, als die Türen entriegelt werden.

Was bedeutet, dass Nick zur gleichen Zeit wie sie auf Maui war. Dass er kurz vor ihrem Tod an ihrem Wagen gewesen sein muss.

Ich schnappe nach Luft, als ich zu verstehen beginne.

»Überraschung«, sagt Nick hinter mir, und ich spüre seinen Atem in meinem Nacken.

KAPITEL 41

JACKS – NACHDEM ES GESCHEHEN WAR

Ich zittere, presse das Sweatshirt mit der Tasche darin fest an meine Brust. »Nick … Du hast mich zu Tode erschreckt!« Ich will mich umdrehen, doch er hält seine Lippen fest auf meinen Nacken gepresst, während sein Arm um meine Schulter liegt.

Dann küsst er mich leicht auf die Wange. »Freust du dich nicht, mich zu sehen?«

»Ja, auch wenn ich dich nicht wirklich *sehen* kann«, gebe ich zurück. Sein heißer Atem kitzelt an meinem Ohr.

Meine Gedanken rasen, der Gurt der Strohtasche pikst mir in die Haut und lässt mich nicht vergessen, was ich nun weiß. Dass er dort gewesen ist. In ihrem Jeep. War er ein Stalker, ein sitzen gelassener Lover, der außer Kontrolle geraten ist?

Oder noch mehr?

Ich atme langsam aus. Es muss eine Erklärung geben. Vielleicht hat Officer Keoloha nur nicht erwähnt, dass die Tasche gefunden wurde. Und vielleicht war sie in Nicks Wohnung, weil man sie ihm zurückgeschickt hat, weil er *noch immer* mit ihr verlobt war. Seine Berührung fühlt sich an wie der Nick, den ich kenne, der Nick, der mich niemals anlügen würde. »Das fühlt sich gut an«, sage ich, und er dreht mich zu sich herum.

»Ich habe vor ungefähr einer halben Stunde versucht, dich anzurufen. Ich wollte dir sagen, dass ich früher von der Arbeit komme. Warum hast du mir nicht gesagt, dass du hier bist?«

»Ich …« Ich war so darauf konzentriert, nicht dabei erwischt zu werden, wie ich seine Wohnung durchsuche, dass ich mir nicht überlegt habe, was ich tun würde, wenn es doch passiert. Ich spüre, wie ich rot werde, und suche nach einer Ausrede. »Ich wollte dich überraschen, wenn du von der Arbeit kommst. Lustig, dass wir uns gegenseitig überraschen wollten, was?« Ich zwinge mich zu lachen.

»Das ist wohl unser Schicksal. Uns gegenseitig zu überraschen. Ich habe heute etwas beschlossen«, sagt er und schiebt die Hände in seine Taschen.

»Aha. Was denn?«

»Dass ich ein verdammt glücklicher Typ bin.« Er lächelt mich an.

Ich erwidere sein Lächeln und hole tief Luft. Es gibt bestimmt eine Erklärung. Es muss eine geben.

»Hey, wo wolltest du denn gerade hinfahren? Es sah so aus, als wärst du auf dem Sprung.«

Er zieht eine Augenbraue hoch.

Ich starre ihn einen Moment an, suche seinen Blick ab, um mich zu vergewissern, dass er mich das nicht fragt, weil er genau weiß, dass ich etwas herausgefunden habe. Das ist alles nur in meinem Kopf, und es ist *mein* Nick, den ich ansehe. »Ich habe die Treppen genommen, um ein bisschen zu trainieren«, antworte ich und habe das Gefühl, als würde das Sweatshirt wie eine Leuchtreklame auf meine Lüge hinweisen. »Und beim Laufen bin ich ins Schwitzen gekommen. Also wollte ich das Shirt in mein Auto bringen«, füge ich hinzu.

Ich hasse es, seine Aufmerksamkeit auf James' Sweatshirt zu lenken, aber mir fällt kein anderer Grund ein, warum ich es in der Hand habe.

»Das habe ich noch nie gesehen«, meint er.

Mein Herz beginnt wieder zu rasen. »Ich habe es heute ganz hinten in meinem Schrank gefunden. Ich hatte es ganz vergessen.«

»Bist du okay?« Er schaut mich mit zusammengekniffenen Augen an.

Ich nicke.

»Lass uns irgendwohin fahren. Heute Abend soll es einen wunderschönen Sonnenuntergang geben. Ich kenne eine Stelle an den Klippen von Newport, wo wir ihn genießen könnten. Es wird zwar etwas kühl werden, aber du hast ja das da.« Er macht eine Bewegung in Richtung Sweatshirt, und ich glaube, einen Hauch von irgendetwas – vielleicht Zweifel – auf seinem Gesicht zu sehen.

Ich zögere, denn ich brauche Zeit zum Nachdenken – und um mit Beth zu sprechen. Ich brauche eine Idee, wie ich erklären kann, warum ich die Tasche habe. Doch ich habe Nick bereits gesagt, dass ich ihn überraschen wollte.

»Komm schon, lass uns fahren. Ein fantastischer Sonnenuntergang. Ich. Was willst du mehr?«

Nicks Augen leuchten auf. Er ist er selbst. Der lustige Mann, der mir gestern ein witziges Katzenvideo geschickt hat. Der sexy Kerl, dessen Augen fast verschwinden, wenn er heftig lachen muss.

»Okay«, antworte ich, öffne die hintere Wagentür und lege vorsichtig das Sweatshirt auf den Sitz, während ich versuche, mich zu beruhigen.

»Gute Antwort!«, meint Nick und steigt auf der Beifahrerseite ein.

»Wie fahren wir?«, will ich wissen, während ich den Motor anlasse.

»Fahr die 131 hinunter. Ich will zu einer Stelle an der Küste von Newport fern vom Pacific Coast Highway. Da hat man die beste Aussicht überhaupt.«

Wir fahren in Richtung Strand. Nick kurbelt sein Fenster herunter und legt den Arm auf den Rahmen. Dann dreht er sich zu mir herum. »Wollen wir erst noch ein Eis essen?«

Ich denke an die letzte Nacht, als wir mit Eistüten auf unsere Liebe angestoßen haben. Pfefferminzeis für mich, eine doppelte Portion Vanilleeis für ihn. Ich muss daran denken, dass ich mich zum ersten Mal seit Langem wieder friedvoll gefühlt habe. Und jetzt genieße ich dieses Gefühl noch einmal. Denn ich weiß, dass es kein Zurück mehr gibt, sobald ich ihn nach der Tasche und dem Ausweis frage.

»Das hört sich gut an.«

* * *

Wir essen unser Eis an einem Tisch vor dem Eiscafé und beobachten, wie die Wellen langsam kommen und gehen. Es ist so friedlich, so beruhigend. Fast könnte ich so tun, als wäre ich vor einer Stunde nicht in Nicks begehbarem Kleiderschrank gewesen. Er erzählt hauptsächlich von seiner letzten Schicht, und ich gebe mein Bestes, um ihm zuzuhören. Aber schon nach wenigen Minuten muss ich wieder an den Ausweis und an die Tasche denken. Und an seine Erklärung. *Falls* es eine gibt. Beth würde mir sagen, ich sei verrückt, hier zu sitzen und Eis zu essen, anstatt ihn mit der Wahrheit zu konfrontieren. Aber … Es gibt so viele Abers. Denn irgendjemand wird durch das, was gesagt wird, verletzt. Und ich bin es leid, verletzt zu werden. Ich muss daran denken, wie ich damals, als die Polizei zu mir kam, um mir zu sagen, dass James tot ist, durch den Türspion gespäht habe. Wie gern hätte ich nur ein paar Minuten länger nichts gewusst. Wie sehr habe ich mir gewünscht, mein größtes Problem wäre nur noch für einen Tag ein tropfender Wasserhahn gewesen. Ich genieße diese letzten Augenblicke länger, als ich sollte, und wünsche mir, ich könnte noch einmal diese naive Frau hinter der Haustür sein.

»Ich musste heute an dich denken«, sagte Nick, als wir wieder in den Wagen steigen.

»Wirklich?«, frage ich, als ich den Motor anlasse und vom Parkplatz fahre.

»Ich denke oft an dich.«

»Und?«

»Na ja, ich hoffe, ich erschrecke dich nicht, wenn ich dir das sage. Tatsächlich haben meine Kumpel auf der Wache gemeint, ich wäre verrückt, wenn ich dir das jetzt gestehe. Aber ich riskiere es und mach es einfach …« Er fährt sich durch das Haar. »Ich habe erkannt, dass du meine Seelenverwandte bist.«

Für einen Moment lasse ich seine Worte auf mich wirken. Ich habe nie geglaubt, dass es für jeden Menschen nur eine einzige Person gibt.

»Zu viel?« Er lacht vorsichtig und sucht meinen Blick.

»Nein«, erwidere ich und zögere kurz, bevor ich weiterspreche. »Ich versuche nur, es voll und ganz zu verstehen.«

Ich versuche, ihn zu verstehen … und frage mich, ob ich ihn überhaupt kenne.

»Es ist vielleicht noch zu früh, wo wir gerade erst dieses L-Wort gesagt haben, aber mit dir ist alles so anders.«

»Wow … Ich … fühle mich geschmeichelt.«

»Geschmeichelt?«, fragt er, und ich zucke zusammen.

»Sorry, ich meinte nicht wirklich geschmeichelt. Ich weiß nicht. Ich bin einfach etwas überrascht.«

Nick starrt mich an, fast als schaue er durch mich hindurch. Und ich habe das Gefühl, etwas sagen zu müssen, um die Schwere seines Blickes von mir zu nehmen. »Ich liebe dich«, sage ich, doch mein Magen zieht sich bei den Worten zusammen. Sie fühlen sich falsch an. Als wären sie das Letzte, was ich jetzt sagen sollte.

»Aber das ist nicht das Gleiche, oder?«, hakt er nach und klingt dabei verletzt. »Glaubst du, du bist meine Seelenverwandte?«

Seine Fragestellung irritiert mich. Verstehe ich ihn richtig? Er fragt nicht, ob er mein Seelenpartner ist? Sondern ich *seine Seelenverwandte*?

Dylans Tasche und ihr Ausweis scheinen auf dem Rücksitz fast nach mir zu schreien, und ich weiß, ich kann sie nicht mehr lange ignorieren. Die Wahrheit zu verstecken scheint keine Option mehr zu sein. Könnte Nick mich anlügen, wenn es um die Frage geht, wie er an ihre Tasche gekommen ist, und gleichzeitig die Wahrheit sagen, wenn er mich für seine Seelenverwandte hält? Ist das mit uns wirklich etwas anderes als zwischen Dylan und ihm? Ich werde ihn nach der Tasche fragen, sobald wir im Hotel sind. Bis dahin, sagt mir mein Gefühl, muss ich so tun, als wäre ich mit allem einverstanden. »Das tue ich. Ich glaube, wir sind Seelenverwandte«, sage ich schließlich.

»Glaubst du, dass du meine Seelenverwandte bist?«

»Ja, das habe ich doch gerade gesagt.«

»Nicht exakt.«

Warum ist ihm das so wichtig?

Er wartet meine Antwort nicht ab, sondern redet weiter: »Die Sache ist nämlich die, Jacks. Damit es mit uns wirklich klappen kann, müssen wir der gleichen Meinung sein.«

»Das sind wir. Ich liebe dich.« Nachdem ich diese Worte gesagt habe, fühle ich mich ziemlich gereizt. Da ist etwas

Abstoßendes in seinem Ton, in seinem Verhalten, in seiner Forderung, dass ich es auf eine ganz bestimmte Art und Weise sage.

»Aber liebst du mich mehr, als du *irgendjemand anderes* geliebt hast?«

Seine Frage kommt einem Schlag in meine Magengrube gleich, denn ich weiß, dass er nach James fragt. »Ihr seid zwei völlig verschiedene Menschen. Ich kann euch nicht miteinander vergleichen«, bringe ich als Antwort heraus, während ich in Gedanken die Entfernung bis zur Küstenstraße von Newport abschätze. »Wir sind gleich da, oder?«, frage ich. Mein Herz hämmert in meiner Brust, während ich rechne. Wir brauchen noch ein paar Minuten. Ich weiß, ich muss ihn fragen, aber ich habe Angst. Vielleicht sollte ich den Wagen wenden und zu Beth fahren. Damit sie dabei ist, wenn ich ihn frage.

»Ja«, sagt er. »Und du brauchst wahrscheinlich dein Sweatshirt. Es wird kühl werden, sobald wir aussteigen.«

Nick greift nach hinten. »Warte«, rufe ich noch, doch er hat bereits seinen Gurt gelöst.

»Was zum …«

Er beendet seinen Satz nicht. Das muss er auch nicht. Er erstarrt, als er die Tasche sieht. »Was machst du damit? Das gehört dir nicht.«

»Ich …«

»Du hast meine Sachen durchwühlt?« Seine Stimme wird laut. »Warst du deshalb in meiner Wohnung?«

»Nick, ich …«

»Du vertraust mir nicht?«, fragt er, als wäre es das Unbegreiflichste auf der Welt.

Als ich ihn ansehe, will ich instinktiv sagen, dass ich das tue. Dass ich ihm vertraue, weil er in der schlimmsten Zeit meines Lebens für mich da gewesen ist. Ich habe ihm alles anvertraut.

Er hat mir zugehört. Aber die Tasche. Die Tasche ergibt einfach keinen Sinn.

»Ich weiß nicht, was ich sagen soll.«

»Du weißt, dass ich dich mehr liebe, als ich Dylan *geliebt habe*. Aber du liebst mich offensichtlich nicht mehr, als du James geliebt hast«, wirft er mir vor, und ich spüre, wie ich in die Defensive gehe. Meine Liebe für James ist nicht vorbei. Ich bin mir nicht sicher, ob sie das jemals sein wird. Vielleicht *will* ich auch nicht, dass sie jemals endet. Diese Liebe ist so tief, sie hat Wurzeln, ist kompliziert und auch sonderbar, und jetzt ist er nicht mehr hier, aber trotzdem ist es noch immer unsere Liebe. Und sie lässt sich nicht messen. Doch bevor ich antworten kann, redet Nick weiter.

»Er hat dich betrogen. So etwas würde ich dir nie antun. Und trotzdem schnüffelst du in meiner Wohnung herum?« So wie er das sagt, klingt es tatsächlich falsch.

»Nick, ich wollte es dir sagen. Denn wir müssen dringend über das, was ich gefunden habe, reden. Und darüber, warum du es hast …«

Nick wendet sich ab, und seine Schultern beginnen zu beben.

»Nick?«, frage ich mehrmals, doch er antwortet nicht. Endlich schaut er mich an, und Tränen laufen über sein Gesicht. Irgendetwas an seiner überwältigenden Reaktion warnt mich davor, ihm jetzt nicht die Hand zu reichen. Als habe er mit seinen Tränen bewusst eine Wand zwischen uns aufgebaut.

»Ich dachte, du verstehst mich, weil du das Gleiche durchgemacht hast. Aber scheinbar sorgst du dich nicht so um mich, wie du solltest. Dylan hat es auch nicht getan. Und ich hasse es, wenn ich gebe, gebe, gebe und nichts zurückbekomme. Wenn ich verliere.«

»Was meinst du damit?«, frage ich und spüre, wie es mir kalt den Rücken hinunterläuft. Die Warnsignale lassen sich nicht mehr ignorieren. Mein Bauch sagt mir, dass ich die Antworten auf meine Fragen nach der Handtasche, dem Führerschein und dem Stalking bereits kenne. Und diese Erkenntnis trifft mich mit voller Wucht.

»Sie hat sich ihm hingegeben, obwohl sie zu mir *gehörte*.« Nick schaut wieder aus dem Fenster.

Irgendetwas an diesem letzten Wort bringt mich dazu, mich ihm entgegenzustellen: »Nick, warst du mit ihr verlobt, als sie starb?«

Er reißt den Kopf herum und starrt mich an. Ich umklammere das Lenkrad noch fester und halte die Luft an, während ich mich für seine Antwort wappne.

»Ja, das war ich«, sagt er langsam, und ich atme erleichtert aus.

Vielleicht gibt es für alles andere auch eine Erklärung.

Doch dann sagt er leise: »In meinem Herzen war ich es.«

Mein Magen zieht sich zusammen. »Was meinst du mit *in deinem Herzen*? Entweder wart ihr verlobt oder nicht.«

Er gibt mir keine direkte Antwort, sondern erzählt, wie sie mit der Vaseline den Ring vom Finger gezogen und ihm gesagt hat, er habe ihr nie richtig gepasst. »Ich habe ihr gesagt, dass wir seine Größe anpassen können. Oder einen anderen kaufen können. Aber sie hörte mir gar nicht zu, sondern sagte nur, sie müsse gehen.« Er reibt sich die Hände an seiner Jeans und hängt für einen kurzen Moment seinen Gedanken nach.

»Nick, hat sie mit dir Schluss gemacht?«, frage ich noch einmal, während meine Ungeduld wächst.

»Sie sagte, dass es das sei, was sie wolle, nannte aber keine Gründe. Ich wusste, sie brauchte nur etwas Zeit zum Nachdenken. Dass sie zurückkommen würde.«

»Kam sie zurück? Hat sie ihre Meinung geändert?«, dränge ich ihn, während ich mich in meinem Sitz etwas aufrechter setze.

»Ich habe daran gearbeitet«, antwortet er, schüttelt dann aber den Kopf.

»Was meinst du damit?«

»Ich musste wissen, wie sie die Zeit ohne mich verbrachte. Ich dachte, sie würde bald merken, dass sie einen Fehler gemacht hat. Also folgte ich ihr.« Er beißt sich auf die Unterlippe. »Ich hätte nie erwartet, dass sie mich mit *ihm* betrügt.«

»Aber hat sie dich überhaupt betrogen, wenn …«

Er schneidet mir das Wort ab und beginnt zu erzählen, wie sie eines Nachts in Richtung Los Angeles fuhr. Sie nahm eine Abfahrt Richtung Innenstadt, die er nicht kannte. Sein Herz hämmerte wie wild, und seine Hände wurden taub. Er glaubte, eine Panikattacke zu bekommen, und fuhr mit dem Motorrad an den Straßenrand, als er plötzlich sah, wie sie ein Hotel anfuhr.

»Da habe ich ihn zum ersten Mal gesehen.« Er presst die Zähne fest zusammen. »Deinen Ehemann. Er beugte sich zu ihr nach unten und küsste sie. Und sie reckte ihm ihren Mund viel zu lange entgegen. Sie standen da vor den anderen Leuten … vor *mir*. Ich wäre am liebsten gleich zu James gestürmt und hätte ihn verprügelt. Aber ich konnte mich nicht rühren.«

Ich versuche, das Bild, das er heraufbeschwört, aus meinem Kopf zu verbannen, doch es gelingt mir nicht. Ich sehe, wie James' Augen aufleuchten, als er Dylan in den Arm nimmt und ihre Lippen mit seinen bedeckt. Was habe ich wohl in dieser Nacht getan? Zu Hause seine Unterhosen gewaschen?

»Ich stellte mir vor, wie sie in dem Hotelzimmer Gott weiß was trieben, und diese Bilder gingen mir nicht mehr aus dem Kopf.« Er schweigt plötzlich und stemmt die zu Fäusten geballten Hände in die Seiten. »Ich habe die ganze Nacht nicht geschlafen. Ich fuhr zur Tankstelle und besorgte mir einen Kaffee, um wach zu bleiben. Und dann endlich, ganz früh am nächsten Morgen, sah ich, wie dein Mann das Hotel verließ, und folgte ihm.«

Ich kann mich nicht überwinden, ihn zum Schweigen aufzufordern. Denn er füllt nach und nach die Leerstellen. Die Stellen gab es schon viel zu lange, ich hatte es nur nicht bemerkt.

Er erzählt mir, wie James ihn zu unserem Haus geführt hat. Nach einigem Suchen auf Google hatte er die Antworten: Sein Name war James Morales, und er war mit einer Frau namens Jacks verheiratet.

Mit mir.

»Ich bin dir gefolgt. Ich habe dich beobachtet, wie du im Supermarkt tiefgefrorenes Orangenhühnchen und Frühlingsrollen in den Einkaufswagen geladen hast. Wie du hin und her überlegt hast, ob du Mager- oder Vollmilch kaufen sollst. Das war echt süß.« Er lacht. »Wie du versucht hast, die ganzen Sachen in diesem Spielzeugauto zu verstauen.«

Ich bekomme eine Gänsehaut, als ich nach und nach den wahren Nick erkenne. Erst hat er Dylan verfolgt, dann James, dann mich.

Nick beschreibt, wie er mir durch die Gänge des Lebensmittelladens bis auf den Parkplatz gefolgt ist, wo ich versucht habe, meine Einkaufstüten in den kleinen Kofferraum des Mini Coopers zu laden. James hat immer geschimpft, weil ich mir ein in seinen Augen völlig unpraktisches Auto gekauft hatte. Dann war Nick mir nach Hause gefolgt. War er mir deshalb so vertraut, als ich ihn zum ersten Mal getroffen habe? Weil ich mich unbewusst daran erinnerte, ihn schon einmal gesehen zu haben?

Plötzlich wird mir die Tragweite dessen, was Nick sagt, bewusst, und ich werde wütend. Er hat mich benutzt.

»Ich bin dir wochenlang gefolgt. Ich erkannte, dass wir verwandte Seelen waren, du und ich. Auch wenn wir nie miteinander sprachen, spürte ich diese Verbindung. Weil wir das Gleiche durchmachten …«

Ich schlage mit der Faust auf das Lenkrad und treffe aus Versehen die Hupe. »Du hast mich angelogen!«, brülle ich ihn an.

Doch Nick reagiert nicht. »Ich habe dich nie angelogen.«

»Doch, das hast du! Was war denn, als du vor meiner Haustür gestanden hast? Du hast so getan, als würdest du mich zum ersten Mal sehen.«

»Das habe ich nie gesagt. Ich habe dir nie gesagt, dass ich dich noch nie zuvor gesehen habe.«

Er hat recht. Das hat er nicht. Plötzlich bemerke ich, dass ich immer schneller fahre, und nehme den Fuß etwas vom Gaspedal.

»Aber du hast doch eben gesagt, du seist mir wochenlang gefolgt. Warum hast du das vorher nie erwähnt?«

»Jacks, verstehst du denn nicht, dass ich zu dir gekommen bin, um dir zu helfen? Und *das* habe ich dir auch genauso gesagt.«

»Mir helfen? So nennst du das?« Meine Stimme bricht.

»Ja. Genau. Ich hatte Informationen, erinnerst du dich? Zum Beispiel, als ich Dylans E-Mail-Passwort herausgefunden, alle E-Mails an James ausgedruckt und sie dir gezeigt habe. Das habe ich nur getan, damit du erkennst, was zwischen ihnen lief. Damit du weißt, was er dir angetan hat.«

Ich muss daran denken, wie weh das Lesen der E-Mails getan hat. Hat er wirklich versucht, mir zu helfen, indem er mir ihre Liebesbriefe zu lesen gab?

»Nick, du hast mich in die Irre geführt. Du hast gesagt, sie wäre deine Verlobte.«

»Sie *war* meine Verlobte!« Er seufzt verärgert. »Ich war mit der Trennung nicht einverstanden.«

Ich schlage noch einmal auf das Lenkrad. *Verdammt. Verdammt. Verdammt.* »Wie konntest du das tun, Nick? Wir konntest du alles so falsch darstellen?« Und wie konnte ich nur so dumm sein?

»Beruhige dich, Jacks. Ich habe dich nie angelogen. Ich habe dir gesagt, dass ich sie geliebt habe, und das habe ich wirklich.«

Alles in meinem Kopf dreht sich. Ich versuche, ruhig zu atmen, aber es ist zwecklos. Ich hechle wie ein Hund.

»Zusammen nach Maui zu fliegen sollte uns helfen, über sie hinwegzukommen. Das war auch keine Lüge. Und es hat geholfen. Das hast du selbst gesagt.«

Ich denke über die Zeit nach, die wir damit verbracht haben, Fragen zu stellen, deren Antworten Nick bereits kannte.

»Aber du warst nicht ehrlich. Du warst schon dort gewesen.«

»Das stimmt. Aber ich habe auch nie behauptet, noch nicht dort gewesen zu sein.« Er verschränkt die Arme vor der Brust. »Ich bin dorthin gefahren, weil ich es wissen musste.«

»Was musstest du wissen?«, frage ich leise und voller Angst.

»Warum sie sich für James und nicht für mich entschieden hat. Warum er *gewonnen* hat.«

Gewonnen? Mein Gott. Er hat Wahnvorstellungen. Ich schlage die Hand vor meinen Mund.

»Ich bin ihnen nach Maui gefolgt, ja. Und ich habe sie auf ihren Ausflügen beobachtet. Sie waren so albern. Und ich wurde immer wütender. Und ich musste an dich denken, zu Hause. So naiv.«

Dieses Wort ist wie ein Schlag ins Gesicht. Denn das war ich. Blind gegenüber alldem. Damit beschäftigt, den dämlichen Einkaufswagen durch den Laden zu schieben und nach der perfekten Milch zu suchen. In dem Glauben, mein Mann wäre dort, wo er es gesagt hat. Völlig ahnungslos, dass er mit seiner Geliebten und den Meeresschildkröten im Meer herumschwamm und verfolgt wurde von einem …

»Und dann beschlossen sie, über die Küstenstraße nach Hana zu fahren. Ich sah, wie sie sich vor irgendeinem Laden küssten. Dylan trug dieses kurze Kleid. Ich hatte es noch nie zuvor gesehen. Sie hatte es offensichtlich für ihn gekauft.«

»Hör auf! Hör sofort auf!«, schreie ich.

»Nein. Du musst mir zuhören.« Er hält die Tasche hoch. »Ich werde es dir erklären!«

Doch ich will es nicht hören. Ich will es nicht wissen. Ich muss aus diesem Wagen heraus. Ich stelle mir vor, wie Dylan und James picknickten und die Worte sagten, die ihre letzten sein würden. Hatte James ihr zugeflüstert, dass er sie liebte, ihr gesagt, wie glücklich er war, dass er nun die Familie haben würde, die er sich schon immer gewünscht hatte? Oder hatte er tief in seinem Innersten an mich gedacht? Hatte unsere ramponierte Liebe noch immer einen Platz in seinem Herzen?

»Als ich mit dir auf Maui war, ergab alles einen Sinn. Warum sie den Unfall gehabt hatten.«

Unfall? Ich schüttele den Kopf, Tränen laufen über mein Gesicht.

»Dass die Bremsen genau in dem Moment ausfielen – auf der Höhe der Felsen, wo es keine Leitplanken gibt und wo so viele Unfälle geschehen –, das war Schicksal. Als ich das kleine Loch in die Bremsleitung gebohrt habe, hatte ich keine Ahnung, wann oder *ob* James die Kontrolle über den Wagen verlieren würde. Das war eine Sache zwischen *ihm* und Gott. Alles geschah so, wie es geschehen sollte, weil du zu mir gehörst.«

Ich sehe James' Lachen. Seine Haare nach dem Aufstehen. Seinen athletischen Körper. Seine Meerglasaugen.

Ich starre auf Nicks Profil.

Er glaubt wirklich, für ihren Tod nicht verantwortlich zu sein.

Der eine Mann tot und der andere dafür verantwortlich. Ich habe beiden mein Herz geschenkt.

Mir wird plötzlich übel, und ich schmecke die Galle in meinem Mund.

»Was ist mit dem Schwangerschaftstest?«, flüstere ich. »Was hast du gedacht, als du ihn in ihrer Tasche gefunden hast? Denn das hast du auch schon gewusst, oder?«

Er schüttelt den Kopf. »Das war wirklich eine Überraschung. Aber sie haben dich zum Narren gehalten. Uns beide. Alles ist so gekommen, wie es kommen musste. Die beiden hatten es nicht verdient, ein Baby in die Welt zu setzen.«

»Nick! Das kannst du doch nicht ernst meinen!« Ich starre ihn ungläubig an. Wie kann jemand etwas so Schreckliches tun und es nicht *sehen*?

Wie konnte ich einen solchen Mann lieben?

Seine Arme erstarren. Er strafft seinen Kiefer. »Ich liebe dich, Jacks. Verstehst du das denn nicht?«

Ich kann das Schluchzen, das ich so lange zurückgehalten habe, nicht mehr unterdrücken. »Warum bist du nicht bestürzt über das, was … du ihnen angetan hast?«

»Was *ich* getan habe?«, brüllt er.

»Die Bremsleitung hat nicht von allein ein Loch bekommen! Du hast sie umgebracht!«, schreie ich mit zitternder Stimme.

Er schüttelt nur den Kopf. »Das lag allein an ihm.«

»Nein!« Ich brülle das Wort so laut, dass ich meine eigene Stimme nicht erkenne. Ich brülle ihn an, weil er James getötet hat. Dylan. Das Baby. »Nein! Nein! *Nein! Du* hast sie umgebracht. Oh mein Gott. Wie konnte ich dich jemals lieben?« Ich schluchze so laut, dass ich kaum noch die Straße sehe. Angst und Wut überrollen mich, und ich weiß nicht, welches Gefühl stärker ist.

»Wie kannst du das sagen?« Er schlägt mit der Hand auf das Armaturenbrett. Dylans Handtasche fällt von seinem Schoß auf den Boden.

Das ist ein Zeichen, dass ich aus diesem Auto herauskommen muss. *Jetzt.*

Er schaut mich an, und da ist eine Wut in seinen Augen, die ich nie zuvor gesehen habe. Ich schreie entsetzt auf, als er auf das Radio einschlägt. Seine Knöchel sind blutverschmiert, als er die Hand zurückzieht. Ich wische mir die Tränen weg. Wir befinden uns auf einem hohen Streckenabschnitt des Highways, von dem aus man über den Strand schauen kann, der einige Hundert Meter weiter unter uns liegt. Wenn ich jetzt anhalte, muss ich vor ihm davonlaufen und gleichzeitig dem Verkehr auf der kurvenreichen Straße ausweichen. Ich würde nicht sehr weit kommen.

Plötzlich greift er in das Lenkrad. Ich reiße es herum. Nur knapp kann ich einem entgegenkommenden Fahrzeug ausweichen. »Was tust du?«, schreie ich.

»Warum konntest du mich nicht einfach lieben? Warum liebt mich keine Frau so, wie sie sollte?«

Den Blick, den er mir zuwirft, kann ich nicht deuten. Dann greift er mir wieder ins Lenkrad, und dieses Mal kann ich ihn nicht daran hindern. Er reißt es herum, ich versuche, die Kontrolle über den Wagen zurückzugewinnen, aber er ist zu stark. Ich schreie, als wir von der Straße abkommen. Unser Auto kracht durch die Leitplanke und segelt in Richtung der scharfen Felsen, die den Canyon vom Meer trennen.

In dem nächsten, seltsamen Moment plötzlicher Stille denke ich an James, an den Tag, an dem er mich gefragt hat, ob ich seine Frau werden möchte. Ich sehe das alberne Grinsen auf seinem Gesicht, während er auf meine Antwort wartet. Ich sehe meine Schwester und das Funkeln der Tränen in ihren Augen, als ich mein College-Diplom in Händen halte. Ich sehe meine Eltern an meinem Hochzeitstag. Sie lachen trotz ihrer Vorahnung. Ihre Liebe zu mir ist stärker als ihre Angst, dass ich vielleicht gerade einen Fehler begehe. Ich höre Nicks Schreie, die meine eigenen übertönen, und mir wird klar, dass niemand je die Wahrheit erfahren wird – dass er James und Dylan getötet hat. Dass wir beide zusammen mit seinen Geheimnissen und seinen Lügen sterben werden.

KAPITEL 42

JACKS – NACHDEM ES GESCHEHEN WAR

Das Erste, was ich höre, ist ein permanenter Piepton.

Piep. Piep. Piep.

Wo bin ich?

Piep. Piep. Piep.

Mein umnebelter Verstand versucht, eine Bestandsaufnahme von meinem Körper zu machen. Da sind diese Schmerzen. Unglaublich viele Schmerzen. Überall. In meinen Beinen. In meinen Armen. In meiner Brust. Ganz besonders in meinem Kopf. Ich versuche, die Augen zu öffnen, aber sie gehorchen mir nicht.

»Ihre Augenlider zucken! Ruf die Krankenschwester!« Ich höre Moms Stimme. Sie klingt etwas schriller als sonst. Und irgendjemand drückt meine Hand. »Jacks, kannst du mich hören?«

Ja, möchte ich sagen. *Ich kann dich hören, Mom.* Aber ich kann den Mund nicht öffnen. Ich möchte ihr sagen, dass ich hören kann, dass sie geweint hat.

Wo bin ich?

»Doktor, sie will etwas sagen!« Das ist die zitternde Stimme meiner Schwester. Die Dringlichkeit in ihrem Ton gibt mir den letzten Anstoß, den ich brauche, um meine Augen mit Gewalt zu öffnen. Beth sitzt an meiner Seite. Sie hat dunkle Ringe unter den Augen, Moms Augen sind dick geschwollen, Dads schauen mich erleichtert an. Er lächelt.

Ich schaue mich um, mein Puls schlägt schneller. Ich sehe Monitore. Ein Zugang hängt an meinem Arm. Ich trage einen dünnen Krankenhauskittel. Eines meiner Beine ist eingegipst, das andere wird von einem kratzigen Tuch verdeckt. Ich versuche, mich zu bewegen, doch der Schmerz ist zu groß. Ich will etwas sagen, bringe aber kein Wort heraus.

Ein Mann mit dünnem grauem Haar kommt herein. »Ich bin Dr. Turner.« Eine Schwester folgt ihm auf dem Fuß, und er sagt irgendetwas vom Prüfen meiner Vitalwerte. Sie beginnen mit ihren Untersuchungen, leuchten in meine Augen, prüfen meinen Puls, schauen in meinen Mund. Sie stellen mir Fragen, die ich kaum beantworten kann. Nicht, weil ich meinen Namen oder das aktuelle Jahr nicht wüsste, sondern weil mein Mund so trocken ist. Die Schwester reicht mir ein Glas Wasser, das ich schluckweise trinken soll. Endlich zieht Dr. Turner einen Stuhl heran, lächelt mich freundlich an und will wissen, woran ich mich erinnere.

Ein Erinnerungsfetzen sitzt irgendwo in meinem Gedächtnis und wartet darauf, dass ich ihn zu fassen kriege. Ich denke angestrengt nach und versuche, mich an das Geschehene zu erinnern. Warum bin ich hier?

Ich schließe die Augen, und plötzlich kommt die Erinnerung wie ein Stromschlag zurück.

Nick. Das Fehlen jeglicher Reue. Die Weigerung zu akzeptieren, was er getan hat. Seine Zwiespältigkeit. Meine Wut. Seine Wut. Unser Kampf um das Lenkrad.

»Ein Autounf...«

Ich wollte *Unfall* sagen, obwohl es keiner gewesen war. Weder bei mir noch bei James. Mir kommen die Tränen, als die schreckliche Erinnerung an Nicks Worte, an seine

Rechtfertigung zurückkommt. Ich habe mich in den Mann verliebt, der meinen Ehemann getötet hat. *James.*

Er ist fort. Oh mein Gott. Es ist, als wäre die Wunde wieder aufgerissen worden. Als wäre er mir noch einmal entrissen worden.

Beth lehnt sich vor und wischt meine Tränen fort, ohne zu wissen, welchen Schmerz ich tatsächlich in mir trage, was wirklich geschehen ist.

»Sie sind im Hoag Hospital in Newport Beach. Sie haben bei dem Aufprall mehrere Schnittwunden erlitten«, erklärt Dr. Turner mir und lässt mir einen Moment Zeit, das Gesagte zu verarbeiten. Ich greife an meinen Kopf, wo ich einen Verband ertaste. »Wir mussten Sie am Kopf mit elf Stichen und über dem rechten Auge mit drei Stichen nähen. Sie dürften also recht starke Kopfschmerzen haben.« Die Schwester kommt zu mir und stellt die Injektion neu ein. »Sie waren fast vierundzwanzig Stunden bewusstlos.«

Fast einen ganzen Tag? Es fühlt sich an, als hätte ich eben noch in dem Wagen gesessen. Ich kann noch seine Stimme hören.

»Auf einer Skala von eins bis zehn, wobei zehn unerträglich ist, wie stark sind Ihre Schmerzen?«

Emotional oder körperlich?

»Fünf«, sage ich endlich, wobei das die Zahl ist, die mir als Erstes in den Sinn kommt. Wie sollte ich auch erklären, dass der Schmerz in meinem Herzen weitaus stärker ist als der in meinem Körper? Diesem Schmerz würde ich eine Fünfzehn geben.

»Janet hat Ihnen gerade ein Mittel gegen die Schmerzen gegeben«, sagt er und nickt der Schwester zu. »Sie sollten sehr bald eine Besserung spüren.«

Werde ich das?

»Sie haben sich außerdem das Bein gebrochen. An zwei Stellen.« Er klopft auf den Gips direkt unter meinem Knie und meinem Schienbein.

»Du kannst von Glück sagen, dass du überlebt hast«, meint Beth und drückt meine Hand.

»Gott sei Dank«, schluchzt Mom. »Zuerst James und sein schrecklicher Unfall und jetzt du. Als der Anruf kam, war ich völlig außer mir. Ich hatte solche Angst, dich zu verlieren, meine Kleine. Gott sei Dank. Gott sei Dank.« Mom presst ihr Gesicht auf meine Brust, und ich zucke vor Schmerz zusammen, sage aber nichts.

»Die Polizei hat darum gebeten, dass wir Bescheid geben, wenn Sie in der Lage sind, einige Fragen zu beantworten«, sagt der Arzt.

Ich spüre den Schub des Wagens, als er plötzlich ausbricht und mein Kopf gegen die Scheibe prallt.

Die Polizei.

Als ich das letzte Mal mit zwei Polizisten gesprochen habe, sagten sie mir, dass mein Mann nie wieder nach Hause kommen würde, weil er bei einem Autounfall gestorben war. Und nun wollen sie mit mir über *meinen* Autounfall sprechen. Dabei gibt es so viel mehr zu sagen.

Der Ausweis, die Handtasche, Nick.

»Wie geht es Nick?« Ich suche die Augen meiner Schwester, die mir die Antwort verraten, die ich sowohl befürchte als auch erhoffe.

Beth und meine Eltern werfen sich einen Blick zu, während der Arzt und die Schwester schweigend das Zimmer verlassen. Beth hält noch immer meine Hand und drückt sie immer fester, während sie leise sagt: »Er wurde aus dem Fahrzeug geschleudert. Er hat es nicht geschafft.«

»Nick ist tot?«, frage ich, weil ich es noch einmal hören muss, um wirklich sicher zu sein.

»Ja, es tut mir so leid«, sagt Beth, ohne zu wissen, dass meine Tränen nicht vor Trauer immer schneller und heftiger fließen, sondern vor Erleichterung.

KAPITEL 43

JACKS – NACHDEM ES GESCHEHEN WAR

Einen Monat später sind Nicks Schreie in dem Moment, als wir über die Klippen stürzen, nicht mehr so ohrenbetäubend. Ich sehe nicht mehr jedes Mal, wenn ich die Augen schließe, die Leitplanken aufleuchten. Ich erinnere mich nicht mehr jeden Abend, wenn ich den Kopf auf das Kissen lege, wie er gegen das Fenster auf der Fahrerseite schlägt. Die Erinnerungen an den Aufprall werden *langsam* schwächer.

Aber die Erinnerung an Nicks Worte wird für immer in mir weiterleben.

Beth war zunächst zu Tode erschrocken, als ich ihr noch im Krankenhaus alles erzählte, dann außer sich vor Wut. Sie meinte, sie würde ihn umbringen, wenn er nicht bereits tot wäre.

»Du wusstest von Anfang an, dass irgendetwas mit ihm nicht stimmte. Du hast versucht, es mir zu sagen«, sagte ich.

»Ich wollte dich schützen, aber ich hatte keine Ahnung, wozu er imstande war. Mein Gott. Das konnte doch niemand ahnen.«

Dann erzählte ich ihr, womit ich mich einfach nicht abfinden konnte, wie oft ich seine Worte auch in Gedanken wiederholte. »Er sagte, er hätte es für mich getan, er hätte sie für *mich* getötet. Wie soll ich damit leben?«, flüsterte ich.

»Ich weiß es nicht. Ich wünschte, ich wüsste es. Aber ich bin für dich da, während wir es herausfinden.«

»Warum konnte ich es nicht sehen?« Ich blinzelte durch meine Tränen. »Bin ich so ein Idiot?«

»Nein, du hast um James getrauert.«

»Der wegen Nick sterben musste! Ich wünschte, ich hätte andere Entscheidungen getroffen. Hätte ich die Sache mit James nicht gegen die Wand gefahren, wäre er noch hier.«

»Jacks …« Sie verstummte, und zwischen ihren Augen bildete sich eine Falte, während sie nachdachte. »Irgendwann musst du aufhören, dir selbst die Verantwortung dafür zu geben.«

»Das kann ich nicht. James musste wegen mir sterben.«

»Ich werde nie ganz nachempfinden können, was du gerade durchmachst, aber eines kann ich dir sagen: Es ist *nicht* deine Schuld. Und hoffentlich wirst du irgendwann erkennen, dass das, was geschehen ist, nicht in deiner Hand lag. Es lag nicht in deiner Hand, dass James eine Affäre einging. Oder dass Nick tat, was er tat«, sagte Beth unter Tränen.

Ich schüttelte vorsichtig den Kopf. »Nein, du verstehst das nicht. Ich habe das verdient. Ich habe es verdient, damit zu leben, was ich verursacht habe.« Ich rollte mich zur Seite, drehte ihr den Rücken zu und weinte mich leise in den Schlaf.

Heute, dreißig Tage später, versuche ich noch immer, Beths Worten Glauben zu schenken. Mein Kopf versteht, dass ich niemanden getötet habe. Aber meine Taten haben zu einem Dominoeffekt geführt, der drei Menschen den Tod brachte. Meine Therapeutin meint, wenn ich aufhörte, mir selbst die Schuld zu geben und wütend auf mich selbst zu sein, müsste ich mich mit dem echten Schmerz auseinandersetzen. Dem echten Verlust. Und davor würde ich mich verstecken. Doch sie sagt auch, dass ich das Geschehene verarbeiten werde – mit ihrer Hilfe, aber auch in meinem eigenen Tempo. Und das ist okay. Sie hat mir geholfen, mit der Polizei über die Ereignisse zu sprechen. Sie saß neben mir, während ich die Geschichte noch einmal erzählte – hoffentlich zum letzten Mal für eine ganze Weile. Und sie hörte mir zu, als ich hysterisch schluchzte, nachdem die Befragung beendet war und die Polizei mir erklärt hatte, dass sie nach Gesprächen mit Briana und Nicks Kollegen sowie der Durchsicht der Passagierlisten und Unterredungen mit einigen Leuten auf Maui herausgefunden hatten, dass Nick tatsächlich zur gleichen Zeit wie Dylan und James auf Hawaii gewesen war. Und obwohl sie nicht beweisen konnten, dass er die Bremsleitung des Jeeps angebohrt hatte, gingen sie davon aus, dass er es getan hatte.

In der Schule nahm ich mir eine Auszeit. Und nun bin ich gerade dabei, mein Haus zu verkaufen. Meine Therapeutin hat mich davor gewarnt, zu viel auf einmal zu verändern, aber ich weiß, dass es mir dabei hilft, nicht über alles nachzudenken. Und sie glaubt auch, dass mir ein Neuanfang guttun wird.

Ich suche gerade in James' Schreibtisch nach einigen Papieren, die der Immobilienmakler benötigt, als ich sie sehe.

Die herzförmige Dose.

Mit unseren Briefen. Die Briefe, die James und ich uns am Anfang unserer Beziehung geschrieben haben. Die ich nicht finden konnte.

Die ich für verloren hielt.

Langsam nehme ich den Deckel ab. Ich atme auf, als ich James' unordentliche Handschrift erkenne. »Warum hat er die Briefe bloß hervorgeholt?«, frage ich mich, während ich den obersten Brief aus dem Stapel ziehe. Es ist der erste Brief, den er mir überhaupt geschrieben hat, und seine Liebe zu mir erstrahlt über das ganze Blatt. Und ich muss gleichzeitig lachen und weinen.

> Jacks,
> ich könnte diesen Brief beginnen, indem ich dir schreibe, dass du wie ein guter Wein bist. Wegen der Art und Weise, wie wir uns kennengelernt haben. Du weißt schon … Aber ich weiß, du würdest dich nur aufregen, weil ich wieder Unsinn erzähle. Also werde ich etwas anderes schreiben, etwas, an das ich seit diesem Tag ständig denken muss. Ich habe noch nie jemanden wie dich getroffen. Du veränderst mich auf unglaubliche Art. Ich kann es kaum erwarten, was als Nächstes mit uns geschieht. Und ja, ich schreibe schon UNS, obwohl wir erst so kurz zusammen sind. Denn jetzt gibt es kein Zurück mehr in mein Lucky-Charms-Leben. Ich will nur noch mit dir leben.

Ich spüre, wie mir ganz warm ums Herz wird, denn mir wird plötzlich klar, dass er diesen Brief erst vor Kurzem gelesen haben muss. Hat er diese Briefe herausgesucht, um sie zu entsorgen, weil er ein neues Leben mit Dylan beginnen wollte? Oder hat er seine Entscheidung noch mal überdacht? Hat er noch einmal über uns nachgedacht – über sein Leben mit mir?

Ich werde es nie erfahren. Doch ich habe mich entschieden, zu glauben, dass er wusste, dass wir nur unseren Weg verloren haben, aber unsere Liebe nicht von der Art war, die verschwand. Wie die Sonne hinter einer Wolke konnte sie noch immer von Zeit zu Zeit hervorlugen.

DANKSAGUNG

Dieses Buch zu schreiben war ein ganz besonderes Erlebnis. (Und wir sprechen nicht nur über unsere Studienreise nach Maui, während wir es schrieben!) Wir wollten schon lange etwas Spannendes schreiben. Und wir sind Danielle Marshall von Lake Union unglaublich dankbar, dass sie uns die Möglichkeit gegeben hat, unsere Flügel für etwas Neues auszubreiten. Und Dennelle Catlett – deine Öffentlichkeitsarbeit ist einfach unglaublich. Und Kathleen Zrelak von Goldberg McDuffie – du bist ein fantastischer Cheerleader. Ein großer Dank gebührt auch unserer Lektorin Tiffany Yates Martin. Deine klugen Bemerkungen waren stets treffend und machten dieses Buch besser, als wir es uns erträumt haben! Danke an das gesamte Team von Amazon Publishing, das uns das Gefühl gegeben hat, etwas Besonderes zu sein.

Elisabeth Weed – dein unerschütterlicher Glaube hält uns über Wasser. Deine Anmerkungen haben diesem Roman seinen letzten Schliff verliehen, und wie immer hast du unsere Karriere in die richtige Richtung gelenkt. Danke für all deine Großartigkeit. Dana Murphy – wir sind dir unglaublich dankbar für all das, was du tust.

Danke an all die wunderbaren Blogger und Rezensenten, die sich unermüdlich für Bücher und Literatur im Allgemeinen einsetzen. Wir hoffen, ihr wisst um eure enorme positive Wirkung auf Schriftsteller und Leser gleichermaßen. Danke an jeden Einzelnen von euch. Ihr bewegt etwas. Ein besonderer öffentlicher Dank geht an Andrea Katz, die zu unseren ersten Lesern zählt. Dein Feedback war von unschätzbarem Wert.

Und natürlich wollen wir euch – die Leser – nicht vergessen, die ihr so großzügig unsere Romane lest. Wir hoffen, ihr seid mit dabei, wenn wir etwas Neues ausprobieren. Wir sind nichts ohne euch. Danke!

Die Insel Maui zählt zu unseren Lieblingsorten auf der Welt. Wir haben dort gemeinsam mit unseren Familien den Urlaub verbracht, und als wir nach Maui reisten und die Straße nach Hana entlangfuhren, haben wir das nicht nur wegen der fruchtigen Cocktails und atemberaubenden Strände getan. Wir wollten sichergehen, dass wir alles richtig verstanden hatten. Danke an all die Menschen auf Hawaii, die uns zu diesem Buch inspiriert haben.

Danke an unsere Freunde und Familien – ihr seid die Besten! Danke, dass ihr unsere Lesungen besucht und euch immer wieder die gleichen Geschichten angehört habt. Wir versprechen, wir kommen bald mit neuem Lesestoff zurück!

Danke an unsere Ehemänner Mike und Matt – ihr wart beide so geduldig, besonders, als wir euch erst zwei Wochen vorher gesagt haben, dass wir eine Studienreise nach Hawaii buchen wollten. (Ups.) Nun ist vermutlich der Zeitpunkt gekommen, euch zu sagen, dass unser nächstes Buch in Mexiko spielen wird … Ihr lasst uns unseren Traum leben, und dafür sind wir euch auf ewig dankbar. Wir lieben euch.

Zeitfracht Medien GmbH
Ferdinand-Jühlke-Straße 7
99095 Erfurt, Deutschland
produktsicherheit@kolibri360.de

Druck:
CPI Druckdienstleistungen GmbH
im Auftrag der
Zeitfracht Medien GmbH
Ein Unternehmen der Zeitfracht - Gruppe
Ferdinand-Jühlke-Str. 7
99095 Erfurt